Nicole Fisher

Alles, was wir fühlen

TINTE & FEDER

Das Buch

Lisas Leben ist eigentlich genau so, wie sie es sich immer gewünscht hat. Mit ihrer kleinen Familie lebt sie in einem hübschen Haus, sie hat einen großartigen kleinen Sohn und führt eine gute Ehe. Meistens zumindest. Dann lernt Lisa auf einer Party Ben kennen. Plötzlich ist sie nicht mehr sicher, ob sie wirklich glücklich ist, denn da ist diese unbändige Sehnsucht. Nach mehr Zärtlichkeit, mehr Fröhlichkeit und vor allem mehr Liebe.
Doch Lisa will ihre Familie um jeden Preis intakt halten und beschließt einen großen Bogen um Ben zu machen. Trotz aller Vorsätze will er ihr einfach nicht mehr aus dem Kopf gehen. Dabei ahnt Lisa nicht, dass Ben nicht so unbeschwert ist, wie es den Anschein hat …

Triggerwarnung: Dieses Buch enthält Szenen häuslicher Gewalt und thematisiert Suchterkrankungen.

Die Autorin

Nicole Fisher wurde 1990 in der Nähe von Hannover geboren und lebt heute noch dort, gemeinsam mit ihrer Familie. Wenn sie nicht am Schreibtisch sitzt und in ihren Geschichten versinkt, arbeitet sie an ihrem Koffeinspiegel, spielt mit ihren Kindern oder genießt es, einfach nichts zu tun und Serien zu schauen.

Nicole Fisher

ALLES, WAS WIR FÜHLEN

Wenn Kolibris fliegen

ROMAN

TINTE & FEDER

Deutsche Erstveröffentlichung bei
Tinte & Feder, Amazon Media EU S.à r.l.
38, avenue John F. Kennedy, L-1855 Luxembourg
Juni 2024

Umschlaggestaltung: bürosüd° München, www.buerosued.de
Umschlagmotiv: © ARTYuSTUDIO © KingsOfTheArts
© VolodymyrSanych / Shutterstock
1. Lektorat: Angela Kuepper
2. Lektorat: Cathérine Fischer
Korrektorat: Manuela Tiller / DRSVS
Gedruckt durch:
Amazon Distribution GmbH, Amazonstraße 1, 04347 Leipzig /
Canon Deutschland Business Services GmbH, Ferdinand-Jühlke-Straße 7, 99095 Erfurt /
CPI books GmbH, Birkstraße 10, 25917 Leck

ISBN 978-2-49671-525-5
e-ISBN 978-2-49671-524-8

www.tinte-feder.de

Für die Mutigen,
die sich den Zweifeln in den
Weg stellen.

Vorwort

Es war einmal, so beginnen Märchen. Stellenweise ist diese Geschichte märchenhaft. Sie ist voller lustiger, herzberührender und unvergesslicher Momente. Aber ebenso steckt Schmerz, Hoffnungslosigkeit und Verlust in ihr. Es gibt keinen gläsernen Schuh, keinen Prinzen auf einem weißen Pferd und auch keinen fluchbrechenden Kuss. Einen Kuss gibt es jedoch. Mehrere Küsse sogar. Und zwar von der Sorte, bei der man in dem Augenblick, in dem die Lippen sich berühren, schon weiß, dass sie falsch sind.

Ich bitte euch: Lest diese Geschichte mit Bedacht, ehe ihr urteilt. Geht in euch und überlegt, was ihr getan und wie ihr reagiert hättet. Und ganz wichtig:

Haltet Taschentücher bereit.

Kapitel 1

Nur ein Blick

Lisa

»Bist du sicher, dass ihr klarkommt?«

»Wenn du mich noch einmal fragst, gehe ich wieder und nehme Mika nicht mit zu mir.«

Entwaffnend hebe ich die Hände. »Hab's kapiert. Du hast das im Griff und ich bin überflüssig.«

Ina nickt und deutet demonstrativ durchs Fenster. »Deine Mitfahrgelegenheit ist da. Entweder gehst du jetzt runter oder du musst mit dem Bus fahren.«

Mein Blick wandert zu dem Winzling, der neben meiner Schwester auf dem Sofa sitzt und mich mit fröhlichem Lächeln ansieht. Mikas hellblonde Haare, seine wasserblauen Augen und dazu diese niedlichen Grübchen zeigen ein exaktes Ebenbild seines Vaters. Dass weder Fabian noch ich auf ihn aufpassen, kommt nur sehr selten vor. Mit seinen sechs Jahren kann ich an einer Hand abzählen, wie oft er bisher woanders geschlafen hat. Vermutlich bin ich eine Glucke, denn es fällt mir schwer, meinen Sohn loszulassen. Aber selbst wenn Fabian nicht spontan zu einer Fortbildung hätte fahren müssen, würde Mika heute bei Ina schlafen. Denn wäre mein Mann hier, wären wir gemeinsam zur Geburtstagsfeier meiner Schwägerin gefahren.

»Du musst jetzt wirklich los, Lisa«, mahnt Ina.

Eilig beuge ich mich zu Mika hinunter und gebe ihm einen Kuss auf die Stirn. »Ich hab dich lieb, kleiner Schlumpf«, sage ich. »Du gehst mit zu Tante Ina und sie bringt dich nachher ins Bett, okay?« Ich umfasse sein zierliches Gesicht und warte, bis er nickt, ehe ich mich an meine Schwester wende. »Er darf vor dem Schlafengehen noch eine halbe Stunde fernsehen.«

»Weiß ich doch.« Sie macht eine scheuchende Geste zur Wohnungstür. »Jetzt hau endlich ab. Ich habe selbst zwei Kinder, also mach dir keinen Kopf und genieß den Abend.«

Sie hat recht, also erwidere ich nichts. Stattdessen schnappe ich mir meine graue Handtasche vom Sofa und sehe ein letztes Mal zu den beiden zurück, bevor ich die Wohnung verlasse. Ich zupfe das schlichte königsblaue Top zurecht und laufe die Treppe hinunter, dann öffne ich die Haustür und gehe auf das silberne Auto zu, das am Straßenrand parkt. Die Musik aus dem Innenraum dröhnt auf den Bürgersteig hinaus und einige Passanten gehen kopfschüttelnd daran vorbei, was mir ein leichtes Grinsen entlockt. Ich klettere auf den Rücksitz und sehe prompt meiner sichtlich angefressenen Freundin ins Gesicht.

»Wir kommen zu spät«, begrüßt Julia mich und wendet sich zum Lenkrad um.

»Das ist eine Party«, rufe ich über die Musik hinweg. »Da kann man nicht zu spät kommen.«

Sebastian nickt mir vom Beifahrersitz aus zu und zieht eine Grimasse. Anscheinend hat Julias schlechte Laune nicht nur etwas mit meiner Verspätung zu tun. Kichernd schnalle ich mich an, da stellt sie plötzlich die Musik ab. Mein Kichern schallt durch das Auto und ich ernte einen bösen Blick über den Rückspiegel. Das bringt mich erst recht zum Lachen.

»Wieso habe ich noch mal beschlossen, heute zu fahren, statt zu trinken?«

»Weil du eine verantwortungsbewusste Person bist, die will, dass ihre Freunde sicher von A nach B kommen«, referiere ich.

»Wehe, ihr kotzt mir nachher auf die Sitze.« Julia dreht die Musik wieder lauter und der Bass bringt meine Trommelfelle zum Vibrieren. Sie weiß, dass ich Techno und Hardstyle nicht mag. Da das aber ihr Auto ist und sie ohnehin schon schlechte Laune hat, lehne ich mich kommentarlos im Sitz zurück und starre aus dem Fenster. Die Fahrt dauert bloß zehn Minuten, und durch die übertrieben laute Musik ergibt sich keine Gelegenheit, sich zu unterhalten. Erst als wir im Nachbarort ankommen, Julia in die Parkbucht fährt und den Motor ausstellt, wird es still im Auto.

Sie zieht den Schlüssel ab und dreht sich zu mir um. »Ich habe keine Lust«, sagt sie seufzend. »Die Arbeit war ohne deinen Mann das reinste Chaos. Alle hielten sich auf einmal für den Chef höchstpersönlich und wollten bestimmen, was zu tun ist. Sich gegen die Zicken durchzusetzen, war anstrengender als die Arbeit selbst.«

»Wenn du zu erledigt bist, fahr wieder heim und ruh dich aus«, schlage ich vor. »Natalie wird das verstehen.« Julia und Fabian sind Finanzberater, was eine sehr kopflastige Arbeit ist. Fabian ist abends oft dermaßen ausgelaugt, dass er nicht mehr denken und reden möchte, was ich verstehen kann. Julia geht es sicherlich ähnlich.

Julia schüttelt entschieden den Kopf und greift nach Sebastians Hand. »Es ist die erste Feier, zu der ich Sebastian als meinen festen Freund mitbringe. Wenn ich kneife, denken alle, irgendwas würde nicht stimmen. Auf das Getuschel kann ich gut verzichten.«

Sebastian lächelt nur kurz. Ich glaube, er möchte heute alles richtig machen und ist etwas nervös.

»Das ergibt leider Sinn«, erwidere ich mitfühlend und schnalle mich ab. Nachdem wir ausgestiegen sind, holt Sebastian unser Geschenk aus dem Kofferraum. Wir haben zusammengelegt und einen Mixer gekauft, den Julia liebevoll eingepackt und mit unzähligen Schleifen verziert hat. Klingt langweilig, aber genau den hat Natalie sich gewünscht. Ich folge Julia und ihrem Freund um das dreistöckige schneeweiße Mehrfamilienhaus herum, zur Eingangstür auf der Rückseite. Die Tür steht offen, sodass wir direkt ins weiß geflieste Treppenhaus gehen können. Natalie wohnt im obersten Stockwerk, und als wir endlich dort ankommen, bin ich extrem froh darüber, dass Sebastian den schweren Mixer trägt.

»Dann mal los«, sagt Julia und drückt auf die Klingel. Sie hat die Hand noch nicht ganz gesenkt, da springt die Tür bereits auf. Natalie schaut sofort wie hypnotisiert auf das Geschenk in Sebastians Händen und ein Lächeln breitet sich auf ihrem schönen Gesicht aus. Die Schwester meines Mannes aufrichtig lächeln zu sehen, ist großartig. Sie hat eine schwere Zeit hinter sich, die sie mit exzessivem Feiern, zu viel Alkohol und schlechten Entscheidungen kompensiert hat. Aber diese Phase scheint vorüber zu sein, und das erleichtert mich sehr.

»Schön, dass ihr da seid, kommt rein«, begrüßt sie uns und tritt zur Seite. »Die Geschenke kommen ins Gästezimmer auf den Tisch.«

»Ich zeige dir den Weg«, beschließt Julia und geht zielstrebig an Natalie vorbei. Sebastian nickt der Gastgeberin zu, dann folgt er seiner Freundin in die Wohnung. Ich bleibe stehen und bewundere, wie gut Natalie aussieht. Sie ist nur ganz dezent geschminkt mit Wimperntusche und rotem Lippenstift und sie hat sich die Brauen nachgezogen. Ihre Haut ist so rein und glatt wie die eines Babys. Das ist beneidenswert, genauso wie ihre schlanke Statur. Sie isst mindestens doppelt so viel wie ich, aber ebenso wie Fabian hat sie einen Stoffwechsel, der überirdisch schnell arbeitet.

»Willst du da stehen bleiben und eine Treppenparty feiern, oder kommst du endlich rein?«

»Sorry. Sind schon viele da?« Ich betrete den schmalen Flur.

»Jup«, sagt sie und schließt die Tür hinter mir. »Die üblichen Leute. Bis auf Janik und Ben kennst du alle.«

»Die sagenumwobenen Männer sind da?« Gespielt aufgeregt wedle ich mir Luft zu. »Unglaublich. Wenn ich ehrlich bin, hatte ich Angst, du hättest neuerdings imaginäre Freunde.«

»Sehr witzig«, erwidert sie trocken, kann sich ein leichtes Schmunzeln aber nicht verkneifen. »Getränke stehen in der Küche und Knabberkram im Wohnzimmer. Im Gästezimmer wird heute nicht geraucht, weil die Jungs da nachher schlafen. Also heute nur auf dem Balkon.«

»Alles klar. Ich hole mir erst mal was zu trinken. Möchtest du auch etwas?«

»Mein Bier steht im Wohnzimmer, aber danke.«

Die Küche liegt direkt neben der Wohnungstür. Sie ist nicht sonderlich groß, so wie die gesamte Wohnung, aber für eine einzelne Person reicht sie vollkommen aus. Als Weintrinkerin tanze ich auf Partys regelmäßig aus der Reihe, denn der Großteil trinkt Bier. Natalie kennt mich allerdings so gut, dass sie meinen Lieblingswein im oberen Kühlschrankfach gelagert hat. Da es heute ansonsten nur Bierflaschen und Pappbecher für Softgetränke gibt, schnappe ich mir einen davon vom Tisch und fülle den Wein hinein. Keine Ahnung, wann ich das letzte Mal aus einem Pappbecher getrunken habe – oder wann ich zuletzt ohne Fabian auf einer Party war. Wir sind die einzigen Eltern im Freundeskreis, was es leider oft schwierig macht, die Kontakte aufrechtzuerhalten und den Einladungen zu folgen. Zuverlässige Babysitter sind rar gesät und auch wenn mein

Vater im selben Haus unter uns wohnt, will ich ihn nicht ständig fragen, ob er auf seinen Enkel aufpassen könnte. Mit Ende zwanzig sind Fabian und ich bereits verheiratet und haben Haus und Kind, während unsere Freunde gerade erst zusammenziehen, sich verloben oder – wie Natalie – frische Singles sind. Sie feiern die Nacht durch, ohne sich Gedanken darüber zu machen, wie viel Schlaf sie am folgenden Tag bekommen. Aber heute geht es mir ausnahmsweise wie ihnen. Mika übernachtet bei seiner Tante Ina und morgen früh fahren sie in den Zoo. Ich werde ausschlafen können und niemand wird da sein, der etwas von mir will. Weder Mika noch Fabian, denn der kommt erst am Abend zurück.

Als würde ich auf die kurze Auszeit anstoßen, trinke ich einen großen Schluck aus dem Becher, ehe ich durch den kurzen Flur ins Wohnzimmer rübergehe. Der Raum ist quadratisch und hat eine lange Fensterfront, an dessen Ende sich die Balkontür befindet. Natalie ist stolz auf die hochwertigen Möbel, die sie alle selbst finanziert hat. Es gibt ein stahlgraues Sofa in L-Form, vor dem ein niedriger Glastisch steht. Rechts neben der Wohnzimmertür findet man den kleinen schwarzen Esstisch, um den heute sieben Stühle platziert wurden, und an der linken Wand ist der Fernseher angebracht worden. Es ist ein riesiges Teil, das über einem länglichen Sideboard hängt. Umringt wird das Sideboard von zwei beeindruckenden Musikboxen, die mir bis zum Bauchnabel reichen. Fabian nervt mich seit Wochen damit, auch solche Monster kaufen zu wollen, aber da unser Wohnzimmer ohnehin viel zu vollgestellt ist, sage ich immer wieder Nein. Außerdem ist das eine Ausgabe, die wir uns zurzeit nicht leisten können.

Ich winke in die Runde, da öffnet sich die Balkontür. Die zwei Männer, die hinter Natalie hereinkommen, kenne ich nicht, also müssen das Janik und Ben sein. Wer wer ist, weiß ich nicht, was ich aber sehr wohl weiß, ist, dass beide

Männer unverschämt gut aussehen. Einer von ihnen setzt sich aufs Sofa und streckt die langen Beine neben dem Tisch aus. Er hat schwarze kurze Haare, freundliche helle Augen und sein Gesicht ist glatt rasiert. Die Nase ist etwas zu groß, aber das steht ihm gut. Es verleiht seinem Gesicht etwas Prägnantes. Der andere Mann bleibt vor der Balkontür stehen und sieht mich an. Ebenso wie ich ihn. Ich betrachte seine rotblonden leicht verwuschelten Haare und die dichten, aber geformten Brauen. Er trägt einen Dreitagebart, durch den seine Kieferpartie kantig wirkt, und er lächelt leicht.

Wieso ich auf sein Outfit achte, kann ich nicht erklären, dennoch tue ich es. Ich sehe mir seine breiten Schultern und festen Oberarme an, die durch das eng anliegende weiße T-Shirt betont werden. Genauso wie der flache Bauch, dessen Anblick mich instinktiv dazu antreibt, mich gerade hinzustellen und meinen einzuziehen. Ich sehe flüchtig über seine dunkle Jeans bis zu seinen weißen Sneakern hinunter, ehe ich ihm wieder ins Gesicht blicke und auf seine Augen treffe. Auf diese schönen braunen Augen, die geradewegs auf mich gerichtet sind. Wir sehen uns an, mitten in diesem Raum voller Menschen, und es ist, als hätte ich plötzlich Watte in den Ohren. Es rauscht und die Stimmen der anderen dringen kaum zu mir durch. Etwas Warmes schlängelt sich über meine Haut, das mich zittern lässt. Dann blinzelt der Mann und die Geräusche preschen mit voller Wucht wieder auf mich ein. Irritiert sehe ich mich um. Kontrolliere, ob die anderen das auch gespürt haben, aber sie unterhalten sich, lachen und trinken, als wäre nichts gewesen. *Was war das eben?*

Der Fremde tritt auf mich zu und ich umklammere meinen Becher instinktiv fester. Er bleibt so nah vor mir stehen, dass ich erkennen kann, dass seine Augen nussbraun mit winzigen goldenen Sprenkeln darin sind, was mich fasziniert. Es wirkt, als würden seine Augen aus der Mitte heraus leuchten. »Hey.

Ich bin Benjamin. Aber nenn mich Ben.« Seine Stimme klingt angenehm. Melodisch und tief.

»Ich bin Lisa.«

»Die Schwägerin«, entgegnet er, und zeitgleich mit seinen Worten verpufft das Leuchten aus seinem Blick.

»Die bin ich. Und du bist einer der Typen, mit dem Natalie die letzten Wochenenden durchgefeiert hat. Ihr habt sie super von dem ganzen Mist abgelenkt. Danke dafür.«

»Gern«, sagt er und sieht zum Sofa rüber, wo Natalie neben dem zweiten Mann sitzt, der vermutlich Janik ist. »Natalie ist toll. Lukas muss ein Vollidiot sein, wenn er eine Frau wie sie verlässt.«

»Da stimme ich dir voll und ganz zu«, sage ich und hebe prostend den Becher.

»Wo ist dein Mann?«, fragt Ben und stößt seinen Becher vorsichtig gegen meinen. »Natalie meinte, ich müsste ihren Bruder endlich mal kennenlernen.«

»Fabian ist übers Wochenende auf einer Fortbildung. Du kannst also leider nur die Schwägerin kennenlernen.«

»Da gibt es kein *leider*«, sagt Ben mit einem Lächeln in der Stimme, das ich nicht einordnen kann. »Ich sollte wieder zu Jan gehen. War nett mit dir zu reden, Lisa.« Entgegen seinen Worten bleibt er stehen und starrt auf unsere sich berührenden Getränke. Dann schüttelt Ben unvermittelt den Kopf und holt tief Luft, als wollte er noch etwas sagen – aber das tut er nicht. Er sieht mir auch nicht noch einmal ins Gesicht, bevor er sich schließlich abwendet und zum Sofa geht. Und ich? Ich bleibe mitten im Wohnzimmer stehen, starre auf meinen Pappbecher hinunter und frage mich, woher das Zittern kommt.

Kapitel 2

Feuer im Herz

Lisa

Das Phänomen jeder Party ist es, dass irgendwann alle Gäste draußen stehen. Selbst die Nichtraucher gesellen sich dazu, egal, ob es regnet oder kalt ist. Genauso ist es heute. In der ersten Zeit drängten sich alle auf dem Sofa oder den Stühlen am Esstisch zusammen, sodass die wenigen Raucher den Balkon für sich hatten. Inzwischen ist er durchgehend rappelvoll und die Raucher müssen sich ihren Platz erkämpfen. Ich gehöre zu den Balkonmenschen. Obwohl ich nicht rauche, sitze ich bereits eine gefühlte Ewigkeit auf dem Stuhl in der Ecke und unterhalte mich mit den wechselnden Leuten um mich herum.

»Wer will mitspielen?« Sebastians Stimme weht durch die offen stehende Balkontür hinaus und sofort heben mehrere Leute die Hand. Der Balkon lichtet sich so abrupt, dass ich überrascht auf den frei gewordenen Platz schaue. Wie groß der Balkon tatsächlich ist, wird mir erst jetzt bewusst. Er ist rechteckig und so breit, dass problemlos zwei Stühle nebeneinanderpassen würden.

Ich folge den anderen nicht nach drinnen, sondern genieße die seltene Ruhe und schaue über die Brüstung in den winzigen Garten hinterm Haus. Natalie wohnt hier wirklich idyllisch. Der Ort ist klein und mit nur rund viertausend Einwohnern besiedelt. Ein klassisches Dorf, in dem es überall Bauernhöfe und weite Felder gibt. Die meisten, die hier leben, müssen täglich über die Schnellstraße in die umliegenden Städte fahren, um zur Arbeit zu kommen. Genauso wie Natalie. Sie arbeitet in einem Küchenfachhandel in Wolkenheim, nur wenige Minuten von unserem Haus entfernt.

»Störe ich?«

Erschrocken ruckt mein Kopf zur Balkontür. Ben steht dort, hat eine Hand in der Hosentasche vergraben und hält in der anderen einen Becher. »Nein«, antworte ich und sehe erneut in den Garten hinaus. »Ich genieße nur die Ruhe.«

»Ich mag es nicht, wenn es still ist«, erwidert er. Im Augenwinkel erkenne ich, dass Ben die Tür hinter sich ranzieht und sich auf den einzigen anderen Stuhl setzt. »Jan arbeitet oft abends, also habe ich viel Ruhe in der WG.«

»Jan ist Janik, oder?«

»Genau der«, bestätigt Ben. »Er ist tagsüber so gut wie nie da. In einer so großen Wohnung wie unserer kann es dann ganz schön einsam werden. Selbst in einer lebendigen Stadt wie Hamburg ist man vor Stille nicht geschützt.«

»Ich habe fast nie Ruhe. Wenn ich zu Hause bin, ist immer jemand da. Meistens sogar alle.«

»Wer sind alle?«, hakt Ben interessiert nach.

Ich drehe mich zu ihm und klemme den Becher zwischen meine Knie. »Mein Sohn, mein Mann und mein Vater. Er wohnt in der Wohnung unter uns.«

»Klingt, als wärst du von Männern umzingelt«, scherzt Ben, dabei klingt seine Stimme jedoch nicht fröhlich. Eher melancholisch und irgendwie traurig.

»Ja. Ist wie eine Testosteroninvasion.«

Er lacht und wie aus dem Nichts ist da wieder dieses Zittern, das durch meinen Körper rennt. Eilig reibe ich mir über die Arme, um es zu verscheuchen.

»Ist dir kalt? Möchtest du eine Jacke haben? Ich kann dir von drin eine holen.«

»Nein«, antworte ich so schnell, dass Ben fragend eine Braue in die Höhe zieht. »Was ist mit deiner Familie?«, lenke ich ab. »Lebt sie auch in Hamburg?«

Er schüttelt den Kopf. »Nicht mehr. Ich bin in Altona aufgewachsen, da hatten meine Eltern ein Haus. Vor ein paar Jahren haben sie es verkauft und sind aufs Land gezogen.«

»Weit weg?«

»Nein.«

»Dann besuchst du sie bestimmt oft.«

»Nein«, sagt Ben erneut und weicht meinem Blick aus. »Wir stehen uns nicht besonders nah.«

Am liebsten würde ich ihn fragen, was passiert ist. Ob sie sich zerstritten haben oder andere Ansichten übers Leben der Grund sind. Aber wenn er es mir würde erzählen wollen, hätte er es von sich aus getan, also deute ich stattdessen zur Tür. »Wir sollten zu den anderen reingehen.«

»Vermutlich hast du recht«, entgegnet Ben, aber er bewegt sich nicht, was mir ein winziges Lächeln entlockt.

»Rauchst du?«, frage ich spontan.

»Früher hab ich das«, lässt er mich wissen. »Dann eine Zeit lang nur noch auf Partys, aber seit ich meinen neuen Job habe, gar nicht mehr.«

»Was machst du beruflich?«

»Ich gebe Selbstverteidigungsunterricht.«

»Hast du einen schwarzen Gürtel oder so was?«

Ben schüttelt grinsend den Kopf. »Nein. Meine Kurse haben nichts mit Bruce Lee und Karate Kid zu tun. Bei mir lernt man, wie man sich realistisch in gefährlichen Situationen zur Wehr setzen kann«, erklärt er sachlich. »Ich war bei der Bundeswehr und hatte vorher eine Ausbildung zum Fitnesskaufmann gemacht. Mein Werdegang ist also absolut unspektakulär. Was machst du beruflich?«

»Ich arbeite in der Marketingabteilung eines großen Konzerns in Hamburg.«

»Klingt spannend.«

»Nicht einmal ansatzweise«, entgegne ich belustigt. »Ich bin Bürokauffrau. Viel mehr als Unterlagen sortieren, Termine vergeben und Rechnungen schreiben tue ich nicht.«

»Du verbringst also den Großteil des Tages hinter dem Schreibtisch«, fasst Ben zusammen.

»So könnte man es sagen. Aber zur Mittagspause gehe ich auch mal raus aus dem Büro.«

»In die Kantine«, schlussfolgert er schmunzelnd.

»Selten. Meistens gehe ich in einen kleinen Laden am Ende der Straße. Oder ich bringe mir etwas mit und esse auf der Wiese hinter dem Firmengebäude. Ich stehe nicht auf Kantinenessen.«

Ben nickt verstehend. »Ich auch nicht. Ich koche meistens mehr, damit ich am nächsten Tag die Reste mit zur Arbeit nehmen kann.«

»Du kochst?«, frage ich verwundert. »Ich kenne kaum Männer, die kochen. Viele können es, aber die wenigsten tun es. Fabian kocht zum Beispiel nie. Wenn es bei mir später wird und er sich ums Abendessen kümmern soll, endet es meistens in Tiefkühlpizza oder etwas vom Bringdienst.«

Bevor Ben antworten kann, ertönt lautes Gelächter von drinnen und mein Blick wandert wie von selbst durchs Fenster neben mir. Um den Esstisch herum hat sich ein schaulustiger

Pulk gebildet, der auf etwas starrt, das ich von hier aus nicht erkennen kann. Als hätte sie meinen Blick gespürt, dreht Natalie sich plötzlich um und sieht geradewegs in meine Richtung. Sie winkt aufgeregt und deutet auf den freien Platz neben sich.

Widerwillig stehe ich auf. »Ich muss rein. Das Geburtstagskind möchte irgendwas von mir.«

»Alles klar«, sagt Ben und steht ebenfalls auf. Er öffnet die Balkontür und lässt mich vorgehen. Ein Schritt hinein genügt, damit die herrliche Ruhe schlagartig von mir abfällt. Stattdessen umfängt mich hämmernder Bass, begleitet vom schrillen Lachen der anderen.

»Ich dachte schon, du kommst gar nicht mehr rein«, ruft Natalie. Ihre Worte klingen verwaschen und ihre Augen wirken glasig. Vermutlich trennen sie nur wenige Shots von der Kloschüssel.

»Was spielt ihr?«, frage ich und stelle mich neben sie an den Esstisch – dann pruste ich los. Sebastian balanciert einen Kronkorken auf der Nasenspitze und zählt dabei laut rückwärts. Sobald er bei null angekommen ist, grinst er zufrieden, nimmt den Kronkorken ab und greift nach der Flasche, die in der Tischmitte liegt.

»Spielst du mit?«, fragt Sebastian, da verstummt die Musik und ein neues Lied beginnt. Ich schaue zur Box neben dem Sideboard. Obwohl ich es sehe und höre, kann ich es nicht glauben. Ben hält Natalies Handy in der Hand und lächelt, als hätte er im Lotto gewonnen. Er hat gerade mein Lieblingslied angeschaltet. *Das ist …* Kaum jemand mag dieses Lied und beinahe niemand kennt es. Die Band ist relativ unbekannt und ihre Musik ist vom Geschmack der anderen in etwa so weit entfernt wie der Nord- vom Südpol.

»Lisa?«

Ich schrecke zusammen und sehe zu Sebastian zurück. »Ja?«

»Spielst du mit?«

»Vielleicht später«, erwidere ich. »Ich hole mir erst mal etwas Neues zu trinken.«

Er zuckt mit den Schultern und dreht die Flasche auf dem Tisch. Zu den Klängen von *Feuer im Herz* tänzle ich gut gelaunt in die Küche und fülle meinen Becher nach. Anschließend gehe ich zurück ins Wohnzimmer und lasse mich neben Julia aufs Sofa plumpsen.

»Dieses Lied«, grummelt sie und ich kann nicht anders, als meinen Arm um sie zu legen, mitzusingen und uns im Rhythmus der Musik zu wiegen. Sie löst sich lächelnd aus meiner Umarmung, als ein Schatten über uns fällt und wir zeitgleich aufblicken.

Ben sieht mich überrascht an. »Du kennst die Band?«

»Ich *liebe* die Band!«, verkünde ich begeistert. »Und das ist übrigens mein Lieblingslied.«

»Meins auch!«, ruft er und setzt sich neben mich. Wir sehen uns breit grinsend an, dann grölen wir aus vollem Hals den Text mit. Wir singen schief und müssen immer wieder lachen, wodurch wir ständig aus dem Takt geraten. Trotzdem machen wir weiter, bis der letzte Ton des Liedes verklingt. Es fühlt sich großartig an, nicht die Einzige zu sein, die auf *Wasserkopf* steht. Dummer Bandname, ich weiß, aber die Jungs sind unwahrscheinlich talentiert.

»Wusstest du, dass sie ihre Texte selbst schreiben?«, frage ich Ben. »Und auf die Idee, tiefgründige Gedankengänge in rockigem Schlager zu verpacken, sind sie spontan beim Bowlen gekommen. Ihre ersten Texte haben sie auf Servietten geschrieben.«

»Das habe ich mal in einem Podcast gehört.« Eine Begeisterung funkelt in Bens Gesicht, die berauschend ist und mir das Gefühl vermittelt, einen Menschen kennengelernt zu haben, den ich zu gern zum Freund hätte. Es stimmt, was man sagt: Musik verbindet. »Live sind die Jungs sogar noch besser«, berichtet er. »Warst du schon mal auf einem Konzert von *Wasserkopf*?«

»Es wollte nie jemand mitkommen und allein gehe ich nicht gern auf Konzerte.« Das letzte Wort muss ich beinahe schreien, weil plötzlich jemand laut lacht und meine Stimme darin untergeht.

»Draußen war es einfacher, sich zu unterhalten«, merkt Ben an und deutet vielsagend hinter mich.

»Stimmt. Ich wollte mir sowieso gerade einen Shot holen. Willst du vielleicht kurz mit in die Küche kommen? Da ist es ruhiger.«

»Ich trinke zwar nicht mit, aber ich leiste dir gern Gesellschaft.«

Verwundert schaue ich in seinen Becher. Tatsächlich. Der Farbe und dem Geruch nach schwimmt darin pure Cola. Natalie hat gesagt, die Jungs würden hier schlafen, also muss er nicht fahren. Gerade, als ich Ben fragen will, weshalb er nichts trinkt, taumelt Janik ins Wohnzimmer. Er stützt sich an der Wand ab und hebt träge den Kopf. »Natalie«, lallt er. »Wir müssen reden.«

»Du bist betrunken«, sagt sie genervt.

»Egal! Wir müssen reden. Und sag nicht wieder später. Du weißt, dass wir nicht so tun können, als –«

Ben springt unvermittelt auf, hechtet nach vorn und presst seinem Freund die Hand auf den Mund. »Komm, ich bring dich ins Gästezimmer, Kumpel. Das Bett ruft.«

»Lass mich los«, nuschelt Janik unter der Hand.

»Glaub mir, morgen betest du mich dafür an, dass ich jetzt dafür sorge, dass du die Klappe hältst.« Mit diesen Worten zieht Ben ihn entschieden aus dem Raum. Mitten im Türrahmen bleibt er jedoch stehen und wirft mir einen entschuldigenden Blick zu. Ich lächle verstehend und wedle mit der Hand, damit er Janik hier schnellstmöglich rausbringt und ins Gästezimmer schafft.

Die Gäste starren den Männern verständnislos nach und überall brandet Getuschel auf. Auch Natalie schaut weiter auf die Stelle, an der sie eben noch standen. Dabei wirkt sie allerdings nicht verständnislos wie der Rest von uns, sondern schuldbewusst.

»Sie muss uns morgen einiges erklären«, flüstert Julia und ich nicke bekräftigend. Dass Natalie in den vergangenen Wochen viel Zeit mit Ben und Janik verbracht hat, ist kein Geheimnis. Allerdings dachte ich bis eben, ihr Verhältnis sei rein freundschaftlich. Sie hat die Jungs auf einem Open-Air-Konzert in Hamburg kennengelernt. Das war nur wenige Tage, nachdem sie erfahren hat, dass ihr Verlobter Lukas sie betrogen hatte. Mehrfach. Natalie hat immer wieder betont, dass sie fürs Erste nicht auf der Suche nach einer Beziehung sei. Dass sie ihre Wunden lecken und sich austoben will. Allerdings bin ich mir im Moment nicht sicher, ob Janik das verstanden hat – und ich weiß nicht, was zwischen den beiden vorgefallen ist, das ihn etwas anderes glauben lässt.

»Ich finde, wir sollten jetzt fahren.«

Die übrigen Gäste wirken, als hätte Janiks Auftritt die Luft aus ihnen herausgelassen. Die eben noch so fröhliche und ausgelassene Stimmung hat einen harten Dämpfer versetzt bekommen. »Du hast recht«, bestätige ich. »Du solltest Sebastian einsammeln, damit wir fahren können.«

Kapitel 3

Chaos im Kopf

Ben

Mein bester Freund ist ein Hitzkopf, der erst handelt und später denkt. Keine Ahnung, wie oft ich schon versucht habe, Jan beizubringen, seine Gefühle nicht ungefiltert in die Welt zu schreien. Geholfen hat das bisher nicht, was der heutige Abend leider mehr als deutlich macht. Nicht nur, dass er sich zum Trottel gemacht macht, hat er mit seinem Auftritt auch noch die Party gecrasht und die Stimmung ruiniert. Wenn er so weitermacht, verliert er die Kontrolle, und die zu verlieren kann schlimm enden. Sehr schlimm sogar. Es kann einen Abgrund aufreißen, an dessen Rand man nur knapp entlangbalanciert. Ein falscher Schritt, und man stürzt haltlos in die Tiefe.

Ich überkreuze die Arme vor der Brust und lehne mich mit dem Rücken an die Wand im Flur. Natalie verabschiedet die letzten Gäste, und Jan schläft hinter der Tür zum Gästezimmer seinen Rausch aus. Der heftige Kater morgen wird ihm hoffentlich eine Lehre sein. Und wenn nicht, wird die Strafpredigt von

Natalie sicherlich helfen, damit er versteht, wie dumm seine Aktion war.

»Ich brauche jetzt dringend noch ein Bier«, verkündet Natalie und schließt die Wohnungstür hinter den letzten Gästen. »Dich brauche ich ja nicht zu fragen, ob du auch eins willst, Mister: Ich trinke nicht, weil Alkohol nur etwas für Idioten ist.«

»Ich habe nie gesagt, dass nur Idioten trinken«, stelle ich klar. »Ich finde einfach, dass man auch ohne das Zeug Spaß haben kann. Bringst du mir bitte eine Cola mit?«

»Klar. Treffen wir uns gleich auf dem Balkon?«

»Okay.« Ich stoße mich von der Wand ab und durchquere das Chaos im Wohnzimmer. Morgen aufzuräumen wird definitiv kein Vergnügen werden. Überall stehen leere Becher und Shotgläser herum, und auf dem Sofa und den Tischen tummeln sich Unmengen von Krümeln.

Zur Strafe werde ich Jan saugen lassen, beschließe ich grinsend und öffne die Balkontür. Die Luft draußen hat sich deutlich abgekühlt und ein leichter Schauer überläuft mich, sobald ich hinaustrete. Unwillkürlich muss ich an Lisa und ihr Zittern vorhin denken. Sie schien überrascht darüber zu sein, dass ich ihr eine Jacke anbot, und das hat wiederum mich überrascht. Sie sollte es gewohnt sein, von Männern fürsorglich behandelt und umsorgt zu werden.

Als Lisa am frühen Abend das Wohnzimmer betrat, war es, als würde sie alles Licht auf sich lenken und den restlichen Raum im Dunkeln zurücklassen. Die meisten schönen Frauen sind sich ihres Aussehens bewusst und genießen die Aufmerksamkeit. Lisa hingegen schien gar nicht zu bemerken, dass alle sie anstarrten. Das *ich* sie anstarrte. Zumindest hoffe ich, dass es weder ihr noch jemand anderem aufgefallen ist. Wenn doch, habe ich vielleicht ein Problem, denn ich bezweifle, dass ihr Mann begeistert wäre zu erfahren, dass ich seine Ehefrau taxiert habe. Kein Mann wäre das. Ich weiß noch, wie ich damals reagiert habe, wenn jemand – ich muss den Kopf über mich selbst schütteln. »Scheiße«, fluche ich und schlage mit der Faust gegen die Balkonbrüstung. Mein Puls rast auf einmal, mein Atem geht viel zu schnell und in meinem Mund kribbelt es sehnsüchtig. Speichel sammelt sich auf meiner Zunge und ich schlucke hektisch dagegen an. Aber das ist nicht das Schlimmste. Es ist der unerträgliche Schmerz, der brutal durch meinen Körper peitscht und jeden noch so kleinen Winkel zum Pulsieren bringt.

»Keine Ausnahmen, kein Kontrollverlust.« Immer wieder murmle ich diesen Satz. So lange, bis sich mein Atem allmählich normalisiert hat und der Schmerz sich schleichend zurückzieht. Ganz verschwindet er jedoch nicht. Das tut er nie. Trotzdem atme ich erleichtert durch und lehne die Unterarme auf die Brüstung, denn mit dem dumpfen Schmerz komme ich inzwischen gut zurecht. Früher hat er mich zermürbt und dafür gesorgt, dass ich alles getan habe, um ihn zu unterdrücken und nicht spüren zu müssen. Ich habe ihn und damit auch mich selbst betäubt. Mit der Zeit ist der Schmerz zu meinem ständigen Schatten geworden, und sollte er irgendwann verschwinden, würde es sich vermutlich anfühlen, als würde etwas Entscheidendes fehlen. Er ist eine Erinnerung an *sie* und zeitgleich eine Warnung, mich von allem fernzuhalten, was mir erneut den Boden unter den Füßen wegziehen könnte. Dass ich ausgerechnet jetzt an diesen düsteren Teil meiner Vergangenheit denken muss, wundert mich nicht. Lisa erinnert mich an *sie*.

»Alles okay?«

Ich atme tief durch und zwinge mich zu dem üblichen lockeren Lächeln, ehe ich mich zu Natalie umdrehe und ihr den Becher abnehme, den sie mir entgegenhält. »Klar«, lüge ich. »Ich mache mir bloß Sorgen wegen Jan.«

Natalie nickt und setzt sich auf den Klappstuhl neben der Balkontür. »Janik muss dringend lernen, was das Wörtchen nein bedeutet.«

»Du solltest dich mit ihm hinsetzen und ihm sachlich erklären, dass du zurzeit nicht mehr als Freundschaft von ihm willst«, rate ich ihr und lehne mich mit dem unteren Rücken an die Brüstung. »Aber wenn du das tust, musst du dich anschließend an deine Worte halten«, setze ich streng nach. »Betrunken mit ihm zu knutschen hilft nicht dabei, deinen Standpunkt klarzumachen. Das hat es vor zwei Wochen nicht getan und heute offensichtlich auch nicht.«

»Ich weiß«, gibt sie beschämt zu und zündet sich eine Zigarette an. »Was war das vorhin eigentlich mit dir und Lisa?«, fragt Natalie unvermittelt und beinahe verschlucke ich mich an der Cola.

»Nichts«, sage ich zu schnell. »Wir haben uns unterhalten. Nette Frau. Wir haben ein bisschen was gemeinsam und stehen auf die gleiche Musik.«

»Lisa ist die nette *Ehefrau* von meinem Bruder. Ich hoffe, das behältst du im Hinterkopf.«

»Was genau willst du damit andeuten, Natalie?«, hake ich angefressen nach. »Sprich es aus.«

»Lisa ist großartig. Sie hält Fabi den Rücken frei, ist zuverlässig und liebevoll zu meinem Neffen. Eine bessere Schwägerin könnte ich mir nicht wünschen.«

»Das klingt, als würdest du die Anforderungen für ein Hausmädchen beschreiben.«

»Red keinen Quatsch. Lisa ist wie eine Schwester für mich, und was sie alles für ihre Familie tut, ist bewundernswert. Wenn du in dieser Ehe dazwischenspringst, stell ich dir nicht nur ein Bein.«

»Ich habe ein Gewissen und eine zu hohe Moralvorstellung für so einen Mist. Außerdem wäre mir das viel zu viel Chaos.

Auf unnötigen Stress kann ich sehr gut verzichten. Dass du mir so etwas zutraust, ist …« Enttäuscht schüttle ich den Kopf. »Ich dachte, du kennst mich inzwischen besser.«

»Du hast recht«, gibt Natalie kleinlaut zu und pustet den Rauch aus. »Du bist der geradlinigste und aufrichtigste Mann, den ich kenne. Sorry, ich bin in letzter Zeit etwas empfindlich bei dem Thema. Du weißt schon … gebranntes Kind und so.«

Geradlinig. Wenn du wüsstest, denke ich bitter und spüre, wie sich mein Magen angespannt zusammenzieht. Natalie weiß es nicht und das ist gut so, denn auf mitleidige Blicke kann ich gut verzichten. Andererseits würde sie nicht für eine Sekunde glauben, dass ich so dämlich wäre, mich an eine verheiratete Frau – oder überhaupt an irgendwen – ranzumachen, wenn sie es wüsste. Mein einziges Interesse beim anderen Geschlecht ist Freundschaft.

»Wie dem auch sei«, sagt sie plötzlich. »Was machen wir jetzt wegen Jan? Sein Auftritt vorhin ging gar nicht.«

»Stell klar, was du von ihm willst, oder schluck dein angeknackstes Ego runter und gib ihm eine Chance«, erwidere ich ruhig. »Jan ist ein guter Kerl mit einem großen Herz. Außerdem ist er nicht wie Lukas. Du musst aufhören, alle Männer in dieselbe Schublade zu stecken.«

»Danke für die Erinnerung an dieses hinterhältige und herzlose Schwein«, platzt es aus ihr heraus. »Genau das hat mir an meinem Geburtstag noch gefehlt. Willst du vielleicht noch ein Fotoalbum von uns rausholen und mir vors Gesicht halten?«

»Scheint, als würden wir beide heute erst sprechen und dann denken«, gebe ich zu. »Am besten, ich gehe ins Bett. Wir sind gereizt, und so macht es keinen Sinn, weiterzureden.« Ihren Ex zu erwähnen, war unter der Gürtellinie, das gebe ich zu, aber sie musste das hören. Ebenso wie ich hören musste, dass ich mich von Lisa fernhalten soll.

Denn trotz meiner Vorsätze hat die kurze Begegnung mit ihr etwas in mir ausgelöst, das ich ewig nicht mehr gespürt habe: aufrichtiges Interesse. Und obwohl ich das weiß – obwohl ich instinktiv spüre, dass es falsch ist –, wünsche ich Natalie eine gute Nacht, stelle meinen vollen Becher auf dem Fensterbrett ab und zücke auf dem Weg hinein mein Handy.

Noch bevor ich bei der Tür zum Gästezimmer angekommen bin, habe ich Lisa bereits auf Facebook gefunden. Sie ist mit Natalie befreundet, also musste ich nicht lange nach ihr suchen. Mit dem Türgriff in der Hand bleibe ich stehen und starre unentschlossen aufs Display. *Was zur Hölle tust du hier?*, frage ich mich und klicke zeitgleich auf ihr Profilfoto. Lisa ist hübsch, auf eine natürliche Art, die mich von der ersten Sekunde an fasziniert hat. Sie hat lange schokobraune Haare, hohe Wangenknochen und saphirgrüne Augen, an denen man nicht vorbeisehen kann. Ihr Körper ist schlank, aber nicht dürr, und sie hat ausladende Hüften. Ich habe keinen bestimmten Typ Frau, den ich anziehend finde. Das Einzige, worauf ich bei Frauen achte, sind die Augen, und Lisa hat faszinierende Augen, in denen man sich problemlos verlieren könnte. Allerdings überschattet etwas in ihrem Blick diese Ausstrahlung. Etwas Trauriges und Freudloses, das mich an mein eigenes Spiegelbild erinnert. Dabei bin ich mir nicht sicher, ob sie selbst sich dessen bewusst ist. Ich war es eine sehr lange Zeit über nicht und habe erst, als es zu spät war, bemerkt, wie schlecht es mir in Wirklichkeit ging.

Bevor ich es mir anders überlegen kann, drücke ich auf den Button für die Freundschaftsanfrage auf ihrem Profil. Und noch in der Sekunde, in der ich darauf klicke, spüre ich, dass es ein Fehler ist. Kurz entschlossen widerrufe ich die Anfrage. Ich kenne diese Frau gerade einmal ein paar Stunden und schon verursacht sie Chaos in meinen Gedanken. Das kann ich mir nicht leisten. Andererseits: Bin ich nicht stärker als das? Ich müsste es sein. Nein, nicht müsste. Ich *bin* es. Erneut sehe ich auf ihr Profilfoto und erinnere mich daran, wie ungezwungen und locker ich mich in Lisas Gegenwart gefühlt habe. Während ich mich mit ihr unterhielt, spürte ich den Schmerz beinahe nicht, und diese kurze Verschnaufpause tat unbeschreiblich gut. Man trifft nur sehr selten jemanden, mit dem man sich auf Anhieb so gut versteht und der, ohne überhaupt davon zu wissen, die Dämonen in einem verscheucht. Etwas so Besonderes aus Angst wegzuwerfen, wäre nicht nur feige, sondern vor allem auch dämlich. Mutig zu sein bedeutet nicht, keine Angst zu haben, sondern etwas trotz seiner Angst zu tun, das predigt Willi mir ständig.

Mein Finger zuckt und schon habe ich die Anfrage ein weiteres Mal gestellt. Um nicht erneut einen Rückzieher zu machen, sperre ich das Display und stecke das Handy in meine Hosentasche. Keine Ahnung, ob das ein riesiger Fehler ist oder nicht. Außerdem ist es möglich, dass Lisa die Anfrage nicht annimmt, und in diesem Fall würde ich mir grundlos den Kopf zerbrechen. Aus dem Gästezimmer vor mir erklingt ein würgendes Geräusch, das mich prompt aus den Gedanken zieht. Wortlos drehe ich mich um und gehe in die Küche. Jan wird eine Schale brauchen – und ich einen starken Magen.

Kapitel 4

Kopf oder Herz

Lisa

Es gibt kaum etwas Entspannenderes als ein heißes Bad am Nachmittag. Vor allem, wenn die Nacht zuvor so kurz gewesen ist. Mein wohliges Seufzen hallt von den weißen Fliesen des Badezimmers wider und vermischt sich mit der leisen Musik, die aus der tragbaren Box auf dem Waschbeckenrand kommt. Ich wackle mit den Zehen, um den Schaum über meinen Füßen zu verteilen, und greife nebenbei nach meinem Handy. Es liegt auf dem geschlossenen Toilettendeckel links von mir, zusammen mit einem Handtuch. Als Erstes scrolle ich durch den Instagram-Feed, aber da es dort nichts Spannendes zu entdecken gibt, öffne ich stattdessen Facebook. Das winzige Feld für Benachrichtigungen in der oberen Ecke blinkt rot auf und ich tippe neugierig darauf. Ohne Vorwarnung macht mein Magen einen heftigen Sprung und beinahe lasse ich vor Schreck das Handy ins Wasser fallen. *Eine Freundschaftsanfrage von Benjamin Hoffmann. Das muss Ben sein.* Aus einem Impuls heraus nehme ich seine Anfrage sofort an und schließe gleich darauf die App. Meine Finger zucken, denn am liebsten wäre ich direkt auf Bens Profil gegangen und hätte es mir angesehen. *Wieso habe ich das nicht gemacht?* Daran ist nichts Verwerfliches, und doch fühlt es sich so an. Genauso wie die Tatsache, dass er mir diese Anfrage geschickt hat.

Um mich abzulenken, seife ich mich ausgiebig ein und steige nach dem Abbrausen aus der Wanne. Dabei schiele ich immer wieder wie zufällig zum Handy. Als es dann auch noch einen summenden Ton von sich gibt, ist es mit meiner Selbstbeherrschung vorbei. In ein flauschiges Handtuch eingewickelt schnappe ich mir das Handy und setze mich aufs beige Sofa im Wohnzimmer. Ein aufgeregtes Kribbeln überrennt mich, während ich das Display entsperre. Doch ebenso schnell, wie das Kribbeln gekommen ist, verfliegt es wieder, und plötzlich erfasst mich eine heftige Enttäuschung. Es ist eine Nachricht von Ina, die mir mitteilt, dass sie Mika in etwa einer halben Stunde, also gegen sechzehn Uhr, nach Hause bringen wird.

Wieso enttäuscht mich das so sehr? Ich schüttle das beklemmende Gefühl so gut es geht ab, zwinge meinen Kopf, die Frage verstummen zu lassen, und stehe auf. Das Handy lasse ich auf dem Sofatisch liegen, während ich ins Schlafzimmer rübergehe. Darin stehen ein Boxspringbett mit hoher schwarzer Lehne, ein weißer Kleiderschrank mit schwarzem Rahmen und dazu passende Nachttische. Man erkennt genau, welche Bettseite zu wem gehört. Auf Fabians Seite liegen dreckige Socken, T-Shirts und zwei leere Wasserflaschen auf dem Boden. Auf meiner Seite liegt nichts. Leise fluchend hebe ich seine Klamotten auf und werfe sie in den Bambuskorb, der am Ende des Kleiderschranks steht. Seine ständige Unordnung nervt mich. Keine Ahnung, ob es Fabian egal ist, dass ich ihm immer wieder hinterherräumen muss, oder ob es ihm gar nicht bewusst ist. So oder so ist er ein erwachsener Mann und sollte es endlich selbst schaffen, Ordnung zu halten. Das gilt nicht nur fürs Schlafzimmer, sondern für die gesamte Wohnung, denn ich finde ständig und überall Sachen von ihm, die dort nicht hingehören.

Schlecht gelaunt ziehe ich mir braune Leggings und ein weißes Top an, danach gehe ich zurück ins Badezimmer, kämme meine feuchten Haare und creme mir das Gesicht ein. Gerade als ich meinen Kaffeebecher vom Badezimmer in die Küche trage, höre ich Schritte auf der Treppe und anschließend die Wohnungstür, die geöffnet wird.

»Hey ho. Jemand zu Hause?«

»In der Küche!«, rufe ich und noch bevor ich mich vom Spülbecken umdrehen kann, umklammern zierliche Arme mich von hinten. »Hallo, kleiner Schlumpf.« Ich drehe mich zu Mika um und knie mich hin, sodass ich ihm ins Gesicht sehen kann. Mein Sohn lächelt zuckersüß und prompt macht mein Herz einen liebevollen Satz.

»Ich durfte Schokolinsen essen«, sagt er statt einer Begrüßung. »Und im Zoo habe ich einen Löwen gesehen. Der war riesig, Mama! Er hat sein Maul aufgemacht und gebrüllt.«

»Wow«, erwidere ich schmunzelnd und sehe über seinen Kopf hinweg zu Ina. Sie steht in der Küchentür und verfolgt die Szene mit gutmütigem Lächeln. »Klingt, als hättest du sehr viel Spaß mit deiner Tante gehabt.«

»Darf ich nächstes Wochenende wieder da schlafen?«

»Ich habe sowieso nicht vor, am Samstag aufs Fest zu gehen«, mischt Ina sich ein. »Von mir aus kann Mika also rüberkommen, dann könnt Fabian und du euch einen schönen Abend machen.«

»Das Stadtfest hatte ich komplett vergessen!« Es findet jedes Jahr im Sommer in der Innenstadt von Wolkenheim statt. Dort gibt es Fahrgeschäfte, Imbiss- und Getränkestände und Bands treten auf. In den letzten Jahren sind Fabian und ich hauptsächlich tagsüber mit Mika dort gewesen, denn einen Babysitter für abends zu finden, ist an diesem Wochenende so gut wie unmöglich. »Bist du sicher, dass du nicht selbst hingehen willst?«, hake ich nach und richte mich auf.

»Meine Mädels sind zu alt, um sich mit ihrer uncoolen Mutter da blicken zu lassen, und Thomas hat Spätschicht«, lässt sie mich wissen. »Außerdem muss ich bis nachmittags arbeiten und bin abends vermutlich zu erledigt, um noch feiern zu gehen. Wir machen uns dafür am Sonntag einen schönen Tag in der Innenstadt.«

»Wenn das wirklich klappt, schulde ich dir was«, entgegne ich.

»Ist Papa zu Hause?«, will Ina wissen. »Ich hab Lust, mich selbst auf einen Kaffee bei ihm einzuladen. Wird Zeit, den Eigenbrötler mal wieder auszuhorchen.«

Schmunzelnd deute ich zur vollen Kaffeekanne hinter mir. »Wir können die Kanne mit runternehmen und uns mit Papa in den Garten setzen, wenn du magst.«

»Darf ich schon in den Garten gehen und spielen?«

»Na klar«, antworte ich Mika. »Aber bring vorher bitte deinen Rucksack in dein Zimmer.«

»Danke!«, ruft er und rennt an uns vorbei aus der Küche.

»Der Junge ist nicht müde zu kriegen«, feixt Ina. Routiniert schnappt sie sich einen der Einkaufskörbe, die im Flur stehen, und füllt ihn mit drei Bechern und einer Schachtel Keksen, die auf der Arbeitsplatte liegt. Ich stelle die Kaffeekanne in den Korb und folge Ina zur Wohnungstür, da ertönt ein *Ping* aus dem Wohnzimmer. Ohne darüber nachzudenken, drehe ich mich um und gehe mit viel zu schnellen Schritten rüber. Ich greife geradewegs nach meinem Handy auf dem Sofatisch und entsperre das Display – dann ziehe ich zischend die Luft ein. Eine nervöse Welle ergreift mich, als ich den Namen des Absenders über der Nachricht lese.

»Was ist los?«

Ertappt zucke ich zusammen. Mit einem Mal fühle ich mich, als hätte meine Schwester mich bei etwas Verbotenem erwischt. »Nichts«, behaupte ich eilig und zwinge mich zu einem unbeschwerten Lächeln. »Es ist nur eine Nachricht.«

»Eine, die dich überrascht hat«, stellt sie fest und zieht neugierig eine Braue in die Höhe. »Was steht denn drin?«

»Weiß ich noch nicht«, gebe ich zu. »Sie ist von Ben. Das ist einer der Typen, mit dem Natalie in letzter Zeit so viel unternommen hat.«

»Uh«, raunt Ina. »Ich will Einzelheiten. Wie sehen sie aus? Was machen sie beruflich? Und das Wichtigste: Hat Natalie etwas mit einem von ihnen?«

Obwohl ich zu gern die Nachricht öffnen würde, stecke ich das Handy vorerst in die winzige Seitentasche meiner Leggins und gehe zurück in den Flur. »Lass uns runtergehen«, schlage ich vor. »Ich erzähle dir alles beim Kaffee.«

Ina verzieht ungeduldig das Gesicht, und mir geht es genauso. Ich will wissen, was Ben geschrieben hat, also beeile ich mich auf dem Weg die Treppe hinunter. Unten klopft Ina an die Wohnungstür und geht, ohne auf eine Antwort zu warten, hinein. Auch wenn sie nicht mehr hier lebt, ist es nach wie vor ihr Elternhaus, und dadurch hat sie keine Hemmungen, irgendwelche Räume zu betreten. In diesem Fall ist es die Wohnung unseres Vaters. Er lebt im Erdgeschoss und in den zwei Stockwerken darüber leben Fabian, Mika und ich. Früher war das mittlere Stockwerk die Wohnung unserer Großmutter, während Ina und ich ganz oben gewohnt haben. Doch nachdem sie verstarb, zogen wir hier ein und bauten die zwei Stockwerke zu einer zusammenhängenden Wohnung um.

»Hey, Paps«, ruft Ina fröhlich und ein grummelnder Ton erklingt hinter der Wand.

»Wir haben Kaffee und Kekse dabei«, verkünde ich und folge meiner Schwester in die Wohnung.

Papa sitzt am Esstisch. Seine Brille sitzt weit unten auf seiner breiten Nase und die ergrauten Haare sehen aus, als wäre er sich mehrfach mit den Händen durchgefahren. »Setzt euch schon mal raus«, bittet er. »Ich muss das hier noch schnell fertig machen.« Er deutet auf Unterlagen, die vor ihm auf dem Esstisch liegen, und ich erkenne das Logo der Rentenkasse darauf. In wenigen Monaten wird er endlich in den Ruhestand gehen, aber anders, als es sein sollte, wird das keine sorgenfreie Zeit für ihn sein. Nach der schmerzhaften Scheidung von unserer Mutter wurde ihm ein Teil seiner Rente aberkannt, der ihr nun zusteht, und das führt zu Geldproblemen, die ihn stark belasten.

»Ist alles okay?«

Papa macht eine wegwerfende Geste, aber die tiefen Falten auf seiner Stirn beweisen, dass er sich Sorgen macht. »Ich bin gleich bei euch.«

Da wir wissen, dass er zwischen Tür und Angel nicht darüber sprechen wird, gehen wir am Esstisch vorbei und setzen uns an den ovalen Tisch auf der Terrasse. Mika entdecke ich auf der Schaukel. Er lacht und kneift wegen der gleißend hellen Sonne die Augen zusammen. Die Schaukel steht mitten auf dem Rasen, und daneben hat mein Vater einen kleinen Sandkasten für ihn gebaut. Ansonsten gibt es in unserem Garten nicht viel zu entdecken. Neben der Hauswand steht ein abgedeckter Grill, auf der Terrasse gibt es einen ovalen Tisch, um den herum sechs Stühle stehen, und neben der Garage gibt es einen schmalen Unterstand, der unsere Fahrräder beherbergt.

»Ach Mist«, ruft Ina und lenkt meine Aufmerksamkeit auf sich. »Wir haben die Milch vergessen. Ich geh sie schnell holen. Oben ihm Kühlschrank, oder?«

Ich nicke, und schon rauscht sie an mir vorbei ins Haus. Den ruhigen Moment nutze ich, um mein Handy zu zücken und endlich die Nachricht von Ben zu öffnen.

Hey :-) Gut heimgekommen?

Sofort fühle ich mich lächerlich, weil ich wegen einer so harmlosen Nachricht einen solchen emotionalen Wirbel veranstaltet habe.

Ja, klar. Wie geht's Jan? Dicker Kopf?

Er antwortet sofort.

Verdienter Kater.

Meine Finger schweben über dem Display. Ich überlege, was ich erwidern könnte, doch bevor mir etwas einfällt, ploppt eine neue Nachricht auf.

War wirklich schön, dich kennenzulernen. Wahre Musikkenner sind selten :-)

Ein zaghaftes Lächeln schleicht sich auf mein Gesicht.

Fand ich auch :-)

»Sexy Nachrichten von deinem Mann?«

»Himmel, Ina!« Erschrocken presse ich mir die Hand aufs wild schlagende Herz und sehe zu meiner grinsenden Schwester auf. »Nein. Bloß eine Nachricht von Ben.«

»Ich will alles wissen«, fordert sie und setzt sich auf den Gartenstuhl neben mich. »Wie sehen die Jungs aus und mit wem von denen bandelt Natalie an?«

»Mit keinem«, stelle ich klar und prompt wechselt ihre Miene von aufgeregt zu enttäuscht. »Aber ich glaube, dass Janik auf sie steht. Er hat gestern betrunken eine Szene gemacht und vor allen Gästen gefordert, dass sie mit ihm reden und nicht so tun soll, als wäre nichts.«

»Dass ich so was immer verpasse«, mault sie und gießt Milch in unsere Becher. »Hast du Fotos?«

Ich schüttle den Kopf und greife nach meinem Kaffee.

»Aber du schreibst mit Ben, also gibt es ein Profilfoto.«

»Wir schreiben über Facebook«, lasse ich sie wissen und bereue es noch im gleichen Moment.

Ohne Vorwarnung schnappt sie sich das Handy aus meinen Fingern. »Selbstverteidigungstrainer«, murmelt Ina und wackelt vielsagend mit den Brauen. »Klingt heiß. Und oh mein Gott! Dem Foto nach ist dieser Kerl extrem heiß.«

»Ina«, mahne ich leise und sehe mich nach unserem Vater um. »Du bist verheiratet.«

»Na und? Deshalb bin ich doch aber nicht blind.« Ohne ein weiteres Wort starrt sie aufs Handy und tippt munter darauf herum. Schließlich halte ich es nicht mehr aus und beuge mich zu ihr rüber. Ina scrollt durch Bens Pinnwand. Mir fällt direkt auf, dass ein Eintrag vor über drei Jahren erstellt wurde, der nächste aber erst vor knapp sechs Monaten. Damit tut sich ein Loch von zweieinhalb Jahren auf. War er in dieser Zeit einfach nicht aktiv in den sozialen Medien, oder hatte er nichts Besonderes zum Posten?

»Interessanter Typ«, sagt Ina unvermittelt und gibt mir mein Handy zurück. »Selbstverteidigungstrainer, lebt in Hamburg und ist viel auf Konzerten und Festivals unterwegs. Der typische Single am Ende seiner Zwanziger. Schade, dass es nur so wenig Fotos von Janik auf seinem Profil gibt. Man erkennt ihn kaum.«

»Stalkerin«, ziehe ich sie auf und ernte einen bösen Blick.

»Es schadet nie, sich über andere zu informieren. Vor allem, wenn sie Zeit mit einer Frau verbringen, die durch ihre Vergangenheit ziemlich verletzlich ist.«

Damit hat sie recht, also sage ich nichts und nippe am Kaffee. Dabei schaue ich zu Mika, der mittlerweile in seinem kleinen Sandkasten sitzt und ein Loch buddelt. Unwillkürlich muss ich an Inas und meine Kindheit zurückdenken. Sie war nicht fröhlich und sorglos, so wie Mikas oder die meiner Nichten, sondern geprägt von Ablehnung und Bestrafungen. Das Gefühl, ungenügend zu sein und nichts richtig zu machen, war unser ständiger Begleiter. Nachdenklich sehe ich durch die offene Terrassentür zu Papa. Manchmal frage ich mich, wie unsere Kindheit wohl gewesen wäre, wenn er nicht so viel hätte arbeiten müssen. Wenn er öfter zu Hause gewesen wäre und gewusst hätte, wie unser Leben tatsächlich aussah. Aber so war es nicht, und da ich mit dieser Zeit abschließen will, verdränge ich die Gedanken daran, so gut es geht. Nur klappt das leider nicht immer, und das sind die Momente, in denen ich mir verspreche, dafür zu sorgen, dass Mika sich später an eine andere Kindheit erinnert, als Ina und ich es müssen. An eine glückliche, in der er täglich von Liebe umgeben ist.

Kapitel 5

Ein Lächeln am Tag

Lisa

»Das haben Sie falsch verstanden. Die Datei liegt auf dem Firmenserver, im Ordner für neue Projekte von Abteilung B. Es gibt keine ausgedruckte Akte, die irgendwo rumliegt.« Mein Kollege grummelt etwas ins Telefon, das sich verdächtig nach einem Fluch anhört. »Gefunden?«, frage ich und fasse meine Haare zusammen, um mir einen Pferdeschwanz zu binden.

»Ja«, sagt er und plötzlich klingt er ziemlich kleinlaut. »Sorry für die frühe Störung, aber wenn ich die Deadline nicht einhalte, muss ich Überstunden machen, und dann killt mich meine Frau.«

Schmunzelnd nehme ich das Handy wieder in die Hand. »Kein Problem. Dafür bin ich ja da. Wir sehen uns in einer Stunde im Büro.« Nachdem ich das Telefonat beendet habe, verlasse ich das Badezimmer und gehe in die Küche. Ich liebe diesen Raum, weil ich ihn nach meinen Vorstellungen eingerichtet habe. Die Arbeitsplatte besteht aus grau meliertem Holz, die Schränke sind hochglänzend und weiß und die Türknaufe haben ein zartes Blumenmuster. Neben dem stahlgrauen Kühlschrank, direkt unter dem Fenster, steht ein kleiner weißer Holztisch, um den drei Stühle mit hoher Lehne drapiert wurden, auf dessen Rückseiten das gleiche Blumenmuster prangt wie auf den Knäufen. Und als sommerlicher Touch steht in der Tischmitte eine Vase mit frischen Sonnenblumen. Meine Lieblingsblumen.

»Hast du meine rote Krawatte gesehen?«

»Hängt im Bad!«, rufe ich Fabian zu. Ich fülle Kaffee in zwei Becher und stelle sie auf den Küchentisch, ehe ich mich hinsetze und den Nachrichten aus dem Radio lausche. Es ist ein typischer Morgen. Papa hat Mika auf dem Weg zur Arbeit in der Kita vorbeigebracht und Fabian und ich verlassen zeitgleich um halb acht das Haus, um zur Arbeit zu gehen. Ich mag unsere morgendliche Routine. Ohne sie wäre es chaotisch, und da ich ein Morgenmuffel bin, der vor dem ersten Kaffee zu nichts zu gebrauchen ist, wäre Chaos am Morgen tödlich für meine Laune.

Ich sehe auf, als mein Mann die Küche betritt. Die vergangenen sechs Jahre als Vater haben ihm die Wildheit genommen, aber nicht sein gutes Aussehen. Seine dunkelblonden Haare sind sehr kurz geschnitten, sodass sein Gesicht deutlich zur Geltung kommt. Fabian hat eine gerade und aristokratisch wirkende Nase, schmale Lippen und hohe Wangenknochen, auf die Frauen nur neidisch sein können. Seine eisblauen Augen hat er an Mika weitergegeben, ebenso wie das kantige Kinn.

Fabian zieht seine Krawatte zurecht und greift ächzend nach seinem Kaffeebecher. »Irgendwann suche ich mir einen Job, zu dem ich mit Jogginghose gehen kann.«

»Aber in einer Jogginghose kommt dein hübscher Hintern nicht zur Geltung«, flirte ich. Ärgerlicherweise geht er nicht darauf ein, sondern sieht an mir vorbei aus dem Fenster.

Enttäuscht greife ich nach meinem Becher. »Denk bitte an die Versicherungskarte von Mika.«

»Hm?«

»Die Karte«, wiederhole ich. »Die brauchst du für den Zahnarzt nachher.« Fabian sieht mich an, als würde ich eine andere Sprache sprechen, was sehr frustrierend ist. »Wir hatten das vorgestern besprochen«, erinnere ich meinen Mann. »Du nimmst heute das Auto, weil du Mika nach der Arbeit abholst und mit ihm zum Zahnarzt fährst. Ich treffe mich nach der Arbeit mit Julia und komme erst abends nach Hause.«

»Das ist heute?«, ruft er perplex und sieht zum Familienkalender, der an der Wand neben der Küchentür hängt. »Ach Mist, das klappt heute nicht.«

»Was? Wieso nicht? Wir hatten das besprochen, Fabi.«

»Ich weiß, aber irgendwie hatte ich das nicht auf dem Schirm. Ich muss heute einen Außerhaustermin bei einem Kunden wahrnehmen und das kann länger dauern. Und später bin ich auf ein Bier in der Elbkneipe eingeladen. Ein Kollege hat Geburtstag.«

»Ich bin auch verabredet«, erwidere ich angefressen und stelle den Becher heftiger als nötig ab. »Das habe ich dir schon vor Tagen gesagt und wir hatten uns darauf geeinigt, dass du deshalb den Termin mit Mika übernimmst. Julia arbeitet genauso viel wie du, weil eure Firma anscheinend denkt, ihr hättet kein Privatleben. Es kommt fast nie vor, dass sie unter der Woche mal Zeit hat.«

»Ja, ich weiß.« Er reibt sich verlegen über den Nacken. »Und es tut mir leid, Lisa, aber ich krieg's nicht hin heute. Beim nächsten Mal übernehme ich das wieder, versprochen.«

»Das machst du ständig«, werfe ich ihm vor und stehe gereizt auf. »Du wälzt alles auf mich ab und ich kann gucken, wie ich das organisiert bekomme. Das ist nicht fair. Sag du doch deinen Kollegen ab, immerhin bist du mehrmals die Woche unterwegs. Ich hocke nach Feierabend fast nur zu Hause und kümmere mich um unseren Sohn.«

Er sieht mich an, als wäre mir ein zweiter Kopf gewachsen. Schließlich stellt er seinen Becher neben meinen und legt seine Hände auf meine Schultern. »Es tut mir leid«, behauptet er und sieht mich auf eine Weise an, bei der ich nicht weiß, ob sie aufrichtiges Bedauern zeigt oder mich besänftigen soll. »Heute kann ich wirklich nicht absagen, aber ich verspreche dir, dass ich es am Wochenende wiedergutmache. Du kannst am Sonntag nach dem Fest ausschlafen, und ich kümmere mich um Mika, sobald Ina ihn hergebracht hat.«

Kurz überlege ich, nachzugeben und zuzustimmen, aber das tue ich immer und dadurch ändert sich nichts. Also bleibe ich stumm, schüttle seine Arme ab und werfe Fabian einen bitterbösen Blick zu. Entweder versteht er die Geste nicht, oder er will sie nicht verstehen, denn unvermittelt gibt er mir einen Kuss auf die Stirn und dreht sich um.

»Die Wagenschlüssel liegen auf der Kommode im Flur«, sagt er, während er die Küche verlässt. »Ich geh schnell los, damit ich den Zug noch erwische. Wir sehen uns heute Abend.«

»Fabian, warte!«, rufe ich und laufe ihm nach, aber als ich im Flur ankomme, ist er bereits die Treppe hinuntergegangen und schließt die Haustür hinter sich.

Sauer schmeiße ich die Wohnungstür zu und stoße einen schrillen Schrei aus. Sein Egoismus macht mich wahnsinnig! Ständig muss ich zurückstecken, damit er seine Freizeit genießen kann. Ich habe kein Problem damit, ihm den Rücken freizuhalten, immerhin arbeitet er Vollzeit, während ich nur eine Teilzeitstelle und somit mehr Zeit zur Verfügung habe. Trotzdem kann es nicht richtig sein, dass ich meistens alles allein regeln und organisieren muss. Fabian zieht sich in den letzten Monaten ständig aus allem heraus.

Leise fluchend schlüpfe ich in meine Schuhe und schnappe mir den Autoschlüssel von der Kommode. Entweder sieht Fabian endlich ein, dass es so nicht weitergehen kann, und ändert etwas an seiner Einstellung, oder wir haben ein ernsthaftes Problem in unserer Ehe.

»Der Tag hat sich endlos hingezogen. Auf dem Weg zur Arbeit stand ich im Stau und in der Zahnarztpraxis mussten wir über eine Stunde warten, bis wir drangenommen wurden. Auf dem Rückweg habe ich dann Pizza geholt, weil ich absolut keine Lust hatte, noch etwas zu kochen.«

»Wann warst du denn zu Hause?«, will Ina wissen.

Mit der freien Hand greife ich nach dem Buch, das auf dem Sofatisch liegt. »Gegen sechs«, antworte ich ihr. »Danach habe ich Mika bettfertig gemacht und jetzt liege ich endlich auf dem Sofa und genieße es, meine Füße hochzulegen.« Durch die offene Balkontür weht kühle Luft herein, die meine nackten Füße umspielt wie eine liebevolle Liebkosung. Es tut unwahrscheinlich gut, endlich zur Ruhe kommen zu können und ein Buch zur Hand zu nehmen.

»Mit deinem Alltag will ich echt nicht tauschen«, verkündet Ina. »Ich lasse dich jetzt auch mal in Ruhe. Genieß deinen Abend, Schwesterchen.«

»Danke, du auch«, erwidere ich und beende das Telefonat. Ich lege das Handy auf den Tisch und schlage den Liebesroman auf der Seite mit dem Lesezeichen auf. Gerade, als ich mich an die Lehne kuschle, gibt mein Handy einen Ton von sich. *So viel zur wohlverdienten Ruhe.* Seufzend lege ich das Buch auf meinen Bauch und schnappe mir das Handy vom Tisch.

Kann länger dauern. Warte nicht auf mich. Kuss

Fabian. Genervt denke ich an die Pizza im Karton auf dem Küchentisch. Bis er heimkommt, wird sie labbrig und kalt sein, aber das ist sein Problem. Wenn er der Meinung ist, schon wieder bis spät in die Nacht unterwegs sein zu müssen, soll er eben schauen, was er isst. Erneut greife ich nach dem Buch, da klingelt mein Handy schon wieder. Ich überlege, es zu ignorieren, denn ich rechne mit einer weiteren Nachricht von Fabian. Schlussendlich nehme ich es doch in die Hand und sofort ist das Buch vergessen. Es ist eine Nachricht von Ben. Seit drei Tagen, also seit Sonntag, habe ich nichts mehr von ihm gehört, und dass er sich nun meldet, freut mich. Wenn ich heute schon nicht mit Freunden unterwegs sein kann, kann ich zumindest mit einem potenziellen neuen Freund ein bisschen schreiben.

Hey du, wie war deine Woche bis jetzt?

Stressig, antworte ich. Arbeit, Haushalt, Kind. Das Übliche. Und deine?

Es dauert einen Moment, bis er antwortet, und die Wartezeit macht mich nervös. Ich kenne Ben zu wenig, um zu wissen, über welche Themen er gern spricht und über welche nicht. Was ich mir aber leider sehr gut vorstellen kann, ist, dass er die typischen Themen einer gestressten Mutter nicht sehr spannend findet.

Klingt, als bräuchtest du eine Auszeit.

An seiner Nachricht hängt eine Audiodatei, die ich neugierig öffne. Es ist der Refrain von *Wasserkopfs* neuem Lied. Unwillkürlich muss ich lächeln, denn der Text passt perfekt zur Situation.

Jeder braucht Zeit,
jeder braucht Raum,
jeder braucht Glück.
Ein Lächeln am Tag, nur ein kleines Stück.

Ich höre mir die Audiodatei mehrmals an und mit jedem Mal gefällt mir das Lied noch besser.

Schöner Text und ein tolles Lied, schreibe ich.

Fand ich passend. Was machst du? Ich muss gleich noch los.

Ein Buch lesen. Viel Spaß :-) Treib es nicht zu wild.

Wieder vergehen einige Minuten, ehe er antwortet.

Wild? Ich? Niemals ;-) Genieß dein Buch, ich gehe brav arbeiten und Leuten zeigen, wie sie anderen in den Hintern treten können.

Seine Antwort entlockt mir ein Lachen.

Klingt sehr brav. Hol dir keine blauen Flecken :-)

Einige Zeit halte ich das Handy in der Hand und sehe reglos aufs Display, doch eine Antwort kommt nicht. Ich hätte gern länger mit Ben geschrieben, und dass er nicht antwortet, enttäuscht mich tiefer, als es sollte. Frustriert lege ich das Handy auf den Tisch, dann setze ich mich auf und sehe durchs Fenster hinaus. Die Sonne geht unter und ihre letzten kräftigen Strahlen färben den Himmel in einen glühend orangeroten Ton. Es ist einer dieser warmen Sommerabende, die man gern draußen mit Freunden verbringen würde. Ein Abend, dessen Atmosphäre Romantik ausstrahlt und an dem man nicht gern allein ist. Unbeabsichtigt springen meine Gedanken zu Ben. Ich habe keine Ahnung, ob er eine Freundin hat oder jemanden datet. Erwähnt hat Natalie nichts in dieser Richtung, aber es würde mich wundern, wenn ein Typ wie Ben Single wäre. Er ist freundlich, witzig und als riesigen Bonus kocht er sogar gern. Außerdem hat er einen unschlagbaren Musikgeschmack.

Einem Impuls folgend schnappe ich mir erneut mein Handy und öffne die Musikstreaming-App. Mein Handy verbindet sich automatisch mit den kleinen Boxen neben dem Fernseher und am liebsten würde ich das Lied lauter stellen. Aber da Mika schläft, geht das leider nicht. Dennoch schließe ich die Augen und verliere mich augenblicklich in der Musik, während ich leise mitsinge. »… ein Lächeln am Tag.«

Kapitel 6

Eisige Funken

Ben

So viel Zeit, wie ich in Natalies Wohnung verbringe, müsste ich eigentlich Untermiete bezahlen. Ihr Gästezimmer ist in den vergangenen Wochen zu meinem zweiten Zuhause geworden. Jan und ich haben nicht nur Zahnbürsten in ihrem Badezimmer stehen, sondern teilen uns auch noch eine lange Schublade in ihrer Kommode, in der wir Wechselsachen verstaut haben. Wir verbringen viele Wochenenden in ihrer Wohnung, weil Jan und ich kein Auto haben und die Fahrt nachts zurück nach Hamburg mit den öffentlichen Verkehrsmitteln eine Katastrophe ist. Auf dem Dorf fahren nur wenige Busse, die uns zum nächsten Bahnhof bringen können, und dort gibt es ab einer bestimmten Uhrzeit keine Züge mehr. Natalie nach einer Party sicher heimzubringen, ist uns allerdings wichtig, also akzeptieren wir es, regelmäßig hier zu stranden.

»Seid ihr endlich fertig?«

»Ja, gleich!«, ruft Jan und rollt genervt mit den Augen.

Grinsend stecke ich mein Portemonnaie und mein Handy in die Hosentasche und verlasse das Gästezimmer. Natalie steht abmarschbereit im Flur und sieht demonstrativ auf ihre Armbanduhr. Sie ist die einzige Frau, die ich kenne, die nur ein paar Minuten braucht, bis sie aufbruchsbereit ist. Allerdings muss Natalie nicht viel tun, um gut auszusehen, denn an ihr wirkt sogar das schlichte schwarze Top zusammen mit der dunklen Jeans wie ein gut überlegtes Outfit. Jan ist die Diva in unserem Trio. Er hat ewig gebraucht, um sich für das olivfarbene Poloshirt zu entscheiden, und weitere zehn Minuten, um passende Schuhe zu finden. Ich halte es ähnlich schlicht wie Natalie. Schwarzes T-Shirt, helle Jeans, schwarze Sneaker. Fertig.

»Können wir dann endlich los?«, meckert Natalie. »Das Taxi ist gleich da.«

»Meine Güte«, sagt Jan und kommt hinter mir aus dem Gästezimmer. »Wir fahren auf ein Stadtfest. Wir müssen nicht pünktlich bei einem Geschäftstermin sein. Komm runter und entspann dich.«

Der böse Blick geht geradewegs an mir vorbei. »Wenn du schlechte Laune hast, kannst du gern hierbleiben.«

So läuft das schon, seit wir heute Mittag angekommen sind. Die beiden zicken sich wegen blödsinniger Kleinigkeiten an und gehen mir damit extrem auf die Nerven. Um dem Kleinkrieg zu entkommen, öffne ich die Tür und verlasse wortlos die Wohnung. Ich warte nicht auf sie, sondern gehe die Treppe hinunter und stelle mich an die Straßenecke vor dem Haus. Es dauert nicht lange, bis ich hinter mir Schritte höre und Natalie sich neben mich stellt. Sie wirft mir einen gefrusteten Blick zu. »Dein Kumpel nervt.«

»Es wird so weitergehen, bis ihr endlich über alles gesprochen habt«, raune ich ihr zu. »Vor allem über den Vorfall von letztem Wochenende.«

»Wenn Jan irgendwas klären will, soll er den ersten Schritt machen.«

Resigniert schüttle ich den Kopf. Zwischen Natalie und Jan liegt eine Spannung in der Luft, die ungesund und gefährlich ist. Irgendwann wird sie sich entladen und dann will ich lieber nicht in der Nähe sein. Aber die zwei sind erwachsen und müssen ihren Mist selbst auf die Reihe bekommen, also halte ich mich weitestgehend raus. Ich habe genug eigene Probleme, die ich bewältigen muss. Mich in ihren Kram einzumischen, wäre zusätzlicher Ballast, und von dem muss ich mich fernhalten.

Als das Taxi schließlich vor uns anhält, steige ich zu Jan auf die Rückbank, während Natalie vorne einsteigt. »Setzen Sie uns bitte irgendwo in der Nähe vom Stadtfest in Wolkenheim ab«, bittet sie den Fahrer.

Die Fahrt dauert bloß zehn Minuten und währenddessen unterhalte ich mich mit Jan. Er hat sich im Vorfeld über das Fest informiert und einen Plan zurechtgelegt, zu welcher Zeit wir an welcher Bühne sein sollten, um die besten Bands zu sehen. Mein bester Freund ist ein Organisationsnerd.

»Der Plan wird nicht aufgehen«, teile ich ihm mit. »Wir verquatschen uns irgendwo oder sehen nicht auf die Uhr. So läufts doch immer.«

»Heute nicht«, beharrt er, und beinahe finde ich es beeindruckend, wie überzeugt er davon ist.

»Ist es hier okay?«, unterbricht uns der Fahrer.

»Ja, der Parkplatz ist super«, entscheidet Natalie.

Bevor sie ihr Geld rausholen kann, reiche ich dem Fahrer einen Zwanziger nach vorne. »Stimmt so.«

»Dafür gebe ich aber die erste Runde aus«, entscheidet sie und steigt aus.

Wir verabschieden uns vom Fahrer, und kaum habe ich die Hintertür zugemacht, rauscht er vom Parkplatz. Natalie hängt sich ihre Handtasche über die Schulter und zeigt nach links, dann läuft sie los. Jan und ich folgen ihr eilig über den rappelvollen Parkplatz zu einer langen, aber schmalen Straße. Auf der anderen Seite stehen hohe Gebäude, zwischen denen Musik und Stimmengewirr zu uns dröhnt. Ich war vorher noch nie in der Innenstadt von Wolkenheim. Mein Leben lang wohne ich schon in Hamburg und bin meistens in der Altstadt oder am Hafen dort unterwegs. Ich bin gespannt auf Natalies Heimatort und auf das Fest, das sie endlos gelobt hat, als wäre es das Event des Jahres.

»Bleibt dicht zusammen«, sagt Natalie und sieht uns über die Schulter hinweg ernst an. »Ich habe keine Lust, euch suchen zu müssen.«

»Alles klar, Mama«, witzle ich und ernte ein Augenrollen von ihr. Allerdings grinst sie dabei, was ich als gutes Zeichen bezüglich ihrer Laune ansehe.

Jan hastet an mir vorbei und läuft neben Natalie durch eine enge Gasse, die zwischen den Häusern hindurchführt. Von Schritt zu Schritt wird es lauter, und als wir die Innenstadt betreten, ist es plötzlich so laut, dass man kaum seine eigenen Gedanken hören kann. Überall stehen Buden, die die verschiedensten Dinge anbieten. Direkt neben uns erkenne ich einen Cocktailstand. Jan zeigt dorthin, aber Natalie schüttelt den Kopf und deutet nach rechts. Da sie sich hier als Einzige von uns auskennt, folgen wir ihr.

Ein Strom aus Menschen reißt uns mit, und ich bin froh, so groß zu sein, denn andernfalls wäre es schwer, die beiden im Blick zu behalten. Irgendwann bleibt Natalie stehen und streckt die Hand nach links aus. Dort entdecke ich einen großen runden Platz, auf dem eine hohe Bühne steht, die mit unzähligen Plakaten übersäht ist. Sponsoren vom Fest, Bandnamen und Werbung für irgendwelche Geschäfte sind darauf zu sehen. Rings herum wurden Getränke- und Imbissstände aufgebaut und vor der Bühne tanzen gut gelaunte Leute, die zu der Musik der Band mitsingen. Wir stellen uns an einen Getränkestand, der etwas abseits steht, trotzdem ist es auch dort extrem voll. Ich liebe solche Events. Feste, auf denen es zu laut ist, um zu denken, und zu voll, um durch irgendetwas Erinnerungen auszulösen. Der Biergeruch und die vielen betrunkenen Menschen machen mir in solchen Momenten nichts aus. Im Gegenteil. Es wirkt abschreckend zu sehen, wie peinlich sich manche Betrunkenen aufführen. In solchen Momenten frage ich mich, wie ich jemals zu einem von ihnen werden konnte. Wie ich so tief fallen und mich dermaßen bescheuert verhalten konnte. Willi sagt häufig, dass ich meine Selbstbeherrschung nicht überschätzen soll, aber solange ich mich gefestigt fühle, sehe ich keinen Grund, um mich von solchen Events fernzuhalten.

Natalie drängelt sich zum Stand durch und bestellt die erste Runde. Sie drückt mir mit vielsagendem Blick eine Cola in die Hand, während sie Jan ein Bier reicht. »Auf einen lustigen Abend!«, ruft sie und hebt ihren Becher hoch.

Wir stoßen an, da taucht unvermutet eine Hand auf Natalies Schulter auf. Sie dreht sich um und plötzlich stößt sie ein vergnügtes Quietschen aus, das sogar über die Musik hinweg zu hören ist. Den Typen, dem sie sich schwungvoll in die Arme wirft, kenne ich nicht. Er hat dunkelblonde kurze Haare, eine viel zu perfekte Nase und ein Lächeln, das zwar aufrichtig, aber überheblich wirkt. Er ist mir auf Anhieb unsympathisch, obwohl ich nicht benennen kann, weshalb. Nachdem Natalie ihn losgelassen hat, tritt sie zur Seite und gibt die Sicht auf eine weitere Person frei. Eine Person, bei dessen Anblick mir schlagartig warm wird und die mir ein ehrliches Lächeln auf die Lippen zaubert.

Lisa winkt locker in die Runde. Ihre Wangen sind leicht gerötet und ihre faszinierenden Augen wirken riesig, als wäre sie aufgeregt. Ich kann den Blick nicht von ihr nehmen – und sie anscheinend auch nicht von mir.

»Jan, Ben, das ist mein Bruder Fabian. Lisa kennt ihr ja schon.« Natalies Stimme zerstört den Moment und lässt mich hart ins Hier und Jetzt zurückprallen. Schlagartig erinnere ich mich daran, wo ich bin und dass es alles andere als richtig ist, eine verheiratete Frau anzustarren. Also reiße ich mich von ihr los und sehe stattdessen zu Fabian. Ich kann nicht anders, als mir ihn und Lisa als Ganzes vorzustellen. Mir vorzustellen, wie sie sich in den Arm nehmen und sich verliebt ansehen. Das Bild passt. Die zwei sind ein schönes Paar. Wieso diese Erkenntnis meinen Mund staubtrocken werden lässt, verstehe ich nicht, und wenn ich ehrlich bin, will ich es gar nicht begreifen. Ich nicke Lisa knapp zu und wende mich dann an Fabian. Im Augenwinkel bemerke ich, dass sie die Stirn runzelt, und sofort überfällt mich das schlechte Gewissen. Das hat sie nicht verdient. Aber es erscheint mir falsch, sie zur Begrüßung zu umarmen, wenn ihr Mann danebensteht.

»Du bist also der große Bruder«, stelle ich fest, reiche Fabian die Hand und unterdrücke prompt ein Grinsen. Er drückt meine Hand kräftiger als nötig. Eine typische Beschützergeste, um mich einzuschüchtern. »Hab schon viel von dir gehört«, setze ich nach und erwidere seinen Druck ebenso kräftig.

»Ich auch von dir«, sagt Fabian und zieht langsam seine Hand zurück. »Pass gut auf meine kleine Schwester auf.«

»Das mache ich immer.«

Fabian mustert mich, als würde er versuchen, mich einzuschätzen. Dabei ist es mehr als offensichtlich, dass er mich nicht mag. Keine Ahnung, wieso, denn immerhin kennen wir uns nicht. Da es mir jedoch ähnlich geht, kommentiere ich es nicht, sondern schenke ihm den gleichen kalten Blick, mit dem gleichen aufgesetzten Lächeln, den er mir entgegenwirft. Einen Moment lang starren wir uns an, dann wendet Fabian sich an Jan und Natalie.

Ich zögere, gehe schließlich aber doch auf Lisa zu, und je näher ich ihr komme, desto echter wird mein Lächeln. »Ich wusste nicht, dass du auch kommst.«

»Dito«, erwidert sie und sieht zu mir auf.

Ich finde es niedlich, wie klein sie ist. Vermutlich um die eins sechzig, während ich gute eins neunzig groß bin. »Eigentlich hätte ich es mir denken müssen«, gebe ich zu. »Immerhin wohnst du in dieser Stadt.«

»Stimmt, aber klar war das trotzdem nicht. Einen Babysitter zu finden, ist an diesem Wochenende immer eine Katastrophe. Normalerweise gehen Fabi und ich nur nachmittags mit Mika her oder wechseln uns am Abend ab. Zum Glück –« Lisa redet weiter, aber ich höre ihr nicht mehr zu. Bei diesem Thema macht mein Verstand automatisch dicht. »Ben?«

»Was? Sorry, ich war abgelenkt«, murmle ich und stoße innerlich einen Fluch aus. Ich will nicht, dass Lisa mich für unhöflich hält oder denkt, ich würde mich nicht für das, was sie sagt, interessieren. Aber gegen meinen Schutzmechanismus bin ich machtlos. Ich trinke den halben Becher meiner Cola auf einmal aus, um die Enge in meiner Brust fortzuspülen, und atme anschließend konzentriert aus.

»Durstig?«, fragt Lisa.

»Es ist warm heute.«

»Na ja.« Sie schmunzelt. »Für einen Sommertag ist es heute eigentlich ziemlich frisch.«

»Stimmt«, gebe ich zu und reibe mir verlegen über den Nacken. »Ich hole mir noch eine Cola. Möchtest du auch etwas trinken?«

Lisa öffnet den Mund, da legt sich ein Arm um ihre Schulter. »Ich mache das schon«, mischt Fabian sich ein. Er sieht flüchtig zu mir und etwas in seinen Augen verwirrt mich. Darin ist ein besitzergreifendes Funkeln, das eisig und doch glühend heiß wirkt. Ist er eifersüchtig? *Oh Mann*, denke ich. Ich kann verstehen, dass er eifersüchtig wird, wenn ein fremder Typ seine Frau auf ein Getränk einladen will, aber deshalb den Macho raushängen zu lassen, ist einfach nur peinlich.

»Alles klar«, sage ich und zucke mit den Schultern. Streit kann ich nicht gebrauchen, also ziehe ich mich zurück, auch wenn ich es schade finde, denn ich hätte mich gern länger mit Lisa unterhalten. Aber mit Fabian an ihrer Seite wird das nichts, also trete ich an den beiden vorbei zum Getränkestand. Nachdem ich mein neues Getränk bekommen habe, sehe ich mich nach Jan um. Die Stimmung zwischen ihm und Natalie scheint deutlich besser geworden zu sein, denn die beiden tanzen und lachen dicht vor der Bühne.

Ich dränge mich zu ihnen durch, und obwohl ich mich auf meinen besten Freund konzentrieren will, gleitet mein Blick zurück zum Stand. Lisa steht am Tresen und Fabian entdecke ich direkt hinter ihr. Er unterhält sich mit einem schwarzhaarigen Mann, schaut achtlos durch die Menge und plötzlich scheint es ihm nicht mehr so wichtig zu sein, seine Frau im Auge zu behalten. *So viel dazu, dass er das mit dem Getränk für sie übernehmen wollte.* Lisa nimmt zwei Becher von der Kellnerin entgegen und reicht eins davon Fabian, der es ihr abnimmt, ohne sie anzusehen. Er scheint nicht einmal Danke zu sagen. Sie stellt sich neben die Männer und nippt an ihrem Getränk. Lisa sagt etwas, aber die Männer antworten ihr nur knapp und unterhalten sich dann weiter, als wäre sie gar nicht da.

Ich muss die Zähne zusammenbeißen, um nichts Dummes zu sagen oder zu tun. Zurückzugehen und Lisa mit mir auf die Tanzfläche zu ziehen zum Beispiel. Aber es juckt mich in den Beinen, genau das zu tun, denn sie tut mir in diesem Moment unheimlich leid. Wie deplatziert Lisa sich vorkommt, ist deutlich zu erkennen. Sie klammert sich an ihren Becher, und selbst aus der Entfernung erkenne ich, wie freudlos ihr Gesicht wirkt. Dass kein Lächeln darauf liegt und ihre Augen rastlos umhergleiten. Nach dem zu urteilen, was ich in den vergangenen Minuten miterlebt habe, läuft in ihrer Ehe einiges schief. Es fällt mir schwer, mich zum Wegsehen zu zwingen, und noch schwerer, meine Gedanken in eine andere Richtung zu lenken. Jedoch geht es mich nichts an, was zwischen den beiden los ist, auch wenn es mir nicht gefällt. Ich kenne Lisa kaum und habe nicht das Recht, mich einzumischen.

Außerdem muss ich mich von zusätzlichem Chaos und Problemen fernhalten. Wenn nicht, riskiere ich, zurück in den Abgrund zu stürzen, und ich bin mir nicht sicher, ob ich es ein weiteres Mal schaffen würde, herauszuklettern.

Kapitel 7

Auf neue Freunde

Lisa

Ein kinderfreier Abend sollte Spaß machen – der heutige tut das bisher allerdings nicht. Ich sehe mich gelangweilt um und stochere mit dem Strohhalm in meinem Cocktail herum. Auf der Bühne steht eine Coverband, die tolle Musik spielt. Meine Beine kribbeln sehnsüchtig, denn am liebsten würde ich rübergehen und tanzen. Leider hat Fabian keine Lust dazu, so wie er zu allem anderen auch keine Lust hat. Seit gut drei Stunden sind wir jetzt auf dem Fest und von Minute zu Minute werde ich gefrusteter, weil wir durchgehend am Getränkestand stehen. Es ist nicht so, als würde ich nur dumm durch die Gegend schauen, denn ich unterhalte mich viel und lache auch, trotzdem fehlt mir etwas. Dieser besondere Funke, der einen Partyabend lustig und unvergesslich macht. Das Gefühl von Freiheit und Sorglosigkeit.

»Willst du auch etwas essen?«, brüllt Fabi mir ins Ohr. Ich erschrecke mich so sehr, dass ich beinahe den Becher fallen lasse, was ihm ein freches Grinsen entlockt.

»Nicht witzig«, sage ich, muss aber schmunzeln. »Ich habe keinen Hunger, aber danke fürs Fragen.«

»Alles klar. Dann geh ich mir schnell was holen und anschließend treffen wir uns wieder hier, okay?«

»Tanzt du danach mit mir?«, frage ich.

Fabian verzieht das Gesicht. »Du weißt doch, dass ich nicht gern tanze.«

»Hm«, murmle ich und schiele auf den Tanzbereich vor der Bühne. »Vielleicht gehe ich dann einfach allein tanzen. Du kommst gleich wieder hier zum Stand?«, hake ich nach und er nickt. Fabi gibt mir einen schnellen Kuss auf die Wange und schon verschwindet er zwischen den umstehenden Menschen. Sobald er außer Sichtweite ist, exe ich meinen Cocktail und stelle den leeren Becher auf dem Tresen ab, dann dränge ich mich zur Bühne durch. Zu Anfang fühlt es sich merkwürdig an, allein zu tanzen. Ich bewege mich nur zaghaft und sehe mich immer wieder um, doch das unbehagliche Gefühl legt sich erstaunlich schnell, und ehe ich es bemerke, singe ich laut mit und meine Hüften wiegen sich im Takt der Musik. Meine Stimme verschmilzt mit den anderen und rings um mich herum ertönt der Text des Klassikers *Highway to Hell.* Dieses Lied ist ähnlich wie der *Pur Partymix.* Als Kleinstädterin muss man den Text auswendig kennen. Unvermutet spüre ich eine Hand auf der Hüfte und drehe mich erschrocken um. Nur um in Natalies Gesicht zu schauen.

»Ich bin's nur!«, ruft sie.

Hinter meiner Schwägerin erkenne ich Jan und Ben. Jans Augen haben den gleichen verräterischen Glanz, den ich auch in Natalies Augen finde. Die beiden sind stark angetrunken. Ben hingegen wirkt absolut nüchtern.

»An den anderen Bühnen ist nicht viel los«, teilt Natalie mir mit. »Wir waren überall, aber hier gibt's die beste Musik.« Sie hat nicht ganz ausgesprochen, da dreht sie sich bereits um und fängt an zu tanzen. Jan greift lachend nach ihrer Hand und wirbelt sie herum. Die umstehenden Leute finden das gar nicht witzig und beschweren sich darüber, dass sie sie anrempeln. Das bringt die zwei allerdings nur noch lauter zum Lachen.

»Die sind betrunken.« Ben steht mit einem Mal dicht neben mir. So dicht, dass unsere Ellenbogen sich streifen. Es ist eine unschuldige und zufällige Berührung, und doch schickt sie einen Stromstoß durch meinen Körper, der meine Muskeln pulsieren lässt. »Wo ist Fabian?«

Ich dränge das Pulsieren hartnäckig zurück und deute über die Tanzfläche zum Getränkestand, der von hier aus nur schwer zu sehen ist. »Er holt sich etwas zu essen und kommt gleich wieder her.«

»Habt ihr die ganze Zeit hier getanzt?«

»Nein«, gebe ich zu und beobachte amüsiert die tanzende Natalie und den sich im Kreis drehenden Jan. »Wir waren hauptsächlich am Stand und haben uns mit Leuten unterhalten, nachdem ihr gegangen seid.«

»Okay«, erwidert er gedehnt und hebt interessiert die Braue. »Und jetzt haut er ab und lässt dich allein tanzen?« Da ist ein Unterton in seiner Stimme, der sonderbar belustigt klingt. Ehe ich nachhaken kann, was das zu bedeuten hat, greift Ben nach meiner Hand und wirbelt mich ohne Vorwarnung nach hinten. Ich stoße ein überraschtes Quietschen aus, da zieht er mich abrupt zurück und ich pralle gegen seine Brust. Mein Puls schießt in die Höhe und ich kann nichts gegen die wohlige Wärme tun, die über meine Haut gleitet. Ben sieht auf mich hinab, so wie ich zu ihm hochsehe. Seine Hand um meine packt fester zu, als würde er sich an etwas klammern wollen, und sein Adamsapfel hüpft hektisch auf und ab. Der Moment fühlt sich ewig an, und als er abrupt endet, zieht es verräterisch in meiner Brust.

Ben wirbelt mich erneut nach hinten und lässt meine Hand los. Er fängt an zu hüpfen und deutet auf meine Beine. »Komm schon!«, ruft er. »Mach mit!«

Einen Moment lang stehe ich starr zwischen den vielen tanzenden Menschen, dann überwinde ich den Schock, steige in sein Hüpfen ein und höre nicht mehr auf, während die Zeit an uns vorbeirennt. Wir tanzen und schreien aus vollem Hals die Lieder mit, als hätte es diesen merkwürdigen Moment nicht gegeben. Irgendwann spüre ich Schweiß, der schleichend meinen Nacken hinab- und über meinen Rücken rinnt, aber das ist mir egal, denn ich habe so viel Spaß wie lange nicht mehr. Keine Ahnung, wie viel Zeit vergeht, in der wir die Welt um uns herum vergessen, bis mein Blick zufällig zum Getränkestand gleitet und ich überrascht stehen bleibe. Von Fabi ist weit und breit nichts zu sehen. Schlagartig bekomme ich ein schlechtes Gewissen, zücke mein Handy und erschrecke, als ich auf dem Display die Uhrzeit sehe. Wir haben über eine Stunde durchgetanzt. *Wie konnte so viel Zeit vergehen?*

»Alles okay?«, erkundigt sich Ben.

Ich schüttle den Kopf, nicke dann aber. »Ich weiß es nicht«, gebe ich zu. »Fabi ist ganz schön lange weg.«

Ben presst die Lippen zusammen und die Fröhlichkeit verschwindet so plötzlich aus seinem Gesicht, dass es mir beinahe Angst einjagt. Dann blinzelt er und unvermutet ist sein Lächeln zurück. »Möchtest du ihn suchen?«

»Nein. Ich rufe ihn erst mal an.«

»Alles klar. Ich komme mit.«

Gemeinsam drängen wir uns über die Tanzfläche bis zum Stand durch und ergattern einen freien Stehtisch, was mir bei der Masse an Menschen wie ein Wunder vorkommt.

»Möchtest du etwas trinken?«

»Gern. Einen Mojito bitte.« Ben dreht sich zum Stand um, während ich Fabians Kontakt suche und ihn anrufe. Es klingelt mehrere Male, dann prescht mir unerwartet laute Musik ins Ohr. »Hallo?«, rufe ich und halte mir das andere Ohr zu, um ihn besser verstehen zu können.

»Lisa! Alles okay?«

»Fabi? Wo bist du?«

»An der Rathausbühne«, brüllt er ins Handy. »Hier sind ein paar Leute von meiner Arbeit.«

»Ich dachte, du wolltest dir nur schnell etwas zu essen holen und dann wiederkommen? Ich habe gerade auf die Uhr gesehen und mir Sorgen gemacht, weil du so lange weg bist.«

»Ich hab die Zeit vergessen. Ist zu lustig hier«, erwidert er, als wäre es keine große Sache. »Kommst du hoch?«

»Ist das dein Ernst?«, frage ich fassungslos.

»Stimmt was nicht?«

»Ich war die ganze Zeit genau da, wo wir es abgesprochen hatten, Fabian. Hättest du dich bei mir gemeldet und mir Bescheid gesagt, wo du bist, wenn ich dich nicht angerufen hätte?«

»Ich hab einen Kollegen getroffen und wir wollten nur ein Bier zusammen trinken, dann hab ich mich verquatscht. Ich habe nicht daran gedacht, dir Bescheid zu geben. Mach jetzt deshalb bitte nicht so ein Fass auf.«

»Weißt du«, sage ich und bin überrascht darüber, wie ruhig und gefasst meine Stimme klingt. »Ich dachte wirklich, wir würden uns einen schönen Abend machen. Zusammen. Aber erst hattest du keine Lust, irgendwas anderes zu machen als rumzustehen und dich zu unterhalten, und dann bist du abgehauen, ohne auch nur für einen Moment an mich zu denken. Also wieso jetzt plötzlich etwas daran ändern? Bleib, wo du bist. Wir sehen uns nachher zu Hause.« Sauer beende ich den Anruf und stecke das Handy ein. Es vibriert in meiner Tasche, aber ich ignoriere es. Soll er doch schmoren und vor schlechtem Gewissen verrückt werden.

»Dein Mojito.« Ben stellt den Cocktail vor mir auf den Tisch und sieht mich vorsichtig an.

»Wie viel hast du gehört?«

»Zu viel, schätze ich«, gibt er zu und steckt einen Strohhalm in meinen Becher. »Dein Mann hat dich also vergessen?«

»Nicht direkt«, murmle ich und nippe am Drink. »Er hat sich verquatscht und die Zeit vergessen. Das kann passieren. Immerhin habe ich beim Tanzen auch die Zeit vergessen.«

»Aber er wusste, wo du bist«, wirft Ben ein. »Du hattest hingegen keine Ahnung. Er hat sich nicht mal gemeldet.«

»Stimmt«, murmle ich und spiele mit dem Strohhalm. »Aber wie soll ich ihm dafür lange böse sein, wenn ich in der vergangenen Stunde auch nicht groß an ihn gedacht habe?«

»Du nimmst ihn in Schutz.«

Ich will widersprechen, aber Ben hat recht, denn genau das tue ich. Ständig. Ich erfinde Ausreden für Fabians rücksichtsloses Verhalten oder rede es mir schön, dabei weiß ich im Grunde, dass wir riesige Probleme haben. Fabian ist ständig unterwegs. Er vergisst Termine und verlässt sich in fast allen wichtigen Dingen auf mich. Früher war es ganz anders zwischen uns. Fabian war liebevoll, mitfühlend und aufmerksam. Wir haben uns wortlos verstanden. Als Mika ein Baby war, haben wir regelmäßig etwas als Familie unternommen, sind in den Park gegangen oder waren am Feld spazieren. Wir haben uns gegenseitig durch kleine Gesten gezeigt, wie viel der andere uns bedeutet. Ich habe sein Lieblingsgericht gekocht, Kerzen angezündet und einen Film ausgesucht, den wir uns kuschelnd zusammen angesehen haben. Oft hat Fabian mir Blumen mitgebracht, Mika abgenommen und ein heißes Schaumbad eingelassen. Doch seit einigen Monaten hat sich unsere Beziehung sehr stark verändert und ich habe immer mehr das Gefühl, dass wir auf einen Berg aus Problemen zusteuern. Wenn wir nicht aufpassen, werden wir diesen Berg rammen und untergehen. Von all dem erzähle ich Ben nichts. Zum einen, weil ich ihn mit meinem Mist nicht belästigen will, und zum anderen, weil es mir peinlich ist. »Was ist mit dir?«, lenke ich ab. »Hast du eine Freundin, die auf eine Nachricht von dir wartet?«

»Ich würde meine Freundin nie auf eine Nachricht warten lassen«, sagt er und aus irgendeinem Grund glaube ich ihm. »Aber nein, ich bin Single.«

»Wieso?«

Er stockt, senkt den Kopf und sieht zur Seite. »Ich hatte eine Freundin, bei der ich dachte, wir würden unser Leben zusammen verbringen«, beginnt er so leise, dass ich mich anstrengen muss, um ihn zu verstehen. »Sie hat das Bild geprägt, wie ich mir meine perfekte Partnerin vorstelle, und es ist schwer, einen solchen Menschen ein zweites Mal zu finden. Außerdem bin ich zurzeit gern Single«, setzt er nach und sieht wieder zu mir auf. »In meinem Leben ist einiges los und eine Beziehung da reinzuquetschen, wäre nicht richtig. Wenn ich eine Beziehung führe, will ich voll und ganz für diese Person da sein. Ich will, dass sie immer das Gefühl hat, zu mir kommen zu können und von mir an die erste Stelle gesetzt zu werden. Das ist momentan nicht möglich.«

Mir brennt die Frage auf den Lippen, was aus dieser Frau geworden ist, aber Ben wirkt nicht, als würde er über sie sprechen wollen, also verkneife ich sie mir und sage stattdessen: »Jede Frau könnte sich glücklich schätzen, dich als Partner zu bekommen.«

»Wieso denkst du das?«

»Weil ich dir glaube, was du eben gesagt hast.«

Ben sieht mich mit einem Funkeln im Blick an, das ich nicht deuten kann. Irgendwie überrascht und erfreut, aber zeitgleich auch traurig und zurückhaltend. *Ich würde zu gern wissen, was in ihm vorgeht.*

»Glaub mir, das willst du nicht wissen«, sagt er und ich zucke ertappt zusammen. *Verdammt. Habe ich das etwa laut gesagt?* »Wir sollten nach den Schnapsdrosseln gucken«, meint Ben und deutet zur Bühne.

Ich bin froh über den Themenwechsel. Allerdings bin ich mir nicht sicher, wer von uns sich mehr darüber freut, einem ernsten Gespräch aus dem Weg zu gehen. So oder so folge ich seinem Blick. Natalie und Jan tanzen noch immer. Gerade werfen sie die Arme in die Luft und schwenken sie von einer Seite zur anderen. Dass sie dabei alle möglichen Leute treffen, scheinen sie nicht zu bemerken.

»Vermutlich sollten wir bald dafür sorgen, dass sie heil ins Bett kommen.«

»Das übernehme ich gleich«, entscheidet Ben. »Was ist mit dir? Sollen wir dich mit dem Taxi zu Hause rauslassen, oder gehst du hoch zu deinem Mann?«

»Eigentlich will ich noch nicht nach Hause, und zu Fabian gehen will ich gerade auch nicht.«

»Ich mache dir einen Vorschlag«, sagt Ben und grinst, als hätte er die beste Idee des Jahrzehnts. »Du hilfst mir, die beiden Idioten ins Taxi zu setzen, und anschließend gehen wir wieder tanzen. Ich will nämlich auch noch nicht gehen.«

Etwas in mir warnt mich, dass das nicht richtig wäre, und prompt taucht das emotionslose Gesicht meiner Mutter vor mir auf. Es ermahnt mich, ihre Fehler nicht zu wiederholen und daran zu denken, was damals passiert ist. Was ihr Verhalten angerichtet und zerstört hat. Dennoch nicke ich und sage mir stumm, dass es nichts zu bedeuten hat. Ben und ich sind auf einem guten Weg, Freunde zu werden, und daran, den restlichen Abend mit einem neuen Freund zu verbringen, ist nichts Verwerfliches. Es ist normal und außerdem lenkt es mich von den Problemen mit Fabian ab. Morgen werde ich mit meinem Mann sprechen. Ich werde ihm sagen, wie ich mich in der letzten Zeit fühle und was mir in unserer Ehe fehlt. Heute gönne ich mir allerdings eine Verschnaufpause vom Alltag. Eine Pause, in der ich Kraft sammle, um morgen mutig zu sein.

Kapitel 8

Scham und Glück

Lisa

»Und dann hat er sich oben auf den Felsen gestellt und auf seiner Brust rumgetrommelt wie Tarzan.«

Vor Lachen verschlucke ich mich an meinem Mojito. Der Husten lässt meinen Hals brennen und treibt mir Tränen in die Augen, trotzdem genieße ich es, denn es ist ungemein belebend. Genauso wie die gesamte vergangene Stunde.

»Ist alles okay bei dir?«

Mit verschwommenem Blick taste ich nach meinem Becher auf dem Stehtisch. Nachdem ich einen kleinen Schluck getrunken habe, hört das Brennen zum Glück langsam auf und ich wische die Tränen aus meinen Augenwinkeln. »Ja, klar«, antworte ich rau und räuspere mich. »Aber warn mich nächstes Mal bitte vor, wenn deine Geschichte so eine Pointe hat, damit ich nicht wieder beinahe ersticke.«

Ben salutiert und bringt mich damit erneut zum Lachen. »Jetzt bist du aber dran«, meint er. »Erzähl mir etwas aus deiner Kindheit.«

Prompt ist meine gute Laune dahin und das Lachen versiegt. Ich weiche Bens Blick aus und sehe mich ablenkend in der Innenstadt um. Inzwischen sind nur noch wenige Menschen unterwegs, und viele Stände haben bereits zugemacht. Es ist nach ein Uhr morgens und laut den Regeln der Stadt endet die Musik um Mitternacht, um den Anwohnern zumindest etwas Nachtruhe zu gönnen. Der Ausschank ist zwar bis zwei Uhr erlaubt, aber die meisten Stände machen zu, sobald nicht mehr viel los ist. Ben und ich stehen an einem der letzten, die noch etwas verkaufen. Er liegt an der Hauptbühne, an der ich den gesamten Abend verbracht habe. Nachdem wir Jan und Natalie in ein Taxi gesetzt hatten, ergatterten wir wie durch ein Wunder erneut einen freien Stehtisch. Eigentlich wollten Ben und ich nur schnell etwas trinken und dann wieder tanzen gehen, aber wir haben uns festgequatscht, und wenn ich ehrlich bin, genieße ich unser Gespräch sogar noch mehr als das Tanzen vorhin. Zumindest war das bis eben so.

»Ich habe in der Grundschule mal einen Regenwurm gegessen«, erzähle ich und sehe zögernd zu Ben zurück.

Er hat den Kopf schief gelegt und seine Miene wirkt erstaunlich ernst. »Du sprichst nicht gern über deine Kindheit.« Eine Aussage, keine Frage.

»Richtig geraten.« Ich ziehe den Becher näher zu mir und fummle am Rand herum, um meine Finger zu beschäftigen. »Meine Mutter war nicht gerade das, was man unter mütterlich versteht. Ihre Lieblingswörter waren Hausarrest und Fernsehverbot. Außerdem war sie es nie leid, uns zu sagen, dass wir etwas nicht können oder niemals erreichen werden. Das gehört also nicht zu meinen Lieblingsthemen.«

»Da hatte ich wohl mehr Glück«, erzählt Ben. »Meine Mutter war sehr liebevoll und behütend. Sie hat sich ständig etwas ausgedacht, um mich zu beschäftigen, und hat mir auf spielerische Weise viel beigebracht. Außerdem war sie es nie müde, mir zu sagen, dass ich alles erreichen könnte, was ich mir vornehme. Was ist mit deinem Vater?«, lenkt er das Thema auf mich zurück.

»Papa ist toll«, antworte ich und sofort muss ich liebevoll lächeln. »Er hat an den Wochenenden oft Ausflüge mit uns unternommen, hat uns kleine Geschenke mitgebracht oder uns abends eine Geschichte vorgelesen. Aber er hat damals viel gearbeitet und war mehrmals im Jahr auf Fortbildungen oder Geschäftsreisen, dadurch war er im Alltag häufig nicht da. Unsere Mutter hat Ina und mich die meiste Zeit allein betreut.«

»Ina ist deine Schwester?«, hakt Ben nach.

»Genau. Meine ältere Schwester. Wir beide haben schon immer zusammengehalten. Es gab Wochen, in denen wir nur uns hatten. Hausarrest war der Normalzustand, und weil Papa meistens weg war, haben wir zusammengehockt. Sie ist mir mehr eine Mutter gewesen, als meine eigentliche Mutter es war. Bei Problemen bin ich zu ihr gegangen, und das ist bis heute noch so.«

»Es ist schön, wenn man einen solchen Menschen hat«, stellt Ben fest.

»Hast du Geschwister?«

»Verwöhntes Einzelkind«, gesteht er verlegen. »Meine Eltern wollten ein zweites Kind, aber es hat nicht geklappt. Deshalb haben sie mich mit Aufmerksamkeit überschüttet und auf mich aufgepasst wie auf die Kronjuwelen. Als ich ihnen damals verkündet habe, dass ich zur Bundeswehr gehe, hat meine Mutter angefangen zu weinen und konnte tagelang nicht damit aufhören.«

»Aus Angst«, schlussfolgere ich. »Sie wollte dich nicht verlieren. Es muss schön sein, eine Mutter zu haben, die sich so um einen sorgt. Der es um das Wohlergehen ihres Kindes geht und die es so sehr liebt, dass sie allein den Gedanken daran, es verlieren zu können, nicht erträgt. Genau so ein Gefühl will ich Mika vermitteln.« Ich zücke mein Handy und öffne ein Foto meines Sohnes. Es stammt vom letzten Sonntag und zeigt ihn im Sandkasten. Ich halte Ben mein Handy hin und deute auf das Foto. »Mika ist meine Welt. Ich will, dass er eine andere Kindheit erlebt, als Ina und ich es mussten. Er soll immer wissen, dass seine Eltern ihn lieben und für ihn da sind«, gestehe ich. »Nach der Scheidung hat Papa sein Bestes versucht, aber er musste arbeiten und … wir haben ihn unheimlich lieb und ich weiß alles, was er für Ina und mich getan hat, zu schätzen, aber ich möchte es anders machen. Mika soll in einer heilen Familie aufwachsen. Mit Vater und Mutter um sich herum.«

Ben erwidert nichts, also sehe ich zu ihm auf – dann runzle ich die Stirn. Er sieht nicht aufs Handy, sondern starrt daran vorbei auf seinen Becher.

»Ist alles okay?«, frage ich leise und stecke das Handy wieder ein. »Ich weiß, dass das kein Thema für einen Partyabend ist, also –«

»Daran liegt es nicht«, beteuert Ben eilig. »Es liegt nicht an dir, Lisa.«

»Bist du dir sicher? Ich könnte es verstehen.«

Ein zärtliches Lächeln schleicht sich auf seine Lippen. »Ganz sicher. Du kannst mir alles erzählen und ich höre dir gern zu. Sehr gern sogar.«

Wir sehen uns an, wie wir es schon oft an diesem Abend getan haben, und doch fühlt es sich dieses Mal anders an. Bedeutender und intimer. Wie von selbst rücke ich näher an ihn heran und frage mich zeitgleich, was zur Hölle ich da tue. Doch eine Antwort bekomme ich nicht, denn dass Ben mir ebenso näher kommt, lässt meine Gedanken abrupt verstummen. Mit einem Mal sind unsere Gesichter so dicht voreinander, dass ich die hellen Sprenkel in Bens Augen erkennen kann und sein Duft mir in die Nase steigt. Er hüllt mich ein, erfüllt mich mit einer herben, aber dennoch fruchtigen Note, und plötzlich ist da nur noch Ben. Nichts anderes ist mehr wichtig. Nichts anderes existiert.

»Lisa.« Mein Name, ausgesprochen wie Fluch und Gebet zugleich.

Dass Ben mich körperlich anzieht, kann ich nicht bestreiten. Ebenso wenig wie die Tatsache, dass es mir viel zu gut gefällt, wie er mich ansieht. Durch seinen Blick fühle ich mich begehrt, und dieses Gefühl habe ich schon viel zu lange nicht mehr empfunden.

Ich verliere mich in Bens Augen, versinke in dem warmen und überraschend sicheren Gefühl, das seine Nähe mir schenkt und – ruckartig schüttelt Ben den Kopf und tritt einen Schritt zurück. Sein Geruch wird vom schalen Bier ersetzt und sein Kopf rückt zu weit nach hinten, als dass ich die Sprenkel in seinen Augen noch erkennen könnte. Ich versuche zu begreifen, was das gerade war. Wieso es sich so intim angefühlt hat. Wieso dessen Ende mich in einem Meer aus Verlust hinterlässt. Mir wird abwechselnd heiß und kalt und am liebsten würde ich vor Frust schreien. Frust über mich, über Ben und über die tausend Fragezeichen, die meine Schläfen pochen lassen.

»Hast du Hunger oder so?«

»Wie bitte?«

»Wenn du willst, können wir –«, fährt Ben fort, wird aber vom Ruf meines Namens unterbrochen.

Zeitgleich drehen wir den Kopf zur Seite und unwillkürlich zucke ich zusammen. Fabian steht nur wenige Meter neben unserem Tisch. Sein Blick ist glasig und er schwankt. Mein Mann ist eindeutig betrunken. Er kommt rüber und stellt sich zwischen uns wie eine Mauer, die viel zu hoch zum Überwinden ist. Dennoch kann ich sehen, dass Ben einen weiteren Schritt zurücktritt und sich mit verkniffener Miene durchs Haar fährt.

»Wir gehen«, fordert Fabian.

»Du bist betrunken«, erwidere ich gereizt. »Nimm dir ein Taxi und fahr nach Hause. Wir reden morgen darüber.«

»Nein«, schnauzt er und packt mich ohne Vorwarnung am Arm. Es tut nicht sonderlich weh, erschreckt mich aber, denn so herrisch hat er sich bisher noch nie benommen. »Wir gehen. Jetzt.«

»Fabian, lass den Mist.« Ich ziehe an meinem Arm, allerdings erhöht er dadurch bloß den Druck, und nun beginnt es tatsächlich wehzutun. Mein Herz schreit gequält auf und schlägt viel zu hektisch. Es will nicht begreifen, dass ausgerechnet der Mann, für den es schlägt, mir Schmerzen zufügt. »Lass mich los. Du tust mir weh.«

»Wir gehen, habe ich gesagt.«

»Nein.« Wütend zerre ich an meinem Arm, während Fabians Finger sich von Sekunde zu Sekunde tiefer in meine Haut graben. »Fabian, bitte! Du tust mir wirklich weh. Lass das.«

Was als Nächstes passiert, geschieht so schnell, dass ich es nur schemenhaft mitbekomme. Mein Arm ist plötzlich frei. Der Tisch wackelt, die Becher fallen herunter und nach einem weiteren Blinzeln begreife ich, was los ist. Ben hält Fabian am Kragen gegen den Getränkestand gedrückt fest. Ich erkenne seinen breiten Rücken und sehe die Hände meines Mannes, die um seine Figur herum wild fuchteln.

»Beruhig dich und komm runter«, höre ich Ben grollen. »Ich lass dich erst los, wenn du mit der Scheiße aufhörst. Das da hinten ist deine Frau, und der hast du gerade wehgetan.«

Ohne lange darüber nachzudenken, stelle ich mich neben Ben und sehe in Fabians rot anlaufendes Gesicht. Er schäumt vor Wut und beleidigt Ben mit einem solchen Lallen in der Stimme, dass man ihn kaum versteht.

»Fabi«, mische ich mich ein. »Bitte beruhig dich.«

Ben wirft mir einen besorgten Seitenblick zu, aber obwohl ich es bemerke, schaue ich nicht zurück. Ich habe zu viel Angst, sonst aus Scham und Verwirrung weinen zu müssen. »Fabian, bitte«, flehe ich und lege ihm eine Hand aufs Gesicht. Er zuckt zusammen, sieht geradewegs zu mir und plötzlich fallen seine Arme herab. »Du bist betrunken und hast Mist gebaut«, teile ich ihm mit und ziehe die Hand zurück. »Ich bringe dich nach Hause, damit du nüchtern werden kannst, okay?«

»Das machst du auf keinen Fall allein.« Bens Stimme duldet keinen Widerspruch. Ich würde es niemals laut zugeben, aber ich bin froh darüber, dass er mich nicht mit Fabian allein lässt. Angst vor meinem Mann habe ich zwar keine, ganz gleich, was eben passiert ist, trotzdem nagt ein ungutes Gefühl an mir. Es verknotet meinen Magen und erinnert mich warnend an meinen Arm. Er ist rot und pulsiert an der Stelle, an der Fabian mich gepackt hatte.

Es dauert einen Moment, bis Fabians Gegenwehr endgültig aufhört und er in sich zusammensackt wie ein Ballon, aus dem man die Luft herausgelassen hat. Ben fängt ihn auf und stützt ihn, während wir vom Stand weg und zur Gasse laufen, die zum großen Parkplatz neben der Innenstadt führt. Dort stehen normalerweise Taxen und ich bete, dass das auch heute Nacht so ist. Immer wieder spüre ich Bens besorgten Blick auf mir, aber ich sehe kein einziges Mal auf. Stattdessen konzentriere ich mich auf den torkelnden Fabian und bastle mir im Kopf die Worte zusammen, die ich morgen zu ihm sagen werde. Das Gespräch, das ich ohnehin mit ihm führen wollte, ist soeben um einiges länger geworden.

Ich atme erleichtert aus, als ich ein freies Taxi entdecke. Da Ben Fabian festhält, öffne ich die Hintertür für sie und nenne dem Fahrer unsere Adresse. Ben schnallt Fabian an und setzt sich neben ihn, daher steige ich vorne ein. Die Fahrt verläuft absolut still, wenn man von dem gelegentlichen unverständlichen Murmeln meines Mannes absieht. Das Ganze ist mir unsagbar peinlich. So peinlich, dass ich dem Fahrer ein sehr großzügiges Trinkgeld reiche, als wir schließlich vor unserem Haus ankommen.

»Warten Sie bitte, ich fahre gleich weiter«, meint Ben. Er hilft Fabian beim Aussteigen und wartet, bis ich die Haustür aufgeschlossen habe, ehe er ihn loslässt. »Schlaf gut«, ruft er Fabian nach, aber entweder hört er es nicht oder er will es nicht hören. Fabian schwankt die Treppen hinauf und verschwindet in unserer Wohnung, ohne ein Wort zu sagen.

Ich bleibe neben Ben vor der Haustür stehen und überlege, was ich tun könnte, um die Situation erträglicher und weniger peinlich zu machen, aber mein Kopf ist wie leer gefegt.

»Hier wohnst du also.« Bens Stimme ist leise und vorsichtig. »Schönes Haus.«

»So etwas ist noch nie passiert«, platzt es aus mir heraus. »Fabian ist sonst nicht so. Er war mir gegenüber noch nie aggressiv oder gewalttätig. Ich habe keine Ahnung, was auf einmal mit ihm los war.«

»Ich habe leider täglich mit Menschen zu tun, die Gewalt erlitten haben und in meinen Kursen einen Weg suchen, um sich selbst in Zukunft verteidigen zu können. Und ich sage es dir wirklich nicht gern, aber es gibt immer ein erstes Mal, Lisa. Einen Triggermoment. Und daraus können schnell viele Male werden, wenn man nicht aufpasst«, sagt Ben bedächtig.

»Ich möchte nicht, dass du ein falsches Bild von Fabian hast«, gebe ich zu. »Er ist nicht perfekt, aber ich bin es auch nicht. Wir haben Probleme, aber wir bekommen das mit Sicherheit wieder hin.«

»Wenn du darüber reden möchtest«, setzt Ben an und legt mir tröstend eine Hand auf die Schulter. »Oder einfach mal von zu Hause rauswillst, um durchzuatmen, dann melde dich bei mir. Ich wäre gern mit dir befreundet, Lisa. Und als Freund möchte ich dir helfen.«

»Das ist … danke, Ben.«

Er nimmt die Hand von meiner Schulter und deutet hinter sich. »Ich muss los, bevor der Taxifahrer sauer wird.«

»Danke für deine Hilfe und den schönen Abend. Auch wenn er unschön geendet ist, habe ich die Zeit davor genossen.«

Ben lächelt, aber es erscheint mir unecht und steif. Er geht die drei Stufen herunter, durchquert den kurzen Vorgarten und steigt in den Wagen, ohne zurückzusehen. Ich bleibe stehen und schaue dem Taxi nach, bis es um die Kurve am Ende der Straße gebogen ist. Mit einem tiefen Seufzen gehe ich schlussendlich ins Haus, da vibriert mein Handy. Ich schließe die Tür und sehe nebenbei aufs Display. Wärme schleicht sich in meine Brust und ein Teil der Anspannung fällt schlagartig von mir ab. Es ist eine Facebook-Nachricht von Ben mit einer Handynummer darin.

Hier hast du meine Handynummer. Das macht das Melden einfacher. Lass dich nicht unterkriegen.

Chat

Sonntag

Lisa 2:24

Jetzt hast du meine Nummer auch. Danke nochmal für alles. Schlaf gut.

Ben 9:08

Guten Morgen :-) Wie läuft's bei euch? Alles o.k.?

Lisa 9:11

Morgen. Fabian schläft noch. Was machst du heute Schönes?

Ben 9:12

Nachher treffe ich mich mit einem alten Freund. Und du?

Lisa 9:17

Ich gehe mit Mika aufs Stadtfest. Karussell fahren.

Montag

Ben 16:06

Sorry, dass ich nicht geantwortet habe. Bin eingeschlafen und war dann spät dran. Wie war's gestern noch?

Lisa 17:06

Kein Problem. War okay. Höre gerade Wasserkopf :-)

Ben 17:08
Audiodatei Wasserkopf – Der Tag gehört dir

Lisa 17:13
Soooo ein tolles Lied! Irgendwann will ich sie live sehen.

Ben 18:01
Ich auch. Können gern zusammen hin ;-) Muss jetzt los, hab noch einen Kurs.

Lisa 18:15
Wäre cool. Aber am nächsten Tag sind wir heiser. Viel Spaß

Mittwoch

Ben 19:46
Horror oder Komödie?

Lisa 20:03
Komödie. Horror niemals allein und nicht im Dunkeln.

Ben 20:04
Sehe ich auch so :-) Gucke jetzt Sister Act 2

Lisa 20:08
Neidisch! Tanz/Gesangsfilme sind meine liebsten.

Ben 20:10
Footloose ist mein Lieblingsfilm. Deiner?

Lisa 20:12
Hab ich nie gesehen. Grease ist meiner.

Ben 20:14
Das musst du nachholen!

Lisa 20:19
Mach ich :-)

Ben 20:22
Was machst du gerade? Jan ist noch arbeiten, deshalb kann ich den Soundtrack aufdrehen.

Lisa 20:24
Musik hören und lesen.

Ben 20:28
Was liest du?

Lisa 20:29
Stolz und Vorurteil. Ich fange immer wieder an, lese das Buch aber nie zu Ende.

Ben 20:31
Spoiler: Darcy ist ein Arsch. Habe das Buch in der Oberstufe gelesen. Wieso liest du es nicht zu Ende?

Lisa 20:32
Keine Zeit. Heute gehts. Mika schläft, Fabi ist nicht da.

Ben 20:33
Zwischen euch alles o.k.?

Lisa 20:52
Ja.

Kapitel 9

Dumme Ideen

Ben

»Was ist los?«

»Nichts«, behaupte ich und stecke den unscheinbaren runden Plastikchip in meine Hosentasche zurück. »Treffen wir uns am Sonntag hier oder bei dir an der Straßenecke?«

»Du weichst aus und lügst mich an.«

Ertappt ziehe ich die Schultern hoch. »Ich habe keine Ahnung, was du von mir hören willst – oder wie ich's dir erklären soll. Ich versteh's nämlich selbst nicht.«

»Fang vorne an und hör hinten auf, mein Junge«, schlägt Willi besonnen vor und setzt sich auf einen der Klappstühle. Im Gemeindehaus stehen rund dreißig Stück davon in vier ordentlichen Reihen hintereinander. Sie sind so aufgestellt, dass sie in Richtung des riesigen Kreuzes zeigen, das an der Wand gegenüber der Tür angebracht wurde. Hätte mir vor drei Jahren jemand gesagt, dass ich mal etwas mit Gott am Hut haben würde, hätte ich denjenigen ausgelacht. *Tja, so ungeahnt kann sich das Leben verändern.*

Ich komme für gewöhnlich schon vor den Treffen her und helfe beim Aufstellen der Stühle oder beim Kaffeekochen. So wie ich sonst hinterher auch immer noch bleibe, um aufzuräumen. Heute habe ich dafür keine Zeit, denn mein Kurs im Fitnessstudio fängt bald an. Aber ich weiß, dass es wichtiger ist, mit Willi zu sprechen, als meinen Kurs pünktlich zu beginnen. Die Teilnehmer werden es mir nicht übel nehmen, wenn ich fünf Minuten zu spät komme, aber Willi etwas zu verheimlichen, nimmt er mir übel. Sehr übel sogar.

»Ist 'ne lange Geschichte«, gebe ich zu und setze mich ebenfalls hin. »Die Kurzfassung ist, dass ich vor ungefähr zwei Wochen eine Frau kennengelernt habe, mit der ich mich gut verstehe. Wir liegen auf einer Wellenlänge und haben überraschend viel gemeinsam.«

»Das klingt nach einem Fortschritt«, stellt Willi fest. »Nimm das unvermutete Glück an.«

»So einfach ist das leider nicht. Sie ist Natalies Schwägerin, außerdem war ich am Wochenende zufällig Zeuge davon, was für heftige Eheprobleme sie hat. Sie redet sich den Mist schön und ich habe keine Ahnung, ob ich mich einmischen soll oder nicht. Jedes Mal, wenn ich versuche, das Thema anzuschneiden, weicht sie aus oder antwortet einsilbig. Außerdem hat sie ein Kind.«

»Verheiratet also«, erfasst Willi. »Willst du mehr als Freundschaft von dieser Frau?«

Sofort schüttle ich den Kopf.

»Wo liegt dann das Problem? Wenn ihr euch tatsächlich so gut versteht, könnte diese Freundschaft dir guttun. Und ihr auch. Wenn jemand es schafft, einer anderen Person seine Probleme aufzuzeigen, dann du. Außerdem wird es Zeit für Schritt 12, und einer neuen Freundin zu helfen, könnte eine gute Übung dafür sein. *Wir versuchen, die Botschaft an andere weiterzugeben und unser tägliches Leben nach den Grundsätzen des Programms auszurichten.* Auch wenn diese Frau kein Suchtproblem hat, könnten ihr ein paar der Schritte mit Sicherheit helfen, um sich über ihre Lage klar zu werden.«

»Dass ich nicht mehr als Freundschaft *will*, bedeutet nicht, dass es sich nicht nach mehr als Freundschaft *anfühlt*«, stelle ich klar. »Ich habe Angst, dass die Grenze verschwimmt und das Ganze im Chaos endet. Vor allem, wenn ich mich in ihre Ehe einmische.«

Willi nickt und beugt sich zu mir vor. Sein Gesichtsausdruck ist ernst und die tiefen Falten verstärken seine gerunzelte Stirn zusätzlich. »Du hast deine Probleme zwar nicht bewältigt, aber du hast sie trotzdem im Griff«, sagt er und sieht mich eindringlich an. »Ein paar Sorgen mehr werden dich nicht umhauen, Ben. Genauso wenig wie es dich umhaut, wenn du jemand anderen bei der Bewältigung seiner Probleme unterstützt. Das Einzige, das dich zurückhält, ist deine Angst.«

»Deine Zuversicht hätte ich gern«, murmle ich. »Was soll ich deiner Meinung nach jetzt machen?«, frage ich lauter.

»Habt ihr viel Kontakt?«

»Wir schreiben jeden Tag, aber immer nur kurz.«

»Dieses moderne Chatding«, grummelt Willi. »Man hat Zeit, um zu überlegen, was man antwortet oder fragt. Dadurch macht man kaum Fehler. Unliebsame Themen spart man aus und flüchtet sich in eine ach so perfekte Welt. Wenn man sich sieht, passiert alles viel spontaner und ungefilterter. Ich bin kein Fan von Handys, das weißt du. Persönliche Treffen sind immer zielführender.«

»Ich soll mich also mit ihr treffen?«, hake ich erstaunt nach. Mit so einem Rat hätte ich nicht gerechnet.

Willi klatscht sich auf die Oberschenkel und steht auf. »Genau«, bestätigt er. »Also, was hast du jetzt vor?«

Ich schultere meine blaue Sporttasche und stehe ebenfalls auf. »Vielleicht unternehme ich wirklich etwas mit ihr. Aber wenn ich mitbekomme, dass da mehr zwischen uns ist oder mich ihre Eheprobleme und das Thema Kind zu sehr mitnehmen … ich mag Lisa«, gebe ich zu und denke an ihr Lächeln, das wie Schmerzmittel auf meine verwundete Seele wirkt. »Sie ist … keine Ahnung, wie ich's beschreiben soll. Ich fühle mich in ihrer Nähe einfach wohl, verstehst du? Der Schmerz wird so dumpf, dass ich ihn fast nicht mehr spüre. Das will ich nicht verlieren. Sie schafft das sogar in der kurzen Zeit, in der wir miteinander schreiben.«

Willi sieht mich ausdruckslos an und am liebsten würde ich ihn schütteln, damit er mir verrät, was er denkt. Bei dem alten Mann ist es schwer einzuschätzen, was in seinem Kopf vor sich geht, und das treibt mich regelmäßig zur Weißglut. Andererseits regt er mich damit zum Grübeln und Nachdenken an, und häufig komme ich dadurch selbst auf die Lösung meiner Probleme. Ohne diesen grauhaarigen eigensinnigen Mann, der ständig eine fleckige Latzhose trägt, wäre ich damals nicht aus dem Abgrund geklettert und würde heute mit Sicherheit nicht hier stehen. Dafür werde ich ihm ewig dankbar sein.

»Du wirst das Richtige tun, Ben«, verkündet er und klopft mir aufmunternd auf die Schulter. »Wenn diese Frau wirklich so besonders ist, solltest du eure neu erblühende Freundschaft nicht sofort wegwerfen. Aber du musst trotzdem vorsichtig sein.«

»Wieso vorsichtig?«, frage ich verwundert und ernte ein mildes, nachsichtiges Lächeln von ihm.

»Ich kenne dich, Ben, und ich erkenne es, wenn du emotional in etwas verstrickt bist. Tief geht's noch nicht, dafür kennt ihr euch zu kurz, aber ich verwette meine Latzhose darauf, dass du zumindest verknallt in sie bist. Wenn aus euch Freunde werden sollen, wirst du gegen dich selbst kämpfen müssen. Gegen deine Gefühle. Aber das ist riskant, und wenn du dir das nicht zutraust, dann spring von Bord, solange das Schiff noch nicht ganz untergegangen ist. Zu viel toxische Energie könnte dich sonst kentern lassen, und davor musst du dich schützen.«

»Ich soll mich also mit ihr treffen, aber wenn ich merke, dass mich das alles zu sehr mitnimmt und ich mehr als Freundschaft und Schwärmerei für sie empfinde, soll ich mich zurückziehen?«, fasse ich verwirrt zusammen.

Willi lächelt zufrieden. »Genau.«

Eine der Gruppenleiterinnen ruft von der anderen Seite des Gemeinderaums nach Willi. Er hebt die Hand, um zu zeigen, dass er sie gehört hat, dann sieht er erneut zu mir. »Was du auch vorhast, sprich mit mir darüber. Friss es nicht in dich hinein, sondern lass es heraus und stell dich deinen Gefühlen. Nimm sie nicht auf die leichte Schulter. Du weißt, dass das wichtig ist.« Mit diesen Worten dreht er sich um und geht zur Gruppenleiterin.

Und ich? Ich bleibe stehen, obwohl ich längst auf dem Weg zur Arbeit sein müsste, und starre ins Leere. Dabei ist mein Kopf alles andere als leer. Die Gedanken überschlagen sich darin und bringen meine Schläfen zum Pochen. Willis Ratschläge haben mich bisher immer vorangebracht, also muss ich darauf vertrauen, dass es auch dieses Mal so sein wird. *Wieso zögere ich dann noch? Scheiße, so ein Feigling bin ich doch sonst nicht!* Bevor ich kneifen kann, zücke ich mein Handy aus der Hosentasche und wähle beim Verlassen des Gemeindehauses ihre Nummer.

Draußen ist es brütend heiß und sobald ich durch die Tür trete, brennt sich die Sonne in meine Augen. Ich bleibe auf dem runden Vorplatz stehen und schirme sie mit der Hand ab, während es in der Leitung klingelt. Da niemand rangeht, beende ich den Anruf, stecke das Handy wieder ein und gehe an der Kirche gegenüber vorbei zur Straße. Ich habe vor dem ganzen Mist nicht an Gott geglaubt und wenn ich ehrlich bin, tue ich es immer noch nicht. Zumindest glaube ich nicht an die Version aus der Bibel, was zum Glück aber auch niemand von mir verlangt. Dass irgendeine höhere Macht existiert, die hin und wieder ins Schicksal eingreift, glaube ich allerdings schon.

Ich bleibe an einer roten Ampel stehen und beobachte gedankenverloren die vorbeifahrenden Autos. *Vielleicht ist es an der Zeit, alles in die Wege zu leiten, um meinen Führerschein zurückzubekommen.* Ich überquere die Straße und weiche einer älteren Dame auf ihrem Fahrrad aus, die statt auf dem Fahrradweg auf dem Bürgersteig fährt. Gerade als ich eine weitere Kreuzung überquere, summt es in meiner Hosentasche. Das heftige Klopfen meines Herzens und der erhöhte Puls beweisen, dass Willi leider recht hat: Ich bin verknallt. So zu reagieren, noch bevor ich das Handy überhaupt in der Hand halte, ist ein viel zu deutlicher Beweis dafür. Sobald ich aufs Display schaue und dort tatsächlich Lisas Name steht, überlege ich, den Anruf nicht anzunehmen. Aber das wäre feige, und so will ich nicht sein. Ehe ich doch noch kneifen kann, hebe ich das Handy ans Ohr. »Hey, Lisa.«

»Hey, Ben, was gibt's?«

»Was machst du morgen Abend?« Ich frage es schnell, wie das Abziehen eines Pflasters, damit ich nicht zu lange darüber nachdenken kann.

»Morgen ist Freitag«, murmelt sie nachdenklich. »Ich muss das erst abklären wegen Mika, aber ich glaube, abends habe ich nichts vor. Wieso fragst du?«

Im Hintergrund ertönt eine Stimme, bei dessen Klang es mir kalt über den Rücken läuft. Fabian. Dass er ständig in Lisas Nähe ist, gefällt mir nicht, denn dieser Typ ist eine tickende Zeitbombe. Nur weil man betrunken ist, tut man keine Dinge, die man nicht tun will oder noch nie tun wollte. Die Hemmschwelle fällt lediglich durch den Alkohol und bei vielen Menschen zeigt sich dadurch der wahre Charakter. Wer betrunken gewalttätig wird, bei dem brodelt es auch nüchtern. Das ist keine leere Floskel oder kluges Geschwätz, sondern eine bittere Tatsache, die ich im Laufe der Jahre immer und immer wieder hören und miterleben musste.

»Ich habe Lust auf einen Filmabend«, antworte ich. »Du hast erzählt, dass du Footloose noch nicht geguckt hast.«

»Du würdest dir einen Tanzfilm mit mir anschauen?« Die Verwunderung in ihrer Stimme ist zu niedlich. »Und das, obwohl du ihn gestern erst gesehen hast?«

»Klar, wieso sollte ich nicht? Ich liebe den Film. Also, was sagst du?«, hake ich nach. »Ich könnte etwas kochen und dann gucken wir den Film.«

Einige Sekunden bleibt es still, dann: »Ist Jan auch da?«

»Keine Ahnung«, erwidere ich und frage mich, wieso sie das interessiert. »Würde es dich stören?«

»Nein, nein«, sagt sie so schnell, dass sich die Buchstaben vermischen. »Nur so.«

»Okay«, erwidere ich gedehnt. »Sagen wir morgen Abend gegen sieben Uhr bei mir? Die Adresse schicke ich dir.«

»Klingt gut. Ich freu mich drauf.«

»Ich mich auch. Bis morgen dann.«

Sobald sie aufgelegt hat, reibe ich mir heftig über die Brust. Es zieht unter meinen Rippen, als würde mein Herz so weit nach vorne springen, dass es meine Haut zerreißt. Ich schüttle den Kopf, stecke das Handy ein und mache mich schnellstens auf den Weg zur Arbeit. Dabei frage ich mich, ob ein Filmabend vielleicht eine dumme Idee war.

Kapitel 10

Hoffnungsvolles Samenkorn

Lisa

Ein letztes Mal schaue ich prüfend in den Spiegel am Kleiderschrank, ehe ich die Schlafzimmertür öffne und ins Wohnzimmer gehe. Fabian sieht nicht auf, als ich an ihm vorbeitrete. Er ist beleidigt. Ich habe ihm vorhin klar gesagt, dass ich heute Abend weg sein werde und er sich um Mika kümmern muss. Das hat ihm gar nicht gepasst, was mir allerdings herzlich egal ist. Von seiner eingeschnappten Art lasse ich mir nicht die gute Laune verderben. Pfeifend schlendere ich in den Flur und schlüpfe in meine hellblauen Ballerinas. Draußen ist es sommerlich warm, also habe ich mich für ein knöchellanges dunkelblaues Trägerkleid entschieden. Da es später allerdings kühler werden könnte, habe ich vorsichtshalber eine schwarze Strickjacke in meine Handtasche gestopft.

»Ich fahre jetzt los!«

Fabian grummelt etwas, das ich nicht verstehe, sich aber nicht sonderlich freundlich anhört. So läuft es schon den ganzen

Tag zwischen uns ab und allmählich reicht es mir. Er benimmt sich wie ein verzogenes Kind, dem man Hausarrest erteilt hat. Kurz entschlossen gehe ich zurück ins Wohnzimmer und bleibe im Durchgang stehen. »Was ist dein Problem?«, will ich wissen und stemme die Hände in die Seiten.

In aller Ruhe legt Fabian sein Handy neben sich aufs Sofa und sieht nun doch zu mir auf. Seine eisblauen Augen gleiten ausdruckslos über mein Outfit und sein Gesicht zeigt dabei nicht die winzigste Regung. »Ich habe kein Problem«, behauptet er. »Ich frage mich nur, wie du es für richtig halten kannst, zu einem Filmabend mit einem anderen Mann zu gehen, wenn zwischen uns einiges los ist und wir die Zeit besser zum Reden nutzen sollten.«

»Ach, jetzt willst du plötzlich darüber reden?«, höhne ich und kann mir das abfällige Schnauben nicht verkneifen. »Als ich dich am Sonntag angesprochen habe, meintest du, du wärst noch zu verkatert zum Reden. Am Montag warst du von der Arbeit genervt und am Dienstag warst du abends mit deinen Kollegen unterwegs. Mittwoch war deine Ausrede noch mal welche?«, frage ich und lege mir demonstrativ nachdenklich den Finger ans Kinn. »Ach ja! Am Mittwoch fandest du es wichtiger, mit deinen Kumpels im Vereinshaus Champions League zu gucken. Und gestern bist du eingeschlafen. Zufällig heute, an dem einzigen Abend der Woche, an dem ich etwas vorhabe, möchtest du plötzlich reden. Meinst du nicht, dass das zu offensichtlich ist, Fabi?«

Etwas in seinen Augen funkelt dermaßen wütend, dass ich überlege, mich umzudrehen und das Haus zu verlassen, um dem herannahenden Sturm aus dem Weg zu gehen. Aber daran denke ich nur kurz, denn meine Entschlossenheit ist wesentlich größer als mein Wunsch nach Harmonie. Ich werde nicht zurückweichen und vor der Konfrontation flüchten. Nicht, wenn es endlich in dem dringend nötigen Gespräch zwischen uns endet. Ich will meinen Ehemann zurück, und das schaffe ich nicht, indem ich ihm alles durchgehen lasse. Er muss begreifen, was zwischen uns falsch läuft und dass mir der Mann fehlt, in den ich mich damals verliebt habe. Fabian soll endlich wieder so werden, wie er früher war. Aufmerksam, liebevoll, witzig und familienbewusst. Was passiert ist, dass er sich so stark verändert hat, weiß ich nicht, aber es wird Zeit, dass diese Veränderung rückgängig gemacht wird.

»Mir gefällt es nun mal nicht, dass du dich mit einem Mann triffst, den ich kaum kenne.«

»Was für ein machomäßiger Mist ist das denn?«, erwidere ich angefressen. »Ben ist ständig mit deiner Schwester unterwegs und da stört es dich nicht, oder wie? Außerdem ist es nicht meine Schuld, dass du Ben nicht richtig kennst. Du hättest letztes Wochenende weniger trinken und ihn kennenlernen können. Aber du hast dich dafür entschieden, mich an der Hauptbühne sitzen zu lassen und dich mit deinen Kollegen zu betrinken!« Ich halte inne und zwinge mich, tief durchzuatmen. Wütend rumzuschreien und uns gegenseitig Vorwürfe zu machen bringt uns nicht weiter, also setze ich mich neben Fabian aufs Sofa und suche seinen Blick. »Wir haben Probleme, Fabian. Und das schon länger«, teile ich ihm betont ruhig mit. »Du hörst mir nicht richtig zu, ignorierst, dass ich hin und wieder Zeit für mich brauche, und lässt mich mit vielem allein. Ständig dreht es sich nur um dich und deine Bedürfnisse. Und dann ist da noch die Sache von Samstagnacht. Du hast mir wirklich wehgetan.« Es fällt mir schwer, nicht auf meinen Arm zu schauen. Selbst nach sechs Tagen sind noch immer winzige gelb-lilafarbene Flecken darauf zu erkennen. Wie schlimm seine Attacke wirklich gewesen ist, wurde mir erst am folgenden Morgen klar, als ich die Flecken entdeckte – und das hat mich so schockiert, dass ich Fabian nicht einmal ansehen wollte. »Früher warst du anders«, fahre ich fort. »Du hast mir zugehört, hast nachmittags von dir aus etwas mit Mika unternommen oder spontan einen Familienausflug geplant. Du hast mir das Gefühl gegeben, verstanden, wertgeschätzt und … und begehrt zu werden.«

»Und das Gefühl hast du nicht mehr?«

»Du hörst mir nicht zu, also kannst du mich auch nicht verstehen«, fasse ich zusammen. »Und Intimität gibt es zwischen uns so gut wie gar nicht mehr.«

Er begreift auch jetzt nicht, was ich meine, das erkenne ich sofort. Er wirkt völlig gelassen. Würde er verstehen, was ich ihm zu sagen versuche, würde er anders reagieren. Das einzusehen ist mehr als frustrierend. Es weckt eine Hoffnungslosigkeit in mir, die zerstörerisch auf mein Herz einschlägt und mir Panik vor dem Gedanken macht, wie unsere Zukunft sich entwickeln könnte.

»Du bist bloß überarbeitet und brauchst Urlaub.« Fabians Worte fühlen sich an wie ein Schlag ins Gesicht. »Ich bin viel unterwegs gewesen in der letzten Zeit, das weiß ich. Und dass ich ein paar Termine vergessen habe, weiß ich auch. Aber du stellst es so dar, als wenn ich keinen Finger rühren würde und kaum zu Hause wäre. Wenn dir die Arbeit, der Haushalt und Mika zu viel werden, sollten wir vielleicht überlegen, seine Zeiten in der Kita zu erhöhen, um dich zu entlasten. Momentan ist er ja nur bis vierzehn Uhr dreißig da, aber wir könnten ihn auch bis sechzehn Uhr anmelden. Dann hast du täglich mehr Luft.«

»Du willst also«, frage ich ungläubig, »dass wir unseren Sohn länger fremdbetreuen lassen, damit du dich nicht mehr einbringen musst? Ist das dein Ernst?«

»Mein Gott, Lisa!«, ruft Fabian. Ohne Vorwarnung springt er auf und überkreuzt abwehrend die Arme vor der Brust. »Du drehst dir die Sachen echt so hin, dass ich am Ende als der Böse dastehe. Ich wollte nur einen Vorschlag machen, um dich zu entlasten, und jetzt klingt es, als wäre ich der faulste Mensch der Welt.«

»Was ist mit der Sache von Samstagabend?«, will ich wissen und stehe ebenfalls auf. »Du hast dich nicht einmal dafür entschuldigt, dass du mich verletzt hast.«

»Von mir aus.« Seine Mundwinkel zucken, als würde er das Ganze extrem amüsant finden, und das macht mich dermaßen wütend, dass meine Handfläche vor Verlagen, ihm eine zu knallen, brennt. »Es tut mir leid, dass ich mich mit Freunden verquatscht und die Zeit vergessen habe. Es tut mir leid, dass ich mit meiner Frau zusammen heimgehen wollte. Und es tut mir auch leid, dass ich meine Kraft falsch eingeschätzt und dich etwas zu hart angefasst habe.«

Sprachlos starre ich ihn an. *Etwas zu hart* hat er gesagt. *Etwas.* Aus einem Impuls heraus hebe ich den Arm und halte Fabian meine Flecken vor die Augen. Es dauert einen Moment, bis er hinsieht, und plötzlich hüpft sein Adamsapfel, als würde er mühsam schlucken. Gespannt halte ich den Atem an, als Fabian unerwartet über meine gefärbte Haut streicht. Er tut es sanft und vorsichtig, als hätte er Angst, mir erneut wehzutun. Seine Finger streifen immer wieder über die Flecken, ehe er sich vorbeugt und meinen Unterarm mit zärtlichen Küssen übersät. Ich glaube, ihm wird erst jetzt bewusst, was er getan hat – und dass er es begreift, ist genau der erste Schritt, den ich mir so dringend gewünscht habe. Der Schritt, der mein Herz erleichtert hüpfen lässt, denn der erste Schritt ist immer der schwierigste.

»Es tut mir leid«, murmelt Fabian dicht vor meiner Haut. »Ich wollte dir nicht wehtun. Ich liebe dich und dich zu verletzen ist das Letzte, was ich will.«

Hoffnung keimt in mir auf. Zart und winzig wie ein frisch eingepflanztes Samenkorn. »Ich weiß«, hauche ich und streiche ihm übers Haar. »Und ich liebe dich auch, aber ich vermisse meinen Mann. Ich wünsche mir, dass du wieder häufiger die

Abende zusammen mit mir und Mika verbringst und dich wieder mehr in unser Familienleben einbringst.«

Er hebt den Kopf und nimmt mich in den Arm. Immer wieder flüstert er, dass es ihm leidtut. Dass er mich liebt und dass er sich ab sofort mehr Mühe geben wird. Gott, wie gern ich ihm glauben möchte! Wie gern ich mich in seine Worte einhüllen und die Sorgen von ihnen fortwaschen lassen würde. Aber wenn ich aus der Geschichte meiner Eltern eines gelernt habe, dann dass Worte allein leider nicht viel bedeuten. Sie sind bloß ein winziger Schritt auf einem sehr langen und hürdenreichen Weg. Was wirklich zählt, sind Taten. Und mit diesen wird er mir in nächster Zeit beweisen müssen, dass er es tatsächlich ernst meint.

Irgendwann lässt Fabian mich los, greift nach meinen Händen und lächelt mich vorsichtig an. »Soll ich uns etwas beim Griechen bestellen? Wir könnten uns aufs Sofa setzen, essen und einen Film schauen. Das haben wir schon lange nicht mehr gemacht.«

»Fabi«, sage ich irritiert. »Du weißt doch, dass ich gleich losfahren muss. Aber ich würde mich freuen, wenn wir das morgen nachholen könnten. Das wäre toll.«

Abrupt lässt er meine Hände los und schnaubt. »Du willst echt gehen?«

»Ähm«, stammle ich. »Ja, klar. Wieso sollte ich nicht?«

»Weil ich dir gesagt habe, dass mir das nicht gefällt.«

»Ich will nicht wieder streiten«, sage ich seufzend und streiche mir die Haare hinters Ohr. »Aber ich werde dieses Mal nicht nachgeben. Wenn du deine Worte eben ernst gemeint hast, dann gehört es dazu, dass du dich auch mal abends um Mika kümmerst.«

Fabian schlängelt sich wortlos auf der anderen Seite zwischen Sofa und Tisch hindurch und rauscht aus dem Raum. Mir schießt der Gedanke durch den Kopf, hierzubleiben, um die Wogen erneut zu glätten. Außerdem spüre ich tief in mir, dass seine Abneigung gegen den Filmabend nicht unbegründet ist, auch wenn es mir schwerfällt, das einzugestehen. Mich mit Ben zu treffen, fühlt sich anders – bedeutender – an, als ein gewöhnlicher Filmabend das tun sollte. Beinahe wie die Aufregung vor einem Date. Ben ist … er zieht mich an, das hat die intensive Szene auf dem Fest vorige Woche mehr als deutlich bewiesen. Nicht nur körperlich, sondern vor allem emotional.

Eilig schiebe ich den Gedanken fort und schüttle den Kopf. Nicht, weil ich keine Zeit mit meinem Mann verbringen will oder die Gefahr mir egal ist, sondern weil ich das Gefühl brauche, ein eigenes Leben zu führen. Ich bin gern für meine Familie da, verbringe Zeit mit ihr und kümmere mich aus vollem Herzen um Mika. Aber neben meiner Familie den Anschluss zur Welt nicht zu verlieren ist wichtig. Ich will nicht irgendwann so verzweifelt dastehen, wie Papa es nach seiner Trennung von Mama tat. Er hatte nur die Arbeit, seine Frau und seine Töchter, und als einer dieser Pfeiler einbrach, geriet sein Leben in eine Schieflage, die er nur schwer wieder kippen konnte. Natürlich glaube ich nicht, dass meine Ehe scheitert, dennoch hat mich meine Vergangenheit zu stark geprägt, als dass sie keinen Einfluss auf mein Handeln nehmen würde.

Entschlossen und unsicher zugleich gehe ich zurück in den Flur, nehme meine Handtasche von der Kommode und öffne die Tür. »Ich bin spätestens um elf Uhr wieder da!«, rufe ich in die Wohnung hinein. Ein leises Fluchen dringt aus dem Badezimmer, mehr nicht. Fabian verabschiedet mich nicht, wünscht mir keinen Spaß oder sagt, ich soll vorsichtig fahren. Nein. Er ist wütend, weil es dieses Mal nicht nach seiner Nase geht. Es ist traurig, daran zu denken, dass es früher nicht nötig war, mich durchzusetzen, denn wir waren ein Team. Ein gleichberechtigtes Team, das Hand in Hand seinen Weg gegangen ist. Während ich das Haus verlasse und in den Wagen steige, wünsche ich mir, dass es irgendwann wieder so sein wird wie früher.

Kapitel 11

Tanzen verboten

Lisa

Mein Handy grinst mich verhöhnend stumm an. Auf der knapp dreißigminütigen Fahrt nach Hamburg-Altona habe ich immer wieder aufs Display gesehen und es verteufelt, denn es blieb schwarz. Und selbst jetzt, während ich vor Bens Wohnhaus stehe und auf die Klingel drücke, warte ich noch darauf, dass es vibriert und mir eine Nachricht von Fabian anzeigt. Wenn ich ehrlich wäre, müsste ich mir eingestehen zu wissen, dass er sich nicht melden und entschuldigen wird. Mit Sicherheit hockt Fabian gerade auf dem Sofa und schmollt, anstatt darüber nachzudenken, was vorhin zwischen uns schiefgelaufen ist. Es fällt mir schwer, die Enttäuschung abzuschütteln, die wie eine Bleidecke auf meinen Schultern liegt und mich nach unten ziehen will. Dennoch hebe ich tapfer das Kinn und öffne die Tür, sobald der Summer ertönt. Ben und Jan leben in einem ruhigen und trotzdem hippen Viertel von Hamburg-Altona. Die Häuser hier sind mit Graffiti überlagert, aber es ist nicht dieses schmierige Zeug, bei dem kein Mensch versteht, was es darstellen soll. Es ist tatsächliche Kunst. In Auftrag gegeben von den Immobilieneigentümern, um diese Ecke Hamburgs bunter und fröhlicher zu gestalten. Das Wohnhaus, das ich betrete, ist mit kunterbunten Blumenranken besprayt worden, die es freundlich und einladend wirken lassen. Selbst im Inneren zieht sich dieses Design fort. Der Handlauf des Treppengeländers sowie die Stufen sind mit unzähligen winzigen Blüten bemalt worden, wodurch die dunkelbraunen Fliesen des Treppenhauses weniger bedrückend erscheinen. Im zweiten Stock steht eine Tür weit offen, auf die ich in der Hoffnung zugehe, dass es sich um Bens und Jans WG handelt. Ein köstlicher Duft strömt aus der Wohnung und prompt knurrt mein leerer Magen.

»Hallo? Ben?«

»Komm rein!«, ruft es von rechts. »Ich bin in der Küche!«

Ich lasse mich nicht lange bitten, sondern schließe die Tür hinter mir und gehe in den rechteckigen Raum, aus dem der leckere Geruch kommt. Ben steht vor dem Herd und schaut in ein aufgeschlagenes Buch, das neben einigen Töpfen auf der dunkelroten Arbeitsplatte liegt. Er hebt den Kopf und lächelt mich dermaßen sorglos an, dass ich nicht anders kann, als trotz meiner Enttäuschung ebenfalls zu lächeln.

»Ich hoffe, du magst Zucchini und Rind?«

»Klingt toll«, erwidere ich und trete weiter in den Raum hinein. Viel gibt es hier nicht zu entdecken. Die Schränke sind nussbraun und die Griffe haben ihre besten Zeiten lange hinter sich. Auf dem winzigen Tisch in der linken Ecke stehen haufenweise leere Getränkeflaschen, sodass man die Tischplatte kaum erkennt, und am stahlgrauen Kühlschrank hängen unzählige bunte beschriebene Post-its. Das typische Chaos einer Männer-WG.

Neugierig stelle ich mich neben Ben und luge über seine Schulter in die Kochtöpfe. In einem schwimmt etwas, das wie grüne Nudeln aussieht, in dem anderen köchelt eine braune Soße, die himmlisch duftet. Außerdem leuchtet die Backofenlampe, also versteckt sich darin vermutlich das Rindfleisch, von dem er gesprochen hat.

»Das Essen dauert leider noch ein paar Minuten«, gibt Ben verlegen zu. »Ich habe unterschätzt, wie lange es dauert, die Zucchini zu schneiden. Außerdem ist mir die Mehlschwitze angebrannt, weil das Handy geklingelt hat, und ich musste mit der Soße von vorne anfangen.«

»Du kannst Mehlschwitze machen?«, frage ich beeindruckt.

Ben zwinkert frech. »Klar, das ist kein Hexenwerk. Aber vorhin habe ich nebenbei telefoniert und nicht aufgepasst.«

»Das ist mir auch schon passiert«, gestehe ich. »Soll ich die Schuhe ausziehen?«

Er schüttelt den Kopf. »Lass sie ruhig an. Du kannst dich gern in der Wohnung umsehen, solange ich hier beschäftigt bin. Das Wohnzimmer ist schräg gegenüber, falls du dich schon setzen willst.«

»Kann ich dir irgendwie helfen? Irgendwas umrühren oder schneiden oder so?«

»Du bist mein Gast«, verkündet er und sieht zurück ins Buch. »Ich koche, du isst. Aber wenn du nachher beim Spülen helfen willst, sage ich nicht nein.«

»Alles klar«, entgegne ich schmunzelnd. Ehe ich die Küche verlasse, werfe ich einen interessierten Blick ins Buch – und ziehe erstaunt die Brauen hoch. Das Rezept, das Ben sich ansieht, ist eines für Zucchininudeln. Er hat tatsächlich Zucchininudeln gekocht. Die habe ich vorher noch nie gesehen, geschweige denn davon gehört. Und selbst wenn, bräuchte ich zu Hause gar nicht zu versuchen, meine Jungs von ihnen zu überzeugen. Viel zu gesund.

Während Ben in der Küche hantiert, sehe ich mich in der WG um. Die Wohnung hat einen lang gezogenen Flur, von dem fünf Türen abgehen. Die erste ist die Küchentür, rechts neben mir. Die nächste führt ins Badezimmer, das für eine Männer-WG erstaunlich ordentlich ist. Auch wenn ich auf der Türschwelle stehen bleibe, erkenne ich das direkt. Es liegen keine Klamotten herum, das Waschbecken ist blitzsauber und sogar die Handtücher hängen schnurgerade auf der Sprossenheizung. Es wirkt ordentlicher als bei mir zu Hause und sofort frage ich mich, ob Ben aufgeräumt hat, weil ich komme. So aufmerksam, wie ich ihn einschätze, würde das zu ihm passen. Hinter dem Bad liegt das Zimmer von Jan, was man daran erkennt, dass sein Name mit schwarzem Edding an die Tür geschrieben wurde. Es juckt mich in den Fingern, die Tür zu öffnen und einen Blick hineinzuwerfen, aber wie Ben mir vorhin geschrieben hat, ist Jan nicht da, und ohne seine Erlaubnis will ich nicht reingehen. Die Tür am Ende des Flurs ist nur angelehnt, sodass ich durch einen winzigen Spalt hineinlugen kann. Viel erkenne ich allerdings nicht. Nur ein Doppelbett mit hoher Rückenlehne aus Metall, das unter einem Fenster steht und auf dem ein zerwühltes Laken liegt. Das muss Bens Zimmer sein. Erneut überrennt mich der Drang, reinzugehen, aber wieder tue ich es nicht, auch wenn meine Neugier dieses Mal sogar wesentlich größer ist als bei Jans Zimmer.

Ben hat zwar gesagt, dass ich mich umsehen soll, aber dass ich ungefragt in sein Zimmer laufe, meinte er damit sicherlich nicht. Trotzdem würde ich zu gern wissen, wie sein Zimmer aussieht. Innerlich ermahne ich mich, nicht so neugierig zu sein, und wende mich zur anderen Flurseite um, auf der es nur eine Tür gibt. Sie besteht aus Glas und steht offen. Dahinter versteckt sich das Wohnzimmer. Die Jungs haben ein graues Ecksofa, vor dem ein niedriger heller Holztisch steht. Gegenüber an der Wand hängt ein riesiger Fernseher, um den LED-Lichter angebracht wurden, die in einem sanften weißen Licht leuchten. Darunter steht ein hellbraunes Sideboard, das zwei Spielekonsolen beherbergt und auf dessen Rand eine kunstvoll mit Strasssteinen verzierte Shisha steht. Oben auf dem Sideboard liegen Flyer für Festivals, die sich quer durch Deutschland ziehen. Plötzlich fühle ich mich steinalt, dabei bin ich gerade erst neunundzwanzig. Ich habe noch nie Shisha geraucht, besitze keine Spielekonsole, war erst auf zwei Festivals in meinem Leben und koche ausschließlich kinderfreundliche Gerichte. Zu sehen, wie abwechslungsreich Bens Leben hingegen ist, weckt eine ungeahnte Sehnsucht in mir. Eine Sehnsucht, die mich anschreit, endlich den Hintern hochzubekommen und meine Komfortzone zu verlassen, um neue Dinge auszuprobieren. Mein Leben ist festgefahren, was mir von Tag zu Tag bewusster wird. Ich liebe die morgendliche Routine, meine Familie und sogar meinen langweiligen Job. Dennoch wünsche ich mir, ab und zu etwas Neues auszuprobieren. Meinen Horizont zu erweitern und die Welt zu erkunden.

»Essen ist fertig.«

»Verdammt!«, rufe ich aus den Gedanken gerissen und presse mir eine Hand aufs wild klopfende Herz. »Du hast mich erschreckt.«

»Sorry.« Ben steht im Flur, und dass ich nicht mitbekommen habe, dass er sich hinter mich gestellt hat, zeigt, wie tief ich in Gedanken war. »Ich bringe gleich das Essen rüber. Möchtest du etwas trinken?«

»Hast du Wein da?«

»Ich habe keinen Alkohol«, gibt Ben seltsam kleinlaut zu. »Jan hat in seinem Zimmer aber einen kleinen Kühlschrank, in dem er so ein Zeug aufbewahrt. Ich kann nachschauen, was er dahat, wenn du willst. Aber ich schätze nicht, dass da etwas anderes als Bier und Pfefferminzschnaps drin ist.«

»Schon okay«, erwidere ich eilig. »Ich nehm auch gern eine Cola oder ein Wasser oder so was. Ich bin nicht wählerisch.«

»Es macht mir nichts aus, bei Jan nachzusehen«, beharrt Ben, aber ich schüttle den Kopf und setze mich aufs Sofa.

»Und mir macht es nichts aus, nichts zu trinken«, erkläre ich. »Wirklich nicht. Ich bin sowieso mit dem Auto da und hätte höchstens ein Glas zum Essen getrunken. Mach dir bitte keinen Stress deshalb.«

Einen Moment lang steht Ben unschlüssig in der Tür und sieht immer wieder den Flur hinunter. Schließlich nickt er. »Ich hol dann mal das Essen.«

»Soll ich dir –«

»Nein«, unterbricht er mich schmunzelnd. »Du sollst nicht helfen. Entspann dich, Lisa. Ich mach das schon. Lehn dich zurück und genieß es, bekocht zu werden.«

»Okay. Danke, Ben.«

»Für dich mache ich das gern.« Mit diesen Worten geht er zurück in die Küche, während ich mich tiefer ins Sofa kuschle. Nur einen Moment später kommt Ben mit zwei dampfenden Tellern zurück. Er stellt sie auf den niedrigen Sofatisch und legt Besteck daneben, ehe er erneut rausgeht und mit zwei vollen Gläsern zurückkommt. Das Essen sieht fantastisch aus. Die Zucchininudeln sind lang und dünn wie normale Spaghetti, aber eben in Grün-Weiß. Daneben liegt ein Rindersteak, das köstlich duftet. Ein letztes Mal geht Ben in Küche und kommt mit einer weißen Sauciere zurück, was mich überrascht die Brauen zusammenziehen lässt.

»Was ist los?«, fragt er und sieht alarmiert aufs Essen.

»Du hast eine Sauciere.«

Das lässt ihn verschämt grinsen. »Die hat meine Mutter mir geschenkt. Zusammen mit Kristallgläsern und Silberbesteck. Keine Ahnung, wieso sie denkt, dass ich so was brauche.«

»Na ja, anscheinend benutzt du die Sachen«, werfe ich ein.

»Heute«, erklärt er und setzt sich neben mich. »Das ist eine absolute Ausnahme. Normalerweise liegt der Kram im hintersten

Küchenschrank und setzt Staub an. Beim Raussuchen habe ich mir mehrmals den Kopf angehauen.«

»Armer Hobbykoch«, feixe ich.

Ben lacht und plötzlich überrennt mich wieder dieses undefinierbare Zittern, das ich häufig in seiner Nähe spüre. Unwillkürlich muss ich an das vergangene Wochenende und an diesen einen intensiven Moment denken. Den Moment, den er unterbrochen hat und von dem ich bis heute nicht sagen kann, wie er geendet wäre, wenn Ben nicht die Reißleine gezogen hätte. Diese offene Frage jagt mir höllische Angst ein, denn ich will nicht werden wie meine Mutter. Will meine Moralvorstellungen nicht fortschieben und handeln, ohne vorher über die Konsequenzen nachzudenken. Aber in Bens Nähe fällt mir das schwer. Die körperliche Anziehung ist stark, außerdem mag ich ihn, und in seiner Nähe kann ich ganz ich selbst sein. Dieses Gefühl will ich, trotz meiner Angst, nicht verlieren.

»Was ist los?«

Ertappt wende ich den Kopf von Ben ab. »Nichts«, lüge ich und greife nach meiner Gabel. »Sieht wirklich lecker aus. Ich bin am Verhungern. Danke fürs Kochen.«

Ich spüre Bens skeptischen Blick auf mir, sehe aber nicht zurück. Stattdessen rolle ich einige Nudeln auf und stecke sie mir in den Mund – dann seufze ich genießend auf. Die Nudeln schmecken wunderbar.

»Scheinen gelungen zu sein«, höre ich Ben neben mir sagen. »Ich starte den Film, wenn's für dich okay ist?«

Nickend schnappe ich mir das Messer und schneide mir ein Stück vom Steak ab, das saftig und zart aussieht.

»Bereite dich auf eineinhalb Stunden mit Rebellen vor, die gegen ein völlig unsinniges Tanzverbot vorgehen und damit ihre gesamte Stadt verändern.«

»Ich freu mich drauf«, verkünde ich zwischen zwei Bissen.

»Tanzen gesetzlich zu verbieten, gehört mit zu den dämlichsten Dingen, die ich mir vorstellen kann«, verrät Ben. »Ich tanze gern.«

»Ich auch«, stimme ich zu und sehe wieder zur Seite.

»Möchtest du tanzen?«

»Jetzt? Hier?«

»Klar«, sagt er und zuckt mit den Schultern. »Wieso nicht? Platz gibt's reichlich und ich habe mehr als genug Musik da. Auch das neue Album von *Wasserkopf*.«

Ich würde gern tanzen, aber das Essen lächelt mich verführerisch an und mein knurrender Magen drängt mich, ihn erst glücklich zu machen, bevor ich etwas anderes tue. »Nach dem Essen?«, frage ich mit schiefem Grinsen.

Ben schmunzelt erneut und greift nach der Fernbedienung. »Alles klar. Nach dem Essen eröffnen wir die Tanzfläche.«

»Klingt gut.« Leckeres Essen, ein guter Film und anschließend ausgelassen tanzen – das sind die Zutaten für einen perfekten Abend. Dass ich so etwas seit einer Ewigkeit nicht mehr mit Fabian erlebt habe, treibt einen bitteren Beigeschmack in meinen Mund, und mit einem Mal schmecken die Nudeln nur noch halb so gut. Ich muss an das Handy in meiner Handtasche denken und daran, dass es nach wie vor keinen Ton von sich gegeben hat. Eilig schüttle ich den Kopf und konzentriere mich auf den Fernseher, dennoch bleibt ein seichtes Brodeln unter meiner Haut zurück. Ein Brodeln, das mich daran erinnert, wie enttäuscht ich von meinem Ehemann bin, und das mich ermahnt, dieses Mal nicht nachzugeben. Er ist derjenige, der Mist gebaut hat. Die Wogen zu glätten, liegt an Fabian. Entschlossen greife ich nach der Sauciere. *Genießen und Spaß haben. Genau das werde ich tun.*

Kapitel 12

Wildes Herz

Ben

»Mir wurde von klein auf beigebracht, dass Geschlechterklischees blödsinnig sind«, erzähle ich. »Meine Mutter hat mit mir genauso Grease geschaut wie den Terminator. Und mein Vater hat mit mir ebenso Fußball gespielt, wie er mit mir bunte Bilder gemalt hat. Ich habe von ihnen nie gehört, dass Pink nur etwas für Mädchen wäre oder dass Blau eine Jungsfarbe ist.«

»Da hast du wirklich Glück gehabt«, erwidert Lisa. Sie streckt die Beine aus und legt sie über meine Oberschenkel, als wäre es das Normalste auf der Welt. Und tatsächlich fühlt es sich genau so an: natürlich und ungezwungen. Mit ihr auf dem Sofa zu sitzen, über Gott und die Welt zu sprechen und ihre Beine dabei auf mir zu spüren, hat keinen befremdlichen Beigeschmack, sondern etwas Vertrautes an sich. Keine Ahnung, wie es dazu gekommen ist, aber ungefähr in der Mitte des zweiten Films – Grease – zogen wir die Schuhe aus und machten es uns gemütlich.

»Meine Mutter hat darauf bestanden, dass wir Mädchenkram machen. Sie hat mir gezeigt, wie man Wimperntusche benutzt, noch bevor ich richtig lesen konnte.«

»Autsch«, kommentiere ich und verziehe mitfühlend das Gesicht. »Musstest du Rüschenkleider tragen?«

»Ständig«, gesteht sie und rollt genervt mit den Augen. »Ich habe die Dinger gehasst. Versteh mich nicht falsch«, setzt Lisa hastig nach und deutet an sich herab. »Ich trage gern Kleider, aber diese übertriebenen Dinger mit Spitze und Puffärmeln fand ich immer scheußlich. Mama hat viel zu viel Wert darauf gelegt, dass Ina und ich uns wie ›richtige Mädchen‹ benehmen. Auf Bäume klettern, im Dreck spielen und solche Sachen konnten wir nur machen, wenn sie nicht dabei war. Mika erziehe ich ähnlich wie deine Eltern dich. Er entscheidet selbst, ob er mit Puppen oder mit Autos spielen will.«

Schlagartig verfliegt meine entspannte Stimmung und mein Magen zieht sich krampfhaft zusammen.

»Ich darf mir von Fabians Eltern deshalb regelmäßig blöde Sprüche anhören«, erzählt sie weiter. »Ihrer Meinung nach verderbe ich das Kind, weil ich ihn selbst entscheiden lasse, was ihn glücklich macht. Aber meine lieben Schwiegereltern sind sowieso ein Fall für sich.«

»Wie meinst du das?«

»Die beiden sind nette Leute, die allerdings ziemlich veraltete Vorstellungen von Ehe und Familie haben. Sie sind sehr konservativ. Ich passe nicht besonders gut in das traditionelle Rollenbild, das sie sich ausmalen.«

»Verteidigt dich Fabian vor ihnen?«, will ich wissen. Über ihren Mann und seine Eltern zu reden, ist zwar nicht mein Lieblingsthema, aber es ist mir tausendmal lieber, als weiter über ihren Sohn zu sprechen und damit die quälenden Erinnerungen an meine Vergangenheit heraufzubeschwören.

»Ich kann mich ganz gut selbst verteidigen.«

»Das glaube ich dir sofort. Wo wir gerade bei Fabian sind«, setze ich vorsichtig an und prompt hebt Lisa abwehrend die Hand.

»Ich weiß, was du fragen willst, und die Antwort lautet ja. Er hat sich für den Vorfall entschuldigt.«

»Habt ihr darüber geredet, oder hat er sich bloß bei dir entschuldigt?«

»Wir haben nur kurz darüber gesprochen«, gibt sie zu. »Die Woche war stressig und es gab keine Gelegenheit für ein langes Gespräch. Fabi hat seine Kraft falsch eingeschätzt, weil er betrunken war, das hat er zugegeben und auch eingesehen.«

»Du bist viel zu nett.«

»Was meinst du denn damit?«, fragt sie verwundert.

»Fabian hat dich verletzt«, erkläre ich und deute mit dem Kinn auf die winzigen Flecken auf ihrem Arm. Schon als sie mir vorhin aufgefallen sind, wäre ich am liebsten in die nächste Bahn gestiegen und zu ihr nach Hause gefahren, um Fabian zu zeigen, wie weh solche Flecken tun. »Du sagst, es sei das erste Mal passiert, und das glaube ich dir, aber im Grunde spielt das keine Rolle. Allein dieses eine Mal ist schon zu viel.«

»Das weiß ich«, gesteht sie und senkt beschämt den Kopf. »Und er weiß das auch. Aber weil Fabian einen Fehler begangen hat, werfe ich meine Ehe nicht weg oder wende mich plötzlich von ihm ab. Wir sind seit dem letzten Jahr in der Oberstufe zusammen und haben ein Kind. Wenn etwas so lange anhält, kämpft man darum, dass es nicht endet. Außerdem ist Fabian ein toller Vater«, sagt sie und hebt wieder den Kopf. »Er liebt Mika und Mika liebt ihn. Ich will, dass mein Sohn glücklich ist, Ben. Das ist das Einzige, was für mich am Ende des Tages zählt.«

Ich finde Lisas Einstellung großartig und dumm zugleich, aber das spreche ich nicht aus. Alles, was mit Kindern zu tun hat, ist ein rotes Tuch für mich. Als sie mir letztes Wochenende das Foto von Mika gezeigt hat, setzte etwas in meinem Kopf aus. Genauso, wie es das jetzt tut. Ein Schatten legt sich über meine Gedanken und verfinstert alles, was es berührt. Ich bin machtlos dagegen und das hasse ich aus tiefster Seele. Machtlosigkeit bedeutet Kontrollverlust, und den darf ich mir nicht erlauben.

»Ben, ist alles okay?«

Nicht das Gesicht zu verziehen, fällt mir unheimlich schwer. Dennoch schaffe ich es, Lisa anzusehen und meinen Schmerz für mich zu behalten. »Ja, klar«, lüge ich und deute ablenkend auf die leeren Teller auf dem Tisch. »Möchtest du noch etwas essen oder trinken?«

»Ich bin pappsatt«, verrät sie und wackelt mit den Zehen. »So satt, dass sogar meine Füße zu träge zum Bewegen sind. Darf ich dich etwas fragen?«

»Natürlich.«

»Willst du irgendwann Kinder haben?«

Ein Messer rammt sich unbarmherzig in mein Herz und dreht genüsslich in der Wunde herum. Zumindest fühlt es sich so an. Mein Mund wird staubtrocken und mein Hals schwillt zu. Luftholen wird zur Schwerstarbeit, trotzdem gelingt es mir, ihr durch zusammengebissene Zähne zu antworten. »Nein.«

»Magst du keine Kinder? Keine Ahnung wieso, aber es kommt mir manchmal so vor«, hakt Lisa nach.

»Doch, ich mag Kinder«, gebe ich zu und weiche ihrem forschenden Blick aus. »Aber eigene zu bekommen ist kein Thema für mich.«

»Und wenn du irgendwann die perfekte Frau triffst, sie sich aber Kinder wünscht? Oder vielleicht hat sie sogar schon eins. Was tust du dann?«

Länger ertrage ich das nicht. Ruckartig setze ich mich auf und schiebe ihre Beine von meinen Oberschenkeln. »Ich hole mir etwas zu trinken«, erfinde ich. »Bist du sicher, dass du nichts mehr willst?«

Lisa antwortet nicht. Sie sieht mich mit einem verwirrten und unsicheren Funkeln in den Augen an und sofort tut mir meine ruppige Reaktion leid. Sie kann nichts dafür, dass mein Leben so verkorkst ist und dass ich innerlich kaputt bin. Meine Vergangenheit ist alles andere als normal, meine Gegenwart auch, und dass meine Zukunft es sein wird, bezweifle ich sehr stark. Dafür klaffen die Wunden noch zu weit und tief in mir auf und beträufeln meine Seele immer wieder mit ätzendem Blut. Ich öffne den Mund, um mich bei ihr zu entschuldigen, da klickt die Wohnungstür.

»Was riecht hier so verdammt lecker?« Jan schaut um die Ecke ins Wohnzimmer und ich kann in seinem Gesicht erkennen, was er denkt – und das gefällt mir beinahe genauso wenig wie meine Hilflosigkeit bei dem Thema Kinder. »Der Filmabend war heute?«, fragt er und tritt ganz ins Wohnzimmer. »Irgendwie hatte ich auf dem Schirm, dass der erst morgen ist. Sorry, wenn ich störe.«

»Du störst nicht«, antwortet Lisa. Sie lächelt zwar freundlich, aber dass es unecht und gezwungen ist, merke ich sofort. Die Leichtigkeit der vergangenen Stunden ist erloschen und daran trage ich allein die Schuld. »Ben hat gekocht und wir haben erst Footloose und danach Grease geguckt.«

»Klingt wie ein Abend, an dem ich außer dem Essen nichts verpasst habe.«

»Banause«, werfe ich ihm vor und zwinge mich zu einem winzigen Grinsen. »Es ist noch Essen übrig. Bedien dich. Steht alles auf dem Herd.«

»Manchmal liebe ich dich, Kumpel«, feixt er und wirft mir eine Kusshand zu. »Stört's euch, wenn ich mich dazusetze? Ich kann natürlich auch in meinem Zimmer essen, wenn ihr allein sein wollt.«

»Alles gut«, entscheidet Lisa. Sie setzt sich aufrecht hin und greift nach ihrer Handtasche, die neben dem Sofa auf dem

Fußboden steht. »Ich sollte sowieso langsam los. Es ist später geworden, als ich geplant hatte.«

»Ich wollte dich nicht vertreiben.«

»Das hast du nicht«, beteuert sie und wirft mir einen flüchtigen Blick zu. Auch wenn er kurz ist und sie sich Mühe gibt, ihn zu verbergen, erkenne ich doch den Vorwurf darin. Nicht Jan hat Lisa verscheucht, sondern ich. Weil ich plötzlich so ablehnend war. *Fuck.*

»Wir wollten noch tanzen«, erinnere ich sie im schwachen Versuch, sie zum Bleiben zu bringen.

»Ein anderes Mal«, wiegelt sie ab.

»Dann bringe ich dich aber wenigstens noch zum Auto.«

»Das brauchst du nicht«, sagt Lisa und steht auf. »Ich parke direkt vor der Tür. Wir schreiben die Tage?«

»Klar«, erwidere ich frustriert.

»Na dann. Danke für den schönen Abend und das tolle Essen. Bis bald, Jungs.« Ohne sich umzudrehen, durchquert Lisa das Wohnzimmer, und nur wenige Sekunden später höre ich die Wohnungstür ins Schloss fallen.

Augenblicklich sacke ich in die Sofakissen zurück und reibe mir mutlos über die Stirn. »So eine Scheiße.«

»Was ist passiert?« Jan hockt sich auf die Tischkante vor mich.

»Lisa hat angefangen, über ihren Sohn zu reden, und als würde mich das Thema nicht schon genug triggern, hat sie mich noch gefragt, ob ich irgendwann Kinder haben will.«

»Nicht gerade dein liebstes Thema«, stellt Jan fest. »Hast du's ihr erzählt? Deine Geschichte, meine ich.«

»Bist du verrückt?«

»Wieso nicht?«, wundert er sich. »Du kannst nichts für das, was damals passiert ist, Ben. Außerdem ist Lisa zu nett für diese Welt. Sie würde dich für deine Vergangenheit, also für das, was nach dem Unfall passiert ist, mit Sicherheit nicht verurteilen. Vermutlich würde sie sogar versuchen, deine Gründe zu verstehen.«

»Und genau da liegt das Problem. Lisa würde mich anders ansehen. Mit Mitleid. Sie würde aufpassen, was sie in meiner Gegenwart sagt, und die Gespräche wären von da an extrem verkrampft. Ich hätte ständig das Gefühl, unter Beobachtung zu stehen und mich rechtfertigen zu müssen. Genau so lief es damals mit den meisten unserer angeblichen Freunde ab, bevor ihnen alles zu viel geworden ist und sie abgehauen sind. Darauf, das noch mal durchzumachen, kann ich gut verzichten. Außerdem habe ich nicht mal Natalie davon erzählt, und mit der verbringe ich viel mehr Zeit als mit Lisa.«

»Natalie bedeutet dir auch nicht so viel wie Lisa.«

»Sag mal, hast du dir was eingeschmissen oder so? Lisa ist eine Freundin. Keine Ahnung, was du dir einredest, aber mehr ist da nicht. Sie bedeutet mir genauso viel wie Natalie. Außerdem bin ich an einer Beziehung nicht interessiert. Weder mit ihr noch mit irgendeiner anderen Frau.«

»Natürlich«, gibt Jan zurück und steht auf. »Und für eine normale Freundin putzt du den halben Tag lang die Wohnung und stellst dich stundenlang an den Herd.«

»Sie ist verheiratet!«, brülle ich und springe auf. »Und sie hat ein Kind!«

»Das macht dich fertig, oder?«, stellt er fest. »Seit Hannah habe ich dich nicht mehr so mit einer Frau umgehen oder von ihr sprechen hören, Ben. Ja, die Situation ist scheiße und ich sage nicht, dass du eine Ehe kaputtmachen sollst, aber du musst zumindest zu dir selbst ehrlich sein.«

»Da gibt's nicht viel kaputtzumachen«, murmle ich.

»Was?«

»Nichts«, behaupte ich und schüttle erschöpft den Kopf. »Mein Bett ruft, also hau ich mich hin. Denk an das Essen in der Küche.« Ich dränge mich an Jan vorbei und gehe geradewegs in mein Zimmer. Die Tür nicht aus Frust hinter mir zuzuknallen, fällt mir schwer, aber ich schließe sie dennoch leise und vorsichtig. Jan sitzt mir sowieso schon im Nacken, und noch mehr lästige Fragen oder überflüssige Ratschläge ertrage ich heute nicht. So, wie ich meine eigenen Gedanken gerade nicht ertrage. Sie rasen in die verschiedensten Richtungen, denken an Lisa, an meine schmerzhafte Vergangenheit, Willis Ratschlag, Jans klugscheißerische Worte, und auch wenn ich es nicht wahrhaben will, gleiten sie auch zu dem kleinen Kühlschrank in Jans Zimmer. Aus diesem Grund stürme ich zu meiner Kommode, schnappe mir die Kopfhörer, die darauf liegen, und schalte die Musik auf voller Lautstärke an. Es dauert länger, als mir lieb ist, aber dann übertönt der hämmernde Bass endlich meine Gedanken und ich sacke erleichtert auf mein Bett. Dass das nur für eine kurze Zeit hilft, ist mir leider bewusst, aber heute nehme ich, was ich kriegen kann. Morgen muss ich mir allerdings überlegen, wie es weitergehen soll, denn so wie es momentan läuft, bewegt sich die Situation in eine gefährliche Richtung. Die Grenzen sind verschwommen und Lisa bedeutet mir mehr, als eine platonische Freundin es tun sollte. Ich kann nur hoffen, dass das, was ich für sie empfinde, nicht mehr als eine lächerliche Schwärmerei ist und sich schnell in Rauch auflösen wird.

Kapitel 13

Geschenkte Stunden

Lisa

Ich werde nicht sanft wach, sondern schlagartig. Auf einmal sitze ich senkrecht im Bett und versuche herauszufinden, was mich aufgeschreckt hat. Der Radiowecker auf dem Nachttisch zeigt zehn Uhr morgens an und die Bettseite neben mir ist leer. Fabians T-Shirt, das gestern Nacht noch am Fußende des Bettes lag, ist verschwunden, und kein einziges Geräusch dringt durch die geschlossene Tür. Es ist absolut still in der Wohnung. Besorgt steige ich aus dem Bett und tapse barfuß durch alle Räume. Ich gehe ins oberste Stockwerk und sehe sogar aus dem Fenster in den Garten hinaus, doch von den beiden fehlt jede Spur. Alarmiert hole ich mein Handy aus dem Schlafzimmer und rufe Fabian an.

»Guten Morgen, Schlafmütze«, begrüßt er mich fröhlich – so fröhlich, dass ich aufs Display schaue, um sicherzugehen, dass ich tatsächlich mit Fabian telefoniere.

»Guten Moren zurück. Wo seid ihr?«

»Auf dem Spielplatz unten am Feld. Wir sind erst vor ein paar Minuten losgegangen«, lässt er mich wissen und erklärt damit, was mich aufgeschreckt hat. Vermutlich war es das Zuschlagen der Wohnungstür. »Du warst erst so spät zu Hause, da wollte ich dich ausschlafen lassen. Außerdem war ich ewig nicht mehr mit Mika draußen. Es wurde also Zeit.«

Mein Herz macht einen unerwartet freudigen Sprung und das Lächeln, das meine Mundwinkel in die Höhe zieht, steckt voller Hoffnung. Vielleicht hat das Gespräch gestern doch etwas gebracht und Fabian hat endlich eingesehen, dass er etwas ändern muss.

»Das finde ich toll«, entgegne ich begeistert. »Wie lange bleibt ihr noch da? Ich könnte mich schnell fertig machen und in zwanzig Minuten bei euch sein.«

»Entspann dich«, sagt Fabian mit einem Lächeln in der Stimme. »Wir bleiben noch eine Weile hier und gehen danach Eis essen. Anschließend kaufen wir noch ein, das kann dauern. Vermutlich sind wir nicht vor drei Uhr zu Hause. Genieß den Vormittag und ruh dich aus.«

»Aber –«

»Bitte, Lisa«, unterbricht Fabian mich ernst. »Lass mich die Zeit mit Mika verbringen und dir ein bisschen Luft verschaffen. Außerdem genieße ich es, mit meinem Sohn allein zu sein. Wir brauchen das. Mika und ich, genauso wie du.«

»Also … ich weiß ehrlich nicht, was ich dazu sagen soll«, gestehe ich überrumpelt.

»Dann sag gar nichts und nimm es hin.«

»Okay…«

»Super, dann sehen wir uns irgendwann am Nachmittag.«

Ehe ich noch etwas sagen kann, beendet Fabian das Gespräch. Ich starre irritiert aufs Handy, dann spüre ich erneut ein breites Lächeln auf meinem Gesicht. Allerdings will ich nicht zu viel in Fabians Verhalten hineininterpretieren und zügle meine Freude. Wenn sich ein Gewitter am Himmel zusammenbraut, gibt es schließlich auch immer wieder winzige lichte Momente, in denen die Sonne durchblitzt.

Ich gehe ausgiebig duschen, koche mir einen Kaffee und setze mich auf den Balkon. Die Sonne sendet bereits kräftige Strahlen aus und in der Luft steckt eine Schwüle, die verrät, wie warm es heute werden wird. Trotzdem ist es schön, die Füße auf der Balkonbrüstung abzulegen, gedankenverloren in den Himmel zu starren und entspannt meinen Kaffee zu trinken. Zumindest für einige Minuten, denn nach und nach werde ich innerlich immer unruhiger und trommle mit den Füßen auf der Brüstung herum. Nichts zu tun zu haben ist ungewohnt für mich und es fühlt sich an, als würde ich vor Energie zerspringen. Ich muss sie dringend irgendwie herauslassen.

Ein Gedanke keimt in meinem Kopf auf. Wie von der Tarantel gestochen springe ich auf und rase ins Schlafzimmer. Im untersten Fach des Kleiderschranks verstecken sich meine Sportklamotten. Früher habe ich regelmäßig Sport getrieben, bin laufen gegangen oder war im Fitnessstudio – und genau das werde ich mit meinem freien Vormittag anfangen. Entschlossen sammle ich alle nötigen Sachen zusammen und google nebenbei nach Studios in Hamburg, die ohne Anmeldung Probestunden anbieten. Eines sticht mir sofort ins Auge. Es ist mit dem Auto nur knapp eine halbe Stunde entfernt und den Bewertungen und Fotos nach zu urteilen, ist es genau das, was ich suche. Hell eingerichtet, mit hilfsbereiten Trainern und bestückt mit Geräten, die auch für Anfänger geeignet sind. Bevor mich die Motivation wieder verlassen kann, ziehe ich mich um, bringe meine Tasse in die Küche und schlüpfe in meine Schuhe.

»Noch einer. Du schaffst das!«

»Das hast du schon vor dem letzten Durchgang gesagt«, sage ich schnaufend und wische mir mit dem Handrücken den Schweiß von der Stirn.

Luke, der Trainer, grinst mich amüsiert an. »Du wolltest eine Probestunde, die dich auspowert«, erinnert er mich viel zu vergnügt und ich verfluche mich stumm für meine große Klappe. Als ich das Studio vorhin betrat, wurde ich sofort herzlich begrüßt und zu einem Probetraining eingeladen. Luke zeigte mir die Umkleiden, die Geräte und bot an, mit mir zu trainieren, um mich wieder an den Sport heranzuführen. Motiviert, wie ich war, habe ich es mit der Beschreibung meiner Fitness übertrieben, und jetzt muss ich die Suppe auslöffeln, ohne dabei vor Erschöpfung umzufallen. Trotzdem tut es unwahrscheinlich gut, das Brennen meiner Muskeln und das kräftige Pumpen meines Herzens zu spüren, das das Adrenalin durch meinen Körper treibt.

»Okay«, willige ich grummelnd ein. »Aber das ist wirklich der letzte Durchgang.«

Er nickt feierlich und auch wenn ich der Geste nicht ganz traue, lehne ich mich zurück und greife erneut nach den Bügeln, an denen die Gewichte hängen. Die zehn Züge fühlen sich wie hundert an und als Luke endlich die erlösende Zahl sagt, lasse ich die Bügel kraftlos los. Einen Moment lang bleibe ich auf dem Rücken liegen und atme durch, ehe ich mich aufrichte und nach dem Handtuch greife, das neben mir auf dem Boden liegt. Ich wische mir übers Gesicht, den Nacken und sogar zwischen den Brüsten entlang, um den Schweißfilm loszuwerden. Er überzieht meine Haut und ich wette, dass einmal duschen nicht genügen wird, um ihn komplett fortzuwaschen.

»Und, wie hat's dir gefallen?« Luke hockt sich neben mich, und wie schon vor einer Stunde bewundere ich seine deutlichen Muskelberge. Dieser Mann besteht beinahe nur aus Muskelmasse, und da er weder sichtbare Piercings, Tattoos, geschweige denn Haare auf dem Kopf hat, lenkt nichts davon ab. Attraktiv finde ich das zwar nicht, denn dafür ist es mir zu viel, aber beeindruckt bin ich dennoch.

»Es war toll«, gebe ich zu. »Aber jetzt bin ich komplett erledigt und freue mich auf die Dusche.«

»Freut mich zu hören. Bedeutet das, dass du wieder ins Studio kommst?«

»Vermutlich«, erwidere ich und stehe langsam auf. Jede Faser meines Körpers pulsiert und fühlt sich viel zu straff an. Wie unsportlich ich in den vergangenen Jahren geworden bin, ist beängstigend und zeigt mehr als deutlich, wie nötig ich regelmäßigen Sport habe. »Ich würde gern den Infoflyer von euch mitnehmen.«

Luke nickt, steht ebenfalls auf und tritt einen Schritt zur Seite. »Ich suche ein paar Infoblätter für dich zusammen. Allgemeiner Kram zu Trainingsplänen, Kursen und so weiter. Geh ruhig duschen, und wenn du fertig bist, warte ich am Empfang auf dich.«

»Dank–«, setze ich an und versteinere zur Salzsäule. *Das ist nicht möglich, oder?* Der Zufall wäre viel zu groß. Hamburg ist riesig, die Auswahl an Fitnessstudios ist beinahe übermächtig, und trotzdem habe ich mir genau das Studio ausgesucht, in dem ich auf *ihn* treffe? Fast muss ich lachen, weil das so unwahrscheinlich erscheint. Und doch steht er dort, hält die Tür zum Kursraum auf und verabschiedet sich von Leuten, die an ihm vorbeiströmen.

Ben.

Er trägt eine weite schwarze Jogginghose und ein eng anliegendes weißes Shirt, an dem nicht ein einziger Schweißfleck zu finden ist. Entweder hat er nur Anleitungen gegeben und nicht selbst mitgemacht, oder er ist dermaßen gut trainiert, dass ihm der Sport nichts anhaben kann. Als hätte er meinen Blick auf sich gespürt, wendet Ben plötzlich den Kopf zu mir um und reißt perplex die Augen auf. »Lisa?«

»Hey, Ben«, begrüße ich ihn zögernd. »Ich wusste nicht, dass du hier arbeitest.«

»Und ich nicht, dass du hier trainierst.« Er lässt die Tür los und kommt zu uns herüber, dann sieht er zu Luke. »Bist du ihr Trainer?«

»Probestunde«, erklärt Luke. »Seid ihr Freunde? Wenn ja, gibt's einen Rabatt auf die Mitgliedschaft.«

»Du wirst hier Mitglied?«

»Ich weiß es noch nicht«, gestehe ich und frage mich, wieso Bens Stimme auf einmal dermaßen panisch klingt. Der gestrige Abend endete mit einer Unbehaglichkeit zwischen uns, die mich bis in den Schlaf hinein verfolgte, aber dass er so offen zeigt, mich hier nicht haben zu wollen, trifft mich dennoch unerwartet.

Ben erwidert nichts, sondern sieht mich einfach nur an. Dabei wirkt es jedoch, als wäre ich eine Glasscheibe, durch die er hindurchblickt. Er nimmt mich nicht richtig wahr. Länger halte ich die merkwürdige Stimmung nicht aus.

»Bis gleich dann am Empfang«, sage ich zu Luke und trete zwischen den Männern hindurch in Richtung der rettenden Umkleidekabinen. Ich greife nach dem Türknauf, als ich Ben meinen Namen rufen höre und verwundert in der Bewegung innehalte. Nur einen Wimpernschlag später spüre ich ihn hinter mir. Seine Präsenz ist so intensiv, dass sie mich vollkommen einnimmt. Ich bilde mir ein, seinen Geruch wahrzunehmen und die Wärme auf der Haut zu spüren, die von ihm ausgeht. Meine Haut kribbelt, dieses verfluchte Zittern überrennt meinen Rücken und meine Finger krallen sich viel zu heftig am Türknauf fest.

»Wenn du mir gesagt hättest, dass du mit Sport anfangen willst, hätte ich dir eine Probestunde geben können.«

»Das war ein spontaner Einfall.« Ein Finger nach dem anderen löst sich vom Knauf. Ich hole bebend Luft und drehe mich langsam zu Ben um.

Seine Miene ist ausdruckslos, als würde er weder denken noch fühlen, aber in seiner Stimme schwingt ein deutlicher Unterton mit. Ein Ton, der nervös und überreizt wirkt. »Hättest du etwas dagegen, wenn ich einen Trainingsplan für dich erstelle? Luke ist zwar ein guter Trainer, aber er schätzt die Motivation der Kunden oft zu hoch ein.«

Überrumpelt starre ich ihn an. Mit so einem Angebot habe ich nicht gerechnet, nachdem er gestern am Schluss dermaßen ablehnend zu mir gewesen ist. Am liebsten würde ich mir die Zeit nehmen, über die Pros und Kontras seines Angebots nachzudenken, doch diese Zeit habe ich nicht. Ben erwartet sofort eine Antwort, also muss ich auf mein Bauchgefühl vertrauen.

»Natürlich nur, wenn du überhaupt wieder herkommen willst«, setzt Ben nach und mit einem Mal fällt seine besonnene Fassade in sich zusammen. Plötzlich erkenne ich, wie unsicher er sich fühlt und dass die Situation für ihn ebenso unangenehm ist wie für mich.

»Es wäre schön, wenn du das machen würdest«, antworte ich und höre damit auf mein Bauchgefühl. »Wenn ich ehrlich bin, hast du recht. Das Training mit Luke war zu hart für mich. Mir tut jeder Muskel weh.«

»Wollen wir das vielleicht bei einem Kaffee besprechen?«

»Jetzt?«, frage ich überrascht.

»Hast du Zeit? Es dauert auch nicht lange. Höchstens eine halbe Stunde. Wir könnten uns in den Mitarbeiterraum setzen oder irgendwo einen Kaffee trinken gehen.«

»Kaffeetrinken klingt gut.«

»Okay, dann treffen wir uns gleich wieder hier. Lass dir Zeit, ich muss mich auch noch umziehen.«

Nach einem überforderten Nicken drehe ich mich um und flüchte in die Umkleide. Sobald die Tür hinter mir zufällt, stoße ich hart die Luft aus und reibe mir über die Arme. Dass ich eine Gänsehaut habe, bemerke ich erst jetzt. Ebenso wie das heftige Schlagen meines Herzens, das immer wieder gegen meine Rippen peitscht. Ich darf nicht so stark auf seine Nähe reagieren – und doch tue ich es. Dass ich mich wohl in Bens Nähe fühle und unsere Ansichten auf viele Dinge die gleichen sind, sind tolle Voraussetzungen für eine Freundschaft. Aber zwischen uns liegt etwas in der Luft, das ich nicht leugnen kann. Etwas Knisterndes, das ich im Keim ersticken muss, wenn diese Freundschaft eine Chance bekommen und nicht im Chaos enden soll. Ich muss das Negative an Ben finden, um dieses Knistern zu ersticken. Jeder Mensch hat Makel und ich wette, dass auch Ben etwas an sich hat, das das nahezu perfekte Bild von ihm schwächt. Etwas, das dem Knistern einen deutlichen Dämpfer verpasst. *Ja, so mache ich es,* entscheide ich kurz entschlossen und nicke mir selbst bestätigend zu. *Ich finde das Haar in der Suppe und lenke unsere Beziehung wieder in eine rein freundschaftliche Bahn.*

Kapitel 14

Neue alte Wege

Lisa

Schweigen kann unangenehm sein. Es kann eine Situation bedrückend und unpersönlich werden und einen darum flehen lassen, endlich zu entkommen. Das Schweigen, das Ben und mich aus dem Studio hinaus und in ein Café um die Ecke begleitet, ist jedoch anders. Es fühlt sich an wie eine Verschnaufpause von der Realität, in der man Energie sammelt. Und genau die brauche ich nach dem harten Training und dem verwirrenden Hin und Her mit Ben jetzt.

Das Café, in das er mich führt, liegt in einem zweistöckigen frei stehenden Haus auf einer Straße mit winzigen Läden. Dessen Front ist mit Efeu bewachsen, der sich bis zum Dach hochschlängelt. Der Außenbereich wird durch eine rot-weiß gestreifte Markise überdacht und die eckigen Holztische darunter werden von einer einzelnen Tulpe verziert, die in einer Glasvase jeweils in die Tischmitte gestellt wurde. Wir setzen uns an einen kleinen Tisch, der nah am Eingang steht. Ben bestellt sich einen Kaffee, ich einen Karamell-Macchiato. Wir sitzen uns gegenüber, sehen aneinander vorbei und nehmen den anderen doch voll und ganz wahr. Zumindest geht es mir so. Auch wenn ich nicht hinsehe, spüre ich doch jede seiner Bewegungen.

»Also«, beginnt Ben. »Wie oft in der Woche willst du Sport treiben?«

»Ich denke, zweimal wäre realistisch«, gebe ich zu und sehe nun ebenfalls zu ihm. »Ich weiß, dass das nicht besonders oft ist, aber öfter schaffe ich vermutlich nicht.«

»Mach dir keinen Kopf deshalb«, sagt er und lächelt mich verständnisvoll an. »Zweimal ist ein guter Anfang.«

»Früher habe ich viel Sport getrieben«, verrate ich Ben. »Ich habe in einem Kurs getanzt, bin laufen gegangen und war regelmäßig im Studio an den Geräten.«

»Was hat sich geändert?«, möchte Ben wissen und sieht mich interessiert an. Bei ihm fühlt es sich nicht an, als würde er bloß aus Höflichkeit fragen, wie es bei anderen Menschen leider oft der Fall ist. Stattdessen bin ich mir sicher, dass es ihn wirklich interessiert, und das ist ein wundervolles Gefühl.

»Der Alltag«, erkläre ich. »Die Arbeit, der Haushalt und die Erziehung von Mika. Da bleibt wenig Zeit für andere Dinge übrig. In letzter Zeit war ich verhältnismäßig oft unterwegs. Normalerweise sieht das anders aus.«

»Du verbringst also eigentlich die meiste Zeit zu Hause?«, fragt Ben, aber zum Antworten komme ich nicht, denn eine rüstige Dame tritt an unseren Tisch und stellt die Getränke ab. Sie nickt uns zu, ehe sie wortlos wieder verschwindet.

»Sehr gesprächig sind die Kellner hier anscheinend nicht«, feixe ich und greife nach meinem Glasbecher. Ich liebe es, dabei zuzusehen, wie die Farben des Macchiatos ineinander übergehen, wenn man ihn langsam umrührt. Dass Ben mich dabei beobachtet, ist mir bewusst, trotzdem mache ich weiter. Sobald die Farbtöne sich vermischt haben, höre ich auf und lege den Löffel zur Seite. »Also, wo waren wir?«

Ben versteckt sein Grinsen hinter seiner Kaffeetasse, aber ich sehe es dennoch. »Wir lassen also unkommentiert, wie niedlich es ist, dass du so fasziniert von deinem Getränk bist?«, feixt er. »Okay, dann zurück zum Thema. Wir haben darüber gesprochen, dass du meistens zu Hause hockst.«

Ich übergehe seinen Kommentar, denn dass er mich niedlich nennt, würde in die falsche Richtung führen. Trotzdem kann ich das wohlige Kribbeln im Magen nicht verdrängen. »So, wie du das sagst, klingt das bemitleidenswert. Dabei ist es das nicht«, stelle ich klar und reibe mir unauffällig über den Bauch, um das Kribbeln zu verscheuchen. »Ich kümmere mich viel um den Haushalt, weil Fabian länger arbeitet als ich. Und Mika steckt gerade in einer Phase, in der er alles genau erklärt bekommen will. Das kostet viel Zeit. Außerdem will ich mein Kind nicht ständig fremdbetreuen lassen.«

»Was ist mit Fabian?«, will Ben wissen. »Wechselt ihr euch mit dem Weggehen nicht ab? Eine Woche du, eine Woche er. Das wäre fair.«

»So funktioniert das leider nicht«, erwidere ich ausweichend. »Zum Trainieren würde ich jedenfalls zweimal die Woche Zeit finden, denke ich. Aber ich weiß nicht, ob ich es jedes Mal ins Studio schaffe. Hin- und Rückweg zusammen sind knapp eine Stunde. Es macht vermutlich keinen Sinn, mich anzumelden. Sich spontan einen Tagespass zu kaufen, wenn ich es doch mal schaffe, ist klüger.«

Plötzlich leuchten Bens Augen auf, als wäre eine Glühlampe in seinem Kopf angesprungen. »Du bist früher gelaufen, hast du gesagt.«

Ich nicke.

»Für mich ist der Weg zu dir zeitlich kein Problem. Mit der Bahn ist das ein Witz. Ich könnte einmal in der Woche nach

Wolkenheim fahren und wir gehen zusammen laufen. Ich habe gemerkt, dass es den meisten Leuten schwerfällt, von selbst den Hintern hochzukriegen. Deshalb sind Kurse so beliebt. Wenn ich dich antreibe, bleibst du mit Sicherheit am Ball.«

»Das würdest du für mich tun?«

»Klar. Ich gehe sowieso regelmäßig laufen. Ob ich das an der Elbe oder in Wolkenheim am Feld mache, macht keinen großen Unterschied. Und während der Fahrt kann ich auf dem Tablet an meinen Kursprogrammen arbeiten«, erwidert er und zuckt mit den Schultern, als wäre es keine große Sache. Aber für mich ist es das. Eine sehr große sogar. Wie oft ich Fabian, Ina, Julia oder auch Natalie gefragt habe, ob sie mit mir laufen wollen, kann ich gar nicht mehr zählen. Keiner von ihnen hat Lust dazu. Es ist genau so, wie Ben sagt: Allein fehlte mir der Antrieb, um den Hintern hochzubekommen.

»Danke, Ben«, flüstere ich gerührt. Auch wenn es nur um Sport geht, bedeutet mir seine Unterstützung viel. Ich bin hierhergekommen, um das Negative an Ben zu finden und das Knistern damit zu ersticken. Aber nun stelle ich fest, dass das nicht nötig ist. Alles, was es braucht, um unsere Beziehung in die richtige Richtung zu lenken, ist normaler freundschaftlicher Umgang miteinander. Auf eine nette, aber angebracht distanzierte Weise. Wenn wir auf diesem Weg bleiben, bin ich mir sicher, dass das Knistern bald von allein verglimmen wird.

Ben hebt prostend seinen Becher. »Auf eine gute Trainingspartnerschaft.«

Und auf eine gute Freundschaft, denke ich und stoße mit ihm an.

Ich parke den Wagen wie immer unter dem Carport, vor dem geschlossenen Garagentor. Es ist ein älterer VW-Kombi in Schwarz, den wir vor einigen Jahren unseren Nachbarn abgekauft haben. Nachdem ich meine Sporttasche vom Rücksitz genommen habe, schließe ich ab und gehe ins Haus. Die Wohnungstür von Papa steht offen und Stimmen dringen zu mir ins Treppenhaus. Neugierig klopfe ich an den Türrahmen und betrete seine Wohnung. »Hallo?«

»Wir sind im Garten!«

Mit der Tasche in der Hand gehe ich durchs Wohnzimmer, ignoriere den Papierberg auf Papas Esstisch und trete auf die Terrasse hinaus. Mein Vater sitzt zusammen mit Fabian am Tisch. Es liegen Besteck und Servietten darauf, aber weit und breit ist kein Essen zu sehen.

»Was ist denn hier los?«, frage ich und beuge mich zu meinem Vater herunter. Ich gebe ihm einen Kuss auf die Wange, dann drehe ich mich zu Fabian um. Er reckt sich hoch und gibt mir einen schnellen Kuss auf den Mund. Perplex lasse ich die Sporttasche fallen. So hat er mich schon ewig nicht mehr begrüßt.

»Wir dachten, wir bestellen etwas vom Griechen und essen zusammen hier draußen«, teilt mein Mann mir mit und scheint sich über meine Überraschung köstlich zu amüsieren. Zumindest würde das sein zufriedenes Grinsen erklären. »Das Wetter ist so schön, außerdem wollte Mika noch spielen. Ich wollte dir gleich schreiben und fragen, wann du kommst. Das Essen müsste nämlich in ungefähr einer halben Stunde da sein.«

»Perfektes Timing also«, witzle ich lahm, noch immer verwundert von seinem Verhalten. Ich gehe um den Tisch herum und setze mich neben ihn.

»Wo warst du eigentlich?«

»In Hamburg. Ich habe eine Probestunde in einem Fitnessstudio genommen.«

Fabian kräuselt die Nase, als hätte ich behauptet, den Nobelpreis erhalten zu haben. »Wie bist du denn darauf gekommen?«

Ich zucke mit den Schultern und sehe mich nach Mika um. Er sitzt im Sandkasten und baut eine Burg. Dass ich da bin, hat er noch nicht bemerkt. »Spontan«, erwidere ich und sehe zu Fabian zurück. »Mir war danach, mich zu bewegen, und der Sport hat gutgetan. Ich habe beschlossen, ab jetzt wieder regelmäßig Sport zu treiben.«

»Das freut mich aber!«, wirft Papa ein. »Es wird Zeit, dass du wieder mehr für dich selbst machst.«

Im Augenwinkel bemerke ich Fabians Blick. Er wirkt nicht sonderlich begeistert über meinen Entschluss, aber ebenso, wie er regelmäßig ins Vereinsheim geht, um dort Fußball zu schauen, werde ich ab jetzt regelmäßig auf dem Feld laufen.

»Und wie lief die Probestunde?«, möchte Papa wissen. »Wirst du dich da anmelden?«

»Das weiß ich noch nicht«, gestehe ich und ignoriere Fabians stechenden Blick. »Es hat zwar Spaß gemacht, aber jedes Mal eine halbe Stunde hin und wieder zurückzufahren, ist mir zu weit. Vermutlich wird es dabei bleiben, dass ich laufen gehe und hin und wieder einen Tagespass kaufe.«

»Mama!« Nun hat Mika mich bemerkt. Er rennt zu mir und wirft sich in meine Arme. »Wir haben Essen bestellt«, lässt er mich wissen und sieht mit strahlenden Augen zu mir auf. »Und Papa und ich waren auf dem Spielplatz! Dann hab ich ein riesiges Eis in der Waffel bekommen. Und beim Einkaufen hat Papa mir Gummibärchen erlaubt.«

»Klingt nach einem tollen Tag.«

»Ja!«, ruft Mika und löst die Arme von mir. »Es war toll! Papa hat versprochen, dass er mäßig etwas mit mir macht.«

»Regelmäßig«, verbessert Fabi ihn schmunzelnd. »Ich dachte, es wäre schön, wenn Mika und ich einmal im Monat einen Vater-Sohn-Tag machen würden. Nur wir Männer«, erklärt er und zwinkert Mika zu.

Mein Herz blüht auf, aber eine leise Stimme rät mir, vorsichtig zu sein. Fabian verspricht Mika etwas, das für den Jungen sehr wichtig ist. Sollte er sich nicht daran halten, wäre Mika unendlich traurig, aber daran will ich im Moment nicht denken. Ich will mich darüber freuen, dass mein Mann anscheinend endlich zu seinem alten Selbst zurückfindet, denn das ist genau das, was ich mir in den vergangenen Wochen und Monaten so sehr gewünscht habe.

»Ich geh wieder spielen«, sagt Mika und rennt davon.

»Da hat jemand einen tollen Tag gehabt«, kommentiert Papa liebevoll und deutet Mika hinterher.

»Anscheinend hatten wir alle einen schönen Tag«, mischt Fabian sich ein. »Ich war mit Mika unterwegs, Lisa hat ihre Leidenschaft fürs Schwitzen neu entdeckt und Rüdiger hat sich einen Welpenwurf angesehen.«

»Wirklich?«, frage ich erstaunt. »Was für Welpen?«

»Rauhaardackel«, erklärt mein Vater und sofort beginnen seine Augen begeistert zu leuchten. »Wunderschöne Tiere. Noch sind sie zu klein, um von der Mutter getrennt zu werden, aber in zwei Wochen ist es so weit. Dann gehe ich hin und suche mir einen aus.«

»Das ist toll, Papa.« Er wollte schon immer einen Hund haben, aber meine Mutter war strikt dagegen. In den Jahren nach ihrer Scheidung hatte er zu wenig Zeit, um sich vernünftig um einen Welpen zu kümmern, aber da er bald in Rente geht, ist es der perfekte Zeitpunkt, um seinen Traum wahr werden zu lassen. Außerdem bin ich mir sicher, dass der kleine Kerl ihn von seinen Geldsorgen ablenken wird.

»Ich wollte dich eigentlich fragen, ob du mitkommen willst«, erzählt Papa. »Allerdings warst du schon weg.«

»Wann bist du denn abgehauen?«, möchte Fabian wissen.

»Gegen elf Uhr glaube ich.«

»Und dann kommst du erst so spät zurück?«

»Ich habe mich hinterher noch mit dem Trainer über einen möglichen Trainingsplan unterhalten«, weiche ich aus. Wieso ich nicht erwähne, dass ich Ben getroffen und mit ihm einen Kaffee getrunken habe, ist einfach zu erklären: Fabian hat gestern deutlich gezeigt, was er von unserer Freundschaft hält. Er mag Ben nicht und wäre mit Sicherheit nicht damit einverstanden, dass ich mich mit ihm getroffen habe. Genauso wie er nicht begeistert davon wäre zu hören, dass Ben mein neuer Trainingspartner wird. Es läuft heute so gut zwischen uns, und das möchte ich durch seine Abneigung Ben gegenüber nicht ruinieren. Das schlechte Gewissen meldet sich prompt zu Wort und flüstert mir ein, es sei nicht richtig, etwas vor seinem Mann zu verheimlichen. Ich dürfte keine Bedenken haben, Fabian davon zu erzählen – und doch habe ich sie. Wenn unsere Ehe nicht mehr so fragil ist und die Wogen sich geglättet haben, werde ich ihm davon erzählen, und mit Sicherheit wird er dann nichts mehr dagegen haben. Und falls ich mich irre, stelle ich mich den Konsequenzen, wenn es so weit ist.

Kapitel 15

Sündige Fantasie

Ben

Heute ist der erste Samstagabend seit mindestens sechs Monaten, an dem ich nicht unterwegs bin, sondern faul auf dem Sofa liege. Ich zappe durch die Fernsehkanäle und erinnere mich viel zu schnell daran, wieso ich normalerweise nur Streamingdienste nutze. Im Fernsehen läuft eine niveaulose Game- oder Castingshow nach der anderen.

»Ich hau ab.« Jan bleibt im Türrahmen stehen und hebt fragend eine Braue. »Kommst du allein klar?«

»Für einen Babysitter bin ich zu alt.«

»Haha«, erwidert er trocken. »Du weißt, was ich meine. Das Angebot steht noch«, erinnert er mich. »Du kannst zu meiner Firmenfeier mitkommen. Es wird niemanden interessieren, dass du nicht bei uns arbeitest. Die meisten, die bei uns angestellt sind, arbeiten nicht wirklich, also fällt's nicht auf, wenn du keine Ahnung vom Programmieren hast.«

»So gern ich auch Partys crashe, nein danke. Ich gucke einen Film und gehe früh ins Bett. So bin ich endlich mal fit genug, um sonntags zum Morgenmeeting in die Gemeinde zu gehen. Willi bekommt vor Schreck mit Sicherheit einen Herzinfarkt.«

Jan kneift die Augen zusammen, als würde er sich die Szene vorstellen. »Da wäre ich echt gern dabei. Der Kerl ist ein absoluter Fels. Ihn überrascht zu sehen, würde sogar mich dazu antreiben, früher aufzustehen.«

»Leider ist ein Meeting keine Party«, erwidere ich und setze mich auf. »Wer nicht suchtkrank ist, hat dort nichts zu suchen. Geschlossene Gesellschaft.«

»Wie elitär«, feixt Jan, ehe er plötzlich ernst wird. »Soll ich mein Zimmer abschließen?«

»Wir haben das damals beim Einzug besprochen«, erinnere ich ihn. »Ich habe kein Problem damit, wenn jemand in meiner Gegenwart trinkt, und ich komme auch damit klar, dass du das Zeug in deinem Zimmer aufbewahrst.«

»Aber –«

»Kein Aber«, unterbreche ich ihn scharf. »Wenn es mir nicht gut gehen würde, wäre das etwas anderes, aber mir geht's gut. Wirklich. Kein Grund zur Sorge.«

Jan sieht unentschlossen den Flur hinunter. »Okay«, sagt er schließlich und schaut zu mir zurück. »Wenn etwas ist, rufst du mich aber sofort an. Ich kann in zwanzig Minuten wieder hier sein.«

»Ja, Mami.«

»Verarsch mich nicht. Ich mein's nur gut.«

»Ich weiß es wirklich zu schätzen, dass du dir Sorgen um mich machst, Jan. Aber das ist, wie gesagt, nicht nötig. Ich bin über den Berg und hab meine Sucht gut im Griff. Hab viel Spaß heute und mach dir um mich keinen Kopf. Ich bin artig.«

Mit einem letzten mahnenden Blick verschwindet Jan aus dem Türrahmen und nur einen Moment später höre ich die

Wohnungstür ins Schloss fallen, dann bin ich allein. Es ist nicht so, als gäbe es nicht einige Orte, zu denen ich heute gehen könnte. Mehrere Partys finden statt, zu denen ich eingeladen wurde, außerdem hat Natalie mich gefragt, ob ich mit ihr in einen Club gehe. Aber anders als sonst habe ich heute nicht das Gefühl, unter Leute gehen zu müssen, um mich abzulenken. Mir machen die Ruhe und Tatenlosigkeit ausnahmsweise nichts aus. Im Gegenteil. Ich genieße es, ungestört zu sein und nichts zu tun zu haben. Heute habe ich keine Angst davor, ins Grübeln zu geraten. Und ich habe auch keine Angst davor, von meinen Erinnerungen überwältigt zu werden und den Drang zu bekommen, mich betäuben zu müssen, um sie loszuwerden.

Meine Gedanken kreisen zwar unaufhörlich, aber das Thema ist kein altbekanntes, das mich in die Dunkelheit zieht, sondern ein neues, das mich zum Lächeln bringt. Lisa. Vorhin im Fitnessstudio war ich im ersten Moment dermaßen perplex, sie dort zu treffen, dass ich nicht klar denken konnte. Der Schock hat sich allerdings schnell in Freude verwandelt und sofort tat es mir leid, wie ablehnend ich sie begrüßt hatte. Ihr vorzuschlagen, für sie einen Trainingsplan zu erstellen und sie auf einen Kaffee einzuladen, war das Mindeste, was ich tun konnte, um es wiedergutzumachen. Und jetzt kann ich es kaum abwarten, am Mittwoch nach Wolkenheim zu fahren und mit ihr zu laufen. Dass das eine ebenso dämliche wie brillante Idee sein kann, ist mir bewusst.

Irgendwann gebe ich es auf, etwas Spannendes im Fernsehen finden zu wollen, und schalte auf die Streamingdienste um. Gerade als ich meinen Account öffne, vibriert mein Handy auf dem Sofatisch. *Wenn das ein Kontrollanruf von Jan ist, baue ich sein Bett auseinander und schließe das Wohnzimmer ab, damit er auf dem Boden pennen muss.* Die Streichidee verpufft schlagartig, als ich den Namen auf dem Display lese. »Hey, Lisa«, begrüße ich sie verwundert. »Ist alles okay bei dir?«

»Ja, klar. Ich …« Sie bricht ab und eine ungute Vorahnung lässt den Alarm in meinem Kopf anspringen. »Es ist alles okay, aber … Es ist so, dass … Mir war langweilig und da dachte ich … sorry, ich rede Blödsinn. Also, ich dachte, vielleicht hast du Lust zu telefonieren. Aber bestimmt störe ich und du willst los oder bist schon unterwegs oder –«

»Ich habe Zeit«, unterbreche ich ihren nervösen Redeschwall. »Jan ist eben gegangen und ich liege bloß auf dem Sofa rum. Was ist mit dir?«, möchte ich wissen. »Kein Fabian heute Abend?«

Es wird still in der Leitung. So still, dass ich kurz das Handy vom Ohr nehme, um zu prüfen, ob Lisa noch dran ist.

»Fabian war heute mit Mika unterwegs, während ich im Studio war«, erzählt sie ohne Übergang. »Die beiden haben einen tollen Tag zusammen verbracht, und als ich heimkam, hatte er Essen bestellt und wir haben zusammen mit meinem Vater den Nachmittag verbracht. Das war schön.«

»Aber?«

Sie seufzt. »Es ist lächerlich und eigentlich will ich dich nicht mit meinen Problemen nerven, aber Ina und Julia sind unterwegs und mit Natalie kann ich schlecht über ihren Bruder sprechen.«

»Hey«, sage ich sanft. »Ich habe angeboten, dass du mich anrufen kannst, wenn etwas ist, und das meinte ich ernst. Ich höre dir gern zu, also heul dich ruhig bei mir aus. Dafür sind Freunde da.«

»Danke«, flüstert sie und die Traurigkeit in ihrer Stimme bohrt sich wie ein Pfeil in mein Herz. »Eigentlich ist es kein richtiges Problem, sondern bloß die Tatsache, dass meine Erwartung nicht erfüllt wurde und ich jetzt enttäuscht bin. Ich dachte, dass Fabian und ich nach diesem schönen Tag den Abend zusammen verbringen würden. Ich habe das Sofa ausgeklappt, Popcorn gemacht und Wein kalt gestellt. Dann kam er rein und meinte, er würde ins Vereinshaus seines Fußballclubs gehen. Irgendein Trainer feiert Geburtstag.«

»Das hat dir nicht gefallen«, rate ich, und auch wenn ich es nicht sehe, weiß ich, dass sie nickt.

»Genau. Die Einladung hatte er anscheinend schon länger, aber gesagt hat er mir vorher keinen Ton davon. Ich habe Fabian darum gebeten, abzusagen und zu Hause zu bleiben, damit wir Zeit für uns haben. Als Paar. Das haben wir schon ewig nicht mehr gemacht, weil er an den Wochenenden so gut wie immer unterwegs ist. Ich dachte, dass es kein Problem sein müsste, wenn er ausnahmsweise zu Hause bleibt. Oder nur für eine Stunde hingeht, gratuliert und wieder heimkommt. Außerdem dachte ich, nachdem er mir gestern das Gleiche vorgeschlagen hat, würde er sich über die Idee freuen.«

»Gestern?«, wiederhole ich und verkneife mir das abfällige Schnauben. Er wollte ausgerechnet gestern, an dem Abend, an dem wir verabredet waren, mit ihr Zeit verbringen. Von sieben Abenden in der Woche musste es ausgerechnet dieser eine sein. Wie vorhersehbar dieser Typ ist, ist absolut lächerlich. Entweder passt es ihm allgemein nicht, wenn Lisa abends ohne ihn unterwegs ist, oder es ging ihm bei dieser Aktion um mich. So oder so ist sein Verhalten komplett daneben.

»Gestern gab es eine Meinungsverschiedenheit zwischen uns«, gesteht Lisa kleinlaut. »Fabian wollte sich spontan einen gemütlichen Abend mit mir machen, aber ich habe darauf bestanden zu fahren, weil wir verabredet waren. Er wurde sauer und hat mich wortlos stehen gelassen.«

»Gefahren bist du trotzdem«, erkenne ich stolz.

»Ja«, gibt sie auffallend leise zu, dann räuspert sie sich. »Jedenfalls ist Fabian vorhin gegangen und meinte, ich soll mir allein einen schönen Abend machen. Mika liegt schon im Bett, also könnte ich die Ruhe genießen. Er hat nicht verstanden, worum es mir ging.«

»Du wolltest Zeit mit deinem Partner verbringen«, stelle ich fest. »Wie oft unternehmt ihr zwei denn etwas zusammen? Also nur ihr zwei, ohne irgendjemand anders.«

»So gut wie nie«, gesteht sie beschämt und wieder einmal wundere ich mich darüber, dass Fabian dermaßen leichtfertig seine Ehe gegen die Wand fährt. Wenn ich eine Frau wie Lisa an meiner Seite hätte, würde ich sie auf Händen tragen. Ich würde zwar nicht jede freie Minute mit ihr verbringen, denn auch in einer Beziehung braucht jeder seinen Freiraum, aber ich würde hin und wieder etwas planen, um sie zu überraschen und der Beziehung neuen Schwung zu geben. So habe ich es damals gemacht. Alle paar Wochen habe ich einen Tisch in einem Restaurant bestellt, Karten für ein Konzert organisiert oder uns etwas Schönes gekocht und dazu einen Film ausgesucht. Hannah hat sich jedes Mal wie ein kleines Kind an Heiligabend darüber gefreut und – »Fuck!« Fluchend springe ich auf und fahre mir mit der Hand durchs Haar.

»Ben, ist alles okay?«

Erschrocken lasse ich beinahe das Handy fallen. »Ja, klar. Ich bin nur mit dem Zeh gegen die Tischkante gelaufen«, lüge ich und schalte das Handy auf Lautsprecher, um es aufs Sofa zu legen. In mir brodelt es plötzlich und dieses Gefühl muss ich schnellstens loswerden. Immer wieder jogge ich im Wohnzimmer auf und ab, während Lisa weiterspricht.

»Oh«, sagt sie mitfühlend. »Das passiert mir auch ständig. Tut höllisch weh, oder? Hast du etwas zum Kühlen da?«

»So schlimm ist es nicht«, behaupte ich und bleibe neben dem Sofa stehen. Ich schließe die Augen, atme tief ein und aus und konzentriere mich stumm auf mein Mantra. *Keine Ausnahmen. Kein Kontrollverlust.*

»Vielleicht sollten wir auflegen, damit du dich um deinen Zeh kümmern kannst.«

Sofort schnappe ich mir das Handy. »Nein«, rufe ich und verfluche mich für die Panik in meiner Stimme. Wenn sie jetzt auflegt, erlischt meine Ablenkung. »Es ist nicht so schlimm. Erzähl bitte weiter. Also, ihr unternehmt so gut wie nie etwas zusammen.«

»Ja, genau«, fährt sie fort. »Früher haben wir ständig etwas unternommen. Wir sind auf Konzerte gegangen, haben uns mit Freunden zum Essen verabredet oder uns in eine Bar gesetzt und stundenlang geredet. Dann wurde Mika geboren, und dass Ausgehen von da an nicht mehr häufig drin sein würde, war uns klar. Aber wir haben die Abende weiterhin oft zusammen verbracht, haben Spiele gespielt, Filme geschaut oder Freunde zu uns eingeladen. Mit der Zeit wurde das schleichend weniger, und na ja, in den letzten Monaten haben wir kaum noch Zeit allein verbracht. Wir sind zwar zusammen auf Geburtstage gegangen, aber da war meistens jeder in einer anderen Ecke – so wie auf dem Stadtfest. Manchmal habe ich das Gefühl, dass wir auseinanderdriften. Dass wir uns in entgegengesetzte Richtungen entwickeln, und ich verstehe nicht, wieso das so ist. Wenn wir beide in den vergangenen Monaten abends zu Hause waren, hat jeder sein eigenes Ding gemacht. Wir gehen auch meistens getrennt ins Bett und selbst wenn nicht … Verstehst du, was ich andeute?«

»Ich glaube schon.« Mein Puls normalisiert sich von Sekunde zu Sekunde mehr und auch das Prickeln in meinem Mund verwandelt sich allmählich in einen Speichelsee, der nur heruntergeschluckt werden muss, um ihn loszuwerden. Ich spüle ihn mit einem großen Schluck Cola, direkt aus der Flasche, hinunter, bevor ich weiterrede. »Im Grunde ist es ganz einfach: Sucht euch in jeder Woche einen Abend heraus, den ihr gemeinsam verbringt. Geplant ist das zwar nicht besonders romantisch, aber es ist ein Anfang. Und was den fehlenden Sex angeht –«

»Ben!«, ruft Lisa schockiert und ich kann mir bildlich vorstellen, wie sie vor Scham rot anläuft. Das vertreibt meine Erinnerungen und Sehnsüchte endgültig.

»Was ist denn?«, frage ich amüsiert. »Sex ist ein ganz normales Thema unter Erwachsenen.«

»Stimmt, aber trotzdem fühlt es sich merkwürdig an, mit dir darüber zu sprechen.«

»Wieso?«

»Weil … du bist eben du«, wispert sie.

»Was meinst du damit?«

»Du bist kein gewöhnlicher Freund, Ben.«

»Was bin ich dann?«, frage ich bedächtig. In mir braut sich eine Anspannung zusammen. Eine Anspannung, die ebenso Angst vor ihrer Antwort hat, wie sie sich danach sehnt, die Worte aus ihrem Mund zu hören. Zu hören, dass sie mehr für mich empfindet, so, wie ich es für sie tue.

»Bei dir habe ich das Gefühl, dass du mich wirklich verstehst«, gesteht sie bedeutungsvoll. »Dass du es nicht nur vorgibst, damit ich mich wohlfühle, sondern … sondern weil du es tatsächlich tust. Weil du dich aufrichtig für mich und meine Sichtweise interessierst. Und das ist unglaublich kostbar für mich. Genau wie unsere Freundschaft kostbar für mich ist, Ben. Du – ich meine unsere Freundschaft«, verbessert sie sich eilig, »bedeutet mir viel.«

Du bedeutest mir auch viel, will ich erwidern, doch die Worte schaffen es nicht über meinen Verstand hinaus. Es sind gefährliche Worte, die ich nicht aussprechen darf, denn sie könnten uns in ein Chaos führen, das den Anfang vom Ende einläuten würde.

»Du willst mit mir nicht über Sex sprechen, weil ich ein Kerl bin, stimmt's?«, sage ich statt meiner wahren Gedanken. »Oder ist es, weil du dir bei einem solchen Gespräch mich vorstellen würdest?« Der letzte Satz ist als Witz gedacht, um die

Stimmung aufzulockern und sie wieder in eine ungefährliche Bahn zu lenken, aber als Lisa sekundenlang still bleibt, muss ich mich setzen, um die Überraschung zu verdauen. »Lisa? Ich habe recht, oder?«

»Ach Mist«, murmelt sie.

»Das muss dir nicht peinlich sein oder so was«, sage ich mit rasendem Herzen. »Es ist ganz normal, an die Person zu denken, mit der man sich unterhält. Außerdem sind wir Freunde mit unterschiedlichen Geschlechtern, da kann schon mal die Fantasie mit einem durchgehen.«

»Ich muss auflegen«, verkündet sie gehetzt. »Mika ist wach geworden. Schreiben wir die Tage?«

»Klar«, antworte ich überrumpelt. »Aber Lisa, ich finde es wirklich nicht schlimm, wenn du –«

»Gute Nacht, Ben.«

Mit einem Mal ist die Leitung tot. Reglos bleibe ich mit dem Handy in der Hand sitzen und frage mich, was zur Hölle gerade passiert ist. Hat Lisa tatsächlich zugegeben, von mir zu fantasieren? Und war ihr das so peinlich, dass sie mich abgewürgt hat? Natalie hat mir und Jan vor einigen Wochen erzählt, dass sie einen Sextraum von uns hatte. Wir haben darüber geredet und herzlich gelacht, danach war das Thema gegessen. So läuft es zwischen Freunden eben. Sie können übereinander lachen und sich alles anvertrauen, ohne dass es einem peinlich sein muss.

Lisa und ich kennen uns zwar erst kurz, aber dennoch sind wir Freunde. Ihr sollte es also nicht dermaßen unangenehm sein, mit mir darüber zu reden. Vielleicht hätte ich lügen und behaupten sollen, ich hätte auch schon auf diese Weise an sie gedacht, damit sie sich besser fühlt und um die Situation zu entschärfen. Ich hätte sagen können, ich hätte mir ihren perfekt geformten Körper vorgestellt und in meiner Fantasie hätte ich sie an der Hüfte gepackt. Dass ich mir überlegt hätte, wie es sich anfühlen würde, sie an mich zu ziehen und ihre verführerischen Kurven zu erkunden. Meine Hände in ihren langen Haaren zu vergraben und ihren blumigen Duft aufzusaugen, bevor ich meine Lippen näher und näher an ihre bringe. So nah, dass nur ein Blatt uns trennt. Und dann, wenn das Knistern zwischen uns kaum noch auszuhalten wäre, würde ich den quälenden letzten Abstand überwinden, meinen Mund auf ihren legen und das Brodeln sich endlich in einem riesigen Feuerwerk entladen lassen.

Auf einmal ist mir viel zu heiß.

Mein Körper glüht und meine Hose fühlt sich viel zu eng an. Ich rutsche unruhig auf dem Sofa herum und lege das Handy zur Seite, um mir über die Oberschenkel zu streichen und die Hitze von der Haut zu bekommen. Aber es hilft nicht. Nichts hilft. Weder das minutenlange Auf- und Ablaufen noch den kühlen Wind auf dem Balkon zu spüren oder mir eine Postkarte am Kühlschrank anzusehen, auf der eine Babykatze abgebildet ist. Seit Jahren habe ich nicht mehr so empfunden und wenn ich ehrlich bin, dachte ich, es nie wieder zu tun. Dass mich allein die Vorstellung von einer solchen Szene zwischen Lisa und mir so heftig anturnt, ist berauschend und beängstigend zugleich. Berauschend, weil ein Teil in mir zum Leben erweckt wurde, den ich für tot erklärt hatte, und beängstigend, weil ausgerechnet Lisa es geschafft hat, ihn zu wecken. Das fremd gewordene Gefühl verblasst allmählich, während ich vom Balkon in die Wohnung zurückgehe. Es verschwindet jedoch nicht vollständig, also gehe ich geradewegs ins Badezimmer. *Ich brauche dringend eine kalte Dusche.*

Kapitel 16

Ungeweinte Tränen

Lisa

»Jetzt geh schon zu, du blödes Ding!« Schnaufend zwinge ich den letzten Haken an meinem Bauch in die Öse. Wie bescheuert ich in diesem Moment aussehen muss, will ich mir nicht vorstellen, weshalb ich mich lieber vom Spiegel fernhalte. Ich stehe um elf Uhr nachts im Schlafzimmer, quetsche mich in Dessous, die ich zuletzt vor Mikas Geburt getragen habe, und diskutiere mit einer Korsage. Wie es so weit gekommen ist, ist mehr als besorgniserregend. Als Ben am Telefon das Thema Sex ansprach, glitten meine Gedanken wie von selbst zu der Vorstellung seiner starken Arme, die mich fest umschlungen halten, und zu der Frage, wie es sich anfühlen würde, über seine definierte Brust zu streichen. Wie es wäre, von ihm berührt zu werden und sich endlich wieder begehrt zu fühlen. Plötzlich ertappte ich mich dabei, mir genau das sehnlichst zu wünschen, und vor Schreck setzte mein Herz einen Schlag lang aus. Nachdem ich aufgelegt hatte, trank ich ein großes Glas Wein, um meine Nerven zu beruhigen, und überzeugte mich davon, dass diese Gedanken nichts mit Ben persönlich zu tun haben, sondern damit, dass ich sexuell ausgehungert bin. Fabian und ich hatten seit einigen Wochen keinen Sex. Meine Libido schreit deshalb regelmäßig verbittert auf. Heute Nacht werde ich das ändern, unserem Sexleben wieder neuen Schwung verleihen und es auf Trab bringen. Deshalb quäle ich mich in die unbequemen Dessous und lege mich in die Mitte des Betts. Das Nachtlicht lasse ich brennen, in der Hoffnung, dass es meine Figur schmeichelhafter wirken lässt. Dann warte ich. Und warte. Und warte weiter. Mit jeder endlos langen Minute, die vergeht, werde ich unruhiger. Immer wieder werfe ich einen Blick auf die Uhr am Wecker und frage mich, wann Fabian endlich heimkommt. Irgendwann lehne ich mich in die Kissen zurück und starre gedankenverloren an die Decke. Meine Lider werden schwer, aber ich kämpfe gegen die Müdigkeit an, denn ich habe eine Mission. Trotzdem spüre ich, wie meine Willenskraft schwindet, bis sie schließlich ganz versiegt und der Schlaf mich übermannt.

Sein Schnarchen reißt mich aus dem Schlaf. Unwillig öffne ich die Augen und reibe mir übers Gesicht. Anscheinend habe ich mich in der Nacht zurück auf meine Seite des Bettes gedreht, und entweder habe ich mir die Decke geschnappt oder Fabi hat mich zugedeckt. Keine Ahnung, wann Fabian heimgekommen ist, aber den auf dem Boden herumliegenden Klamotten nach zu urteilen, war es spät und er angetrunken.

Ich werfe die Decke von mir und tapse aus dem Zimmer. Als Erstes schalte ich die Kaffeemaschine an und schaue auf die Uhr über dem Kalender an der Wand. *Sieben Uhr dreißig und ich stehe in Dessous in der Küche und koche Kaffee. Wenn das mal kein denkwürdiger Start in den Tag ist.* Damit Mika mich so nicht sieht, gehe ich ins Badezimmer und schnappe mir die Jogginghose und das Shirt, das ich gestern vor dem

Umziehen auf die Sprossenheizung gehängt habe. Es enttäuscht mich, die Dessous zusammenzulegen und im Schrank bei den Handtüchern zu verstecken, ohne dass Fabian sie vorher zur Kenntnis genommen hat. Andererseits bin ich eingeschlafen, und vielleicht hat er sie bemerkt, wollte aber rücksichtsvoll sein und mich schlafen lassen. Früher hätte er allerdings anders gehandelt. Er hätte mich zärtlich aufgeweckt und es wäre eine leidenschaftliche Nacht geworden. *Genauso, wie ich früher vor lauter Vorfreude darauf nicht eingeschlafen wäre*, denke ich frustriert über die Situation. Dass das Feuer und das aufgeregte verliebte Wummern des Herzens nach einigen Jahren weniger werden, ist mir bewusst, denn das ist normal in einer Ehe. Trotzdem vermisse ich diese Zeit, genauso wie ich es vermisse, dass Fabian und ich uns Mühe geben und Neues ausprobieren. Nicht nur im Schlafzimmer, sondern auch im Alltag, obwohl wir Neues besonders hinter verschlossener Tür am dringendsten nötig hätten.

Die Kaffeemaschine gibt gluckernde Töne von sich und signalisiert, dass das schwarze Gold beinahe fertig ist. Ich schmiere Brote für Mika zum Frühstück und schneide etwas Obst für ihn klein, bevor ich mich an den Küchentisch setze und meinen Kaffee trinke. Es dauert nicht lange, bis ich polternde Schritte auf der Treppe höre und Mika hereinkommt.

»Guten Morgen, kleiner Schlumpf.«

»Morgen, Mami«, erwidert er und gähnt herzhaft.

»Hast du schon Zähne geputzt?«

»Noch nicht.«

»Dann geh bitte hoch und hol das nach.«

»Okay«, nuschelt er und dreht wieder um. Sein kleiner Körper wird noch von der Müdigkeit beherrscht und seine Schritte sind schleppend, was unfassbar niedlich aussieht, aber vermutlich finde ich alles niedlich, was er tut. Ich wollte schon immer Mutter werden. Als ich klein war, wollte ich es, um meiner eigenen Mutter zu zeigen, wie man es richtig macht. Aus Trotz könnte man sagen. Als ich dann mit Mika schwanger wurde, war es das schönste Gefühl der Welt zu wissen, dass ein neues Leben in mir heranwächst. Ein Leben, dem ich meine ganze Liebe und Aufmerksamkeit schenken kann. Ich kenne viele Mütter, die die Schwangerschaft gehasst haben. Sie litten unter Wassereinlagerungen und Heißhungerattacken und kämpften mit Depression. Mir erging es nie so. Schwanger zu sein war das Schönste für mich, und wenn es nur nach mir gehen würde, würde ich ein weiteres Kind bekommen. Leider möchte Fabian das nicht.

Das Aufgehen einer Tür reißt mich aus den Überlegungen. Ich umklammere den Becher mit beiden Händen und sehe erwartungsvoll zur Küchentür. Ein Teil von mir hofft, dass Fabian mein nächtliches Outfit kommentieren wird, aber ein größerer und realistischerer Teil von mir rechnet nicht damit. Und leider gewinnt dieser Teil. Mein Mann betritt die Küche und geht wortlos zur Kaffeemaschine. Erst nachdem er sich einen Becher eingeschenkt und einen Schluck getrunken hat, sieht er zu mir. »Guten Morgen«, raunt er kratzig und räuspert sich. »War spät gestern, sorry.«

»Habe ich gemerkt.«

»Das Licht war noch an, als ich heimgekommen bin«, stellt er fest und lehnt sich mit dem Hintern gegen die Arbeitsplatte. »Wolltest du auf mich warten?«

»Ja.«

»Das ist lieb von dir«, sagt Fabian. »Ich habe dich zugedeckt, als ich ins Bett gekommen bin. Bist du eingeschlafen, während du gewartet hast?«

»Das bin ich«, erwidere ich, ohne ihn auf die Dessous anzusprechen.

»Ich geh duschen«, teilt er mir mit und stellt seinen halb vollen Becher neben die Spüle. »Mir brummt der Schädel. War wohl ein Bier zu viel gestern.« Mit diesen Worten verlässt er die Küche.

Nur einen Moment später kommt Mika zurück und setzt sich zu mir an den Tisch. Er lächelt mich zuckersüß an und greift nach seinem Brot, während nebenan die Dusche anspringt – da kommt mir eine Idee. Aus einem Impuls heraus streiche ich Mika über den Kopf, stelle meinen Becher ab und stehe auf.

»Ich gehe duschen«, lasse ich meinen Sohn wissen. »Kommst du kurz alleine klar?«

»Hmhm«, macht er mit vollem Mund.

Bevor ich es mir anders überlegen kann, gehe ich rüber ins Badezimmer und schließe vorsichtshalber die Tür hinter mir ab. Der stahlgraue Duschvorhang ist zugezogen, sodass Fabian mein Eintreten nicht bemerkt. Mit einem aufgeregten Flattern in der Brust ziehe ich mich geräuschlos aus und lege die Anziehsachen auf den Toilettendeckel. Dann hole ich tief Luft und ziehe den Vorhang zur Seite.

Fabian wendet mir ruckartig den Kopf zu und reißt perplex die Augen auf. »Ähm«, stammelt er. »Willst du auch duschen? Ich beeil mich. Gib mir fünf Minuten, okay?«

»Ich habe eine bessere Idee«, raune ich vielsagend und steige zu ihm in die Wanne. Mutig greife ich nach dem Schwamm, der auf der Fensterbank liegt, und halte ihn dicht vor Fabians Bauch unter den Duschstrahl. Ich tröpfle etwas von seinem Duschgel darauf und bin mir seines erstaunten Blicks mehr als bewusst. Er gleitet über meine Brust, meinen Bauch und weiter hinab. Der Wasserdampf vernebelt die Luft zwischen uns, dennoch sehe ich klar genug, um den Schwamm auf Fabians Brust zu legen. Ich schäume ihn ein, streiche über seine Brustwarzen hinab zu seinem Bauchnabel und bemerke, dass er unter meinen Berührungen leicht zittert. Das nimmt der Frustration der vergangenen Nacht die Schärfe, denn es beweist, dass Fabian nach wie vor auf mich reagiert. Der Schwamm gleitet über seinen Bauchnabel weiter nach unten, da legt er unvermittelt seine Hand auf meine und stoppt meine Bewegung.

»Ich bin zu erledigt für so etwas.«

»Dann entspann dich und überlass mir die Arbeit«, schlage ich lasziv vor, aber er schüttelt den Kopf und bedenkt mich mit einem Blick, mit dem er sonst Mika ansieht, wenn er ihm erklären will, wieso er direkt vor dem Abendbrot keine Süßigkeiten essen darf. Mein Mut löst sich im Wasserdampf auf und plötzlich ist mir das Ganze unsagbar peinlich. Ich komme mir dermaßen dumm und ausgeliefert vor, dass mir Tränen in die Augen steigen, gegen die ich mühselig ankämpfe. Jetzt auch noch zu weinen, wäre schlicht zu viel für mein angeknackstes Ego.

»Lisa, ich bin wirklich zu erledigt dafür«, fährt Fabian behutsam fort. »Bist du jetzt sauer?«

»Nein, bin ich nicht.« Aber enttäuscht und verletzt. »Ich lasse dich in Ruhe fertig duschen. Mika sitzt übrigens schon in der Küche und frühstückt.« Bemüht gelassen lege ich den Schwamm zurück auf die Fensterbank und steige aus der Wanne. Hinter mir höre ich Fabian Luft holen und bete stumm, dass er mich zurückhält. Dass er »Scheiß drauf« sagt und mich an sich zieht. Aber nichts davon geschieht. Auch während ich mich abtrockne und wieder anziehe, bleibt er stumm. Weil Fabian und ich seit vielen Wochen, ja schon Monaten kein funktionierendes Sexleben mehr haben, hatte ich gedacht, er wäre ebenso ausgehungert wie ich und würde sich über die Überraschung freuen. Dass er seine Müdigkeit zurückdrängen könnte, so wie ich gerade meine Tränen, und den Moment zulässt. Sein Körper hat eindeutig auf mich reagiert, aber sein Kopf nicht.

Nachdem ich das Badezimmer verlassen habe, gehe ich ins Wohnzimmer und schnappe mir mein Handy. Was ich jetzt brauche, um mich aufzumuntern, ist meine große Schwester. Ina schafft es immer, mich zum Lachen zu bringen und Schwarz wie Grau wirken zu lassen. Bevor ich allerdings ihre Nummer wählen kann, leuchtet das Display in meiner Hand auf und eine Textnachricht erscheint.

Ben 8:01

Können wir über gestern sprechen? Das Telefonat hat so abrupt geendet und du hast verstört gewirkt. Ich mache mir Sorgen. Ich will nicht, dass diese dumme Sache zwischen uns steht und unsere Freundschaft versaut. Ruf mich bitte an, damit wir das klären können.

Mein Herz macht einen dermaßen heftigen Sprung, dass ich mir die Hand auf die Brust pressen muss, damit es nicht durchbricht. Mein Geist fängt Feuer und der Rauch vernebelt meine Gedanken. Ich kann Bens Stimme hören, die mir die Nachricht wieder und wieder vorliest. Die mich bittet, unsere Freundschaft nicht aufzugeben und sich dem Gestrigen zu stellen. Zuzugeben, dass ich mich körperlich von ihm angezogen fühle, und mit ihm darüber zu sprechen. Dass es ihm so wichtig ist, bedeutet mir unendlich viel. *Zu viel*, erkenne ich erschrocken und lasse abrupt das Handy los. Es fällt mit einem dumpfen Laut zu Boden, und ich lasse es einfach liegen. In meinem Magen flattert es, als würden Kolibris einen Rundflug veranstalten. Das ist der Tropfen, der das Fass zum Überlaufen bringt. Erst der gescheiterte Plan in der Nacht, dann Fabians Ablehnung eben unter der Dusche und dann auch noch die Nachricht von Ben und meine intensive Reaktion darauf. *Es. Ist. Zu. Viel.* Am liebsten würde ich schreien, um den Druck loszuwerden, der sich in mir anstaut und mir die Luft abschnürt. Aber ich kann nicht, denn Mika sitzt in der Küche und Fabian steht im Badezimmer, also tue ich das Nächstbeste: Ich hebe das Handy auf, drücke die Nachricht weg und stürme ins Schlafzimmer. Wieder und wieder schlage ich auf mein Kissen ein und verfluche Ben für die Gefühle, die seine Nachricht hervorgerufen hat. Verfluche Fabian, der mich verletzt hat, und verfluche mich selbst, weil ich all das zugelassen habe. Ich habe es so weit kommen lassen, dass unser Sexleben einschläft, und ich bin Ben emotional immer nähergekommen, obwohl ich deutlich gespürt habe, dass da etwas zwischen uns ist. Und jetzt hat mich dieses *Etwas* überrannt. *Das muss aufhören*, beschließe ich und setze mich mit zitternden Beinen auf den Bettrand.

Ich werde Ben nicht antworten und ihm ab sofort aus dem Weg gehen. Das ist absolut feige und wird mich in den kommenden Tagen in den Wahnsinn treiben, eine andere Wahl habe ich jedoch nicht. Zumindest nicht, wenn ich nicht werden will wie meine Mutter. Sie hat meinem Vater das Herz gebrochen, als er erfuhr, dass sie ihn jahrelang betrogen hatte. Dieser Frau war es egal, dass sie eine Familie zerstört, einen liebevollen und gutherzigen Mann an den Abgrund treibt und mit ihrem rücksichtlosen Verhalten Traumata hervorruft, die die Menschen um sie herum noch jahrzehntelang verfolgen. Dass sie ausgerechnet den Mann, mit dem sie Papa betrogen hat, nur Monate nach ihrer Scheidung geheiratet hat, hat den Bruch zwischen uns endgültig werden lassen. So eine Frau will ich nicht sein. Wenn ich Ben dafür aus meinem Leben vertreiben und eine Engelsgeduld Fabian gegenüber aufbringen muss, dann ist es eben so. Alles ist besser, als meinem Sohn aus Egoismus die Familie zu rauben.

Ein letztes Mal sehe ich auf das Handy neben mir, ehe ich jeden Gedanken an Benjamin Hoffmann in den hintersten Winkel meines Kopfes verbanne und aufstehe, um zu meinem Sohn zu gehen.

Chat

Ben 18:03
?

Montag

Ben 13:47
Hey, ich glaube immer noch, wir sollten darüber reden. Meld dich bitte.

Ben 20:19
Hab ich etwas falsch gemacht? Bist du sauer auf mich?

Dienstag

Ben 16:52
Ich will nicht wie ein Verrückter wirken, aber allmählich mache ich mir Sorgen. Ist bei dir alles okay?

Mittwoch

Ben 11:07
Steht unsere Verabredung zum Laufen heute Abend noch?

Ben 15:05

Du willst nicht mit mir reden, das ist okay. Meld dich aber trotzdem bitte kurz, damit ich weiß, dass es dir gut geht. Ich mache mir wirklich Sorgen.

Kapitel 17

Wahre Lügen

Lisa

Den seitlichen Knopf drücken, das Handy mit dem Display nach unten hinlegen und geradeaus schauen, als existiere die Nachricht nicht. Diese Abfolge habe ich in den vergangenen drei Tagen jedes Mal wiederholt, sobald er mir schrieb – und täglich fühle ich mich deshalb schlechter. Ben hat dieses Verhalten nicht verdient, aber es ist für mich gerade leichter, als ihm ins Gesicht zu sagen, dass ich Gefühle für ihn habe und deswegen auf Abstand gehen muss.

»Was ist denn los?«

»Nichts«, behaupte ich und greife nach meinem Eiskaffee.

Ina zieht die Brauen zusammen und legt den Kopf schief, als würde sie mich analysieren. Ich kann ihr nichts vormachen. Da wir im Außenbereich eines großen Lokals mitten in der Hamburger Altstadt sitzen, hege ich allerdings die geringe Hoffnung, dass sie mich vom Haken lassen wird. Weil Mika heute einen Ausflug mit seinem Kindergarten macht und vor siebzehn Uhr nicht wieder in Wolkenheim sein wird und Fabian in Berlin ist, habe ich die freie Zeit genutzt und mich direkt nach der Arbeit mit Ina getroffen. Vorhin hielt ich das noch für eine tolle Idee, um mich auf andere Gedanken zu bringen, im Moment zweifle ich jedoch daran, denn sie hört nicht auf mich anzustarren.

»Habe ich was im Gesicht?«

»Du verheimlichst etwas vor mir«, stellt sie fest. »Und das gefällt mir nicht. Du erzählst mir immer alles, Lisa. Wenn du etwas vor mir verheimlichst, muss es wirklich schlimm sein. Also raus damit.«

»Da ist nichts«, lüge ich weiter und rühre ablenkend in meinem Eiskaffee herum. Am liebsten würde ich mir einen Cocktail bestellen, um meine Nerven zu beruhigen, aber das wäre zu auffällig.

»Wenn du das sagst, wird es wohl stimmen«, gibt Ina überraschend nach und zuckt mit den Schultern.

Erleichtert lehne ich mich im Stuhl zurück, da streckt sie blitzschnell die Hand aus und schnappt sich mein Handy vom Tisch. »Hey!«, rufe ich und versuche, mein Handy zurückzuerobern, aber Ina ist schneller. Sie rutscht mit ihrem Stuhl vom Tisch weg, sodass ich sie nicht erreichen kann, und streckt mir siegessicher die Zunge heraus. Da sie den Code für mein Handy kennt, entsperrt sie es ebenso schnell, wie sie es sich geschnappt hat, und beginnt zu lesen. »Ben also«, murmelt sie. »Interessant.«

»Ina, verdammt. Gib mein Handy wieder her.«

Statt es mir wiederzugeben, lässt sie es in den Schoß sinken und sieht mich stumm an. In ihrem Blick liegen keine Wertung, keine Verachtung und auch kein Tadel, sondern reine Sorge. Das ist wesentlich schlimmer, als wenn sie mich rügen würde. Ina ist mehr eine Mutter als eine Schwester für mich, und dieser

Blick ist der typische Mamablick, den ich selbst hin und wieder aufsetze, sobald Mika Mist gebaut hat.

Seufzend lasse ich den Löffel los. »Was willst du wissen?«

»Alles.«

»Du bekommst die Kurzfassung«, entscheide ich. »Wer Ben ist, weißt du.«

»Der Typ, mit dem Natalie so viel Zeit verbringt«, erinnert sie sich und legt mein Handy zurück auf den Tisch.

Ich nicke. »Genau. Wir haben uns damals auf ihrer Geburtstagsparty gut verstanden und dass wir danach miteinander geschrieben haben, weißt du. Aber da war noch mehr. Nichts Verwerfliches«, erkläre ich eilig. »Aber … es ist schwer, das zu erklären.« Ehe ich weiterspreche, sehe ich mich im weitläufigen Außenbereich um. Unser Tisch steht am Rand, und der Tisch neben uns ist leer. Gegenüber von uns sitzen vier jüngere Menschen, die sich lachend unterhalten, und auch an den anderen Tischen scheint niemand Notiz von uns zu nehmen. Ich kenne hier zwar keinen, aber man weiß nie, wer die Ohren offen hält, also beuge ich mich dichter über den Tisch und spreche leiser. »Ich habe schnell gemerkt, dass da etwas zwischen uns ist«, gestehe ich Ina. »Aber ich dachte, es würde zu einer Freundschaft führen. Wir kochen beide gern, hören die gleiche Musik, teilen überraschend viele Ansichten über Filme, das Tanzen, Ernährung und … über alles Alltägliche eben. Auf dem Stadtfest gab es dann einen Moment, in dem wir näher zueinandergerückt sind. Der Blickkontakt war so intensiv, dass ich nichts wahrgenommen habe außer Ben. Es ist nichts weiter passiert«, teile ich ihr mit. »Trotzdem hat mich dieser Moment tagelang nicht losgelassen. Ich war übrigens auch für einen Filmabend bei ihm.«

»Davon hast du mir gar nichts erzählt«, wirft Ina verwundert ein.

»Stimmt. Keine Ahnung, wieso ich's dir nicht gesagt habe. Er war letzten Freitag.«

»Ich meine das vom Stadtfest.«

»Es ist nichts passiert«, wiederhole ich ernst. »Aber keine Ahnung, was hätte passieren können. Ich war angetrunken und sauer auf Fabi, weil er mich sitzen gelassen hatte. Vielleicht hätte ich deshalb einen Fehler begangen. Aus Rache oder um mich besser zu fühlen.«

»Von dem Mist, den Fabian angestellt hat, hast du mir erzählt«, erinnert Ina sich und kneift wütend die Augen zusammen. »Erzähl weiter und lenk mich ab, bevor ich mich wieder stundenlang über deinen Mann aufrege. Was ist an dem Filmabend passiert?«

»Ben hat gekocht, wir haben Footloose und Grease geguckt und sehr viel Spaß gehabt. Aber dann kamen wir auf das Thema Kinder und da wurde Ben plötzlich abweisend. Das ist mir schon vorher aufgefallen«, lasse ich Ina wissen. »Sobald wir über Mika oder Kinder allgemein sprechen, weicht er aus. Bevor ich herausfinden konnte, wieso er bei diesem Thema immer dichtmacht, kam sein Mitbewohner nach Hause. Janik. Ich wollte zwar herausfinden, was mit Ben los ist, aber die Stimmung war so merkwürdig, dass ich trotzdem wegwollte. Also habe ich den Moment genutzt und bin gegangen. Das Ganze ist total verwirrend.«

»Finde ich gar nicht«, verkündet Ina und sofort werde ich hellhörig. »Du idealisierst ihn, und wenn du weitergebohrt hättest, hättest du vielleicht etwas erfahren, das dein Bild von ihm dunkler macht. Das wolltest du nicht.«

»Quatsch. Wenn du recht hättest, würde ich nicht immer noch wissen wollen, was los ist.«

»Aber hast du ihn nach dem Abend darauf angesprochen?« Ich bleibe stumm und Ina nickt zufrieden. »Das habe ich mir gedacht. Also, was ist noch passiert? Nur wegen diesem Abend wird er dir nicht täglich schreiben und du ihn nicht ignorieren.«

»Am Samstag haben wir abends telefoniert. Fabian war weg und ich war frustriert, weil er mich wieder allein gelassen hat. Ich habe Ben angerufen, um mich auszuheulen. Eigentlich wollte ich dich anrufen, aber du warst auf dem Geburtstag deiner Nachbarin. Jedenfalls«, sage ich und werde immer leiser, während mir nach und nach die Röte ins Gesicht schießt. »Ich habe mit Ben darüber geredet, dass ich mir mehr Zeit mit Fabian wünsche, und angedeutet, dass wir seit vielen Wochen schon getrennt ins Bett gehen. Ben hat nicht lange gefackelt und das Thema *fehlender Sex* angesprochen.«

»Uhhh«, raunt Ina und beugt sich neugierig vor. »Jetzt wird's spannend.«

»Du bist unmöglich! Also, ich wollte jedenfalls nicht mit ihm darüber reden. Es hat sich seltsam angefühlt. Dann hat Ben plötzlich gescherzt und gefragt, ob ich mir ihn vorstellen würde.«

»Und, hast du?«

»Ja«, gebe ich kleinlaut zu und weiche beschämt ihrem Blick aus. »In dem Moment, in dem er es angesprochen hat, konnte ich nicht anders, als mir Ben vorzustellen. Darüber habe ich mich so erschrocken, dass ich ihn abgewürgt und aufgelegt habe. Am nächsten Tag hat Ben mir geschrieben und darum gebeten, dass wir über das Telefonat sprechen, aber … Ina, da waren tausend Kolibris in meinem Bauch.«

Meine Schwester erwidert nichts, was absolut untypisch ist, also wende ich ihr zögernd den Kopf zu. Ihr Gesicht wirkt ernst. »Du schwärmst für diesen Kerl«, fasst sie ungeschönt zusammen. »Das ist nicht gut, aber auch nicht verwunderlich. Immerhin steckst du seit wann?«, fragt sie und denkt kurz nach. »Seit knapp zehn Jahren in derselben Beziehung, richtig? Dass man nach einer so langen Zeit Fantasien mit jemand anderem hat, ist normal. Das passiert der anständigsten und prüdesten Frau.«

»Dir auch?«

»Klar«, sagt sie mit schiefem Grinsen. »Letztes Jahr habe ich für einen Kollegen geschwärmt. Wirklich heißer Typ mit lupenreinem Charakter. Das kommt vor. Wichtig ist, dass aus dem Schwärmen nicht mehr wird. Also, was willst du von Ben?«

»Wie meinst du das?«, hake ich irritiert nach.

»Willst du die Freundschaft mit ihm weiterführen? Wenn ja, musst du offen mit ihm über deine Gefühle reden. So habe ich es mit meinem Kollegen gemacht. War kein besonders angenehmes Gespräch, aber er musste wissen, dass er sich zurückhalten muss, um kein Chaos anzuzetteln, und er musste verstehen, wieso ich eine Zeit lang auf Abstand gehe. Wenn du den Kontakt zu Ben aber komplett abbrechen willst, solltest du den Arsch in der Hose haben und ihm das persönlich sagen, anstatt ihn zu ghosten.«

Mit einem Seufzer, der tief aus der Seele kommt, sacke ich im Stuhl zusammen. »Kann ich ihm nicht einfach schreiben, dass es mir zu viel wird und ich keinen Kontakt mehr will?«

»So einfach kommst du aus der Nummer nicht raus«, erwidert Ina mahnend. »Das hat er nicht verdient. Nach allem, was ich inzwischen weiß, ist Ben ein netter Mensch. Außerdem bedeutet er dir eine Menge, und wenn du jetzt so feige handelst, wird es dir irgendwann leidtun.«

»Er bedeutet mir nicht viel«, behaupte ich und ernte eine hochgezogene Braue. »Es stimmt! Ich will nur nichts zu nah am mich herankommen lassen, das zu Problemen in meinem Leben und meiner Familie führen könnte.«

»Wenn er dir nicht viel bedeutet, wie kann er dann zum Problem werden? Außerdem redest du die ganze Zeit nur über den Mist mit Ben, aber Fabian sparst du komplett aus, dabei ist er ein wichtiger Teil dieser Gleichung«, setzt sie bedeutungsvoll nach. »Wenn du glücklich mit Fabian wärst und eure Meinungsverschiedenheiten nur oberflächlich wären, wäre Ben gar nicht erst zum Thema geworden. Aber das ist er.«

Damit hat sie mich in Grund und Boden argumentiert und dazu noch ein Thema angeschnitten, das ich jetzt auf keinen Fall vertiefen werde. In meinem Kopf herrscht so schon Chaos genug. »Okay, ich schreibe Ben und frage ihn, ob er die Tage irgendwann Zeit hat, um sich mit mir zu treffen.«

»Wieso aufschieben?«, fragt Ina und ihre Augen beginnen aufgeregt zu funkeln. »Frag ihn, ob er herkommen kann. Jetzt. Ich warte, bis er kommt, und sehe ihn mir kurz an, dann haue ich ab und ihr könnt reden.«

»Nein!«, rufe ich und sehe mich sofort peinlich berührt um. Zum Glück scheint niemand zu uns zu schauen, entspannen tue ich mich dennoch nicht. »Nein«, wiederhole ich leiser. »Dafür habe ich keine Zeit. Ich muss in eineinhalb Stunden Mika vor dem Kindergarten einsammeln.«

»Papperlapapp«, sagt Ina entschlossen. »Ich hole Mika ab und gehe mit ihm zu euch. Fabian kommt erst gegen zehn Uhr von seiner Konferenz zurück, meintest du vorhin. Du hast also mehr als genug Zeit, um mit Ben zu reden.«

»Ich will aber nicht sofort mit ihm reden.«

»Wieso nicht? Bring es direkt hinter dich. Wie früher, wenn du eine schlechte Note geschrieben und sie sofort Mama gezeigt hast. Je länger du es aufschiebst, umso schlimmer wird das Ganze.«

»Ich weiß doch aber noch gar nicht, ob ich den Kontakt aufrechterhalten möchte.«

»Das findest du heraus, sobald du Ben siehst«, behauptet Ina, dann deutet sie auf mein Handy. »Los, du feiges Huhn, ruf ihn endlich an. Ich bin hier und halte Händchen.«

Unentschlossen starre ich auf das schwarze Display, als wäre es der Endgegner in einem Videospiel. Nie zuvor hatte ich solches Herzrasen wegen eines Anrufs. Aber auch wenn es mir nicht passt, hat Ina leider recht. Ich kann Ben nicht in der Luft hängen lassen. Er verdient eine Erklärung für mein Verhalten. Außerdem muss ich mir dringend klar darüber werden, was ich will und wie es zwischen uns weitergehen soll. Vielleicht erkläre ich Ben erst einmal alles, auch wenn es mir unangenehm ist, und bitte ihn, mich eine Zeit lang in Ruhe zu lassen, damit ich Ordnung ins Chaos bringen kann. Sobald ich beim Gedanken an ihn kein Flattern mehr im Magen spüre, wird der Zeitpunkt gekommen sein, um zu entscheiden, ob ich unserer Freundschaft eine weitere Chance geben oder sie aufgeben soll.

»Okay«, entscheide ich. »Ich rufe ihn an.«

Kapitel 18

Schmutziges Geheimnis

Ben

»Der erste Termin ist für niemanden einfach, aber mit der Zeit wird es leichter werden, das verspreche ich Ihnen.«

Ich schaue den redseligen Mann mit dem schütteren Haar stumm an und zwinge mich zu einem Nicken, das hoffentlich nicht allzu viel über meine Gefühle preisgibt. Er weiß ohnehin schon mehr über mich, als mir gefällt. Einem Fremden meine Geschichte zu erzählen, war die reinste Qual, ganz egal, wie freundlich oder verständnisvoll der Mann ist.

An den Unfall und die Zeit danach zu denken, schickt mich jedes Mal aufs Neue auf eine Fahrt in die Hölle, lässt mein Herz bluten, meinen Verstand durchdrehen und meinen Mund sehnsüchtig kribbeln. Heute ging es zum Glück nur um die Kurzversion. Darum, in wenigen Sätzen zu erklären, weshalb ich hier bin und was dazu geführt hat, dass ich meinen Führerschein verloren habe.

Beim nächsten Treffen wird es um die lange Version gehen. Es ist keine schöne Geschichte, sondern eine, die meine vielen Fehlentscheidungen aufzeigt, außerdem hat sie kein Happy End. Erzählt habe ich sie erst wenige Male, und leichter geworden ist es nie. Im Therapiezentrum war es damals nötig, denn seine Fehler einzusehen und sich ihnen zu stellen, gehört zu den 12 Schritten dazu. Schritt eins lautet: *Wir geben zu, dass wir dem Alkohol gegenüber machtlos sind und unser Leben nicht mehr meistern können.* Mit der Einsicht fängt alles an, denn ohne sie kann es keine Genesung geben. Dass ich dem Psychologen kommende Woche alles erzählen muss, treibt mir jetzt schon den Schweiß auf die Stirn. Ausführlich über das Geschehene zu sprechen, macht mir mehr Angst, als ich zugeben will, aber ich habe keine andere Wahl. Ich brauche von ihm ein positives Gutachten, das ich an die Führerscheinstelle schicken kann, damit sie einer MPU zustimmen und ich irgendwann meinen Führerschein zurückbekomme.

»Wir sehen uns am Dienstag, Benjamin.«

Ich nicke erneut und verlasse wortlos das Vorzimmer seiner Praxis. Sie ist unerwartet warm eingerichtet. Als ich herkam und das frei stehende schneeweiße Haus mit dem klischeehaften weißen Gartenzaun darum sah, rechnete ich mit einer kühlen Atmosphäre und damit, mich auf eine Couch legen zu müssen. Aber so war es nicht. Die Wände tragen einen hellen Grünton, es gibt viele Pflanzen, die Empfangsdame war jung und freundlich und hinlegen musste ich mich auch nicht. Keins der Klischees aus dem Fernsehen wurde bedient und darüber bin ich extrem froh. Dennoch spüre ich nun eine Schwere auf der Brust, die mich langsamer gehen und den Blick zu Boden sinken lässt. Ich verlasse die unscheinbare Seitengasse und biege auf eine Allee ab, die breit und viel zu versnobt wirkt. Riesige Häuser, teure Autos und Hunde mit funkelnden Halsbändern in den Vorgärten. Das ist keine Gegend, in der ich mich willkommen fühle, sondern eine, in der ich mir deplatziert vorkomme.

Das Handy in meiner Hosentasche klingelt. Ich ziehe es heraus, ohne stehen zu bleiben, denn ich will schnellstens aus dieser Gegend verschwinden. Sobald ich jedoch den Namen des Anrufers erkenne, stoppen meine Beine wie von selbst und meine Augen weiten sich vor Überraschung. Seit Tagen hat sie nicht auf meine Nachrichten reagiert und inzwischen war ich kurz davor, zu ihr zu fahren, um nachzusehen, ob es ihr gut geht. Ich habe mir die schlimmsten Szenarien ausgemalt und in jedem davon trug Fabian die Schuld an unserer Funkstille. So unangenehm das Ende unseres Telefonats am Samstag auch war, so wenig kann ich mir vorstellen, dass Lisa mich deshalb ghosten würde. Der Grund muss ein anderer sein, und die Unwissenheit darüber macht mich beinahe wahnsinnig.

»Hey. Du lebst ja doch noch«, begrüße ich sie und könnte mich für den lahmen Witz Ohrfeigen.

»Ja, ähm … hey.«

»Alles okay?«

»Ich wollte fragen, ob du Zeit hast und dich mit mir treffen würdest? Ich bin in der Altstadt und ich glaube … na ja, wir sollten reden, Ben.«

Erleichterung und Angst durchfluten meinen Körper in einem wilden Strudel. Sie will mit mir sprechen, was gut ist, andererseits klingt Lisa nicht, als würde es ein einfaches Gespräch werden. »Ja, ich habe Zeit«, erwidere ich. »Wo genau bist du?«

»Im Außenbereich vom *Rundblick*.«

»Das kenne ich. Ist nicht weit von mir entfernt. Vielleicht zehn Minuten.«

»Dann also bis gleich?«

Ich nicke, obwohl Lisa es nicht sehen kann. »Ich mache mich direkt auf den Weg.«

»Danke. Bis gleich«, sagt sie nur und legt auf.

Es dauert einen Moment, bis ich meine Beine davon überzeugen kann, sich zu bewegen, aber sobald sie es tun, ist von der Schwere nichts mehr zu spüren. Stattdessen renne ich fast, denn meine Neugier ist ebenso groß wie meine Sorge, und beide wollen Gewissheit über den Grund dieses Treffens und den der Funkstille bekommen. Der Weg ist tatsächlich nicht lang und währenddessen versuche ich hartnäckig, meine Gedanken zum Verstummen zu bringen. Trotzdem schaffe ich es nicht, die Fragen nach dem Warum loszuwerden.

Warum hat Lisa mich am Samstag abgewürgt?

Warum klang sie eben am Telefon dermaßen besorgt?

Warum macht es mich so fertig, wenn ich tagelang nichts von ihr höre?

Ehe ich es bemerke, stehe ich bereits neben dem *Rundblick*. Es ist ein beliebtes Lokal, in dem man genauso Kaffee und Frühstück bekommt wie Cocktail und Snacks. Der weitläufige Außenbereich erstreckt sich über die gesamte Front und ist bis auf den letzten Tisch besetzt. Lisa entdecke ich dennoch sofort. Sie sitzt am Rand des Bereichs und ist zu meiner Verwunderung nicht allein. Ihr gegenüber sitzt eine Frau, die mit jedem Schritt, den ich auf sie zumache, mehr Ähnlichkeit mit Lisa bekommt. Die Frauen haben die gleiche dunkle Haarfarbe, die gleichen atemberaubend schönen Augen und einen ähnlich ernsten Gesichtsausdruck. Lisa ist allerdings zierlicher als die andere Frau und hat wesentlich längere Haare. Außerdem kommt die andere Frau nicht an die besondere Ausstrahlung von Lisa heran. Das tut niemand.

Plötzlich wendet Lisa den Kopf und sieht geradewegs zu mir. Sie wirkt angespannt.

Ich winke den Frauen verhalten zu und schlängle mich durch die Tische zu ihnen durch. »Hey.«

»Hallo, Ben. Danke fürs Herkommen«, erwidert Lisa und klingt dabei viel zu höflich.

Eine unangenehme Pause entsteht, in der ich unschlüssig neben ihrem Tisch stehe und Lisa reglos anschaue. Sie zu sehen und ihre Stimme zu hören hat mir gefehlt.

»Ich bin Ina.« Die andere Frau steht auf und reicht mir die Hand. »Lisas Schwester. Freut mich, dich endlich kennenzulernen. Hab schon viel von dir gehört.«

»Ich auch von dir«, sage ich und ergreife ihre Hand. Ina drückt fester zu, als nötig wäre, und ich verstehe die Warnung sofort. Die große Schwester beschützt die kleine, und sollte ich Mist bauen, bekomme ich es mit ihr zu tun.

»Ich haue jetzt ab«, verkündet sie und lässt meine Hand los. »Die Rechnung geht auf dich«, setzt sie nach und sieht vielsagend zu Lisa.

»Schreib mir bitte, sobald du mit Mika bei uns bist.«

»Mach ich«, bestätigt Ina. Ein letzter mahnender Blick trifft mich, ehe sie vom Tisch wegtritt und den Außenbereich verlässt. Lisa sieht ihrer Schwester mit angezogenen Schultern nach und prompt bekomme ich das Gefühl, dass sie sich unwohl fühlt. Aber das soll sie in meiner Gegenwart nicht, also setze ich mich auf Inas verwaisten Stuhl und zwinge mich zu einem aufmunternden Lächeln.

»Danke, dass du gekommen bist.«

»Klar«, sage ich bemüht locker. »Ich war sowieso in der Gegend. Also, worüber willst du sprechen?«

Lisa starrt hinab auf ihren leeren Becher. »Ich habe dir nicht geantwortet, und das hatte einen Grund.«

»Geht es um Samstagabend?«, will ich wissen. »Dass du dich bei dem Thema so unwohl fühlen würdest, wusste ich nicht. Wäre es anders gewesen, hätte ich es nicht angesprochen oder Witze darüber gemacht.«

Lisa hat noch immer die Schultern angezogen, als würde sie einen schützenden Panzer um sich herum errichten, und ihr Blick zuckt auffällig über den Tisch. Sie ist nervös.

»Lisa?«, frage ich und beuge mich weiter vor. »Wenn dir die Sache immer noch peinlich ist, könnte ich dir eine Story über Natalie und einen sehr intensiven Traum von ihr erzählen. Ich wette, danach fühlst du dich besser.«

Sie erwidert nichts.

»Natalie hatte vor ein paar Wochen einen Traum, in dem –«

Plötzlich ruckt ihr Kopf nach oben. Lisa verzieht den Mund zu einem gequälten Lächeln und sieht mich schuldbewusst an. »Dass ich dir nicht geantwortet habe, tut mir leid«, beginnt sie so leise, dass ich mich anstrengen muss, um sie zu verstehen. »Ich mag dich wirklich gern Ben, aber nach unserem Telefonat … ich bin nicht prüde, aber mit dir über das Thema zu sprechen, fällt mir nicht leicht.«

»Du kannst mir alles anvertrauen«, stelle ich klar. »Ich bin der letzte Mensch auf dieser Welt, der über irgendetwas urteilen würde, das du denkst oder fühlst.«

»Es geht nicht nur um Samstag«, sagt sie und überrascht mich damit. »Das alles ist kompliziert, Ben. So kompliziert, dass mir der Kopf raucht und ich bald wahnsinnig werde.«

»Erzähl es mir«, bitte ich sanft.

Lisa holt tief Luft und sieht mich schüchtern an, doch dann schüttelt sie unvermittelt den Kopf und beginnt auf eine Art zu lächeln, die steif und unnatürlich wirkt. »Mir war die Sache von Samstag peinlich und ich wollte nicht mit dir schreiben, bis wir das persönlich geklärt haben. Aber ich hatte in den letzten Tagen kaum Zeit, also habe ich deine Nachrichten ignoriert. Es tut mir leid, mich so blöd verhalten zu haben.«

Irritiert runzle ich die Stirn. »Du hast mich geghostet, weil du dich persönlich mit mir treffen wolltest?«

»Das klingt bescheuert, ich weiß«, behauptet Lisa kleinlaut. »Am Samstag habe ich kurz von dir fantasiert und das war mir echt unangenehm. So was passiert mir normalerweise nicht und ich wusste nicht, wie ich damit umgehen soll. Es kam mir komplett falsch vor, per Chat mit dir darüber zu reden und mich für das abrupte Ende vom Telefonat zu entschuldigen. Aber wie gesagt, ich hatte extrem viel Stress in den letzten Tagen, daher habe ich nicht geantwortet. Ich wollte dich persönlich treffen.«

Das klingt dermaßen unglaubwürdig, dass es schon lächerlich ist. Lisa verheimlicht etwas vor mir. Etwas, das ihr noch unangenehmer ist, als zuzugeben, von mir fantasiert zu haben, daher muss es etwas Großes sein. Am liebsten würde ich ihr sagen, dass ich weiß, dass sie lügt, aber ich tue es nicht, sondern nicke, als würde ich ihre angebliche Intension verstehen. Ich habe nicht das Recht, Lisa zur Wahrheit zu zwingen, immerhin weiß sie auch nicht alles über mich. Wenn ich von ihr verlangen würde, mir alles anzuvertrauen, müsste ich das Gleiche tun, und dafür bin ich nicht bereit.

»Freut mich, dass wir das geklärt haben«, erwidere ich schließlich. »Und wie gesagt, es muss dir nicht peinlich sein. Aber ich wüsste zu gern, was genau du dir ausgemalt hast«, setze ich grinsend nach, um die verkrampfte Stimmung aufzulockern.

Lisa lässt erleichtert die Schultern fallen. »Das bleibt mein kleines schmutziges Geheimnis.«

»Okay«, sage ich gedehnt. »Dann erzähle ich dir auch nicht, was ich nach dem Telefonat gedacht habe.«

»Du hast auch über mich fantasiert?«, ruft sie erschrocken und prompt läuft sie knallrot an.

Ich zucke amüsiert mit den Schultern. »Das wirst du wohl nie erfahren.«

Lisa sieht mich gespielt böse an, dann lacht sie und dieser glockenhelle Klang ist das Schönste, was ich seit Tagen gehört habe. »Möchtest du etwas trinken, oder musst du gleich wieder los? Ina holt Mika ab, ich habe also noch ein bisschen Zeit, falls du Lust hast, mit mir hierzubleiben.«

»Ich habe Zeit.«

»Super«, sagt sie und hebt die Hand, um eine Bedienung heranzuwinken. Auf den ersten Blick wirkt Lisa gelöst und entspannt, trotzdem kann sie nicht vor mir verbergen, dass da etwas ist, das sie belastet. Dafür ist ihr Blick noch immer zu rastlos und ich bin zu erfahren in solchen Dingen, um es nicht zu bemerken. Keine Ahnung, was es ist, aber ich hoffe, dass sie irgendwann den Mut findet, sich mir anzuvertrauen. Bis dahin werde ich mich zurückhalten, ihr ein guter Freund sein und beweisen, dass sie mir vertrauen kann. Und vielleicht finde sogar ich irgendwann den Mut, auf sie zuzugehen.

Kapitel 19

Freundschaftlicher Kuss

Lisa

Ben schwenkt seinen Kopf abwägend hin und her. »Sechs Jahre ist ein Altersunterschied, der auffällt, das gebe ich zu. Aber ich finde nicht, dass er so groß ist, dass es merkwürdig wirkt, wenn man euch zusammen auf der Straße sieht. Euch trennt ja keine Generation oder so. Meine Eltern haben es mit einem zweiten Kind probiert, bis ich ungefähr zehn Jahre alt war. Am Ende hat es zwar nicht geklappt, aber ich glaube nicht, dass wir uns über den Altersunterschied Gedanken gemacht hätten.«

»Deine Eltern haben bestimmt sehr gelitten, weil es nicht geklappt hat.«

»Das haben sie«, gibt Ben zu. »Aber sie haben sich davon nicht unterkriegen lassen und das Beste aus dem gemacht, was sie hatten. Sich und mich. Hätte es doch noch geklappt, hätte sich keiner von uns dafür interessiert, wie alt meine Eltern oder ich gewesen wären, wir hätten uns einfach über das Wunder gefreut.«

»Stimmt«, sage ich und stelle mein leeres Glas auf den Tisch. »Trotzdem war es komisch, eine Schwester zu haben, die schon ausgezogen ist, während ich gerade einmal in der siebten Klasse war. Nachdem Mika geboren wurde, stand für mich fest, mit einem zweiten Kind nicht zu lange zu warten, damit ihr Altersunterschied nicht zu groß wird und sie zusammen aufwachsen können.«

»Aber Mika ist doch ein Einzelkind oder habe ich etwas nicht mitbekommen?«

Dass Ben beim Thema Kinder Rückfragen stellt, verblüfft mich so sehr, dass ich ihn sprachlos anstarre.

»Was ist los?«

»Gar nichts«, lüge ich hastig und frage mich zeitgleich, ob ich mir seine Abneigung gegen Kinder in den vergangenen Wochen nur eingebildet habe. »Fabian will kein zweites Kind«, komme ich aufs Thema zurück. »Er ist ein Einzelkind und versteht nicht, wieso es mir wichtig gewesen wäre, dass Mika ein Geschwisterchen bekommt.«

»Also hast du nachgegeben.«

»Willst du noch etwas trinken?«, frage ich ausweichend. Ich möchte jetzt nicht über Fabian sprechen, denn dann müsste ich daran denken, dass ich ihm das Treffen zwischen Ben und mir vom vergangenen Wochenende verheimlicht habe – genauso wie ich ihm vom heutigen Treffen nichts sagen werde. Zwar ist nichts Bemerkenswertes passiert und wir haben in den vergangenen zwei Stunden nur hier gesessen und uns unterhalten, aber wie sollte ich meinem Mann erklären, weshalb Ina darauf bestanden hat, dass ich Ben anrufe? Das kann ich ihm unmöglich verraten, ohne damit einen Streit zu provozieren und meine Ehe zu gefährden.

»Nur wenn du auch noch etwas bestellst.«

Unschlüssig sehe ich auf die Uhr auf meinem Handy und zucke prompt erschrocken zusammen. »Schon so spät? Mist. Ich muss allmählich nach Hause.«

»Kein Problem«, erwidert Ben verständnisvoll. »Ich muss eigentlich sowieso los. Jan und ich machen nachher noch unseren wöchentlichen WG-Einkauf, und wenn ich zu spät komme, hält er mir das ewig vor.«

»Wann wollt ihr denn los?«, frage ich verwundert.

»Er kommt gegen sieben Uhr nach Hause und dann wollten wir sofort losfahren. Früher schaffen wir es so gut wie nie, weil Jan so lange arbeitet. Außerdem mag ich es, dass es um diese Uhrzeit in den Geschäften so leer ist. Niemand rammt dich mit seinem Einkaufswagen oder atmet dir an der Kasse in den Nacken.«

»Das macht Sinn«, gebe ich zu und nehme mir stumm vor, den nächsten Großeinkauf auch erst abends zu unternehmen.

Ben hebt die Hand und bittet eine Kellnerin zu uns an den Tisch. Nachdem wir bezahlt haben – wobei meine Rechnung dank Ina sehr viel höher ausfällt als Bens –, verlassen wir den Außenbereich und bleiben vor dem *Rundblick* in der beinahe menschenleeren Fußgängerzone stehen.

»Ich muss zum Parkhaus neben dem Einkaufszentrum.«

»Das liegt auf meinem Weg«, sagt Ben. »Wir können zusammen gehen, wenn du magst.«

»Sehr gern.«

»Also«, setzt er an und geht neben mir her. »Wann holen wir unser Laufdate nach?«

»Morgen?«

»Bist du so motiviert?«

»Im Gegenteil. Wenn ich nicht bald anfange zu trainieren, geht meine Motivation komplett flöten und ich bekomme den Hintern nie hoch«, gestehe ich verlegen.

Ben schmunzelt und schüttelt amüsiert den Kopf. »So eine ehrliche Antwort bekomme ich selten von meinen Kunden.«

»Ach, ich bin also eine Kundin? Wie bezahle ich dich denn?«

»Da würde mir einiges einfallen«, raunt er vielsagend, und ohne Vorwarnung macht mein Magen einen nervösen Sprung. Ich weiß, dass wir bloß herumalbern, trotzdem fühlt es sich anders an. Bedeutender. Wie ein Flirt am Ende eines gut verlaufenen Dates.

»Auf welcher Ebene parkst du?«

Überrascht vom Themenwechsel sehe ich mich um und runzle perplex die Stirn. Wie konnten wir so schnell am Parkhaus ankommen? »Auf der zweiten«, antworte ich. Wir bleiben neben einer Tür stehen, die man nur durch das Vorhalten seines Parktickets vor einem Scanner öffnen kann.

»Ich muss da lang«, lässt Ben mich wissen und deutet die Straße hinunter. »Wegen morgen schreiben wir noch mal?«

»Ja, klar. Ich texte dir, ab wann es bei mir passen würde. Aber ich weiß jetzt schon, dass es erst abends klappt.«

»Kein Problem«, verkündet er und beugt sich vor. Ben nimmt mich zum Abschied in den Arm, und im ersten Moment bin ich von seiner Geste dermaßen überrumpelt, dass ich stocksteif stehen bleibe. Doch das legt sich überraschend schnell, und ehe ich es bemerke, schmiege ich mich an ihn und lege meinen Kopf an seine Brust, als wäre es das Normalste auf der Welt. Es fühlt sich an, als würden seine um mich geschlungenen Arme alle Sorgen, Nöte und Ängste von mir fernhalten. Keine Ahnung, wann ich mich zuletzt so beschützt und sicher gefühlt habe – oder ob ich es überhaupt schon einmal tat. Genießend stoße ich die Luft aus und schmiege mich dichter an seine feste Brust, da spüre ich ein Zittern über seinen Körper rennen und hebe widerwillig den Kopf. Ben starrt mit einem Funkeln in den Augen zu mir hinab, das ich nicht deuten kann. Seine Augen wirken dunkler als sonst, trotzdem ist da ein Strahlen in ihnen. Ben nimmt eine Hand von meinem Rücken und legt sie an meine Wange. Sobald seine Finger meine Haut berühren, durchfährt mich ein elektrisierender Ruck, als hätte ich einen Stromstoß bekommen. Er streicht so zärtlich über meine Wange, dass es liebevoll wirkt, und prompt reagiert mein Herz, indem es sehnsüchtig pulsiert. Die Kolibris starten einen zügellosen Flug in meinem Magen und ihr Flügelschlag bringt meine Gedanken zum Verstummen. Bens Daumen reibt sanft über meine erhitzte Haut, gleitet über meinen Wangenknochen und berührt vorsichtig meinen Mundwinkel. Wie von selbst lege ich die Arme auf seine Hüften und sofort tritt Ben näher an mich heran. So nah, dass meine Brust auf seine trifft. Er stößt einen gequälten Laut aus, dann schließt er die Augen und holt bebend Luft. Ich will fragen, was mit ihm los ist, doch bevor ich dazu komme, beugt er sich zu mir runter und die Welt verglüht.

Unsere Lippen finden sich. Sie erkunden sich zuerst vorsichtig, doch nur einen Wimpernschlag später beginnen sie einen verführerischen Tanz, der mich mit sich reißt und pures Glück durch meine Adern pumpt. Ich beiße spielerisch in Bens Unterlippe. Er stöhnt wohlig auf und gibt der stummen Bitte nach, indem er seinen Mund öffnet. Unsere Zungen finden einander und entfachen eine Leidenschaft, die meinen gesamten Körper vor Sehnsucht brennen lässt. Ben drängt mich nach hinten, ohne unseren Kuss zu lösen, und plötzlich spüre ich etwas Hartes im Rücken. Aber ich denke nicht darüber nach, denn da umfassen Bens Hände meine Hüften und seine Finger krallen sich in meine Haut. Mein Top ist hochgerutscht, und ihn auf meiner nackten Haut zu spüren, ist beinahe zu viel.

Zu intensiv.

Zu machtvoll.

Zu überwältigend.

Ich bin ausgehungert und seine Nähe schmeckt wie ein Schokosoufflé, nachdem ich monatelang gefastet habe.

Verlockend und unmöglich abzulehnen. Meine Hand landet in seinem Nacken und greift in sein verwuscheltes Haar – da hupt ein Auto und Ben reißt sich blitzartig von mir los. In der einen Sekunde schwebe ich im Himmel und fühle mich berauscht von der Intensität des Moments, in der nächsten ist mir plötzlich eiskalt und eine Leere breitet sich in mir aus, die jedes Glücksgefühl verschluckt.

Atemlos starre ich zu Boden und versuche zu begreifen, was gerade passiert ist. Aber egal, wie sehr ich mich anstrenge, mein Verstand weigert sich, sich damit auseinanderzusetzen. Das Pochen meiner Lippen kann ich jedoch nicht ausblenden, und es beweist, dass die vergangene Szene kein Traum war, sondern Realität. Ich hole mehrfach tief Luft und stoße sie zitternd wieder aus, ehe ich bereit bin, aufzublicken und mich Ben zu stellen. Er steht vor mir am Straßenrand. Sein Atem geht noch hektischer als meiner, seine Wangen sind gerötet und seine Haare dermaßen durcheinander, als hätte er sie tagelang nicht gekämmt. Das wunderschöne Funkeln in seinen Augen ist einem düsteren Schatten gewichen.

»Das war …«, wispere ich rau.

»Ich weiß.«

»Und das darf –«

»Ich weiß«, unterbricht Ben mich tonlos.

Es kostet mich extrem viel Kraft, mich von der Wand neben der Parkhaustür abzustoßen und aufrecht hinzustellen. Ich schüttle den Kopf im Versuch, klar zu denken, und tatsächlich gelingt es mir, zumindest ein paar vernünftige Gedanken durch den Schleier des Schocks hindurch zu erfassen.

»Ben, ich …«, setze ich an und verkneife es mir, mir über die Lippen zu reiben, um das wehmütige Kribbeln zu vertreiben. »Ich bin verheiratet.«

Er zuckt zusammen, als hätte ich ihn geschlagen. Dann schließt er die Augen, und als er sie wieder öffnet, sind sie erschreckend leer. Keine Emotion, kein Gedanke ist mehr in ihnen zu erkennen. Er hat sich von mir zurückgezogen.

»Ist alles okay?«, frage ich vorsichtig, dabei kenne ich die Antwort bereits. Nichts ist okay und ich bezweifle, dass es das zwischen uns jemals wieder sein wird. Da er nicht antwortet, spreche ich weiter. »Ben, ich will dich als Freund nicht verlieren. Du bedeutest mir viel und … bitte, tu so etwas nie wieder. Lass es nie wieder zu.«

Sekunden vergehen, in denen sich keiner von uns bewegt, keiner einen Ton von sich gibt und die Zeit stillzustehen scheint, dann nickt Ben und die Uhr dreht sich weiter. Ein winziges Lächeln schleicht sich auf seine Lippen. »Es war ein Ausrutscher«, verkündet er. »Ein schwacher Moment, um einem beschissenen Tag ein schönes Ende zu geben. Das kommt nie wieder vor, versprochen. Wir sind Freunde, und der Kuss hatte nichts zu bedeuten.«

Erleichterung und Schmerz zerren mein Herz in verschiedene Richtungen. Dass Ben den Kuss dermaßen locker sieht, mindert die Sorge um unsere Freundschaft, jedoch tut es auch weh. Der Kuss war ein Fehler, das steht fest, aber es war ein wunderschöner Fehler, und dass Ben ihn herunterspielt, fühlt sich falsch an. Dennoch zwinge ich mich zu einem Lächeln und hole den Parkschein aus meiner Hosentasche.

»Danke fürs Herbringen«, sage ich und huste, um den Kloß im Hals zu verscheuchen, der meine Stimme rau und farblos klingen lässt. »Bis morgen dann.«

»Bis morgen«, erwidert er. Ben steckt die Hände in die Hosentaschen und dreht sich um. Ich bleibe stehen, bis er um die nächste Kurve verschwunden ist, erst dann halte ich mein Ticket unter den Scanner und öffne die Tür. Meine Beine zittern auf dem Weg zum Automaten ebenso wie meine Finger, und beinahe lasse ich das Kleingeld fallen, mit dem ich mein Ticket bezahle. Den Weg zu meinem Auto bekomme ich kaum mit. Auf einmal finde ich mich auf dem Fahrersitz wieder und halte das Lenkrad in den Händen. Aber ich fahre nicht los. Stattdessen starre ich auf die graue Betonwand vor dem Auto und versuche verzweifelt, Ordnung in meine Gedanken zu bringen. In meinem Kopf herrscht ein riesiges Chaos. Ein Chaos, das meine Schläfen schmerzhaft pochen lässt und das ich unmöglich jetzt und hier werde bereinigen können. Seufzend starte ich den Motor, ignoriere den prickelnden Nachhall des Kusses auf meinen Lippen und schalte die Musik an. Es ist eine Playlist meiner liebsten Lieder von *Wasserkopf*. Ich stelle die Musik so laut, dass sie meine Gedanken übertönt und mir einen Moment des Friedens schenkt, auch wenn ich weiß, dass er nicht lange anhalten wird.

Kapitel 20

Dunkle Wolken

Lisa

Obwohl meine Arbeit nicht sehr spannend ist, gefällt sie mir. Ich habe täglich mit den verschiedensten Menschen zu tun, meine Kollegen sind zum großen Teil nett und die Arbeitsatmosphäre ist locker. Heute war es jedoch anders. Das Büro, das ich mir mit zwei Kolleginnen teile, wirkte viel zu beengt, meine Arbeit zog sich endlos hin und immer wieder machte ich Fehler, weshalb ich zwei Rechnungen mehrmals schreiben musste. Der Feierabend kam mir ewig weit entfernt vor, und als es endlich so weit war, konnte ich es nicht abwarten, aus dem Firmengebäude zu kommen. Ich holte Mika aus dem Kindergarten ab und fuhr heim. Nun stehe ich neben meinem Sohn vor unserem Haus und wünsche mich plötzlich zurück ins Büro. Der Nachmittag wird alles andere als leicht werden, denn ich habe mir vorgenommen, Fabian alles zu beichten. Von den Treffen mit Ben über meine verwirrenden Gefühle für ihn bis hin zum Kuss von gestern Abend. In der vergangenen Nacht habe ich mich rastlos hin und her gewälzt. Jedes Mal, wenn ich die Augen schloss, sah ich Ben vor mir, spürte seine Lippen auf meinen und kämpfte gegen das brennende Verlangen an, das mich zu ihm treiben wollte. Dann sah ich auf die andere Seite des Betts und betrachtete Fabian, der ruhig und friedlich schlief. Völlig egal, was wir für Probleme haben oder wie sehr er mich hin und wieder verletzt, hat er solch einen Betrug nicht verdient. Das hat niemand. Am liebsten hätte ich ihm schon gestern Abend alles erzählt, aber Fabian war von seiner Konferenz genervt und müde, also nahm ich das als dankbare Ausrede, um eine Fristverlängerung zu rechtfertigen und mich erst selbst mit dem Geschehenen auseinanderzusetzen.

Ehe ich unser Haus betrete, hole ich die Post aus dem Briefkasten, der neben den Klingeln für die verschiedenen Stockwerke an der Außenwand angebracht ist. Mehrere Briefe fallen mir in die Hände und die meisten davon sind an Fabian und mich adressiert. Mika drängt sich an mir vorbei ins Treppenhaus. Er rennt nach oben und ich höre ihn im Flur poltern. Gerade will ich rufen, dass er die Einrichtung heil lassen soll, als Papas Wohnungstür aufgeht.

»Moin, mein Schatz.«

»Hey, Paps.« Ich sortiere die Briefe und reiche ihm seine. »Das meiste davon ist Werbung.«

»Nur ein leerer Briefkasten ist ein guter Briefkasten«, scherzt Papa. Heute trägt er zur Abwechslung kein Hemd, sondern ein T-Shirt, auf dem *AC/DC* steht. Das irritiert mich so sehr, dass ich ihn sprachlos anstarre. »Hol Luft, bevor du umkippst und ich einen Rettungswagen rufen muss.«

»Was ist das?«, frage ich und deute auf sein T-Shirt.

»Wonach sieht es denn aus?«, erwidert er grinsend. »Ich dachte mir, da ich in fünf Wochen in Rente gehe, sollte ich mich langsam an den lockeren Stil gewöhnen. Außerdem war ich eben im Tierbedarfsladen und da hätte ich mit einem Hemd nicht reingepasst.«

»Stimmt«, gebe ich zu und spüre zum ersten Mal am heutigen Tag ein aufrichtiges Lächeln auf meinem Gesicht. »Was hast du gekauft?«

»Komm rein, dann zeig ich's dir.«

Unschlüssig sehe ich die Treppen hinauf. »Mika wartet oben auf mich.«

Papa rollt mit den Augen. »Mika!«, ruft er. »Willst du ein Eis und im Garten spielen?«

»Ja!« Wie ein Tornado wirbelt mein Sohn die Stufen hinunter und reißt die Kellertür auf. Den Weg zur Gefriertruhe kennt er besser als den zu seiner Zahnbürste.

Mit zufriedenem Lächeln tritt Papa zur Seite und zeigt hinter sich. »Ich habe übrigens Kaffee gekocht.«

Damit hat er mich überzeugt. Ich betrete seine Wohnung und gehe geradewegs ins Wohnzimmer, wo ich beinahe über ein graues Hundebett mit großen roten Punkten stolpere. Quer über den Boden verteilt liegen Spielsachen für Hunde, zwei verschiedenfarbige Leinen, Halsbänder und ein Napfset mit zwei silbernen Behältern in einem Ständer.

»Wow«, kommentiere ich den Einkauf. »Du bist wirklich gut vorbereitet auf den kleinen Mann nächste Woche.«

Papa nickt feierlich und deutet zur Terrasse. »Setz dich, ich hole den Kaffee.«

Dankbar öffne ich die Glastür und setze mich an den Tisch. Nachdem ich meine Handtasche auf den Boden gestellt habe, sehe ich die Briefe durch. Das meiste ist Werbung, aber zwei Briefe stechen mir ins Auge. Einer kommt von der Schulbehörde. Ich öffne ihn und ein melancholisches Ziehen breitet sich in meiner Brust aus. Es ist eine Einladung zum ersten Elternabend für die zukünftigen Schulkinder. Mika wird im nächsten Jahr eingeschult und auch wenn ich seine Anmeldung eingereicht, mich nach einem Schreibtisch für sein Zimmer umgesehen und einen Termin für die schulmedizinische Voruntersuchung im

Winter vereinbart habe, fühlt es sich surreal an, dass mein kleiner Sohn zum Schulkind wird.

Ich lege den Brief zur Seite und öffne einen, der an Fabian und mich gemeinsam adressiert ist. Auf ihn mit dem Öffnen zu warten, ist nicht nötig, da ich mich in der Regel allein um die Post kümmere. Fabian legt sie bloß auf den Küchentisch und überlässt den Rest mir. Neben dem Briefkopf in Form eines Blitzes, der von einem roten Kreis umrahmt wird, prangt in großen Buchstaben das Wort *Zahlungserinnerung*. »Was zur …« Leise fluchend lese ich mir den Brief von unserem neuen Stromanbieter durch. Anscheinend ist die erste Zahlung nach unserem Wechsel bei ihnen nicht eingegangen und nun verlangen sie fünf Euro Bearbeitungsgebühr. Am liebsten würde ich meine Wut an dem Papier auslassen und es zerknüllen, aber leider brauche ich später noch die Informationen, die darauf stehen. Zähneknirschend stecke ich den Brief zurück in den Umschlag und kneife mir in die Nasenwurzel.

»Was ist passiert?«

Ich nehme ertappt die Hand vom Gesicht und greife nach dem Becher, den Papa mir entgegenhält. »Nichts«, behaupte ich.

»Du kannst mich nicht anlügen, Lisa«, erklärt Papa sachlich und setzt sich neben mich an den Tisch. »Ich sehe es sofort, wenn dich etwas bedrückt. Also, erzähl deinem alten Herrn, was los ist.«

Seufzend lehne ich mich im Stuhl zurück. »Ich habe eine Zahlungserinnerung bekommen«, lasse ich ihn wissen und nippe am Kaffee. »Vom Stromanbieter.«

»Wieso lasst ihr das Geld nicht monatlich vom Konto abziehen? Das ist viel einfacher, als überweisen zu müssen.«

»Es sollte vom Konto abgezogen werden«, stimme ich zu. »Die Einverständniserklärung dazu habe ich ausgefüllt und

Fabian mitgegeben, damit er sie auf dem Weg zur Arbeit bei der Post vorbeibringt. Vor zwei Wochen.«

»Oh.« Papa runzelt die Stirn und stellt seinen Becher auf dem Tisch ab. »Er hat den Brief also nicht weggebracht. Hast du nachgesehen, ob er noch im Auto liegt? Ihr solltet das nämlich schnell nachholen, damit ihr keine weitere Mahnung bekommt. Das wäre nicht gut für eure Kreditwürdigkeit.«

»Im Auto liegt nichts«, erwidere ich und sehe mich nach Mika um. Er sitzt mit einem Eis am Stiel in der Hand auf der Schaukel und ist somit zu weit entfernt, um unser Gespräch hören zu können. »Ein Brief wäre mir aufgefallen«, erkläre ich weiter. »Entweder hat er ihn verloren, oder er liegt in seinem Büro und setzt da Staub an.«

»Du bist wütend.«

»Natürlich bin ich das«, gebe ich zu und stelle meinen Becher ebenfalls auf den Tisch. »Ich bitte Fabian nicht um viel, Papa, und selbst das Wenige kriegt er in letzter Zeit nicht hin. Er vergisst, die Post wegzubringen, übersieht Termine im Kalender, überlässt mir so gut wie alle Hausarbeiten, und wie viel Geld er im Vereinsheim ausgibt, will ich lieber gar nicht erst wissen.«

Mein Vater bedenkt mich mit einem Blick, den ich noch aus meiner Kindheit kenne. Zusammengezogene Augenbrauen, verkniffener Mund und eingezogene Wangen. Er weigert sich, etwas auszusprechen, das ihm auf der Zunge brennt, damit ich selbst auf die Antwort komme. Aber im Moment quillt mein Kopf von Gedanken über, und ich will nicht noch mehr nachdenken müssen.

»Sag mir bitte, was du denkst.«

Er zögert. Allerdings tut er das nur einen kurzen Moment, dann beugt Papa sich vor und die Ernsthaftigkeit seiner Mimik macht mir Angst. »Ich beobachte seit Monaten, was bei euch los ist«, gesteht er. »Ich mag Fabian sehr. Er ist wie ein Sohn für mich, immerhin habe ich miterlebt, wie er von einem rebellischen Teenager zu einem erwachsenen Mann wurde. Aber ich bekomme mit, dass er in letzter Zeit ständig unterwegs ist und dich mit Mika allein lässt. Es steht mir nicht zu, mich in deine Ehe einzumischen, denn du bist erwachsen und musst selbst entscheiden, was du tust, daher habe ich bis jetzt nichts dazu gesagt. Aber egal, ob du zehn, dreißig oder sechzig Jahre alt bist, bist und bleibst du meine Tochter und ich mache mir Sorgen um dich.«

»Das brauchst du nicht«, behaupte ich.

Papa schenkt mir ein nachsichtiges Lächeln. »Ich weiß, dass du alles allein regeln willst, so warst du schon immer. Selbstständig und zielbewusst. Aber auch der stärkste Mensch durchlebt schwache Momente. Momente, in denen auch jemand wie du eine Schulter zum Anlehnen braucht – und die bekommst du von Fabian nicht. Dein Alltag ist vollgepackt mit Terminen und Verpflichtungen. Du hetzt ständig durch die Gegend, bist gestresst und zur Ruhe kommst du erst abends im Bett. Das ist nicht das Leben, das ich mir für meine Tochter wünsche. Weder für dich noch für Ina. Ich wünsche mir, dass ihr bessere Ehen führt, als ich es getan habe. Dass ihr die Probleme anpackt und sie nicht ignoriert, bis es zu spät ist.« Papas Augen bekommen einen traurigen Glanz und sein Adamsapfel hüpft, als würde er mühevoll schlucken. Selbst nach all den Jahren hat er den Schmerz, den unsere Mutter ihm zugefügt hat, nicht ganz überwunden. »In den vergangenen Wochen hast du dich verändert«, spricht er weiter. »Ich dachte, das würde daran liegen, dass Fabian die Kurve bekommen hätte. Du bist wieder mehr ausgegangen, warst fröhlicher und es hat sich angefühlt, als würdest du deine Stärke wiederfinden. Versteh mich nicht falsch«, setzt Papa rasch nach. »Stark warst du immer, aber diese Kraft hast du nur für deine Familie eingesetzt, nicht für dich selbst. Was auch immer sich in den letzten Wochen in deinem

Leben verändert hat, hat dir gutgetan. An Fabian liegt es offensichtlich nicht, also muss es etwas anderes sein. Vielleicht der Sport?«, rät er. »Dabei hast du Zeit für dich, und genau das brauchst du. Etwas, das dich glücklich macht und dir die nötige Energie schenkt, um den Alltag zu bewältigen. Das darfst du nicht wieder aufgeben.«

Papa spricht von einer Veränderung, die mir selbst bisher nicht aufgefallen ist. Aber jetzt, wo er es ausgesprochen hat, weiß ich sofort, was er meint. Ich bin für mich selbst eingestanden, habe mich gegen Fabian durchgesetzt und zum ersten Mal seit einer Ewigkeit meine Interessen über seine gestellt. Kurz gesagt: Ich erkämpfe mir meine Lebensfreude zurück, und das fühlt sich verflucht gut an.

»Also, was genau war es?«

»Was meinst du?«

»Was hat die Veränderung hervorgerufen?«

Die Frage müsste nicht was, sondern wer lauten, das wird mir augenblicklich bewusst. Und die Antwort besteht aus nur drei Buchstaben. Buchstaben, die ich nicht zu einem Namen zusammensetzen will, denn mir einzugestehen, dass jemand anders als mein Mann oder ich selbst mich dazu gebracht hat, mich so viel besser, freier und mutiger zu fühlen, wäre falsch. Wären wir bloß Freunde, würde nichts dagegensprechen, aber das sind wir nicht, völlig egal, wie oft ich versucht habe, mir etwas anderes einzureden. Dafür ist unsere Verbindung zu tief und wertvoll.

»Danke, Papa«, wispere ich, statt auf seine Frage zu antworten. »Es tat gut, das alles von dir zu hören.«

»Ich hab dich lieb, Kleines.« Papa beugt sich vor und gibt mir einen Kuss auf die Wange. »Du kannst immer zu mir kommen, egal, was los ist.«

»Danke«, wiederhole ich und greife nach meinem Becher. Dass ich immer zu ihm kommen kann, weiß ich zu schätzen, und doch kann ich es nicht tun. Ich kann meinem Vater nicht alles anvertrauen und ihn nicht um Rat fragen. Nicht nach dem, was er mit meiner Mutter durchlebt hat und wie sehr er noch immer darunter leidet. Sollte ich Fabian alles beichten, würde Papa es zwangsläufig erfahren. Daher schwankt meine Entscheidung, reinen Tisch zu machen. Ich habe keine Ahnung, was ich tun soll, und das ist extrem deprimierend. Das Einzige, das ich sicher weiß, ist, dass Ben mir trotz aller Probleme guttut.

Der Signalton meines Handys ertönt und reißt mich aus den Gedanken. Ich ziehe es aus meiner Tasche und erkenne eine Nachricht von Ben. Ohne etwas dagegen tun zu können, beginne ich aufgeregt zu lächeln und spüre ein heftiges Flattern in meinem Magen. Doch sobald ich die Nachricht lese, fällt das Lächeln in sich zusammen und das Flattern stirbt ab.

Laufen klappt diese Woche doch nicht mehr. Keine Zeit. Ich melde mich bei dir, sobald es wieder passt, aber das kann dauern. Sorry.

Ich lese die Nachricht ein zweites und drittes Mal, aber die bittere unterschwellige Botschaft bleibt die gleiche. *Er* meldet sich irgendwann. Er braucht Zeit und will mich erst einmal nicht sehen. Vielleicht wirkt das jetzt, als würde ich zu viel hineininterpretieren, aber ich bin kein kleines naives Mädchen, sondern eine erwachsene Frau, die mehr als nur einmal miterlebt hat, wie ihre Freundinnen von einem Mann abgewiesen wurden, und meistens begann es genau so. Erst hatte der andere plötzlich kaum noch Zeit, dann wurden die Abstände zwischen den Textnachrichten länger und schließlich versiegte der Kontakt vollständig. Schleichendes Schlussmachen nennt man das, und es ist ebenso auf eine Beziehung anwendbar wie auf eine Freundschaft. Es sollte mir nichts ausmachen, dass Ben sich zurückzieht, sondern eher erleichtern. Nach dem, was gestern zwischen uns vorgefallen ist, ist es so am besten. Dennoch drückt die Bedeutung seiner Nachricht dermaßen schwer auf meine Brust, als würde ein Felsblock darauf liegen.

Ich spüre Papas besorgten Blick auf mir und lege das Handy zur Seite. Mich zu einem gelösten Gesichtsausdruck zu zwingen, ist die reinste Qual, dennoch scheint es mir zu gelingen, denn Papa wendet sich von mir ab und sieht stattdessen zu Mika. Ich verstecke mein Gesicht hinter dem Kaffeebecher, damit er meine innere Aufruhr nicht darin ablesen kann.

Kapitel 21

Moralischer Kompass

Ben

Sollten unsere Nachbarn jemals den Tierschutzverein auf uns hetzen, dann weil sie glauben, wir würden heimlich Elefanten in unserer Wohnung halten. Niemals würde jemand ernsthaft auf die Idee kommen, dass eine zierliche und kleine Person wie Natalie beim Gehen dermaßen laut poltern und diesen Krach verursachen könnte.

»Meint ihr die große Tüte auf dem Tisch?«, brüllt sie aus der Küche. »Oder die kleine im Korb?«

»Die große!«, rufen Jan und ich wie aus einem Mund.

Einen Moment später betritt Natalie stampfend unser Wohnzimmer und wirft die Chipstüte zwischen uns aufs Sofa. Sie plumpst gut gelaunt neben mich und kuschelt sich in die Kissen. »Also, was steht heute noch an?«

Ich zucke mit den Schultern. »Filmabend? Wir könnten auch Wii spielen, falls Filme gucken euch zu langweilig ist.«

»Ich würde gern rausgehen«, erklärt Jan. »Aber es ist noch zu früh dafür. Vielleicht erst einen Film gucken und später in einen Club gehen?«

Es ist erst achtzehn Uhr, was an einem Freitag mehrere Stunden von der Zeit entfernt liegt, an der wir normalerweise losziehen. Trotzdem glaube ich nicht, dass meine Meinung sich noch ändert und ich doch Lust bekomme, auszugehen. Dabei sollte ich eigentlich mitgehen, denn ich brauche dringend Ablenkung. Was in den vergangenen Wochen alles passiert ist, setzt mir zu. Der Termin beim Psychodoc, das Telefonat und die anschließende Funkstille mit Lisa und dann der Kuss. Dieser verdammt perfekte Kuss, an den ich jedes Mal denken muss, sobald ich die Augen schließe. Ablenkung ist also genau das, was ich im Moment brauche, und doch habe ich keine Motivation, mich aufzuraffen und die Wohnung zu verlassen. Dermaßen antriebslos war ich seit Monaten nicht mehr und dieser Fakt macht mir Sorgen.

»Was sagst du dazu, Ben?«, will Natalie wissen.

»Lasst uns das nachher spontan entscheiden.«

»Sonst bist du doch immer der Erste, der die Schuhe anzieht und rausrennt«, stellt sie fest und mustert mich verwundert von der Seite. »Stimmt irgendwas nicht?«

»Nope«, behaupte ich. »Es ist alles wie immer. War bloß eine sehr lange Woche.«

»Bist du dir sicher?«

»Er hat eine Frau kennengelernt«, mischt Jan sich ein. Der Blick, den er von mir dafür bekommt, könnte Gletscher zum Schmelzen bringen, Jan grinst mich jedoch unbeeindruckt an.

»Eine Frau, interessant«, kommentiert Natalie. Sie setzt sich im Schneidersitz hin und greift über meinen Schoß hinweg nach der Chipstüte. »Erzähl mir von ihr. Ich will jedes schmutzige Detail wissen.« Als säße sie im Kino und ich wäre die Leinwand, starrt sie mich gespannt an und steckt sich eine Handvoll Chips in den Mund.

»Da gibt es nicht viel zu erzählen«, lüge ich. »Sie ist nett, aber es ist kompliziert. Und auf kompliziert habe ich keine Lust. Außerdem würde es sowieso zu nichts führen.«

»Wieso nicht?«, hakt Natalie nach. »Ist sie vergeben, krank oder wohnt sie zu weit weg?«

»Es ist eben kompliziert«, wiederhole ich ausweichend.

»Wie hast du sie kennengelernt?«

»Auf einer Party.« Gelogen ist das nicht.

»Okay«, sagt sie gedehnt. »Und was ist zwischen euch beiden passiert?«

»Nichts Besonderes. Wir haben uns gut verstanden und sind in Kontakt geblieben. Ich habe sie ein paar Mal seitdem gesehen.«

»Jetzt lass dir nicht alles aus der Nase ziehen«, meckert Natalie und stupst mit ihrem Knie gegen meins.

»Da gibt es keine schmutzigen oder interessanten Details«, behaupte ich. »Wir sind Kaffeetrinken gegangen, haben telefoniert und geschrieben. Es gab keine extravaganten oder romantischen Dates, falls du auf so was gehofft hast.«

»Aber irgendwas muss passiert sein. Nur weil ihr euch gut versteht, druckst du garantiert nicht rum, als würdest du beim Kreuzverhör im Gericht hocken.«

Ich habe es schon immer gehasst, über mein Privatleben ausgefragt zu werden und das Gefühl zu bekommen, anderen etwas über mich erzählen zu müssen. Jeder Mensch sollte ohne Druck selbst entscheiden dürfen, was er bereit ist anderen anzuvertrauen und was nicht. Allerdings weiß ich, dass Freunde sich Sorgen umeinander machen, und vor allem Natalie ist ständig besorgt um alle. Sie zeigt und sagt es nicht offen, aber man spürt es trotzdem deutlich. So wie jetzt. Natürlich spielt ihre Neugier eine große Rolle bei der Fragestunde gerade, aber ich weiß, dass es Natalie vorrangig darum geht, mir im Notfall helfen zu können oder Tipps zu geben – und dafür muss sie alles wissen. Aber *alles* kann ich ihr nicht verraten, denn wenn ich es täte, würde sie mir vermutlich die Chips ins Gesicht schmettern, aus der Wohnung stürmen und nie wiederkommen. Dieses Verhalten wäre sogar gerechtfertigt, denn immerhin habe ich ihre Schwägerin geküsst und somit die Ehe ihres Bruders in Gefahr gebracht. Wenn Natalie allerdings wüsste, wie trostlos die Ehe der beiden wirklich aussieht – *nein. Ich habe kein Recht, es ihr zu sagen. Das ist die Aufgabe von Fabian und Lisa.* Etwas möchte ich ihr trotzdem verraten. Eine Sache, die mich seit zwei Tagen innerlich durchdrehen lässt und die ich dringend mit jemandem besprechen muss, bevor der Druck mich zerreißt. »Wir haben uns geküsst.« Ich sage es so schnell, dass die Buchstaben sich vermischen und ich mir im ersten Moment nicht sicher bin, ob die beiden mich verstanden haben. Dann zieht Jan neben mir scharf die Luft ein und sofort bin ich sicher, dass jedes Wort bei ihnen angekommen ist.

»Ihr habt euch geküsst?«, ruft er fassungslos und der anklagende Unterton in seiner Stimme gibt meinem schlechten Gewissen Zunder, um mich von innen heraus zu verbrennen.

»Und, wie war's?«, will Natalie wissen.

»Schön.«

»Schön?«, wiederholt sie. »Bitte nicht so viele Adjektive, sonst überflutet mich die Bildhaftigkeit deiner Beschreibung.«

»Es war … besonders«, gebe ich zu und verziehe das Gesicht, weil das so kitschig klingt. »Der Kuss war spontan und ich hätte nie gedacht, dass sie ihn erwidern würde. Aber das hat sie, und hätte dieses verdammte Auto nicht hinter uns gehupt, wäre er noch viel länger geworden.«

»Besonders«, wiederholt Jan und irgendwie liegt eine Art Warnung in seiner Stimme. Sobald wir später allein sind, wird er mir die Hölle heißmachen – und genau das habe ich verdient. »Habt ihr danach darüber geredet?«

»Kurz, ja«, gestehe ich und stelle mich seinem wertenden Blick. »Wir haben uns darauf geeinigt, dass es ein Fehler war und sich nicht wiederholen wird. Eigentlich waren wir für gestern verabredet, aber ich habe abgesagt. Seitdem herrscht Funkstille.«

»Wieso hast du das gemacht?«, fragt Natalie.

»Weil es so besser ist. Wir stehen an unterschiedlichen Stellen in unseren Leben und es würde nur Chaos bringen, wenn wir weitergehen oder den Kontakt aufrechterhalten würden. Und Chaos kann ich nicht gebrauchen.«

Jan nickt langsam. Was er damit sagen will, ist klar: Er verurteilt den Kuss. Dass ich den Kontakt beendet habe, besänftigt ihn allerdings ein wenig. Mit Sicherheit hat er nicht damit gerechnet, dass es zwischen Lisa und mir so weit kommen würde, und jetzt schlägt sein moralischer Kompass aus. Der ist bei Jan extrem ausgeprägt, was vermutlich an seiner Kindheit liegt, aber das ist ein anderes Thema.

»Ich google gleich mal, was in den Clubs heute los ist«, sagt er und zieht sein Handy aus der Hosentasche. »Danach entscheiden wir, wo wir hingehen, um Ben abzulenken.«

»Klingt nach einem Plan. Ich hole in der Zeit Bier aus deinem Zimmer.« Natalie legt die Chipstüte zur Seite und steht auf. »Was ist mit dir?«, fragt sie und sieht zu mir herunter. »Willst du ausnahmsweise auch mal etwas trinken? Könnte bei dem Mist mit der geheimnisvollen Frau helfen, um abzuschalten.«

Die Verlockung, Natalie zuzustimmen und etwas zu trinken, ist gefährlich groß. *Nur eine Flasche Bier, um die Nerven zu beruhigen. Nicht mehr und nicht weniger.* In der Theorie klingt das einfach, aber in der Praxis ist es alles andere als das. Ein einziger Schluck könnte genügen, um meine monatelange harte Arbeit zunichtezumachen und mich zurück in die verführerischen

Arme der Sucht zu treiben. Und obwohl ich das weiß, denke ich ernsthaft darüber nach zu nicken. *Fuck! Das darf und wird nicht passieren.* Mit zitternden Fingern greife ich in meine Hosentasche und ertaste den Chip darin. Meine Finger klammern sich um das runde Plastikteil wie an einen Rettungsring, und doch treibe ich nur knapp über der Oberfläche. Eine falsche Bewegung und ich gehe unter. Den Kopf zu schütteln, fällt mir viel zu schwer, aber ich schaffe es, und schon rauscht Natalie schulterzuckend aus dem Wohnzimmer. Ich stoße hart die Luft aus und schließe die Augen. Speichel sammelt sich in meinem Mund. Ich schlucke dagegen an, kämpfe mühevoll den Drang nieder, Natalie hinterherzurufen – da spüre ich eine Hand auf meiner Schulter und öffne blinzelnd die Lider.

»Ich bin für dich da, Kumpel.« Jan. Er drückt bestärkend zu und sieht mir besorgt in die Augen. »Du hast Scheiße gebaut und das weißt du. Wenn du jetzt nachgibst, wird der Haufen nur noch größer, und um da wieder runterzuklettern, würdest du ewig brauchen. Tu dir das nicht an.«

»Ich weiß, dass du recht hast«, gestehe ich flüsternd. »Aber es ist so verdammt anstrengend, Jan. Manchmal würde ich gern nachgeben, bloß um nicht mehr kämpfen zu müssen.«

»Aber der Kampf lohnt sich.« Er drückt erneut meine Schulter, ehe er die Hand von mir nimmt. Seine Unterstützung bedeutet mir viel, aber obwohl er sich so viel Mühe gibt, versteht er es nicht. Das kann er nicht, denn er war nie in meiner Situation, und ich bete, dass er es niemals sein wird. Eine Sucht besiegt man nie vollständig, man ringt sie bloß zu Boden und kämpft mit jedem neuen Atemzug dafür, dass sie dort liegen bleibt und einen nicht umhaut. Es so zu betrachten ist nicht pessimistisch oder übertrieben, sondern realistisch. Man darf diese Krankheit niemals auf die leichte Schulter nehmen, denn das ist der erste Schritt in Richtung des bodenlosen Abgrunds.

»Soll ich dir eine Cola holen?«

»Nein«, erwidere ich tonlos. »Ich denke, ich sollte Willi anrufen. Ich brauche jetzt meinen Sponsor.«

»Alles klar. Ich halte dir vor Natalie den Rücken frei. Lass dir so viel Zeit, wie du brauchst.«

»Danke, Kumpel«, entgegne ich und trete um den Sofatisch herum. Um in mein Zimmer zu kommen, muss ich erst an Jans vorbei, und dort steht die Tür weit offen. Unwillkürlich bleibe ich stehen und betrachte Natalies Rücken. Sie hockt vor Jans winzigem Kühlschrank und summt ein Lied, das ich nicht kenne. Mein Blick frisst sich an den Bierflaschen fest, die neben ihr auf dem Boden stehen. Wie von selbst ballen sich meine Hände zu Fäusten. Ich bohre meine Nägel in die Innenflächen, um mich mit dem Schmerz abzulenken, allerdings wird das nicht lange helfen, also flüchte ich mich in mein Zimmer und werfe hektisch die Tür hinter mir zu. Am liebsten würde ich aus Frust auf etwas einschlagen, aber da Natalie nebenan ist, kann ich keinen Krach machen, ohne sie aufzuscheuchen. Ich laufe in meinem Zimmer auf und ab und wähle währenddessen Willis Nummer. Es klingelt zum zweiten Mal, als er abhebt und ich erleichtert ausatme.

»Ben, was gibt's?«

»Ich brauche deine Hilfe.«

Es wird still in der Leitung, dann höre ich, wie eine Tür sich schließt. »Ich bin da, Junge. Erzähl mir alles.«

Kapitel 22

Eskalation

Lisa

Ich öffne mit dem Ellenbogen die Wohnungstür und schubse sie mit dem Fuß wieder zu. Ächzend trage ich die Einkaufstüten in die Küche. Ich will sie auf dem Tisch abstellen, aber darauf lächeln mich ein halb voller Kaffeebecher, ein benutzter Teller und ein Handyladegerät an. Fluchend stelle ich den Einkauf auf dem Fliesenboden ab. Anschließend gehe ich zurück in den Flur, ziehe meine Schuhe aus und hänge meine Handtasche an die Garderobe, dann gehe ich ins Wohnzimmer. Was ich dort vorfinde, lässt mich erneut lautstark fluchen. Angefressen gehe ich zum Sofa und reiße Fabian die Gamingkopfhörer herunter.

»Hey!«, ruft er und sieht überrumpelt zu mir auf.

»Kein Wunder, dass du auf mein Klingeln nicht reagiert hast«, stelle ich fest, dann deute ich auf den Kontroller in seiner Hand. »Hast du in der ganzen Zeit, in der ich einkaufen war, gezockt?«

»Quatsch.« Fabian legt den Kontroller neben sich aufs Sofa und steht auf. »Ich habe erst Mika geholfen, *Minions* auf dem Tablet anzumachen.«

»Und nach diesen zwei Minuten hast du dich aufs Sofa gesetzt«, stelle ich fest. »Hast du nicht für eine Sekunde daran gedacht, deine benutzten Sachen in die Spüle zu räumen oder das Abendessen vorzubereiten?«

»Meine Güte, Lisa.« Fabian wirft die Hände in die Luft und sieht mich an, als würde ich ihm vorwerfen, einen Weltkrieg angezettelt zu haben. »Als du losgefahren bist, bin ich gerade erst von der Arbeit gekommen. Ich wollte mich ein bisschen ausruhen, bevor ich dir helfe. Ist das neuerdings verboten?«

»Vergiss es.« Frustriert drehe ich mich um und gehe zurück in die Küche. Fabians benutzte Sachen lasse ich auf dem Tisch stehen und stelle die Tüten auf die Stühle. So gut es letzten Samstag zwischen Fabian und mir lief, so schlecht läuft es seit einigen Tagen. Dass das nicht nur an ihm liegt, ist mir bewusst. Seit Mittwochabend bin ich ständig gereizt. Mein schlechtes Gewissen quält mich und doch bringe ich den Mut nicht auf, Fabian vom Kuss zu erzählen. Außerdem verletzt mich die Tatsache, dass Ben sich so offensichtlich von mir zurückzieht. Inzwischen zweifle ich an allem. An meiner Ehe, meiner Moral und sogar daran, ob der Kuss wirklich ein Fehler gewesen ist. Er hat sich nicht so angefühlt, im Gegenteil. In dem Moment fühlte es sich absolut richtig und perfekt an.

»Kann ich dir irgendwie helfen?«

Erschrocken wirble ich herum. Fabian steht im Küchendurchgang und sieht mich mit vorsichtigem Lächeln an. »Das wäre nett«, sage ich und erwidere sein Lächeln. Schweigend räumen wir die Sachen weg. Danach greift Fabian nach dem Geschirr vom Tisch und bringt es zur Spüle. »Danke.«

»Du brauchst mir nicht zu danken. Es sollte normal sein, dass ich selbst hinter mir aufräume, aber … keine Ahnung, was in letzter Zeit mit mir los ist«, gesteht er und fährt sich aufgewühlt durch die Haare. »Ich habe das Gefühl, dass mir alles zu viel wird, Lisa. Ständig macht irgendwer Druck und ich knicke von Tag zu Tag weiter ein.«

»Wieso hast du mir das nicht schon früher erzählt?«, will ich wissen. Ich setze mich an den Küchentisch und deute einladend auf den anderen Stuhl.

Fabian zögert, doch dann setzt er sich mir gegenüber. »Ich bin ein Mann«, beginnt er. »Ich sollte stark und eine Stütze für meine Frau sein. Sollte dir den Rücken freihalten und derjenige sein, der die ernsten Entscheidungen trifft. Aber es ist andersherum. Du bist diejenige, die hier alles am Laufen hält.«

»Ach Fabi«, sage ich und seufze. »Das sind die Ehevorstellungen deiner Eltern, nicht unsere. Wir waren früher ein Team und haben alles gemeinsam geregelt. Ich wünsche mir, dass es wieder so wird. Dass wir uns gegenseitig stützen und füreinander da sind.«

»Das wäre schön.«

Einen Moment lang sehen wir uns einfach nur an, und in dieser Stille liegt etwas Hoffnungsvolles, das mir Mut für die Zukunft macht.

Irgendwann steht Fabian auf und räuspert sich. »Ich gehe wieder rüber und spiele weiter, damit du Ruhe hast, um das Abendessen zu kochen.«

»Du könntest hierbleiben und mir helfen. Wir könnten zusammen kochen und uns weiter unterhalten, so wie früher«, schlage ich vor und sofort verzieht er das Gesicht.

»Du weißt, dass ich Kochen hasse. Außerdem habe ich eben online gezockt und die anderen Spieler warten bestimmt schon auf mich.«

»Ist das dein Ernst?«, frage ich fassungslos und stehe ebenfalls auf. »Eben sagst du noch, du fändest es schön, wenn wir wieder ein Team wären, aber bei der ersten Gelegenheit, das zu beweisen, gehst du weg.«

»Gott, Lisa!«, ruft Fabian. »Musst du mir immer ein schlechtes Gewissen einreden? Hin und wieder brauche ich eben etwas Freiraum. Das bedeutet doch aber nicht, dass ich gar nichts mache oder dich komplett allein lassen würde mit allem. Ich helfe dir gern, aber eben nicht ständig.«

»Ständig?«, wiederhole ich ungläubig. »Ständig wäre, wenn du täglich etwas machen würdest, Fabian, aber so ist es nicht und das weißt du selbst, also mach mir – und vor allem dir – nichts vor.«

»Natürlich helfe ich oft«, behauptet er stur. »Ich hole mindestens einmal die Woche Mika ab, ich bringe den Müll raus, ich gehe für dich zur Post und ab und zu zur Bank und gerade jetzt im Sommer stehe ich oft am Grill für uns.«

»Dieses Gespräch hat keinen Sinn«, verkünde ich und dränge mich an ihm vorbei in den Flur. Ich muss dringend eine Flasche Wein aus dem Keller holen, ansonsten drehe ich gleich durch und sage Dinge, die ich nicht sagen will.

»Warte!« Ich habe die Wohnungstür noch nicht ganz erreicht, als Fabian plötzlich hinter mir steht. »Lass uns darüber reden.«

»Gib mir bitte ein paar Minuten Zeit, um mich zu beruhigen«, sage ich tonlos. »Danach können wir uns hinsetzen und vernünftig miteinander reden.«

»Nein. Ich will das jetzt klären.«

»Glaub mir«, erwidere ich erschreckend ruhig. »Du willst, dass ich erst runterkomme, bevor wir reden.«

»Nein, das will ich nicht.«

»Von mir aus«, gebe ich gefrustet nach und deute an ihm vorbei zum Wohnzimmer. »Dann lass uns rübergehen.«

Fabian geht vor, setzt sich jedoch nicht aufs Sofa, also tue ich es auch nicht. Wir stehen mitten im Raum und werfen uns dermaßen böse Blicke zu, dass man meinen könnte, wir wären Konkurrenten, keine Ehepartner. Streitereien waren bei uns schon immer leidenschaftlich, aber die Spannung, die heute zwischen uns in der Luft hängt, ist anders. Brodelnder und gefährlicher als sonst.

»Also«, beginne ich. »Was kann keine zehn Minuten warten?«

»Das frage ich dich«, entgegnet Fabian und stemmt die Hände in die Seiten. »Du bist eben aus der Küche gerauscht, als müsstest du dich zurückhalten, und jetzt will ich wissen, was du sagen wolltest, dich aber nicht getraut hast.«

»Bist du dir sicher, dass du das wirklich hören willst?«

Er nickt selbstsicher.

»Dass du Mika einmal in der Woche abholst, ist gelogen«, werfe ich ihm vor. »Vielleicht einmal in zwei Wochen, ansonsten übernehme ich das. Dass du ab und zu zur Bank oder Post fährst, liegt daran, dass sie direkt neben deiner Arbeitsstelle liegen, und auch das kommt nur alle paar Wochen vor. Den Müll rauszubringen ist das Einzige, das du wöchentlich tust, Fabian. Ich koche beinahe täglich, ich hole Mika ab, ich fahre meistens einkaufen, kümmere mich um die Post, die Rechnungen, vereinbare alle wichtigen Termine und sorge dafür, dass sie eingehalten werden. Und ich bin es auch, die hier ständig aufräumt. Ach, um noch mal auf die Sache mit der Post zurückzukommen«, fahre ich fort. »Gestern kam eine Mahnung vom Stromanbieter. Anscheinend ist das Lastschriftmandat, das du vor zwei Wochen zur Post bringen wolltest, bei denen nicht angekommen. Aber keine Sorge, auch darum habe ich mich gekümmert. Ich habe heute die offene Forderung überwiesen und da angerufen, damit sie uns einen neuen Vordruck zuschicken.« Außer Atem sehe ich meinen Mann an und warte auf seine Reaktion. Darauf, dass er seine Fehler einsieht, sich entschuldigt oder zumindest zugibt, dass er nicht so viel tut, wie er sich versucht einzureden. Aber nichts davon geschieht. Stattdessen lässt er die Arme sinken und sieht mich auf eine Weise an, die nicht den Hauch seiner Gedanken preisgibt. Als wäre er zwar körperlich hier, aber geistig weit entfernt. »Willst du nichts dazu sagen?«

»Was soll ich denn deiner Meinung nach sagen?«, will er wissen. »Ich habe dir schon vorgeschlagen, dass wir Mika länger in der Kita lassen, damit du mehr Luft bekommst. Zusätzlich könnten wir einmal die Woche eine Putzfrau kommen lassen, wenn dir das hilft.«

»Du verstehst es immer noch nicht«, stelle ich entmutigt fest. »Ich möchte unseren Sohn nicht länger wegschicken oder eine Fremde bei uns putzen lassen. Was ich mir wünsche, ist, dass du dich wieder mehr einbringst.«

»Ich gehe arbeiten.«

»Ich auch!«, schreie ich. Mein Frust ist brennender Wut gewichen. Wut, die mich dazu bringt, auf Fabian zuzutreten und mich direkt vor ihn zu stellen. Er soll mir in die Augen sehen. Soll begreifen, wie tief unsere Probleme reichen, und soll jedes meiner Worte deutlich hören. »Fabian, so kann es nicht weitergehen«, sage ich und bemühe mich trotz des brodelnden Ärgers in mir, leiser und ruhiger zu sprechen. »Ich bin unglücklich und du kannst mir nicht weismachen, dass du zufrieden mit unserem Leben bist. Wir unternehmen nichts mehr allein und wenn wir doch mal zu zweit sind, macht jeder sein eigenes Ding oder wir streiten. Und Sex hatten wir auch schon ewig nicht mehr. Fehlt dir die Nähe nicht?«, möchte ich wissen und lege meine Hände behutsam auf seine Brust. »Fehlt es dir nicht, dass wir liebevoll miteinander umgehen und aufrichtig lachen? Mir fehlt es.«

Erneut sagt Fabian nichts, doch dieses Mal tut er etwas. Er legt seine Hand auf meine und drückt zu. Diese Geste bedeutet so viel mehr, als Worte es jemals könnten. Trotzdem traue ich mich nicht zu lächeln, denn noch ist der Sturm nicht vorbeigezogen.

»Was wollen wir tun, damit es wieder so wird wie früher?«

»Ich hätte eine Idee«, flüstert Fabian zurück. »Du willst Mika nicht länger fremdbetreuen lassen und du willst nicht, dass eine Fremde bei uns putzt, und das verstehe ich. Dein Vater geht bald in Rente und ich wette, er würde es liebend gern übernehmen, Mika abzuholen. Außerdem könnte er dann mehr Gartenarbeit machen, und wenn er sowieso mit seinem Hund spazieren geht, kann er auf einem Weg auch für uns zur Post oder Bank gehen.«

Ruckartig ziehe ich meine Hände zurück. »Du willst einen Rentner, der sein Leben lang hart gearbeitet hat und der körperlich nicht einmal ansatzweise so fit ist wie wir, dazu bringen, deine Aufgaben zu übernehmen?«

»Das wäre die einfachste Lösung«, behauptet er trotzig.

»Ich werde meinen Vater garantiert nicht fragen, ob er all diese Dinge tut, nur weil du zu faul dafür bist«, erkläre ich verärgert. »Es sind deine Aufgaben! Du bist derjenige, der endlich den Arsch hochkriegen und anfangen muss, sich wie ein Erwachsener zu verhalten.«

»Hör auf, mir ständig Vorwürfe zu machen!«

»Ständig?«, höhne ich und kann mir das Lachen nur schwer verkneifen. »Ich habe monatelang nichts gesagt und dich den Mist durchziehen lassen, während du dich immer weiter in eine Richtung verändert hast, die unserer Ehe den Todesstoß versetzen könnte. Aber mir reicht's. Entweder änderst du etwas, oder du kannst gehen.«

»Du kannst mich nicht einfach rauswerfen.«

»Und wie ich das kann«, entgegne ich. »Das Haus gehört Papa, Ina und mir. Er hat mir mein Erbe überschrieben, bevor wir verheiratet waren. Dir gehört kein einziger Backstein.«

Fabian streckt die Arme aus und im nächsten Moment stolpere ich überrumpelt nach hinten. Es passiert so schnell, dass ich keine Chance habe zu reagieren und seine Hände mich mitten auf der Brust treffen. Ich lande ungebremst auf dem Hintern und starre schockiert zu ihm auf, dabei versuche ich mir einzureden, dass das gerade nicht passiert ist. Aber das ist es. Ich hocke tatsächlich auf dem Boden, weil Fabian mich mit voller Kraft geschubst hat. Meine Brust pocht von dem Hieb seiner Hände und mein Hintern schmerzt vom harten Aufprall.

»Lisa.« Fabians zitternde Stimme lässt mich zusammenzucken. »Es tut mir so leid. Das wollte ich nicht. Wirklich es … Fuck, es tut mir leid.« Er streckt die Hände nach mir aus, aber ich krabble instinktiv zurück, bis ich das Sideboard im Rücken spüre und nicht mehr weiterkomme. »Bitte, lass mich dir helfen.«

»Wehe, du fasst mich an«, drohe ich und bin überrascht über die Stärke in meiner Stimme, denn innerlich fühle ich mich alles andere als stark. Eher hilflos. Jedoch weigere ich mich, mir das anmerken zu lassen. Ohne Fabian aus den Augen zu lassen, stehe ich auf und unterdrücke den Drang, mir über die pochende Brust zu reiben. Er beobachtet mich, während ich mit Blick zu ihm ins Schlafzimmer gehe, die Tür hinter mir zuziehe und sie abschließe. Kraftlos sacke ich auf den Bettrand und vergrabe das Gesicht in den Händen.

»Lisa, bitte«, ruft Fabian durch die Tür. »Komm raus, damit wir darüber reden können.«

»Wir haben geredet«, rufe ich zurück und kämpfe gegen die aufsteigenden Tränen an, die meine Sicht mehr und mehr verschwimmen lassen. »Lass mich in Ruhe, Fabian! Ich will dich nicht sehen.«

Ich höre ihn vor der Tür seufzen, dann Schritte und anschließend das typische Klicken der aufgehenden Balkontür. Ich ertrage sein Gesicht im Moment nicht, kann seine Stimme nicht hören und ganz sicher würde ich kein weiteres Gespräch mit Fabian überstehen. Nicht so wütend, entsetzt und verletzt, wie ich bin. Ich muss hier raus, bevor die Situation weiter eskaliert, falls das überhaupt möglich ist. Ich zücke mein Handy und starre unsicher auf die Liste meiner vergangenen Anrufe. Ein Name sticht mir sofort ins Auge. Ein Name, den ich zu gern anklicken würde – aber ich kann nicht, denn er will Abstand, das hat seine letzte Nachricht klargestellt. Dennoch kann ich nicht anders, als an Ben und unseren Kuss zu denken. Was ist moralisch verwerflicher: einen anderen als seinen Ehepartner zu küssen oder seinem Ehepartner körperliche Gewalt anzutun? Beides ist auf seine Weise verwerflich und schlimm und ich bezweifle, dass man diese Dinge gegenüberstellen könnte.

Inas Name fällt mir als Nächstes ins Auge, aber auch sie kann ich nicht anrufen. Sie würde nicht lockerlassen, bis ich ihr erzählt habe, was passiert ist. Dann würde sie schnellstens zu mir fahren und Fabian die Hölle heißmachen. Jedoch weiß ich selbst noch nicht, wie es weitergehen soll und wie ich mit der Sache umgehen werde, also möchte ich verhindern, dass sie sich einmischt. Julia ist mit ihrem Freund bei dessen Eltern und scheidet dadurch ebenfalls aus. Somit bleibt nur eine Person übrig, die ich anrufen kann, um hier rauszukommen und mich von dem Scherbenhaufen, zu dem mein Leben geworden ist, abzulenken.

Kapitel 23

Verbotene Blicke

Lisa

Wusste nicht, dass der Club noch existiert. Letztes Mal war ich vor meiner Schwangerschaft da.

Nachdem ich die Nachricht abgeschickt habe, sehe ich mich um. Das *El Paló* liegt im Hamburger Bahnhofsviertel, und diese Gegend ist zu so später Uhrzeit überfüllt. Ich streiche mein schwarzes knielanges Kleid glatt und richte meine Handtasche. Fertig gemacht habe ich mich hinter verschlossener Tür, wodurch ich nur das Make-up zur Verfügung hatte, das ich in der Tasche finden konnte, die im Kleiderschrank hing. Damit meine vom Weinen verquollenen Augen zu kaschieren, war alles andere als einfach. Aber im Grunde ist mir das egal. Ich bin hier, weil ich trinken, tanzen und mich von dem Mist zu Hause ablenken will, nicht um irgendwem zu gefallen. An Fabian habe ich mich vorbeigeschlichen, während er in der Küche war. Erst als ich im Zug auf dem Weg nach Hamburg saß, habe ich ihm geschrieben. Ich habe ihm mitgeteilt, dass ich weg bin, keine Ahnung habe, wann ich wiederkomme, und dass er mir bitte Zeit geben und mich in Ruhe lassen soll. Wie immer hält er sich nicht an meine Wünsche und bombardiert mich stattdessen seitdem mit Anrufen und Nachrichten.

Ich wechsle die Straßenseite und bleibe vor einem zweistöckigen Backsteingebäude stehen. Es gibt zwei Eingänge. Einen an der Seite, der zum oberen Stockwerk führt, und den, vor dem ich nun stehe und der von einem breitschultrigen Mann in schwarzer Kleidung mit schulterlangem Haar bewacht wird. Der Türsteher nickt mir höflich zu und hält einen schwarzen Samtvorhang zur Seite, damit ich reingehen kann. Meine Füße sind noch nicht ganz über die Schwelle getreten, da umfangen mich bereits der dröhnende Bass der Musik und der schale Geruch des Alkohols. Die Tanzfläche gegenüber dem Eingang ist brechend voll, doch an den vielen silbernen Stehtischen, die im Raum verteilt stehen, ist dafür überraschend viel Platz. Ich stelle mich suchend auf die Zehenspitzen und entdecke Natalie beinahe sofort vor einer der zwei Bars. Sie lehnt mit den Unterarmen auf dem Tresen und unterhält sich mit einem Barkeeper, wobei ihre kurze Hose weiter nach oben rutscht und den unteren Teil ihres Hinterns freigibt. Schnurstracks gehe ich auf sie zu und ziehe ihr T-Shirt herunter. Es sitzt locker, gibt eine ihrer Schultern frei und bedeckt zum Glück ihre halb nackten Pobacken.

Ruckartig dreht Natalie sich um. Grinsend nimmt sie mich an der Hand und zieht mich neben sich an den Tresen. »Was willst du trinken?«

»Irgendwas Starkes bitte.«

»Kommt sofort.« Sie sieht zum Barkeeper zurück. »Drei Bier, zwei Tequila und eine Cola bitte.«

Eine böse Vorahnung verknotet meinen Magen und prompt bekommt meine Hoffnung, von all dem Chaos endlich abschalten zu können, einen harten Dämpfer verpasst. Natalie reicht dem Barkeeper das Geld und dreht sich mit einem Shot in der Hand zu mir. *Sollte meine Vermutung richtig sein, brauche ich heute nicht nur einen davon*, denke ich und schnappe mir den Salzstreuer von der Theke. Wir stoßen an, lecken das Salz von unseren Handrücken und kippen den Shot in einem schnellen Zug herunter. Dann beiße ich in die Zitrone und verziehe das Gesicht. »Ich hasse Zitronen«, nuschle ich.

Natalie lacht und drückt mir ein Bier und eine Cola in die Hände. »Die Jungs sind da hinten.«

»Welche Jungs?«, frage ich und bete, dass die Antwort eine andere ist, als ich befürchte.

»Jan und Ben. Hab ich das vorhin am Telefon nicht gesagt?«

»Nein«, erwidere ich gedehnt. »Das hast du nicht.«

»Ist doch kein Problem für dich, oder? Ich meine, du kennst und magst die beiden doch.«

Ich antworte nicht und starre stattdessen zum Ausgang. Wenn ich jetzt gehe, entkomme ich der Begegnung mit Ben, allerdings müsste ich dann entweder allein irgendwohin gehen oder zurück nach Hause fahren. Da ist das Zusammentreffen mit Ben definitiv die bessere Wahl. *Außerdem zwingt mich niemand, mit ihm zu reden. Ich sage höflich Hallo und unterhalte mich dann mit Natalie oder gehe tanzen.* Dass dieser Plan einige Lücken hat, ist mir bewusst, trotzdem bedeute ich Natalie, vorzugehen. Wir drängen uns zwischen Menschentrauben hindurch zu einer ruhigeren Ecke des Clubs, die vor dem Durchgang zu den Toiletten liegt. Die Wände hier hinten bestehen aus Spiegeln, die das Licht der Scheinwerfer über der Tanzfläche reflektieren, das sich dann an den Tischen bricht.

Natalie reicht Jan sein Bier und zeigt auf mich. »Schaut mal, wen ich aufgegabelt habe.«

Jan wirft mir einen merkwürdigen Blick zu. Nachdenklich und mitleidig, aber auch wütend, und ich ahne, weshalb. Dennoch nickt er mir zu und hebt sogar flüchtig die Hand. Am liebsten würde ich vor Scham im Boden versinken, denn dass er über den Kuss Bescheid weiß, steht nach dieser distanzierten Begrüßung fest. Allerdings wird die Scham von einem anderen Gefühl unterdrückt, das viel stärker auf mich eindrischt. Nervosität. Ich spüre Bens Blick so deutlich auf mir, als würde er mich berühren. Spüre, wie er an meinem Körper hinab und zurück in mein Gesicht wandert. Langsam wende ich den Kopf zur Seite und strecke ihm die Cola entgegen, die er mir zügig aus der Hand nimmt. Er trägt ein graues Shirt, das seine breiten Schultern und die feste Brust betont. Dazu eine tief sitzende helle Jeans und schwarze Sneaker. Ben sieht verboten gut aus, was es nicht einfacher macht, ihn für den Rest des Abends zu ignorieren.

»Hey, Lisa«, sagt er klanglos.

»Hey.«

»Also, wer will tanzen?« Natalie sieht einen nach dem anderen auffordernd an. Es klingt verlockend, der unangenehmen Situation zu entkommen und mich auf die Tanzfläche zu retten. Jedoch kann ich mich nicht dazu bringen, etwas zu sagen, denn in meinem Hals sitzt ein riesiger Kloß. Ich trinke einen großen Schluck aus der Bierflasche, um ihn loszuwerden, da vibriert das Handy in meiner Handtasche. Obwohl ich ahne, wer es ist, ziehe ich es heraus. Sekundenlang starre ich unentschlossen aufs blinkende Display, bis ich den Anruf letztlich wegdrücke und erneut einen Schluck trinke.

»Was hat er angestellt?«

Ertappt sehe ich zu Natalie. »Wie bitte?«

»Fabian«, erklärt sie und deutet mit ihrer Bierflasche auf mein Handy. »Du hast ihn weggedrückt, also muss er wieder irgendeinen Bullshit angestellt haben. Das erklärt auch, wieso du spontan von zu Hause wegwolltest«, erkennt sie. »Also, was ist passiert?«

»Wir haben uns gestritten«, erkläre ich betont verharmlosend. »Jetzt lasse ich ihn schmoren, damit er über den Mist nachdenkt.«

Natalie lacht amüsiert und stößt ihre Flasche leicht gegen meine. »Ich liebe ihn, aber ab und zu hat er einen Denkzettel verdient. Lass ihn die ganze Nacht nachdenken, das tut ihm garantiert gut.«

»Sag ihm bitte nicht, wo ich bin.«

Sie legt feierlich eine Hand über ihr Herz. »Versprochen.«

Erleichtert stecke ich das Handy zurück in meine Tasche, da spüre ich erneut Bens Blick auf mir und sehe zu ihm auf. Auch wenn er teilnahmslos wirkt, erkenne ich einen winzigen besorgten Funken in seinen Augen.

»Wer kommt jetzt mit auf die Tanzfläche?«, fragt Natalie.

Ben blinzelt, als hätte ihre Stimme ihn erschreckt, und wendet sich ruckartig von mir ab. Er tritt auf die andere Seite des Stehtischs und stellt seinen Becher darauf, als wäre nichts passiert – und vielleicht ist es das auch nicht. Vielleicht habe ich mir den Funken aus Selbstschutz eingebildet, weil es zu schmerzhaft wäre, sollte ich ihm egal geworden sein. *Tequila. Ich brauche dringend mehr Tequila.*

Meine Haare kleben im Nacken und meine Füße brennen. Wie lange ich inzwischen auf der Tanzfläche bin, weiß ich nicht, aber es muss lange sein, denn andernfalls wäre ich nicht dermaßen ausgepowert. Ich leere die Bierflasche in meiner Hand und schlängle mich durch die tanzende Menge zur Bar durch. Der Barkeeper, mit dem Natalie sich vorhin unterhalten hat, kommt sofort zu mir. So wie er es die letzten Male getan hat, als ich etwas bestellen wollte. »Was darf's sein?«, will er wissen.

»Ein neues Bier bitte.«

»Kein Shot mehr? Bei vier kann doch noch nicht Schluss sein«, fragt er und zieht vielsagend eine Braue hoch.

Ich schüttle den Kopf. »Noch einen und jemand muss mich neben dem Klo vom Boden einsammeln.«

Er lacht amüsiert, greift unter den Tresen und stellt eine Bierflasche vor mich. »Geht aufs Haus.«

»Danke«, sage ich überrascht und greife nach dem Bier, dann trete ich vom Tresen weg. Ich lege den Finger auf die Flaschenöffnung, damit mir im Vorbeigehen niemand etwas hineintun kann, und dränge mich zum Stehtisch in der Ecke durch. Natalie unterhält sich mit Jan, als ich bei ihnen ankomme, und sie scheint extrem gut gelaunt zu sein. Genauso wie Jan, der beim Sprechen wild mit den Händen gestikuliert und breit grinst. Ben lehnt hingegen mit dem Rücken an der Wand neben ihnen und beobachtet die anderen Leute im Club, als hätte er mit den beiden nichts zu tun. Und mit mir auch nicht, denn er würdigt mich keines Blickes. Ein Teil von mir versteht sein Verhalten. Es ging vorgestern zu weit zwischen uns und nun will er Abstand, damit so etwas nie wieder passiert. Aber ein anderer Teil von mir brüllt vor Qual auf, denn jede Zelle meines Körpers sehnt sich nach seiner Nähe und seinem Trost. So zu empfinden ist absolut falsch, also höre ich auf den Teil, der ihn versteht, und sehe ebenfalls überallhin außer zu Ben. Minuten vergehen, in denen ich mit Ignorieren beschäftigt bin. Zum einen ignoriere ich Ben, zum anderen das ständige Vibrieren meines Handys, das mich allmählich zur Weißglut treibt. Irgendwann reicht es mir und ich nehme den Anruf doch an. »Was ist daran so schwer zu verstehen, dass du mich für ein paar Stunden in Ruhe lassen sollst?«

»Wo bist du?«

»Das geht dich nichts an.«

»Und wie mich das etwas angeht!«, wettert Fabian. »Es ist mitten in der Nacht, da werde ich mir ja wohl Sorgen um meine Frau machen dürfen. Vor allem, wenn sie sich wortlos aus dem Haus gestohlen hat.«

»Nein, das darfst du nicht«, teile ich ihm kühl mit. »Nicht nach dem, was du mir vorhin angetan hast.« Mit diesen Worten lege ich auf. Fluchend hebe ich die Bierflasche an meinen Mund – da greift eine Hand danach und nimmt sie mir ab. Verwundert hebe ich den Kopf und treffe auf Bens bitterernstes Gesicht. Er stellt die Flasche auf den Stehtisch und rückt näher zu mir.

»Was ist los?«

»Nichts«, behaupte ich.

»Du lügst.«

»Nein, es … alles ist okay.«

»Wieso lügst du mich an?«

»Weil du mehr als klargestellt hast, dass du von mir in Ruhe gelassen werden willst«, platze ich heraus und könnte mich dafür ohrfeigen, es nicht für mich behalten zu haben.

»Es reicht«, verkündet Ben. »Dieser Quatsch hört jetzt auf.« Ohne Vorwarnung greift er nach meiner Hand und zieht mich hinter sich her. Wir gehen durch die Tür, die zum Vorraum der Toiletten führt, und sobald sie hinter mir zufällt, reiße ich meine Hand los und bleibe stehen.

»Was soll der Mist?«

»Dir gehts beschissen, Lisa. Das hab ich sofort gesehen. Irgendwas ist passiert, und damit meine ich nicht das, was zwischen uns vorgefallen ist, sondern etwas anderes. Du hast dich mit Fabian gestritten, meintest du.« Langsam dreht Ben sich um und tritt auf mich zu. »Hat er dir wehgetan?«

Ich halte den Atem an und senke beschämt den Blick. Tränen sammeln sich in meinen Augen, die ich hastig fortwische, aber es ist zu spät, denn Ben hat sie gesehen. Er flucht und im nächsten Moment finde ich mich in seinen Armen wieder. Beschützend hält Ben mich fest, streicht mir übers Haar und murmelt, dass alles gut wird. Aber das wird es nicht. Zumindest weiß ich nicht, wie es das jemals werden soll. Ben ist mein rettender Anker, aber zeitgleich ist er auch die Welle, die mich unter Wasser drückt.

»Erzähl es mir«, bittet er und legt einen Finger unter mein Kinn, damit ich ihn ansehe.

»Du hast mir nach dem Stadtfest gesagt«, beginne ich wispernd, »dass es immer ein erstes Mal gibt und dass das schnell zu weiteren Malen führen kann, aber ich habe nicht auf dich gehört. Ich habe Fabians Entschuldigung angenommen und die Sache verdrängt. Heute habe ich für meine Leichtsinnigkeit die Quittung bekommen.«

»Wehe, du gibst dir die Schuld daran.«

»Das tue ich nicht«, erwidere ich eilig. »Aber ich bin auch nicht ganz unschuldig.«

»Hast du ihm von dem Kuss erzählt?«

»Ich hätte es tun sollen«, flüstere ich. »Aber ich konnte es nicht.«

»Wieso nicht?«, fragt Ben ebenso leise.

»Zuerst habe ich mir eingeredet, dass ich Angst davor habe. Dann habe ich gedacht, dass ich nicht will, dass mein Vater davon erfährt. Er soll durch meine Taten nicht an das erinnert werden, was er mit meiner Mutter durchgemacht hat. Irgendwie stimmt das alles auch, aber der eigentliche Grund ist ein anderer«, gestehe ich ihm mit traurigem Lächeln. »Ich wollte es Fabian nicht erzählen, weil seine Reaktion diesen wunderschönen Augenblick zerstört hätte und ich ihn genau so in Erinnerung behalten wollte, wie er war. Kostbar und besonders.«

Ben zieht scharf die Luft ein und tritt zurück. Er fährt sich ruppig durchs Haar und schüttelt immer wieder den Kopf, als würde er versuchen, meine Worte daraus zu vertreiben. Und nun, wo ich seine Reaktion darauf sehe, merke ich, wie dumm es war, ihm – und endlich auch mir – die Wahrheit einzugestehen. Vermutlich ist der Alkohol daran schuld, dass ich so ehrlich bin, denn im nüchternen Zustand hätte ich mich das nicht getraut.

»Es tut mir leid. Das hätte ich nicht sagen dürfen.« Ich blinzle gegen die Tränen an und wende mich zur Tür. »Es war ein Fehler, vorhin nicht sofort zu gehen, als ich dich gesehen habe. Und durch meine Worte habe ich alles nur noch schlimmer gemacht.« Jetzt die Reißleine zu ziehen und heimzufahren, ist das einzig Richtige. Doch ehe ich nach dem Türknauf greifen kann, ertönt Bens Stimme hinter mir.

»Geh nicht. Bitte Lisa, bleib bei mir.«

Kapitel 24

Rausch

Ben

Eine schwermütige Stille breitet sich aus. Sie lässt die Luft anschwellen und den winzigen fensterlosen Raum noch stickiger erscheinen, als er ohnehin bereits ist. Ich überlege fieberhaft, was ich sagen soll, denn irgendetwas muss ich sagen, immerhin habe ich Lisa gebeten, bei mir zu bleiben. Es wäre nur fair, ebenso ehrlich zu ihr zu sein, wie sie es zu mir war. Lisa jedoch zu verraten, dass ich unseren Kuss auch als besonders empfunden habe, würde zu weiteren Problemen und schlussendlich zur Katastrophe führen. Denn egal, wie viel sie mir bedeutet, kann es für uns keine Zukunft geben. Zumindest keine romantische, dafür bin ich viel zu kaputt.

Plötzlich geht die Tür der Damentoilette auf. Zwei junge Frauen kommen kichernd in den Vorraum und bleiben ruckartig stehen, sobald sie Lisa und mich entdecken. »Oh, oh«, lallt eine von ihnen. »Ich glaube, hier bahnt sich eine Beziehungskrise an.« Die Frauen sehen zwischen uns hin und her, dann gehen sie kichernd auf die Tür zu. Lisa tritt zur Seite, um sie durchzulassen, und dreht sich dabei zu mir um. Die Tür knallt zu und Lisa zuckt erschrocken zusammen. Sie reibt sich über die Brust, und sofort verdrängt mein brodelnder Hass jeden anderen Gedanken. Fabian hat ihr wehgetan. Schon wieder. Unwillkürlich balle ich die Fäuste. Wie kann ein Mann, der behauptet, seine Frau zu lieben, ihr im gleichen Atemzug wehtun? Für mich ist Gewalt ein feiger Weg, um Macht zu demonstrieren, weil man verbal nicht gegen die andere Person ankommt.

»Wieso soll ich bleiben?« Lisas zerbrechliche Stimme reißt mich aus den Gedanken. Sie spielt nervös mit ihren Händen und sieht mit glasigem Blick zu mir.

»Was hat Fabian getan?«, frage ich, statt zu antworten.

»Er hat mich geschubst.« Lisa senkt erneut beschämt den Kopf. »Das klingt bestimmt nicht so schlimm, aber für mich war es das. Ich bin auf dem Boden gelandet … hart.«

»Natürlich klingt das schlimm, Lisa. Niemand hat das Recht, einer anderen Person so etwas anzutun. Erzählst du mir, was vorher passiert ist?«

»Wir haben uns gestritten«, wispert sie so leise, dass ich es kaum verstehe. »Es ging um den Haushalt, den Alltag und darum, dass er mich in den letzten Monaten kaum unterstützt hat. Dass der Streit so eskalieren würde … damit habe ich nicht gerechnet.«

»Du verdienst etwas Besseres als ihn«, verkünde ich geradeheraus und prompt sieht sie zu mir auf.

»Dich?«

Ich schüttle mit traurigem Lächeln den Kopf. »Nein. Glaub mir, ich bin nicht besser als Fabian, nur auf eine andere Weise verkorkst.«

»Erzähl mir, wieso du das denkst«, bittet sie. »Ich will es verstehen.«

»Das kann ich nicht.«

»Wieso nicht? Was kann so schlimm sein, dass du es mir nach allem, was ich dir über mich verraten habe, nicht anvertrauen kannst?«

»Wenn ich dir alles über meine Vergangenheit erzählen würde, würdest du mich anders ansehen«, stelle ich fest. »Und das würde ich nicht ertragen.«

»Ich würde dich niemals verurteilen, Ben.«

»Aber bemitleiden, und das wäre noch schlimmer.«

»Wir sehen uns heute zum letzten Mal, habe ich recht?«, flüstert sie rau, und zu nicken bricht mir das Herz. Dennoch tue ich es, denn es ist die Wahrheit. Wir können uns nicht wiedersehen. Niemals.

Tränen rinnen aus Lisas Augen und überziehen ihr schönes Gesicht mit einem Schleier der Trauer. Auch wenn ich es nicht tun sollte, kann ich den Drang, sie zu trösten, nicht überwinden. In einem Moment stehe ich noch am anderen Ende des Vorraums, im nächsten halte ich sie im Arm. Sie schlingt ihre zierlichen Arme um mich, klammert sich an mir fest und murmelt Worte, die ich nicht verstehe. Ich will sie nie wieder loslassen. Will sie vor dem Schmerz in ihrer Ehe beschützen und ihr zeigen, wie glücklich sie in einer gesunden Beziehung sein könnte. Aber ich weiß, dass ich dafür der Falsche bin, denn es würde niemals gut gehen. In mir drängt sich ein Dämon an den nächsten. Immer wieder werde ich von meiner Vergangenheit und meiner Sucht eingeholt und von den Traumata überwältigt. Lisa in diesen Mist hineinzuziehen, wäre egoistisch. Und obwohl ich so denke, nehme ich eine Hand von ihrem Rücken, lege sie unter ihr Kinn und hebe sanft ihren Kopf an. Lisas Verzweiflung ist dermaßen greifbar, dass ich sie unbedingt aufmuntern will. Zumindest für einen winzigen Moment könnten wir beide so der schmerzhaften Realität entfliehen. Und genau das ist es, was ich will. Fliehen.

»Ich könnte jetzt ein Arschloch sein«, raune ich und fahre zärtlich mit dem Daumen über ihre Unterlippe.

»Was, wenn ich will, dass du eins bist?«

»Es wäre falsch.«

»Wie kann es falsch sein, wenn es sich so richtig anfühlt?« Lisa stellt sich auf die Zehenspitzen und bringt ihr Gesicht nah vor meins. So verflucht nah, dass ich der Verlockung nicht standhalten kann und mich vorbeuge. Meine Lippen treffen auf ihre und sofort überzieht ein elektrisierendes Prickeln meinen Körper, das sich wie ein belebender Rausch anfühlt. Genauso fantastisch fühlte es sich früher an, als ich meiner Sucht nachgab. In dieser Sekunde wird es mir bewusst: Lisa ist meine Droge. Und genauso wie früher bin ich auch heute zu schwach, um mich dem Verlangen entgegenzustellen.

Meine Gedanken verstummen, das schlechte Gewissen verschwindet im Nichts und alles, was noch zählt, ist dieser kostbare Moment. Der Kuss ist genauso mitreißend wie unser erster, aber er ist sehr viel leidenschaftlicher. Lisas Hände zerwühlen meine Haare, meine gleiten über ihren Rücken und ertasten jede ihrer perfekten Kurven. Unsere Zungen treffen aufeinander und tanzen einen hemmungslosen Tango, der meine Sinne benebelt und meinen Unterleib zucken lässt. Ich gehe vorwärts und dränge Lisa gegen die Wand neben der Tür. Meine Lippen gleiten von ihren, überschütten ihr Gesicht mit zärtlichen Küssen und wandern hinab zu ihrem Hals. Lisa stöhnt heiser auf und legt willig den Kopf in den Nacken. Gott! Dieses Geräusch ist beinahe zu viel für mich. Ich presse mich noch enger an sie und bin mir sicher, dass sie meine Härte an ihrem Bauch spüren kann. Ich beiße spielerisch in die empfindliche Haut unter ihrem Ohr und erneut ertönt dieses verdammt berauschende Stöhnen aus ihrem Mund. Meine Hände fahren an Lisas Seiten entlang, bis zum Saum ihres Kleids. Ich schiebe sie darunter, um ihre nackte glatte Haut unter den Fingern zu spüren, so intensiv, dass mein Körper den Druck beinahe nicht mehr aushält. Alles, woran ich denken kann, ist, die letzte Grenze mit dieser atemberaubenden Frau zu überschreiten und die glühende Sehnsucht endlich zu stillen.

Ich küsse Lisa im Dekolleté und fahre mit der Zunge bedächtig über ihre erhitzte Haut. Immer wieder höre ich sie meinen Namen wispern, und der rauchige Klang ihrer Stimme ist das Erotischste, was ich jemals gehört habe. Ich nehme eine Hand von ihrem Oberschenkel und lege sie unter ihre Brust. Meine Fingerkuppen streichen neckend über ihre Wölbung und prompt streckt sie sich mir willig entgegen. Diese Frau reagiert auf jede noch so sachte Berührung von mir. Sie ist ausgehungert, weil sie seit Monaten nicht auf diese Weise angefasst wurde – *von ihrem Ehemann.* Schlagartig zerplatzt die perfekte Traumwelt, in der sich die himmlischen letzten Minuten ereignet haben. Mein Herz rast, mein Atem geht hektisch und meine Hände zittern vor Schock. Der Rausch verfliegt mit einer Heftigkeit, die brutal auf mich einschlägt und mich schonungslos in die Realität zurückwirft. In eine Realität, in der ich soeben leidenschaftlich mit einer verheirateten Frau rumgemacht habe. Als hätte ich mich an ihr verbrannt, ziehe ich die Hände zurück und stolpere mehrere Schritte nach hinten.

Lisa blinzelt und sieht mich perplex an. »Habe ich etwas falsch gemacht?«

»Das haben wir beide«, flüstere ich voller Selbsthass und kann nicht fassen, dass ich es habe so weit kommen lassen. Meine Lippen pochen von den stürmischen Küssen, meine Haut brennt vor Sehnsucht und meine Hose erscheint mir viel zu eng. Außerdem ist da ein verlockender Geschmack in meinem Mund – schlagartig reiße ich die Augen auf und schlucke panisch dagegen an. Einmal. Zweimal. Der Geschmack bleibt. Wie konnte ich so dumm sein und Lisa küssen, obwohl sie den ganzen Abend über Alkohol getrunken hat? Der bittersüße

Geschmack breitet sich in mir aus und schreit danach, an die Bar zu gehen. Mir einen Drink zu holen und dank ihm all den Mist, die Zweifel und den Selbsthass zu verdrängen. Es wäre so einfach, nachzugeben, mich der Sucht hinzugeben und endlich aufzuhören zu kämpfen. *So verdammt einfach.*

»Ben, was ist los? Bitte sprich mit mir.« Lisas Stimme ist nicht mehr als ein kratziges Hauchen.

»Das war ein Fehler«, erwidere ich und schüttle hilflos den Kopf. »Wir haben schon wieder einen Fehler gemacht und dieses Mal ist es noch schlimmer als vor zwei Tagen.«

»Weil es weiter ging als letztes Mal«, schlussfolgert sie. »Wir haben uns mitreißen lassen und jetzt bereust du es.«

Ich würde ihr so gern sagen, dass ich nicht das, was passiert ist, bereue, sondern die Konsequenzen, die es haben wird. Wieso ich es nicht tue, ist leicht zu erklären: Sie soll denken, dass ich jede wundervolle Sekunde bereue. Soll denken, dass das der Fehler ist, der mir so stark zu schaffen macht. Alles ist besser, als würde sie die Wahrheit kennen. Sollte ich heute Nacht rückfällig werden, weil der Geschmack ihres Mundes mich nicht loslässt und mir die ganze verfluchte Situation zu viel wird, würde Lisa sich das niemals verzeihen.

Ich zwinge mich zu einem Nicken und balle die Hände hinter dem Rücken zu Fäusten. Meine Nägel graben sich dermaßen heftig in meine Innenflächen, dass ich Blut spüre. Trotzdem verschwindet der Gedanke ans Trinken nicht. Er zieht in meiner Brust, prickelt in meinem Mund und brüllt in meinem Kopf. All das ist psychisch bedingt, denn die körperliche Sucht war nach der Entgiftung bezwungen. Nur leider ist der Geist oft mächtiger als der Körper. Das kann jeder Alkoholiker bestätigen.

»Es tut mir leid«, flüstert Lisa und stößt sich von der Wand ab. »Ich hätte vorhin gehen sollen. Das hätte alles viel einfacher gemacht. Aber dafür gehe ich jetzt«, verkündet sie gebrochen und wendet sich zur Tür. »Ich hoffe, du wirst ein glückliches und erfülltes Leben führen, Benjamin Hoffmann. Du hast es verdient.«

Dieses Mal halte ich sie nicht auf. Im Gegenteil. So hart es auch klingt, warte ich sogar darauf, dass die Tür hinter ihr ins Schloss fällt und ich endlich das Handy aus meiner Tasche ziehen kann. Mit bebenden Fingern wähle ich Willis Nummer und lehne den Kopf an die Wand. Es fühlt sich wie eine Ewigkeit an, bis das Klingeln endlich verstummt und seine verschlafene Stimme ertönt.

»Ben? Zweimal an einem Abend. Wenn du nicht gerade mit einem Schnaps in der Hand irgendwo hockst, hoffe ich, du hast einen verdammt guten Grund, um mich zu wecken.«

»Ich bin in einem Club«, lasse ich ihn wissen und stoße mühevoll die Luft aus. »Ich habe Lisa geküsst. Es ist alles zu viel. Viel zu viel. Willi, ich … Fuck! Kannst du mich bitte hier rausholen, bevor ich noch mehr Scheiße baue?«

»Wo bist du?«, fragt er und plötzlich klingt er hellwach.

»Im *El Paló*, bei den Toiletten.«

»Bin in zehn Minuten da. Rühr dich nicht vom Fleck«, mit diesen Worten legt Willi auf und ich sacke kraftlos auf den Boden. Mein Rücken lehnt an der kalten Wand, während meine Augen sich an der Stelle festfressen, an der eben noch Lisa stand. Wir haben uns heute zum letzten Mal gesehen, und diese Tatsache fühlt sich an, als würde jemand mit einem Beil auf mein Herz einprügeln und es anschließend aus meiner Brust reißen. Aber ich muss sie gehen lassen, denn alles andere wäre ihr gegenüber nicht fair. Ich könnte behaupten, damit klarzukommen, ihr die Wahrheit über mich zu erzählen, aber was käme danach? Sie hat ein Kind, und damit komme ich auf keinen Fall zurecht. Es würde einen Keil zwischen uns treiben und somit wäre diese Beziehung von Anfang an zum Scheitern verurteilt. Mit einem klaren Schnitt mache ich das Ende für uns beide leichter, auch wenn die kommende Zeit hart werden wird. So hart, dass es mich enorm viel Willenskraft kostet, nicht aufzustehen und an die Bar zu gehen. Seufzend starre ich zur Decke hinauf. *Bitte, Willi, beeil dich.*

Die Sonne geht bereits auf, als ich meine Wohnungstür öffne und die Schuhe von den Füßen streife. Willi schließt die Tür hinter uns und deutet fragend zum Wohnzimmer. Ich nicke und gehe auf Zehenspitzen vor, weil ich niemanden wecken möchte. Willi ist mit mir stundenlang in seinem Wagen rumgefahren und ich habe ihm währenddessen jedes noch so intime Detail der letzten Tage verraten. Es tat gut, mir alles von der Seele zu reden, aber nun, wo er mich heimgebracht hat, habe ich Angst vor dem, was er mir gleich sagen wird.

Ich setze mich aufs Sofa und lehne mich erschöpft in die Kissen zurück. »Wie geht's jetzt weiter?«

Er kommt langsam auf mich zu und hockt sich auf die Tischkante. »Meiner Meinung nach ist Lisa eine tolle Frau.«

»Aber?«

»Du kommst mit ihren Problemen nicht zurecht. Das liegt zum großen Teil daran, dass du die Schritte nicht so durchlaufen hast, wie du es hättest tun müssen. Viele hast du nur oberflächlich abgearbeitet, und das ist meine Schuld«, gesteht Willi. »Am Anfang dachte ich, du wärst bereit dafür, jemand anderem zu helfen, aber ich habe mich geirrt. Das passiert mir extrem selten und es tut mir leid, dass ich als dein Sponsor versagt habe, Ben.«

»Du hast nicht versagt«, erwidere ich. »Das alles hat mich umgehauen, weil ich dir etwas vorgespielt habe. Und mir auch. Ich bin nicht so gefestigt, wie ich mir eingeredet habe. Wenn ich es wäre, hätte ich Lisa nicht geküsst und –« Ich breche ab.

»Und was?«

Ich will es nicht aussprechen, denn dann wird es real. Aber es vor Willi zu verheimlichen, würde alles nur schlimmer machen. Was dabei herausgekommen ist, dass ich ihm den Kuss verheimlicht habe, macht das mehr als deutlich. »Ich hätte Lisa nicht geküsst und keine Gefühle für sie entwickelt.«

»Du bist also verliebt«, murmelt Willi nachdenklich. »Es ist ein großer Fortschritt, dass du dieses Gefühl nach all den Jahren endlich wieder zulässt, Ben. Nur tut es mir für dich wirklich leid, weil es mit Liebeskummer endet. Wäre Lisa nicht verheiratet oder wärst du in deiner Therapie weiter, gäbe es vermutlich einen Weg, wie ihr zusammenfinden könntet. Es wäre ein harter Kampf, aber gerade für die Liebe lohnt es sich zu kämpfen. Leider sehe ich bei euch beiden keinen Weg, einen Kampf zu überleben, ohne sich noch weiter reinzureiten. In ein paar Jahren, wenn du dich besser im Griff hast und die Gefahr nicht mehr so groß sein wird, wird es anders sein. Wenn du dann auf eine solche Frau treffen würdest, wärst du vermutlich bereit.«

»Aber nicht jetzt. Und nicht mit ihr«, fasse ich zusammen.

Willi nickt gutmütig. »Meinst du, du kommst bis zum AA-Meeting nachher alleine klar?«

Ich denke nicht nach, bevor ich nicke. Vor einigen Stunden schwebte ich noch dicht über dem Abgrund, aber inzwischen bin ich ein gutes Stück davon entfernt und fühle mich sicherer, dem Fallen zu entkommen. »Ich komme klar. Danke, dass du dir wegen mir die Nacht um die alten Ohren geschlagen hast.«

»Wehe, du nennst mich noch mal alt«, feixt Willi und steht auf. »Ich finde den Weg nach draußen allein. Leg dich hin und ruh dich aus. Wir sehen uns heute Abend.«

Es wird mich einige Kraft kosten, das Loch, das Lisas Verlust in meinem Leben hinterlässt, zu füllen. Dank Willis Hilfe habe ich allerdings Hoffnung, es zu schaffen. Und Hoffnung ist für jemanden wie mich das Wichtigste.

Kapitel 25

Qual der Wahl

Lisa

Gras unter meinen nackten Füßen zu spüren, habe ich immer geliebt. Heute vermittelt es mir jedoch nicht das gleiche tröstliche Gefühl, wie es das sonst tut, denn dafür ist das Chaos in meinem Kopf zu groß. Die ersten Sonnenstrahlen des Tages scheinen mir ins Gesicht und ich blicke verwundert in den wolkenlosen Himmel hinauf. Die Nacht ist schon vorbei, und ich habe nicht eine Sekunde geschlafen. Als ich heimkam, war es kurz vor drei Uhr morgens. Ich bin duschen gegangen, habe mich umgezogen und mich anschließend auf den Balkon gesetzt. Irgendwann bin ich in den Garten gewechselt und seitdem tigere ich rastlos über den Rasen. Ich nippe am Kaffee und setze mich auf die Schaukel. Auch wenn es mir nicht gefällt, muss ich mich jemandem anvertrauen, wenn ich nicht unter der Last meiner Gedanken zusammenbrechen will. Die einzige Person, der ich vorbehaltlos alles erzählen kann, ist genau die

Person, die ich nun anrufe. Ich klemme mir den Kaffeebecher zwischen die Oberschenkel und wähle Inas Nummer.

»Hallo?«, murmelt sie verschlafen.

»Oh Mist, ich hab dich geweckt, stimmt's?«

»Wie kommst du darauf, dass du mich um«, sagt sie und bricht kurz ab. »Um verdammte sechs Uhr morgens an einem Samstag wecken könntest?«

»Sorry. Schlaf weiter. Wir reden später.«

»Nein«, grummelt sie. Ich höre etwas knarzen und kurz darauf eine sich öffnende und wieder schließende Tür. »Jetzt bin ich wach, also erzähl mir, was los ist.«

»Viel.« Ich reibe mir erschöpft über die Stirn und sehe erneut in den Himmel hinauf. »Es war eine sehr lange Nacht. Gestern habe ich mich mit Fabian gestritten und bin danach abgehauen. Ich habe mich mit Natalie in einem Club getroffen, ohne vorher zu wissen, dass Jan und Ben auch da sein würden.«

»Oh, oh«, raunt Ina. »Fang bitte von vorne an und sprich langsam, bis der Kaffee durchgelaufen ist. Wieso hast du dich mit Fabian gestritten?«

»Das Übliche«, gestehe ich ihr bitter. »Es ging um den Haushalt, den Alltag und um seine fehlende Hilfe. Dieses Mal ist der Streit allerdings eskaliert. Ich habe Fabian gedroht, ihn rauszuwerfen, wenn er sich nicht ändert.«

»Sehr gut«, kommentiert Ina stolz. »Er muss endlich den Ernst der Lage begreifen.«

»Das dachte ich auch. Leider hat er anders reagiert als erhofft.« Ich hole tief Luft und unterdrücke den Drang, mir über die Brust zu reiben. Es tut zwar nicht mehr weh, aber die Erinnerung an seine Attacke weckt einen pochenden Nachhall. »Fabian hat mich geschubst und ich bin ungebremst auf dem Boden gelandet.«

»ER HAT *WAS* GETAN?«, schreit Ina und mit Sicherheit sind in ihrem Haus jetzt alle wach geworden. »Ich komme vorbei und zeige ihm, wie weh so was tut. Gib mir zehn Minuten.«

»Bitte nicht«, widerspreche ich eindringlich. »Ich kläre das selbst, außerdem geht die Geschichte noch weiter.«

»Wenn du ihm keine knallst, mach ich es«, droht Ina. »Aber von mir aus, erzähl erst mal weiter. Danach kann ich mich immer noch anziehen und zu euch fahren.«

»Danke. Nach dem Streit habe ich mich umgezogen und aus dem Haus gestohlen, um mich mit Natalie zu treffen. Ben und Jan waren wie gesagt auch da. Irgendwann hat Ben mich zur Seite gezogen und gefragt, was los ist. Er hat gemerkt, dass etwas nicht stimmt, und hat sich Sorgen gemacht.«

»Ich mag den Kerl«, verkündet Ina.

»Ich auch, und da liegt das Problem. Ina, wir … wir haben rumgemacht.«

»Definiere rumgemacht.«

»Uns geküsst«, gestehe ich kleinlaut und spüre mein Gesicht rot anlaufen. »Und ein bisschen gefummelt. Aber mehr nicht, das schwöre ich! Irgendwann hat Ben mich plötzlich losgelassen und hat mich angeguckt, als hätten wir eine Straftat begangen.«

»Habt ihr darüber gesprochen?«

»Kurz.« Ich sehe Bens Gesicht vor mir. Wie verloren und hilflos er aussah, lässt mich nicht los. »Er meinte, es sei ein Fehler gewesen und dass er es bereut. Außerdem hat er klargestellt, dass wir uns nie wiedersehen werden.«

»Das ist hart.« Inas Stimme klingt mitfühlend, aber auch ernst und besorgt. »Hat er sonst noch etwas gesagt?«

»Ja, vor dem Kuss«, gestehe ich. »Er hat etwas gesagt, das ich nicht verstehe. Ben meinte, wenn ich alles über ihn wüsste, würde ich ihn mitleidig ansehen, und das würde er nicht ertragen. Deshalb verheimlicht er etwas aus seiner Vergangenheit vor mir. Es muss schlimm sein, wenn er darum so ein Geheimnis macht.«

»Vielleicht saß er unschuldig im Gefängnis?«, rät Ina und ich wette, sie hat vor dem Schlafengehen True Crime geguckt. »Oder er hat jemanden verloren, der ihm viel bedeutet hat.«

»Möglich.«

»Was willst du jetzt tun?«

»Auf was genau bezogen?«

»Auf alles«, antwortet sie. »Du darfst Fabian dieses Verhalten nicht durchgehen lassen und musst offen mit ihm darüber reden. Dabei stellt sich die Frage, ob eure Ehe das alles verkraften kann. Falls du's versuchen willst, muss er eine Therapie machen, um seine Aggression in den Griff zu bekommen. Andernfalls bekomme ich vor Sorge kein Auge mehr zu. Und außerdem musst du ihm alles über Ben erzählen.«

»Ich weiß, dass wir nur dann eine reale Chance haben, alles wieder in Ordnung zu bringen, wenn wir vollkommen ehrlich zueinander sind und unsere Probleme offen angehen. Ehetherapie ist da das Zauberwort. Aber ich mache mir Sorgen, ob Fabian den Betrug jemals verkraften könnte.«

»Kannst du es verkraften, dass er dich zweimal körperlich attackiert hat?«, will sie wissen.

»Ich weiß es nicht«, flüstere ich und frage mich, wie mein Leben dermaßen kompliziert werden konnte. Früher war es einfach. Ich war verheiratet, hatte einen tollen Mann und ein wundervolles Kind. Kurz gesagt war ich die absolut durchschnittliche Bürgerin. Aber das hat sich schleichend geändert und inzwischen liefert mein Leben jede Menge Stoff für eine Realityshow.

»Du musst dir darüber klar sein, dass es so definitiv nicht weitergehen kann«, sagt Ina eindringlich. »Ihr müsst euch entweder allem stellen und einen vernünftigen Weg finden, um über das, was passiert ist, hinwegzukommen, oder ihr zieht einen Schlussstrich und reicht die Scheidung ein. Irgendwann bekommt Mika eure Streitereien sonst mit. Und was passiert, wenn er miterlebt, dass Fabian dich schubst, packt oder vielleicht sogar schlägt?«

»Ich will meinem Sohn nicht die Familie nehmen.«

»Das verstehe ich«, erwidert Ina sanft. »Aber denkst du, es vermittelt Mika ein gesundes Bild, wenn er miterlebt, dass seine Eltern lieblos und oft wütend miteinander umgehen? Das gibt ihm eine völlig falsche Vorstellung davon, wie eine Ehe aussehen sollte. Sorry, wenn ich das so ehrlich sage, aber da wäre es deutlich besser für ihn, wenn seine Eltern zwar getrennt, dafür aber glücklich wären.«

Auch wenn es mir nicht gefällt, hat Ina mal wieder recht. »Danke fürs Zuhören«, sage ich und stehe auf. »Ich gehe jetzt wieder rein. Mika wird bestimmt bald wach.«

»Okay, aber wenn irgendetwas passiert – wenn Fabian dich auch nur schräg anguckt –, dann rufst du mich sofort an und ich komme vorbei. Ist mir völlig egal, ob er stärker ist als ich, eine knallen kann ich ihm trotzdem.«

»Du glaubst nicht, wie lieb ich dich habe«, sage ich ergriffen und gehe auf die Kellertür zu.

»Doch, denn ich habe dich mindestens genauso lieb. Hören wir uns später?«

Ich nicke, obwohl sie es nicht sehen kann. »Ich melde mich, falls etwas ist.«

»Wehe, wenn nicht«, sagt sie noch, dann legt Ina auf.

Ich ziehe die Kellertür hinter mir zu und gehe auf Zehenspitzen hoch zu unserer Wohnung. Von oben ist nichts zu hören, also schläft Mika vermutlich noch, dafür höre ich ein Geräusch aus der Küche und bleibe abrupt im Flur stehen. Mein Herz beginnt zu rasen und die Erinnerungen an gestern prasseln gnadenlos auf mich ein. Mich zu überwinden, in die Küche zu gehen, kostet mich mehr Kraft, als ich zugeben will. Immerhin geht es darum, meinem Mann gegenüberzutreten, und das sollte mir nicht so schwerfallen. Jeder Schritt ist ein Kampf, und als ich schließlich auf der Schwelle zur Küche ankomme, fühle ich mich so ausgelaugt, als wäre ich einen Marathon gelaufen. Fabian sitzt am Küchentisch und umklammert einen Kaffeebecher. Er sieht zu mir auf, bewegt sich ansonsten jedoch nicht. Beinahe als hätte er Angst, mich zu verschrecken.

»Guten Morgen.«

»Morgen«, erwidert er leise. »Ich hab dich aus dem Fenster im Garten gesehen.«

»Ich konnte nicht schlafen.«

»Verständlich«, sagt er und klingt ungewohnt kleinlaut. »Ich schätze, du hast mit Ina telefoniert und jetzt sollte ich am besten das Land verlassen.«

»Das wird dir nicht helfen«, erwidere ich mit schwachem Lächeln. »Sie findet dich überall.«

»Wegen gestern –«, setzt er an.

Ich hebe abwehrend eine Hand. »Ich bin noch nicht so weit, darüber zu sprechen. Die Nacht war extrem lang und ich habe nicht für eine Sekunde geschlafen. Gib mir bitte Zeit.«

»Dann wird es am besten sein, wenn ich heute bei einem Kumpel übernachte und dich in Ruhe lasse.«

Überrascht ziehe ich die Brauen zusammen. »Das wäre nett.«

»Dir Zeit zu geben ist das Mindeste, was ich tun kann, nachdem ich so eine Scheiße gebaut habe. Sag mir nur bitte eins«, bittet er. »Gibt es überhaupt noch eine Chance für uns? Gibt es irgendwas, das ich tun kann, um es wiedergutzumachen?«

»Möglich«, murmle ich und gehe zur Kaffeemaschine rüber.

»Okay«, höre ich ihn hinter mir sagen. »Das reicht mir für den Moment als Hoffnungsschimmer.«

Ich fülle meinen Becher und bin froh, dass er mein verwundertes Gesicht nicht sehen kann. Es ist das erste Mal seit

Monaten, dass Fabian mir das Gefühl vermittelt, ihm wichtig zu sein, und dass er den Ernst der Lage begreift.

»Kann ich mich direkt schlafen legen?«, frage ich, statt auf seine Worte einzugehen. Dafür fehlt mir die Energie.

»Natürlich«, sagt er. »Ich hole gleich meine Klamotten aus dem Schlafzimmer, damit du dich hinlegen kannst. Wenn du wach wirst, verschwinde ich zu einem Kumpel.«

Ich nicke, ohne etwas zu erwidern, und gehe ins Wohnzimmer. Auf den Kaffee habe ich im Grunde keine Lust, vor allem da ich gleich hoffentlich etwas Schlaf bekomme und er mich nur davon abhalten würde. Also stelle ich ihn auf dem Tisch ab und setze mich aufs Sofa. Nur einen Augenblick später geht Fabian ins Schlafzimmer. Meine Augen brennen vor Müdigkeit, trotzdem kann ich sehen, dass er seine Sporttasche aus dem Schrank holt und Klamotten hineinwirft. Dass er dermaßen ruhig und einsichtig ist, macht mich skeptisch. Fabian ist normalerweise nicht der Typ, der nachgibt und seine Fehler kompromisslos anerkennt. Aber vielleicht tut es ihm dieses Mal tatsächlich leid, und dass ich die halbe Nacht nicht da war, hat ihm verdeutlicht, wie ernst ich es meine. Sollte es so sein, könnten wir noch eine Chance haben, denn es besteht die Möglichkeit, dass er den Sinn einer Therapie und einer Eheberatung erkennt. Aber selbst, wenn es so ist, bleibt noch die Frage, ob mein Betrug das alles nicht wieder zerstört.

»Mami?«

Erschrocken sehe ich zur Tür und entdecke Mika. Er trägt seinen Spiderman-Schlafanzug und gähnt.

»Guten Morgen, kleiner Schlumpf. Hast du gut geschlafen?«

»Du warst nicht da«, nuschelt er und kommt zu mir. Mika kuschelt sich an mich und schlingt seinen kleinen Arm um meinen Bauch. »Papa hat mich ins Bett gebracht.«

»Ich habe mich mit Tante Natalie getroffen«, erkläre ich und streiche ihm sanft übers verwuschelte Haar.

»Du hast nicht Tschüss gesagt«, wirft er mir leise vor und sofort tut es mir leid, mich gestern nicht verabschiedet zu haben. Ich wollte raus und weg von Fabian, dabei habe ich nicht an Mika gedacht. So etwas ist mir nie zuvor passiert.

»Es tut mir leid«, sage ich aufrichtig und gebe ihm einen Kuss auf den Scheitel. »Das passiert nie wieder, versprochen.«

»Ist Papa da?«

Sofort streckt Fabian den Oberkörper aus der Tür. »Hey, kleiner Kumpel. Ich mach dir gleich Frühstück.«

Mika nickt und legt den Kopf auf meinen Schoß. »Ich hab euch lieb«, sagt er und schließt die Augen. Ich streiche ihm übers Haar, bis seine Atmung flacher wird und ich mir sicher bin, dass er eingeschlafen ist.

»Soll ich ihn hochtragen?«, flüstert Fabian.

»Lass ihn bei mir«, bitte ich und lege meinen Kopf auf die Sofalehne. »Ich schlafe einfach hier.« Meine Augen fallen zu, ohne dass ich etwas dagegen tun könnte. Die vergangenen vierundzwanzig Stunden waren die reinste Hölle, aber jetzt hier zu sitzen, mit meinem schlafenden Sohn auf dem Schoß, lässt all das verblassen und schenkt mir eine innere Ruhe, die mir nichts anderes auf dieser Welt vermitteln könnte.

Kapitel 26

Kreuzverhör

Lisa

Ich bleibe auf dem schmalen Flur stehen und lausche an der Tür, um mich zu vergewissern, dass Mika tatsächlich schläft. Erst dann gehe ich leise die Treppe hinunter. Eigentlich bräuchte ich nicht leise zu sein, denn sobald er eingeschlafen ist, weckt ihn so gut wie nichts wieder auf. Aber im Haus ist es ungewohnt still, und ich passe mich automatisch der Atmosphäre an. Papa ist bei unseren Nachbarn, Fabian ist wie versprochen am Nachmittag zu einem Freund gegangen, und da Mika im Bett liegt, bin ich die Einzige, die Geräusche macht.

Ich gehe in die Küche und hole mir ein Glas Wasser, als es klingelt. Verwundert stelle ich das Glas ab und gehe runter zur Haustür. Spät ist es nicht, gerade erst zwanzig Uhr dreißig, außerdem ist es noch halbwegs hell draußen, also öffne ich die Tür, ohne durch den Spion zu sehen. »Natalie«, erkenne ich überrascht. »Was treibt dich hierher?«

»Ich will mit dir reden. Kann ich reinkommen?«

»Klar«, sage ich erstaunt und trete zur Seite. »Mika schläft schon, wir können also ins Wohnzimmer gehen.«

Natalie steigt wortlos die Treppen hoch. Ich folge ihr und ein unheilvolles Gefühl breitet sich in meiner Brust aus. Meine Schwägerin ist wie meistens ungeschminkt, doch anders als sonst zeichnen sich dunkle Ringe unter ihren Augen ab. Außerdem wirkt ihr Gesicht blass, ihre Wangen sind aber gerötet, als wäre sie sauer, was die Alarmglocken in meinem Kopf lauthals schrillen lässt. Wir setzen uns ins Wohnzimmer und von Sekunde zu Sekunde wird die Stimmung bedrückender. Natalie sieht mich mit einem Blick an, der grimmig und doch besorgt wirkt und der mich verwirrt.

»Was ist –«

»Ich weiß es«, unterbricht sie mich scharf.

»Du weißt was?«

»Alles«, gibt sie zu und mein Herz setzt vor Schock einen Schlag aus. »Ich weiß, was gestern passiert ist, und ich bin hergekommen, weil es mir keine Ruhe lässt. Ich will von dir die Wahrheit hören.«

Ich weiß nicht, ob sie sich auf den Streit mit Fabian oder auf die Sache mit Ben bezieht. Über beides will ich nicht sprechen, aber so, wie es aussieht, lässt sie mir keine Wahl. »Woher weißt du es?«, frage ich und hoffe, auf diese Weise herauszubekommen, worum es ihr geht.

»Ich habe in der WG geschlafen und Ben morgens mit jemandem reden gehört. Ich habe nicht absichtlich gelauscht, aber überhören konnte ich es nicht.«

Schock, Reue und Angst überfluten mich und verbinden sich zu einem wilden Strudel, durch den mir plötzlich schwindlig und übel wird. Meine Brust zieht sich zusammen, als würde sie in einem Schraubstock stecken, und mein Mund wird trocken wie die Wüste.

»Willst du dazu nichts sagen?«

»Ich weiß nicht, was ich sagen soll«, wispere ich rau.

»Das kann ich mir vorstellen. Aber so funktioniert das nicht, Lisa. Fabian verdient es, die Wahrheit zu erfahren. Und die will ich jetzt von dir hören, immerhin zerstört dieser Mist meine Freundschaft zu Ben.«

»Ich weiß«, gebe ich kleinlaut zu und spiele aufgewühlt mit meinen Fingern. »Du kannst dir nicht vorstellen, wie beschissen ich mich deshalb fühle. Es zerfrisst mich, aber Fabian und ich haben uns gestern heftig gestritten, und ich habe Angst, dass wir uns nicht wieder vertragen, wenn er alles weiß. Bei uns läuft es in letzter Zeit nicht gut und … das könnte der letzte Sargnagel für unsere Ehe sein.«

»Das Risiko musst du eingehen.« Natalie überschlägt die Beine und verschränkt die Arme vor der Brust. »Als ich es gehört habe, konnte ich es nicht glauben«, fährt sie aufgebracht fort. »Ben kam mir immer wie ein moralischer Mensch vor. Wie jemand, dem man zu einhundert Prozent vertrauen kann. Ganz anders als Lukas, deshalb mochte ich ihn so gern. Als ich gehört habe, dass er dich geküsst hat, wäre ich am liebsten ins Wohnzimmer gerannt und hätte ihm eine geknallt. Ich meine, du bist eine verheiratete Frau, verdammt! Er hat kein Recht, so einen Bockmist zu veranstalten und deine Ehe in Gefahr zu bringen.«

»Moment.« Irritiert runzle ich die Stirn. »Du hast gehört, dass Ben gesagt hat, er hätte mich gestern geküsst?«

»Ja!«, ruft Natalie angefressen. »Was denkst du denn, warum ich hier bin? Er hat es irgendeinem Willi erzählt. Ich habe in Jans Zimmer auf dem Boden gepennt und bin wach geworden, weil ich Stimmen gehört habe. Weil Ben so plötzlich aus dem Club abgehauen ist, wollte ich nachsehen, ob es ihm gut geht. Dann habe ich die beiden gehört. Ben hat diesem Typen erzählt, dass er dich geküsst und sich in dich verliebt hat.«

Geschockt schlage ich die Hände vor dem Mund zusammen. Wenn er tatsächlich dermaßen stark für mich empfindet, wieso stößt er mich dann weg? Was hält ihn davon ab, um mich zu kämpfen? Er weiß besser als jeder andere, wie fragil meine Ehe ist, wie viele Probleme Fabian und ich haben und auch, wie sehr ich mich zu ihm hingezogen fühle. Ina nennt es eine Schwärmerei, aber eine Schwärmerei würde mich nicht so tief bewegen. Oder doch?

»Das ist übrigens der einzige Grund, aus dem ich ihm nicht sofort eine geknallt habe«, fährt Natalie unbarmherzig fort. »Gegen Gefühle kann man nichts machen, trotzdem hätte er sich zurückhalten müssen. Und dass er es nicht getan und dich sogar geküsst hat, macht es für mich unmöglich, weiter mit ihm befreundet zu bleiben. Außerdem habe ich etwas über ihn erfahren, das meine komplette Sicht auf ihn verändert.«

»Was hast du erfahren?«, wispere ich und nehme die Hände vom Gesicht.

»Es ist … ich kann es dir nicht sagen. Egal, was für einen Mist Ben gebaut hat, so habe ich doch trotzdem kein Recht, etwas so Ernstes weiterzuerzählen.«

Was verheimlicht Ben, das so ernst ist, dass Natalie es mir nicht erzählen will, obwohl sie dermaßen wütend auf ihn ist? Ist sein Geheimnis der Grund, aus dem er mich, trotz seiner Gefühle, aus seinem Leben streichen will?

»Zurück zum Thema«, sagt sie unvermittelt. »Ben hat dich gestern Abend geküsst und ich will wissen, ob du den Kuss erwidert hast.«

»Es wäre leicht, jetzt zu behaupten, Ben hätte mich überrumpelt und ich hätte nur dagestanden und es über mich ergehen lassen«, gestehe ich schuldbewusst. »Aber die Wahrheit ist, dass ich den Kuss erwidert habe.«

»Wie konnte es so weit kommen?«, fragt Natalie schroff. »Wie konnte Ben sich in dich verlieben und wie konnte er ausgerechnet dich, die geradlinigste Frau, die ich kenne, dazu bringen, seinen Kuss zu erwidern?«

Ich wische mir die Tränen aus den Augen, aber sie werden sofort von neuen ersetzt. Durch den Schleier kann ich Natalie nur verschwommen sehen und doch nehme ich wahr, wie wütend sie ist. Auf mich und auf Ben, wobei ich glaube, dass sie auf ihn wütender ist als auf mich. Das ist nicht fair, denn ich bin ebenso an der Situation schuld wie er – und das soll sie erfahren. »Uns verbindet einiges«, beichte ich und kann nichts gegen die Kolibris tun, die beim Gedanken an unsere gemeinsame Zeit wieder durch meinen Bauch fliegen. »Wir hören die gleiche Musik, haben die gleichen Hobbys und Interessen und … wir sind uns sehr ähnlich. Außerdem hört Ben mir zu.«

»Bei welchem Thema?«

»Bei allen Themen«, erwidere ich schniefend und kämpfe gegen das bittersüße Lächeln an, das sich auf mein Gesicht schleichen will. »Er gibt mir das Gefühl, mich zu verstehen, und das ist unglaublich kostbar, Natalie. Bei Fabian habe ich oft das Gefühl, dass er nicht begreift, was ich ihm sage, oder es nicht ernst nimmt. Ben ist ganz anders. Wenn er etwas nicht versteht, fragt er nach. Er beweist, dass er sich für mich interessiert. Außerdem haben wir Spaß zusammen und seine Ratschläge haben mir wirklich geholfen.«

»Ach, Selbsthilfeguru ist er jetzt auch noch, oder wie?«, schimpft sie. »Wenn du alles über Ben wüsstest, würdest du seine ach so tollen Ratschläge ganz anders sehen. Was war noch zwischen euch? Nur weil ihr euch gut versteht, wird er sich nicht verliebt haben.«

»Wir haben Zeit zusammen verbracht. Haben telefoniert, geschrieben und uns viel unterhalten. Wie in einer normalen Freundschaft eben.«

»Hm«, murmelt sie und sieht mich dermaßen durchdringend an, dass ich mich plötzlich klein und schutzlos fühle. »Habt ihr über deine Ehe gesprochen?«

»Ja. Über die Probleme mit euren Eltern, wegen ihrer altmodischen Ansichten«, erzähle ich ihr und wische erneut gegen die nicht enden wollende Flut aus Tränen an. »Außerdem haben wir über die alltäglichen Probleme gesprochen, die Fabian und ich haben.«

»Lass mich raten: Er hat dir grandiose Ratschläge gegeben, aber eure Ehe wurde trotzdem immer schlechter.«

»Das … das stimmt«, antworte ich verwundert.

»Meine Güte, Lisa, der Typ hat dich manipuliert!«

»Hat er nicht«, sage ich bestimmt.

»Doch, das hat er. Ich hätte niemals gedacht, dass Ben ein berechnendes Arschloch ist, aber allem Anschein nach hat er die Probleme zwischen Fabian und dir ausgenutzt, um dich von deinem Ehemann weg und direkt zu ihm zu treiben. Ich wette, hätte ich nichts von eurem Kuss erfahren, hätte er es irgendwann geschafft, dich ins Bett zu kriegen.«

»Hör auf mit dem Mist!« Wütend springe ich auf. »Ben ist mit Sicherheit nicht perfekt, aber er hat mich nicht manipuliert. Das hätte ich gemerkt. Er war ein guter Freund, der mir beistehen wollte. Dass er sich in mich verliebt hat, ist nicht seine Schuld. Du hast selbst gesagt, dass man für seine Gefühle nichts kann. Außerdem, wenn du wüsstest, was Fabian mir angetan hat, würdest du ganz anders über die Situation denken.« Entsetzt plumpse ich aufs Sofa zurück. *Wieso habe ich das bloß gesagt?*

Natalie beugt sich zu mir vor und legt mir ihre Hand aufs zitternde Knie. »Lisa«, flüstert sie und klingt nun nicht mehr wütend, sondern besorgt. »Was ist passiert?«

»Das ist eine Sache zwischen deinem Bruder und mir.«

»Aber Ben hast du's erzählt?«, fragt sie gekränkt.

»Nur weil er dabei war und es mitbekommen hat«, gestehe ich beschämt. »Ich will jetzt nicht darüber reden.«

Einen Moment lang sieht sie mich unschlüssig an, dann nickt Natalie und zieht ihre Hand zurück. »Okay, von mir aus. Aber mit Fabian musst du darüber reden, was auch immer es ist. Ihr müsst euren Scheiß klären und eure Ehe flicken.«

»Das haben wir vor«, flüstere ich und setze mich aufrechter hin. »Morgen, wenn er heimkommt.«

»Gut«, erwidert Natalie und steht auf. »Bei diesem Gespräch wirst du ihm die Wahrheit über Ben und dich erzählen. Entweder tust du das, oder ich übernehme es. Fabian ist mein Bruder und ich lasse nicht zu, dass du ihn belügst oder so etwas Wichtiges vor ihm verheimlichst.«

»Das werde ich nicht«, verspreche ich. Ein Gedanke huscht durch meinen Kopf, der so laut brüllt, dass ich ihn aussprechen muss. »Bevor ich mit Fabian rede, muss ich ein letztes Mal mit Ben sprechen.«

»Du wirst einen Scheiß –«

»Ich muss die Sache für mich abschließen«, unterbreche ich meine Schwägerin und bin stolz über die Entschiedenheit in meiner Stimme. »Wenn ich mit Fabian einen Neuanfang hinbekommen will, muss ich mit den Altlasten abschließen. Und nach dem, was du mir eben erzählt hast, geht das nur, indem ich mit Ben über alles rede. Zwischen uns gibt es zu viel Ungeklärtes, das mich sonst ewig verfolgen würde.«

»Okay, dann bleibe ich hier.«

»Ich muss das allein machen.«

»Damit er dir wieder irgendwelchen Mist einredet? Garantiert nicht.«

»Ich habe Scheiße gebaut, aber ich bin kein kleines Kind«, lasse ich sie wissen und ziehe undamenhaft die Nase hoch. »Ich regle meine Probleme selbst. Auch wenn du mich nur beschützen willst, möchte ich dich nicht dabeihaben.«

Natalie starrt mich an, als würde sie überlegen, ob ich verrückt geworden bin oder recht habe. Dann nickt sie. Undeutlich, aber doch eindeutig genug. »Okay. Ich rufe morgen Abend an und wenn ich dann nicht höre, dass du Fabian alles erzählt hast, tu ich es.« Ohne ein weiteres Wort rauscht Natalie aus dem Wohnzimmer und nur einen Augenblick später höre ich die Wohnungstür zufallen – dann bin ich allein. Allein mit meinen tobenden Gedanken, dem heftigen Wummern meines Herzens und den vielen Kolibris in meinem Bauch. Ben hat sich in mich verliebt. Trotz allem bringt mich dieser Umstand zum Lächeln. Aber es ist ein Lächeln, das voller Trauer steckt, denn seine Gefühle ändern nichts an der Situation. Wäre es anders, hätte er mich gestern nicht fortgeschickt. Außerdem bin ich nach wie vor verheiratet und ich habe nicht vor, die zehn Jahre, die ich inzwischen mit Fabian zusammen bin, wegzuwerfen. Zumindest nicht, bevor ich alles versucht habe, um uns zu retten.

Kapitel 27

Trümmer

Ben

Auf der Straße vor unserem Haus sind kaum Menschen zu sehen, obwohl es Samstagabend ist. Sonst laufen um diese Uhrzeit die verschiedensten Leute an unserem Wohnhaus vorbei, heute wirkt die Straße jedoch wie ausgestorben. Vermutlich liegt das am wolkenverhangenen Himmel, der den nahenden Regen ankündigt. Anscheinend passt sich das Wetter meiner schlechten Laune an. Seufzend gehe ich rein und schließe die Balkontür hinter mir. Ich bin ausgebrannt und sehne mich nach Abwechslung, um die Leere zu füllen. Mit Kochen habe ich es bereits probiert, aber das hat nicht geholfen. Genauso wie mit Jan zu zocken das Loch nicht stopfen konnte. Feiern zu gehen kommt heute leider nicht als Abwechslung infrage, weil ich mir selbst nicht traue. Nach den letzten Wochen bin ich zu labil, um mich in die alkoholgeschwängerte Höhle des Löwen zu wagen. Das AA-Meeting war der einzige Zeitpunkt am heutigen Tag, an dem ich mich nicht wie ein perspektivloser

Loser gefühlt habe. Die anderen Teilnehmer im Gemeindehaus waren verständnisvoll, haben zugehört und mir Ratschläge gegeben, wie ich mit der Situation umgehen soll. Ihre Ratschläge stammten nicht aus irgendwelchen Selbsthilfebüchern, sondern resultieren aus ihren eigenen Erfahrungen, was sie sehr wertvoll macht. Viele Menschen unterschätzen, wie schwierig es sein kann, zurück ins Leben zu finden, wenn man endlich trocken ist. Man muss ständig aufpassen, dass man nicht in Versuchung gerät, muss seine Grenzen genau kennen, und auch bei der Partnerwahl spielt die Sucht eine große Rolle. Damals, im Therapiezentrum, haben wir viel darüber gesprochen, uns in Zukunft von Menschen fernzuhalten, die eine Schlange aus Problemen hinter sich herziehen. Zumindest in der ersten Zeit ist das wichtig, denn auch wenn wir uns gern einreden, den Mist hinter uns gelassen zu haben, sind wir Süchtigen doch meistens nicht so weit, wie wir denken, und können von zu hohem Druck erschlagen werden. Ich bin dafür das Paradebeispiel. Bis vor ein paar Wochen glaubte ich, die Sucht überwunden zu haben und mit beiden Beinen wieder fest im Leben zu stehen. Ich dachte, ich könnte die Kontrolle behalten, solange ich mich an meine Vorsätze halte, aber das Leben entzieht einem die Kontrolle urplötzlich. Von einem Moment auf den anderen muss man sich damit auseinandersetzen, nicht über alles erhaben zu sein und einem Rückfall gefährlich nah zu kommen. Ich taste nach dem immer präsenten Chip in meiner Hosentasche. *300* ist in die Mitte graviert worden, und ich bin extrem stolz darauf, es so weit geschafft zu haben.

Das Handy auf dem Küchentisch vibriert und bringt das Geschirr daneben zum Wackeln. Ein Blick aufs Display genügt, um mich aus der mühsam zurückeroberten Fassung zu bringen. *Lisa.* Ich sollte ihren Anruf ignorieren und mich an Willis Rat halten. Aber nach gestern Nacht würde sie nicht grundlos anrufen, also muss etwas passiert sein. Wenn tatsächlich etwas

Schlimmes vorgefallen ist und ich hinterher erfahren würde, dass sie dringend meine Hilfe gebraucht hätte, würde ich mir das niemals verzeihen, also greife ich trotz meiner Zweifel nach dem Handy. »Ist alles in Ordnung?«

»Stimmt es, was Natalie erzählt?«, will sie wissen.

Irritiert setze ich mich auf den wackeligen Küchenstuhl. »Keine Ahnung«, erwidere ich. »Ich weiß nicht, was sie erzählt hat. Worum geht's denn?«

»Sie war vor ein paar Minuten hier und … sie hat dich heute Morgen gehört. Angeblich hast du dich mit einem Mann unterhalten und gesagt … hast du dich wirklich in mich verliebt, Ben?«

Mein Herz setzt aus, nur um dann umso schneller weiterzuschlagen. Meine Gedanken überschlagen sich und versuchen, sich genau an das Gespräch zu erinnern. Was habe ich erzählt? Was kann Natalie gehört haben? Sie ist heute früh so schnell verschwunden, dass es mich gewundert hat. Allerdings dachte ich, sie hätte sich mal wieder mit Jan gezofft. Daran, dass sie meinetwegen die Flucht ergreift, hätte ich niemals gedacht. Sie weiß es. Willi hat die AAs erwähnt, da bin ich mir sicher. Der Schock versetzt mir einen heftigen Stoß und alles um mich herum wird plötzlich so dunkel wie die tiefste Nacht. Niemand außerhalb meiner Familie, den AAs und Jan sollte jemals davon erfahren. Nun ist es passiert und genau so gekommen, wie ich es befürchtet habe. Natalie ist gegangen, weil die Wahrheit über mich sie abgeschreckt hat. Weil sie eingesehen hat, wie kaputt und verkorkst ich in Wahrheit bin.

»Ben?« Lisas zaghafte Stimme reißt mich zwar nicht komplett aus dem Schock, doch sie schafft es, dass ich zumindest meine Sprache wiederfinde und die Dunkelheit sich ein wenig lichtet.

»Es stimmt.«

Sie zieht scharf die Luft ein und stößt sie bebend wieder aus. »Wieso hast du mir nichts gesagt? Wieso musste ich das von meiner Schwägerin erfahren?«

»Weil es nichts geändert hätte«, gestehe ich ehrlich. »Wenn du es gewusst hättest, wäre es nur noch schwerer geworden. Außerdem kennen wir uns noch nicht lange. Dass ich mich nach so kurzer Zeit schon verliebe, ist … es klingt unwirklich, oder siehst du das anders?«

Lisa erwidert nichts, aber ich höre, dass sie mühsam atmet. Die Sache macht ihr zu schaffen, und das tut mir unendlich leid. Sie sollte es nicht auf diese Weise erfahren – oder es überhaupt erfahren. Und erneut wegen mir leiden, sollte sie auch nicht müssen. Aber nun kreist die Wahrheit über uns, und ich muss mich ihr stellen.

»Hat Natalie noch etwas gesagt?«

»Ja«, sagt Lisa traurig. »Sie hat gehört, wie du über unseren Kuss gesprochen hast. Jetzt denkt sie, du hättest mich geküsst und dass es nur einmal vorgekommen ist. Deshalb ist sie wütend auf dich, aber das ist nicht fair und ich habe ihr gesagt, dass ich es erwidert habe, aber trotzdem denkt sie, dass du –«

»Lass es dabei.«

»Was?«

»Ich möchte, dass du Natalie und auch sonst niemandem eine andere Version erzählst. Ich bin der, der dich geküsst und überrumpelt hat. Du konntest nichts dafür.«

»Wieso soll ich lügen? Wieso willst du die Schuld auf dich laden, Ben? Ich bin genauso schuldig.«

»Weil ich mich immer beschützend vor dich stellen würde«, erwidere ich aufrichtig. »Wenn es dir hilft, lade ich gern die Schuld allein auf mich. Es ist einfacher, wenn Natalie und Fabian mich hassen als dich. Ich verliere dadurch vielleicht eine Freundin, aber du würdest deine Familie verlieren, und das kann ich nicht zulassen.«

»Ben, das … ich weiß nicht, was ich sagen soll.« Lisa schnieft und ihre Stimme klingt dermaßen tränenerstickt, dass es mir das Herz zerreißt. Am liebsten würde ich sie jetzt in den Arm nehmen. Würde sie tröstend an mich ziehen, ihr sanft übers Haar streichen und sie beschützen. Dass ich das nie wieder tun darf, frisst mich innerlich auf.

»Sag nichts. Nimm es hin und mach es so. Bitte.«

»Okay«, wispert sie gebrochen. »Aber wenn ich dir so viel bedeute, dass du für mich in den Kugelhagel springst, verstehe ich noch weniger, wieso du mir nicht gestanden hast, dass du Gefühle für mich hast.«

»Weil ich es mir selbst nicht eingestehen wollte«, beichte ich mit freudlosem Lächeln. »Und selbst wenn ich es getan und dir gesagt hätte, hätte es nichts an deiner Denkweise geändert, oder? Für dich würde trotzdem an oberster Stelle stehen, deine Familie irgendwie zu retten – und das verstehe ich. Ich will kein Stolperstein auf diesem Weg sein.«

Sie antwortet nicht, und das ist alles, was ich wissen muss. Mir eine Zukunft ohne Lisa vorzustellen, bringt mein Herz zum Bluten. Traurigerweise gibt es für uns jedoch keinen Weg, um zusammen zu sein. Lisa ist der selbstloseste Mensch, den ich kenne, und sie würde alles tun, um ihre Familie zu retten. Und selbst wenn nicht, wäre es trotzdem noch hoffnungslos. Sogar wenn sie ihre Ehe aufgeben und sich wie durch ein Wunder für mich entscheiden würde, bekämen wir kein Happy End. Ich würde es nicht schaffen, mit ihr zusammen zu sein, Mika ständig zu sehen und mitzuerleben, wie sehr sie in ihrem Mutterglück aufgeht. Das würde mich zerstören, und irgendwann würde ich Lisa alles über meine Vergangenheit erzählen müssen. Nicht nur über meine Sucht, sondern vor allem alles über Hannah. Wenn sie all das wüsste, würde sie mich nur noch mit Samthandschuhen anfassen. Ihr Mitleid wäre riesig und genau das will ich nicht. Als Opfer angesehen zu werden ist schlimmer, als den Bösen in dieser Geschichte zu spielen und den Schmerz über ihren Verlust ertragen zu müssen.

»Wir sprechen heute endgültig das letzte Mal miteinander«, verkünde ich und verschlucke mich beinahe an den Worten. »Wenn wir aufgelegt haben, wird es keinen Kontakt mehr zwischen uns geben. Da die Freundschaft mit Natalie nach dem, was passiert ist, mit Sicherheit vorbei ist, laufen wir auch nicht Gefahr, zufällig aufeinanderzutreffen.«

»Ist es wirklich das, was du willst?«, wispert Lisa.

Ich schüttle den Kopf und balle die Faust auf dem Tisch zusammen. Ich will vor Frust und Schmerz schreien, aber ich zwinge mich ruhig und gefasst zu klingen, denn alles andere würde es nur noch qualvoller machen. »Ja.«

»Okay, dann …« Lisa bricht ab und holt zitternd Luft. »Ich entfolge dir auf Facebook«, setzt sie unvermittelt fort. »Aber bitte, blockier du meine Nummer. Wenn ich wüsste, dass es eine Hintertür gibt und ich mich bei dir melden könnte … ich weiß nicht, ob ich es vielleicht irgendwann tun würde, wenn ich einen Freund brauche.«

»Okay«, sage ich leise und grabe meine Nägel in die Handfläche, um den Schmerz von meinem Herzen woanders hinzulenken – allerdings funktioniert das nicht. Im Augenblick fällt mir nichts ein, was diesen zerstörerischen Schmerz enden lassen könnte. Nichts, außer ihn zu betäuben.

»Du wirst mir fehlen, Ben.«

»Ich hoffe, du wirst ein glückliches und erfülltes Leben führen, Lisa Steffens. Du hast es verdient«, wiederhole ich ihre Worte der vergangenen Nacht, dann ist die Leitung plötzlich tot. Wie in Trance nehme ich das Handy vom Ohr und starre es an. Starre das verdammte Teil an, durch das wir damals den Kontakt aufbauten, ihn über die Zeit aufrechterhielten und der bis zur letzten Minute ein entscheidender Faktor war – dann entfährt mir ein Schrei und ich schmettere das Handy gegen die

Küchenwand. Es kracht zu Boden und auf einmal wirkt es so harmlos, dass es beinahe lächerlich ist.

»Kann ich reinkommen?«

Erschrocken sehe ich zum Durchgang. Jans Gesicht strahlt eine Ernsthaftigkeit aus, die ich bei ihm bisher nur sehr selten gesehen habe. Zum ersten Mal vor drei Jahren, an dem Tag, der mein bisheriges Leben auseinanderriss. Dann wieder vor knapp eineinhalb Jahren, als er begriff, was wirklich mit mir los war, und zuletzt, nachdem er von dem Kuss erfuhr.

»Du weißt, dass ich nicht der größte Fan von dieser Lisa-Story bin«, beginnt er und kommt herein. Jan hält eine Bierflasche in den Händen und pult nervös am Etikett herum. Als wir frisch zusammengezogen sind, hat er sich nicht getraut, in meiner Gegenwart Alkohol zu trinken. Obwohl ich ihm mehrfach gesagt habe, dass es mir nichts ausmacht und er sich in seinem Zuhause frei fühlen soll, trinkt er außerhalb seines Zimmers so gut wie nie. Dass Jan es heute tut, zeigt leider mehr als deutlich, wie stark ihn die Situation belastet.

»Das liegt aber nicht daran, dass ich Lisa nicht mögen würde, im Gegenteil. Ich finde, sie ist eine tolle Frau«, fährt er ernst fort. »Aber sie ist verheiratet, Ben. Das macht das alles extrem kompliziert.«

»Das weiß ich«, gestehe ich ihm tonlos. »Deshalb haben wir gerade zum letzten Mal miteinander geredet. Ich habe Lisa klargemacht, dass wir keinen Kontakt mehr haben können.«

»Du verstehst mich falsch«, wirft Jan ein und stellt seine halb volle Flasche auf die Arbeitsplatte. »Ich mag Lisa, und ich mag, wie du dich dank ihr verändert hast. Du kommst neuerdings damit klar, auch mal allein zu sein. Außerdem habe ich durch die letzte Zeit die Hoffnung bekommen, dass du anfängst, Hannah nicht mehr zu verdrängen, sondern dich damit auseinanderzusetzen, was passiert ist. Ich stehe dir zur Seite, falls du dich entschließt, um Lisa zu kämpfen. Aber auf eine faire

Weise«, erklärt er und sieht mich vielsagend an. »Ohne sie dazu zu bringen, ihren Mann zu betrügen und zu dem Arsch zu werden, der etwas mit einer verheirateten Frau hat. Ich bin sicher, wenn du dranbleibst, verlässt sie ihn und entscheidet sich für dich.«

»Das steht nicht zur Debatte«, entscheide ich und stehe auf. »Ob sie bei Fabian bleibt oder nicht, ist egal. Für sie und mich gibt es keine Zukunft.«

Jan starrt mich an, als hätte ich den Verstand verloren. Einen Moment lang steht er nur da, dann schnaubt er. »Du bist ein von Angst dominierter Idiot, der sein Glück selbst dann nicht annehmen würde, wenn es ihm ins Gesicht springt. Ich bin es leid dabei zuzusehen, wie du dich schon wieder in die Scheiße reitest und dein Leben versaust.« Ohne ein weiteres Wort dreht Jan sich um, verlässt die Wohnung und knallt die Tür wütend hinter sich zu. Damit habe ich endgültig alle vertrieben oder von mir gestoßen, die mir etwas bedeuten. Verzweifelt schlage ich auf den Küchentisch und fege das Geschirr zu Boden. Einige Scherben springen unkontrolliert durch den Raum. Ich sehe ihnen nach – dabei fällt mein Blick auf das halb volle Bier.

Kapitel 28

Neuanfang und Ende

Lisa

»Danke, Papa.«

»Ich mache das gern.« Er sieht durch die offene Haustür zu Mika, der vor dem Gartenzaun ungeduldig auf und ab hüpft. »Zeit mit meinem Enkel zu verbringen, ist genau das, was mich in der Rente jung halten wird. Außerdem weiß ich, wie wichtig es ist, dass Fabian und du euch endlich in Ruhe aussprecht.«

Ich nicke und zwinge mich zu einem Lächeln. Papa soll nicht merken, wie nervös und verängstigt ich bin. Innerlich bin ich ein Wrack. Seit Tagen habe ich nicht mehr richtig geschlafen, in meinem Kopf kreischen die Gedanken so laut, dass sie sich gegenseitig überlagern, und mir ist vor Anspannung speiübel.

»Wir gehen dann los«, verkündet Papa und steigt die wenigen Stufen vor dem Haus hinunter. »Ich lade den kleinen Mann erst zum Eisessen ein und anschließend geht es auf den Spielplatz. Zumindest, wenn es nicht bald anfängt zu regnen«, ergänzt er und sieht in den wolkenverhangenen Himmel hinauf.

»Ich schätze, wir sind in drei Stunden zurück. Falls ihr mehr Zeit braucht, ruf mich bitte an, dann überlege ich mir etwas.«

»Ich hoffe, dass die Zeit reichen wird.«

Papa nimmt Mika an der Hand und verlässt mit ihm das Grundstück. Ich sehe ihnen nach, während sie auf einen uneinsehbaren Fußweg neben unserem Haus einbiegen, und will die Haustür schließen, da tritt Fabian aus genau diesem Weg hinaus. Sofort zieht sich mein Magen besorgt zusammen. Je näher Fabian kommt, desto deutlicher erkenne ich seine dunklen Augenringe. Anscheinend hat er ebenso wenig geschlafen wie ich.

Mit der kleinen schwarzen Sporttasche in der Hand durchquert er den Vorgarten und bleibt unten vor der Treppe stehen. »Ich hab deinen Vater und Mika gesehen.«

»Ja«, erwidere ich und reibe mir nervös über den Arm. »Ich dachte, es wäre besser, wenn Mika nicht da ist. Damit wir ungestört reden können.«

Fabian nickt und kommt wortlos die Stufen hinauf. Ich trete zurück und gehe hoch zu unserer Wohnung. Er folgt dicht hinter mir und ohne es bewusst zu bemerken, beschleunige ich meine Schritte und schaffe Abstand zwischen uns. Es ist nicht so, als hätte ich Angst vor ihm, aber zu viel Nähe möchte ich nicht zulassen, bis das schwierige Gespräch hinter uns liegt. Ich gehe ins Wohnzimmer und setze mich aufs Sofa. Auf dem Tisch steht eine Kanne mit frischem Kaffee bereit, neben der zwei Becher und eine Packung Milch stehen. Ich habe heute früh die Wohnung geputzt und penibel alles für unsere Aussprache vorbereitet. In meinem Kopf herrscht ein dermaßen großes Chaos, dass ich zumindest Ordnung in meine Wohnung bringen wollte, wenn ich es schon nicht schaffe, mein Leben zu ordnen.

Nachdem Fabian seine Tasche ins Schlafzimmer gebracht hat, setzt er sich ans andere Ende vom Sofa und sieht geduldig zu mir. Er wartet darauf, dass ich etwas sage, aber die Worte bleiben mir im Hals stecken, denn es sind zu viele, die zeitgleich herauskommen wollen. Das scheint er zu bemerken, denn er öffnet den Mund und nimmt mir den Anfang des Gesprächs zum Glück ab.

»Konntest du schlafen?«

»Nicht wirklich«, gestehe ich. »Und du?«

»Auch nicht. Mir ist zu viel durch den Kopf gegangen. Ich habe ein richtig schlechtes Gewissen.« Fabian bricht ab und senkt reumütig den Blick. »Dass ich dich verletzt habe, ist nicht zu entschuldigen. Aber ich möchte dir zumindest erklären, was mit mir in letzter Zeit los ist und wieso ich so angespannt und aggressiv bin.«

»Okay. Dann erklär es mir.«

»Auf der Arbeit herrscht absoluter Stress«, beginnt Fabian zu erzählen und hebt langsam den Kopf. »Zwei Kollegen haben gekündigt, eine Sekretärin ist im Mutterschutz und die Arbeit nimmt seit Monaten kein Ende. Ich mache keine Mittagspausen mehr, kümmere mich um mehrere Projekte, bei denen es um sehr viel Geld geht, gleichzeitig und am Ende des Tages bin ich ausgebrannt. Unsere Firma hat einige neue Kunden akquiriert, die ein großes Vermögen besitzen, das wir verwalten und für sie gewinnbringend anlegen sollen. Wenn ich heimkomme, will ich einfach nur entspannen und endlich Ruhe haben. Aber dann kommst du und willst, dass ich dir helfe, oder Mika möchte spielen, und ich kann wieder nicht abschalten. Deshalb gehe ich so oft ins Vereinsheim. Da verlangt niemand etwas von mir. Ich kann da in Ruhe sitzen und muss über nichts Wichtiges nachdenken oder etwas tun.«

»Du bist also überarbeitet?«, fasse ich zusammen und er nickt. »Das verstehe ich. Wirklich. Es klingt, als stündest du kurz vor einem Burnout, und damit ist nicht zu spaßen«, gebe ich zu. »Aber du verstehst mich nicht. Mir geht es nicht darum, dass ich mehr im Haushalt mache als du.«

»Worum dann?«, will er wissen und runzelt die Stirn.

»Es geht darum, dass ich *alles* mache. Allein. Und bis eben habe ich nicht verstanden, wieso du mich hängen lässt.«

»Ich verspreche dir, dass es bald besser wird«, sagt er. »Wir haben neue Leute eingestellt, die kommenden Monat in der Firma anfangen. Sobald sie eingearbeitet sind, habe ich nicht mehr so viel Stress und bin nachmittags wieder entspannter. Ich bin mir sicher, dass sich dann alles wieder einpendeln wird.«

»Wieso hast du mir das nicht früher erzählt?«, will ich wissen. »Hättest du mir das gesagt, hätte ich dich besser verstanden und die meisten unserer Probleme wären vielleicht nie so eskaliert.«

»Das ist mir jetzt auch klar geworden«, murmelt er verlegen. »Das alles hat mich überfordert, außerdem komme ich mir vor, als würde ich nichts auf die Reihe bekommen. Und wenn ich mich so fühle, bekomme ich schlechte Laune. Dass ich aggressiv werde und dir wehtue … ich bin durchgedreht, weil ich Angst hatte, dich zu verlieren, Lisa. Als ich dich am Stadtfest mit diesem Schönling gesehen habe, konnte ich nicht mehr klar denken. Ihr saht so vertraut miteinander aus, wie ich es mir für uns wünsche. Dass meine Eifersucht komplett bescheuert war, weiß ich jetzt, und es tut mir leid, so überreagiert zu haben.«

»War sie nicht«, flüstere ich.

»Wie bitte?«

»Sie war nicht unbegründet, Fabian«, gestehe ich und sehe vorsichtig zu ihm zurück. Eine stumme Bitte funkelt mir aus seinen Augen entgegen, die meinem Herzen einen schmerzhaften Stich versetzt. Eine Bitte, die mich darum anfleht, seine Eifersucht als unbegründet abzutun.

»Wie meinst du das?«

»Ich muss dir etwas erzählen«, setze ich leise an. »Aber du musst mich erst aussprechen lassen, bevor du etwas dazu sagst. Okay?«

Fabian legt den Kopf schief und presst die Lippen zusammen. Er ahnt, dass ihm das, was ich zu sagen habe, nicht gefallen wird, und ich habe Angst davor, dass er wieder ausflippen könnte. Aber so hart die Geschichte auch ist, er muss sie erfahren. Und sollte er tatsächlich wieder übergriffig werden, war es das letzte Mal, dass wir uns unterhalten haben, das steht für mich fest.

»Ben und ich sind Freunde geworden«, beginne ich. »Wir haben uns gut verstanden und … Er hört mir zu, Fabi. Richtig zu. Seit Monaten habe ich das Gefühl, dass du meine Worte nicht ernst nimmst. Dass da jemand ist, der genau das tut, hat mir viel zu gut gefallen. Ich habe mich besser gefühlt. Ernst genommen. Aber ich habe gemerkt, dass sich zwischen uns mehr als bloß Freundschaft entwickelt hat«, gestehe ich und zwinge mich, die Augen auf Fabian gerichtet zu lassen, auch wenn der Kummer in seinem Blick mich zerfrisst. »Ben und ich sind uns nähergekommen. Ich habe gewusst, dass das falsch ist, aber ich konnte mich nicht von ihm fernhalten. Ich wollte das warme Gefühl nicht verlieren, das ich in seiner Nähe spüre.«

»Was meinst du mit nähergekommen?«, fragt Fabian durch zusammengebissene Zähne. Er hat die Hände zu Fäusten geballt und seine Haltung wirkt steif, als würde er sich nur mühsam zurückhalten können. Dass in ihm Wut und Schmerz miteinander ringen, ist dermaßen offensichtlich für mich zu erkennen, als wären es meine eigenen Gefühle.

»Ben hat mich geküsst.« Ich sage es so schnell, dass ich die Worte kaum wahrnehme und die Tatsache, ihm nur die halbe Wahrheit zu gestehen, einigermaßen verdrängen kann. Aber Fabian nimmt die Worte wahr, das zeigt sein fassungsloses Gesicht mehr als deutlich. Ich zögere weiterzusprechen. Weil ich Fabian unter der restlichen Geschichte nicht noch schlimmer leiden lassen will. Allerdings habe ich dank Natalie keine andere Wahl, also hole ich tief Luft und öffne den Mund: »Außerdem hat Ben … er hat sich in mich verliebt.«

Unvermittelt schlägt Fabian auf den Tisch. Die Becher wackeln und ich zucke verängstigt zusammen. »Ich wusste, dass man diesem Typen nicht trauen kann!«, schreit er. »Fuck! Was bildet er sich ein, meine Frau zu küssen? Und dann verliebt er sich angeblich in dich«, sagt er und schnaubt herablassend. »Der will dich doch nur ins Bett kriegen!«

»Das stimmt nicht«, widerspreche ich ebenso laut. Keine Ahnung, wo ich die Stärke dazu plötzlich herhabe, aber ich recke entschieden das Kinn, ehe ich weiterspreche. »Ben ist nicht diese Art von Mensch. Er hat aufrichtige Gefühle für mich entwickelt. Es geht ihm nicht um Sex oder darum, sich etwas zu beweisen, indem er eine verheiratete Frau rumkriegt. Es geht ihm dabei um mich. Und es ist toll, dass es endlich mal jemandem nur um mich geht. Dass ich für jemanden wichtig bin und ich mich wertgeschätzt fühle.«

Abrupt wird es leise. So leise, dass nur mein hektischer Atem zu hören ist. Ich starre Fabian an und warte darauf, dass er erneut brüllt, aufspringt oder irgendwo dagegenschlägt. Doch damit, was er als Nächstes tut, habe ich nicht gerechnet. Fabian sackt kraftlos in sich zusammen. Seine Schultern sinken herab, sein Kinn fällt gegen seine Brust und er schlägt die Hände vors Gesicht. Ich kann sehen, dass seine Finger zittern.

»Hast du dich in ihn verliebt?«, wispert er gebrochen.

»Ich weiß es nicht«, erwidere ich ehrlich. »Er bedeutet mir viel, und ich habe mich definitiv in ihn verknallt.«

Eine Träne rinnt durch seine Hände. Sie tropft auf seine Hose hinab und durchtränkt den hellen Stoff. Mitanzusehen, wie sehr Fabian leidet, bringt mein Herz zum Bluten. Aber zeitgleich tut es unwahrscheinlich gut, denn es beweist mir nach all den Monaten endlich, dass ich ihm noch immer wichtig bin.

»Liebst du mich noch?«, möchte er wissen und nimmt die Hände vom Gesicht. Fabians Augen glänzen vor Tränen und seine Wangen wirken aschfahl.

»Ja«, gebe ich zu. »Das tue ich.«

Er atmet bebend aus und nickt, dann rutscht er dichter zu mir und streckt die Hand nach meiner aus. Ich zucke zurück und sofort breitet sich ein schmerzliches Lächeln auf seinem Gesicht aus. »Dass du vor mir zurückschreckst, ist meine Schuld«, gibt er zu. »Und dass es so weit kommen konnte, dass du zu einem anderen Mann gehen musstest, um das zu fühlen, was du von mir nicht bekommst, ist auch meine Schuld. Aber Lisa … bitte, gib mich nicht auf. Gib uns nicht auf.«

»Wie soll das funktionieren?«, will ich wissen und nun überwältigt auch mich die Verzweiflung. Tränen brennen in meinen Augen, mein Magen rumort und jede Zelle meines Körpers schmerzt. »Wie sollen wir einander jemals wieder vertrauen können? Zwischen uns ist so viel Scheiße passiert.«

»Gib mir ein Jahr«, bittet Fabian und greift erneut nach meiner Hand. Dieses Mal lasse ich zu, dass er sie zwischen seine zieht und sanft über meinen Handrücken streicht. »Ich werde dir beweisen, dass ich wieder der Mann sein kann, in den du dich damals verliebt hast. Der Mann, mit dem du dir ein Leben aufgebaut und eine Familie gegründet hast. Bitte. Gib mir die Chance, es hinzukriegen. Nicht nur für mich, sondern vor allem für Mika. Wir sind es ihm schuldig, unsere Ehe nicht einfach wegzuwerfen.«

Mika. Als ich schwanger wurde, habe ich mir geschworen, alles zu tun, um meinem Kind den Schmerz zu ersparen, den ich in meiner Kindheit erleiden musste. Ich wollte ihm eine heile Welt schenken, mit einer glücklichen Familie. Jetzt ist er sechs Jahre alt und seine Welt droht auseinanderzubrechen, ohne dass er es ahnt. Ich will, dass Mika glücklich ist, aber Inas Worte gehen mir nicht aus dem Kopf. Sie sagte, dass es vielleicht besser für ihn wäre, getrennte, aber dafür glückliche Eltern zu haben, als unglückliche, die sich ständig streiten.

Unsicher sehe ich Fabian an. Nie zuvor habe ich ihn dermaßen verzweifelt erlebt. Er sitzt mit einer offenen Verletzlichkeit vor mir, die ich ihm hoch anrechne, denn ich weiß, wie schwer ihm das fällt. Er überwindet sich, mir seine wahren Gefühle zu zeigen, und bittet um eine Chance. Und bin ich ihm diese Chance nach all den Jahren und vor allem nach dem, was ich getan habe, nicht schuldig? Eine leise Stimme in meinem Kopf bleibt skeptisch und fragt, ob das die richtige Entscheidung wäre. Was, wenn Fabian sich nicht verändert? Wenn er seinen Worten keine Taten folgen lässt und wir in einem Jahr wieder an genau diesem Punkt ankommen? Es jagt mir eine höllische Angst ein, mich darauf einzulassen. Die Sorge, erneut von meinem Ehemann verletzt zu werden – körperlich wie emotional –, ist riesig. Und doch nicke ich, denn ich glaube fest daran, dass jeder Mensch eine zweite Chance verdient hat. Ob diese Entscheidung richtig oder falsch ist, kann mir nur die Zeit beantworten.

Fabian blinzelt mehrmals und drückt meine Hand. »Ist das ein Ja?«, fragt er überrascht. »Gibst du uns eine Chance?«

Ich nicke erneut. »Bitte, Fabian«, flüstere ich rau. »Versau es nicht und lass es mich nicht bereuen.«

Ohne Vorwarnung legt er seine Hände an mein Gesicht und beugt sich vor. Er küsst mich zärtlich auf die Lippen, die Wangen, die Stirn und die Nase. Dabei flüstert er immer wieder: »Danke«, und wie sehr er mich liebt. Und so schön dieser Augenblick auch ist, lässt mich die skeptische Stimme nicht los. Die Stimme, die wispert, einen schrecklichen Fehler zu begehen. Aber Zweifel zerstören mehr Träume und Hoffnungen, als Fehler es jemals könnten, also ignoriere ich die Stimme und nehme meinen Mann in den Arm.

Kapitel 29

Absturz

Ben

Etwas bohrt sich schmerzhaft in meine Wange. Ich blinzle gegen die viel zu grelle Sonne an, die mir Tränen in die Augen treibt. Mein Hals ist rau, als hätte ich die ganze Nacht geschrien, und mein Mund ist staubtrocken. Ächzend setze ich mich auf und reibe mir übers Gesicht. Kieselsteine fallen von meiner Wange herab und landen in meinem Schoß. Damit ist klar, was mich gekratzt hat. Ich wische mir die Tränen aus den Augenwinkeln und sehe mich desorientiert um. Vor mir erstreckt sich eine hohe und lang gezogene Backsteinwand, die vermutlich zu einem großen Gebäude gehört. Mein Rücken lehnt an einem Metallzaun, hinter dem ein beinahe leerer Parkplatz liegt, und der typisch beißende Gestank von Urin steigt mir in die Nase. Keine Ahnung, wo genau ich bin, aber es ist eine übel riechende Gasse irgendwo in der Innenstadt, so viel steht fest. Ich versuche aufzustehen, sacke aber sofort wieder kraftlos zu Boden. Alles dreht sich, meine Zunge fühlt sich schwer an und meine

Schläfen pochen, als würden sie jeden Moment zerspringen. Mich so zu fühlen, ist mir viel zu vertraut – und ich hätte niemals gedacht, jemals wieder in diesem Zustand aufzuwachen.

Ich atme mehrmals tief durch, dabei steigt mir ein bekannter Geruch in die Nase. Sofort ziehe ich den Kragen meines T-Shirts hoch und rieche daran. Es stinkt nach Bier, Rauch und weiß Gott was noch allem. Durch den Gestank kommen nach und nach die Erinnerungen an die vergangene Nacht zurück und zeichnen ein abstoßendes Bild. Ich hab's versaut. Habe mein Leben erneut zerstört und riesigen Mist gebaut. Genauso wie Jan es gesagt hat.

Wieder versuche ich aufzustehen, und dieses Mal halte ich mich dabei am Zaun fest. Vermutlich sollte ich jetzt verzweifelt sein, die vergangene Nacht bereuen und vor Scham zusammenbrechen – aber ich tue es nicht, denn der Hass auf das Schicksal ist größer, als das Selbstmitleid es jemals sein könnte. Ich habe hart gekämpft, um endlich alles auf die Reihe zu bekommen. Habe das blöde 12-Schritte-Programm durchlaufen, wenn auch nur oberflächlich, und bin artig zu den Meetings gegangen. Die Hoffnung darauf, irgendwann ein traumafreies Leben führen zu können, hat mich täglich aufstehen und den endlosen Kampf von vorn beginnen lassen. Aber das Schicksal hat mir mit Anlauf in den Arsch getreten und mich so vom geraden Weg gestoßen. Ich habe die Kontrolle verloren und den Schmerz gewinnen lassen, denn ich bin schwach und kaputt. Zu schwach, um durchzuhalten und mich dem riesigen Berg aus Mist zu stellen, der sich vor mir auftürmt. Den einfachen Weg zu wählen und meinen Kummer zu ertränken, war wie eine Erlösung. Meine Gedanken haben Ruhe gegeben und ich konnte durchatmen. Wieso sollte ich das aufgeben? Um andere glücklich zu machen? Scheiß auf die anderen, sie scheißen immerhin auch auf mich. Wäre es anders, wäre Natalie nicht wortlos gegangen, Jan wäre in der WG geblieben und Lisa … Lisa hätte darum gekämpft, meine Meinung zu ändern und den Kontakt nicht zu beenden. Wofür soll ich also stark bleiben?

Ich taste nach dem Chip in meiner Hosentasche. 300 Tage war ich trocken, das ist beinahe ein Jahr. So lange habe ich mir die Mühe gemacht, das Leben zu führen, das alle von mir erwarten, nur um am Ende allein in einer versifften Gasse aufzuwachen. Der Kampf war vollkommen umsonst.

Ich hangle mich am Zaun entlang aus der Gasse. Das gleißende Sonnenlicht beweist, dass es bereits mitten am Tag ist. Ich lasse den Chip los und ziehe mein Handy heraus. Kein verpasster Anruf, keine ungelesene Nachricht. Niemand hat mich vermisst oder sich Sorgen um mich gemacht. Ein beklommenes Ziehen überfällt meine Brust und sofort wird mir übel. Sosehr ich mir versuche einzureden, dass all das nicht meine Schuld, sondern die des Schicksals ist, frage ich mich dennoch, wie ich es zulassen konnte, mein Leben erneut gegen die Wand zu fahren.

Drei Jahre später

Kapitel 30

Alte Laster, neues Glück

Lisa

Das Prasseln ist beruhigend. Ich schließe die Augen und verliere mich im Klang des Regens auf der Fensterscheibe. Bald beginnt endlich die Jahreszeit, in der man sich gemütlich auf dem Sofa einkuschelt, eine heiße Schokolade trinkt und Filme schaut. Der Herbst war schon immer meine liebste Zeit. Die Bäume strahlen in den unterschiedlichsten Tönen und das Laub raschelt unter den Füßen, alles wird friedlicher und die Hektik in der Welt kommt einem geringer vor. Außerdem kann man wieder Hoodies tragen, und es gibt kaum ein bequemeres Kleidungsstück. Schweren Herzens drehe mich vom Fenster weg und greife nach dem Schwamm neben dem Spülbecken. Der kaputte Geschirrspüler ist das Einzige, das meine Freude über den nahenden Herbst trübt. Vor allem, da ich den Berg aus dreckigem Geschirr vor mir sehe. Seufzend beginne ich abzuwaschen, als die Haustür zuknallt.

»Hey, Mama!«

»Hallo, kleiner Schlumpf!«, rufe ich zurück und kann Mikas Augenrollen förmlich spüren.

»Du sollst mich nicht so nennen«, meckert er prompt und betritt hinter mir die Küche. »Ich bin zu groß dafür.«

Wehmütig lächelnd drehe ich mich zu meinem Sohn um. Mika ist zwar schon neun Jahre alt, aber für mich wird er immer mein kleines Baby bleiben. Er geht allein zur Schule und kommt nach dem Hort allein heim. Auch nachmittags geht er inzwischen allein raus, um sich mit seinen Freunden zu treffen. Dieser Wandel passierte zwar nicht über Nacht, aber mir kommt es trotzdem viel zu plötzlich vor, dass er alles selbst erledigen will.

»Sorry«, erwidere ich und hebe abwehrend die nassen Hände. »Wenn ich mit dem Abwasch fertig bin, fahre ich weg. Dein Papa und ich haben einen Termin in Hamburg. Anschließend will ich einkaufen gehen. Soll ich vorher hier vorbeifahren und dich einsammeln?«

»Ich wollte mich gleich mit David treffen«, erwidert er und setzt ein unschuldiges Lächeln auf. »Darf ich bitte?«

»Hausaufgaben?«

»Habe ich im Hort alle gemacht.«

»Na schön, von mir aus kannst du gehen«, entscheide ich und wende mich erneut dem lästigen Abwasch zu. »Nimm aber die Regenjacke mit und komm spätestens um sechs Uhr nach Hause, damit wir zusammen essen können.«

»Danke, Mami!«, ruft er begeistert. »Bringst du mir bitte was Süßes mit?«

»Klar«, erwidere ich schmunzelnd, und schon rauscht er aus der Küche. Kopfschüttelnd trockne ich mir die Hände ab und greife nach meinem Handy auf dem Küchentisch. Ich öffne die Musik-App und sofort verbindet sich mein Handy mit dem Lautsprecher auf dem obersten Regalbrett. Nachdem ich meine Lieblingsplaylist geöffnet habe, wasche ich weiter ab. Dabei summe ich gedankenverloren die Lieder mit und versinke in deren Texten. Es ist eine bunte Mischung aus Klassikern der Neunziger und Liedern der letzten Jahre. Die meisten der neueren Lieder stammen von *Wasserkopf*. Vor ungefähr zwei Jahren haben sie es geschafft, in die Top 100 der Charts aufzusteigen. Ich gönne den Jungs ihren hart erkämpften Erfolg, aber seitdem hat sich ihre Musik leider verändert. Ihre Texte haben traurigerweise an Tiefe verloren und sind eher für die breite Masse geschrieben worden. Das ist der Grund, aus dem viele ihrer ersten Songs aus der Box dröhnen und weniger ihrer neuen. Besonders ein Lied läuft bei mir ständig: *Ein Lächeln am Tag*. Damit verbinde ich viele Erlebnisse, die ebenso gut wie schlecht waren. Jedes Einzelne von ihnen hat mich und mein Leben geprägt. Und auch wenn einige dieser Erinnerungen schmerzhaft sind, will ich keine Einzige davon missen, denn sie alle sind kostbar.

Ich lasse das Wasser aus dem Spülbecken heraus und wische meine Hände am Handtuch ab, ehe ich die Musik ausstelle und die Küche verlasse. »Ich fahre jetzt los!«, rufe ich die Treppen hinauf.

»Alles klar. Bis nachher. Hab dich lieb.«

»Ich dich auch«, erwidere ich und schlüpfe in meine Sneaker. »Falls etwas sein sollte: Opa ist zu Hause und ich habe das Handy an. Viel Spaß bei David.«

Mika antwortet nicht, aber das bin ich inzwischen gewohnt. Entweder fängt die Pubertät bei ihm extrem früh an, oder er schaut sich zu viel von seinem Vater ab. »Danke für die Antwort« murmelnd, hänge ich mir die Tasche um und verlasse die Wohnung.

»Es tut mir wirklich leid.« Wie oft ich mich in den vergangenen Minuten bei Dr. Maier entschuldigt habe, weiß ich nicht, und allmählich ist mir das Ganze unendlich peinlich. Erneut rufe ich Fabian an, aber wieder geht er nicht ans Handy. Unruhig reibe ich mir über die Oberschenkel und schaue durch den rechteckigen Raum, um mich abzulenken. Der Psychologe liebt Pflanzen. Sie zieren die Fensterbank, seinen Schreibtisch, hängen in Flechtkörben an den olivfarbenen Wänden und zwei große Palmen stehen in den Ecken rings um das lang gezogene Fenster. Allgemein ist seine Praxis sehr einladend gestaltet. Helle Farben, hochwertige Möbel, und die Empfangsdame ist immer freundlich und hilfsbereit. Trotzdem bin ich nicht gern hier. Wer wäre das schon? Ich glaube nicht, dass es irgendeinen Menschen auf dieser Welt gibt, der sich darauf freuen würde, seine Probleme mit einem Fremden zu besprechen. Wobei Dr. Maier mittlerweile kein Fremder mehr ist. Fabian und ich gehen seit rund zwei Jahren regelmäßig zu ihm. Am Anfang war es wöchentlich, doch mit der Zeit haben wir es auf alle zwei Wochen gedrosselt. Zum einen, weil es eine Zeit lang wirklich gut zwischen uns lief, und zum anderen, weil uns das Geld für wöchentliche Sitzungen fehlt.

»Da Ihr Mann noch nicht da ist«, setzt er an und schiebt die kleine runde Brille auf seiner Nase zurecht. »Wollen Sie mir vielleicht erzählen, wie Ihre Woche bisher läuft?«

»Durchwachsen«, antworte ich knapp und ernte ein auffordterndes Nicken. »Der Geschirrspüler ist kaputtgegangen und Fabian und ich können uns auf keinen neuen einigen, also stehe ich täglich am Spülbecken.«

»Wieso können Sie sich nicht einigen?«

»Wir achten auf unterschiedliche Dinge«, erkläre ich. »Mir ist Energiesparen wichtig, Fabian der Preis.«

Er notiert sich etwas auf seinem schwarzen Block und wie immer macht mich das nervös. Ich würde gern wissen, was Psychologen sich über ihre Patienten aufschreiben. Was sie als wichtig ansehen und was nicht. Leider habe ich in seine Notizen keine Einsicht.

»Gab es sonst etwas, das Sie wichtig finden und mir erzählen möchten?«

»Es gibt etwas, aber … Ich will Fabian nicht beunruhigen. Kann das also bitte zwischen uns bleiben?«

»Schweigepflicht«, erinnert er mich freundlich. »Auch wenn Sie zur Ehetherapie hier sind, bedeutet das nicht, dass ich mich nicht auch um Ihre individuellen Probleme kümmern kann, Lisa. Vor allem, wenn wir nur zu zweit sind.«

Trotz seiner Worte zögere ich, es auszusprechen. Es fällt mir schwer, zuzugeben, dass ich nach all den Jahren die Vergangenheit noch immer nicht ganz loslassen kann. Dass sie mich hin und wieder heimsucht und die Erinnerungen mich überwältigen. Aber wenn ich mit einem Psychologen nicht darüber sprechen kann, dann kann ich es mit niemandem.

»Ich hatte gestern einen Traum«, beginne ich verschämt. »Ich kam in meine Küche und da stand Ben am Herd und hat für mich gekocht. Er hat mich gefragt, wie mein Tag war, und wir haben zusammen gelacht. Dann hat er die Musik lauter gestellt und mit mir getanzt. Es fühlte sich so real an, dass … als ich aufgewacht bin, war ich traurig, weil es bloß ein Traum gewesen ist.«

»Sie denken, dass der Traum zu bedeuten hat, Sie würden Ben vermissen?«

»Ja«, antworte ich ehrlich. »Was soll er sonst bedeuten?«

»Traumdeutung ist ein schwieriges Thema, Lisa. Es gibt viele Wege, um eine Bedeutung daraus zu ziehen, und unendlich viele Studien dazu. In Ihrem Fall denke ich, dass Sie nicht die Person an sich vermissen, sondern das Gefühl, das er Ihnen vermittelt hat. Sie sagten, er fragte, wie Ihr Tag war, und dass Sie gelacht haben. Wann hat Fabian Sie das zuletzt gefragt?«

»Vor zwei Wochen, in Ihrer Sitzung«, gebe ich zerknirscht zu. »Nachdem Sie sagten, wir sollten uns wieder mehr auf den anderen einlassen.«

Dr. Maier nickt wissend, doch bevor er etwas erwidern kann, öffnet sich die Tür hinter ihm. »Es tut mir leid«, sagt Fabian und kommt mit einem verschämten Lächeln zu mir rüber. »Ich hatte ein Kundengespräch, das nicht enden wollte.«

»Du hättest schreiben können«, werfe ich ihm vor und rutsche zur Seite, damit er sich neben mich aufs Ledersofa setzen kann. »Ich habe versucht, dich anzurufen.«

»Ich war in einem Meeting«, wiederholt er. »Da konnte ich nicht rangehen. Und danach habe ich mich beeilt, um herzukommen. Du hast das Auto, also musste ich zur Straßenbahn hetzen.«

Ich spüre Dr. Maiers analysierenden Blick auf uns und schlagartig fühle ich mich unwohl. Es war damals meine Idee, eine Eheberatung zu machen, und nach wie vor finde ich es wichtig, dass Fabian und ich unsere Probleme professionell aufarbeiten. Wohl fühle ich mich dennoch nicht damit, denn dass wir überhaupt Hilfe brauchen, fühlt sich falsch an. Wir haben hart gekämpft, versucht, das Geschehene hinter uns zu lassen und nach vorn zu blicken, und trotzdem platzen die alten Wunden immer wieder auf und bringen unsere Ehe zum Bluten.

»Da Sie nun da sind«, beginnt Dr. Maier. »Erzählen Sie mir, wie die vergangene Woche lief. Hatten Sie Streit? Gab es Reibungspunkte, die Sie ansprechen möchten?«

»Keinen Streit, aber Reibungspunkte«, antworte ich und prompt wirft Fabian mir einen erstaunten Seitenblick zu, als hätte er keine Ahnung, was ich meine.

»Erzählen Sie mir davon.«

»Am Samstag wollte Fabi um spätestens zehn Uhr vom Fußball zu Hause sein, aber er kam erst nach Mitternacht. Und Bescheid gesagt hat er auch nicht.«

»Haben Sie darüber gesprochen?«, fragt Dr. Maier.

»Ja, das haben wir«, wirft Fabian an mich gewandt ein. »Ich habe dir gesagt, dass ich nicht auf die Zeit geachtet habe, und du meintest, es wäre okay. Wieso sprichst du es hier wieder an?«

»Ich habe nicht gesagt, dass es okay ist, Fabi«, widerspreche ich. »Du hast erklärt, dass du die Zeit vergessen hättest, und ich habe gesagt, dass du wenigstens hättest schreiben können und dass das in letzter Zeit wieder häufiger vorkommt. Du hast geantwortet, dass es keinen Unterschied gemacht hätte, da habe ich zu dir gesagt: *Okay, vergiss es.*«

»Das war passiv-aggressiv von Ihnen, Lisa«, kommentiert der Doc. »Und Fabian, Sie haben die Gefühle Ihrer Frau nicht wahrgenommen, und anscheinend halten Sie sich wieder vermehrt nicht an Absprachen. Liegt das daran, dass Sie die Wichtigkeit solcher Absprachen nicht begreifen, oder gibt es einen anderen Grund dafür?«

»Ich kann Lisa nicht in den Kopf gucken«, verteidigt er sich. »Wenn ihr etwas nicht passt, muss sie mir das offen sagen. Mit angedeuteten Gefühlen kann ich nichts anfangen.«

»Sie konnten Lisas Gefühle also nicht wahrnehmen«, fasst Dr. Maier zusammen. »Lisa, Sie sollten daran arbeiten, offener zu kommunizieren und sich nicht hinter einer passiven, aber durchaus wütenden Mauer zu verstecken. Und Sie, Fabian, sollten mehr auf Ihre Frau eingehen, und vor allem sollten Sie sich an feste Absprachen halten, damit so eine Situation nicht wieder vorkommen kann. Sie nehmen dem Feuer somit den Zunder.«

»Ich werde mir Mühe geben«, verspreche ich und greife nach Fabians Hand. Er drückt leicht zu und lächelt, als würde ihn die Geste erleichtern.

»Wir tun unser Bestes«, sagt Fabian. »Aber es ist nicht immer einfach, und manchmal fallen wir in alte Muster zurück. Vor allem, wenn es eine stressige Woche ist. Trotzdem glaube ich, dass das Gute in unserer Ehe schwerer wiegt als das Schlechte. Stimmt's?«, fragt Fabian und sieht zu mir.

Äußerlich lächle ich zwar zustimmend, aber innerlich bin ich zerrissen. Fabian hat recht damit, dass wir unser Bestes tun, um es hinzubekommen – und doch scheint es nicht lange funktionieren zu wollen. Immer wieder gibt es Streit, oder wie der Doc es nennt: Reibungspunkte. Eine glückliche Beziehung zu führen, sollte nicht so schwer sein. Zumindest sollte es das nach all der Zeit und Kraft, die wir investiert haben, nicht sein. Unser Alltag läuft wesentlich besser als vor drei Jahren, jedoch ist da ein Teil in mir, dem etwas Entscheidendes fehlt. Etwas, das ich nicht benennen kann, aber dennoch sehnlichst vermisse.

»Lisa, woran denken Sie gerade?«

Ertappt schaue ich zu Dr. Maier. »An nichts Besonderes«, lüge ich und prompt zieht er vielsagend die Braue hoch. Allerdings sagt er nichts dazu, sondern macht sich stumm eine Notiz. Dieses verdammte schwarze Buch.

Kapitel 31

Back to Life

Ben

»Es war ein brutaler Weg, der mir viel Geduld abverlangt hat.« Ich sehe von meinen Notizen auf und lasse den Blick über die Stuhlreihen gleiten. Der Gemeindesaal ist bis auf den letzten Platz gefüllt, was gleichermaßen gut wie schlecht ist. Gut, weil so viele Menschen ihre Probleme einsehen und sich Hilfe suchen, aber auch schlecht, eben weil es so viele Menschen sind. Ich entdecke Willi, der ganz hinten neben der geschlossenen Flügeltür steht. Dass er heute hier ist, bedeutet mir unbeschreiblich viel, denn dass er mich trotz des ganzen Mists nie aufgegeben hat, ist nicht selbstverständlich.

»Es ist sechs Jahre her«, erzähle ich weiter, »seit ein Unfall mir meinen Lebenssinn entrissen hat. Danach bin ich in ein sehr dunkles Loch gefallen, aus dem ich allein nicht mehr rauskam. Um den Schmerz zu betäuben, habe ich getrunken. Am Anfang war es nicht täglich. Eben immer dann, wenn der Schmerz unerträglich groß wurde und ich alles nur noch vergessen wollte.

Irgendwann hat sich allerdings eine Regelmäßigkeit eingeschlichen, ohne dass ich es bemerkt habe. Das Erste, was ich morgens getan habe, war, mir ein Bier aufzumachen, und das Letzte am Abend war, einen Schnaps zu trinken. Ich habe meinen Führerschein verloren, weil ich alkoholisiert gefahren bin. Außerdem habe ich meinen Job verloren, weil ich betrunken dort aufgetaucht bin, dann konnte ich die Miete nicht mehr zahlen und wäre beinahe auf der Straße gelandet. Viele angebliche Freunde sind abgehauen, als es mit mir bergab ging, und ich habe mich mit meiner Familie zerstritten.

Aber es gab auch einige, die mich nicht fallen gelassen haben. Sie haben mich davon überzeugt, in eine Klinik zu gehen und einen Entzug zu machen. Es war extrem hart, aber ich habe es durchgezogen und mein Leben Stück für Stück wieder auf die Reihe bekommen. Ich habe einen neuen Job gefunden, bin regelmäßig zu Meetings gegangen und mit meinem besten Freund zusammengezogen. Aber ich habe damals den Fehler gemacht zu unterschätzen, wie schnell man die Kontrolle wieder verlieren kann«, gebe ich zu. »Und ich habe das Programm nicht so ernst genommen, wie ich es hätte tun müssen. Die meisten der 12 Schritte habe ich bloß oberflächlich abgearbeitet und mir eingeredet, dass das ausreicht. Aber das hat es nicht. Schritt acht: *Wir machen eine Liste aller Personen, denen wir Schaden zugefügt haben, und werden willig, ihn bei allen wiedergutzumachen*«, zitiere ich. »Mir einzugestehen, wem ich alles wehgetan habe, war … Ich wollte mich nicht damit auseinandersetzen, weil ich nicht stark genug dafür war, mit meiner Schuld klarzukommen. Und Schritt neun: *Wir machen bei diesen Menschen alles wieder gut – wo immer es möglich ist –, es sei denn, wir verletzen sie oder andere dadurch.* Die Vorstellung, mich mit den Menschen hinzusetzen und mich zu entschuldigen, hat mir höllische Angst eingejagt – und das tut sie bis heute. Damals konnte ich den Schritt nicht richtig durchlaufen, weil ich den davor nicht zu Ende gegangen bin.«

Auf meinen Notizen stehen Anmerkungen am Rand. Titel, die mich an bestimmte Szenen erinnern sollen, von denen ich beim Schreiben noch nicht wusste, ob ich sie heute erzählen will. Jetzt, wo ich am Pult vor all diesen Menschen stehe, ist diese Unsicherheit verschwunden. »Ich habe mich verliebt«, lasse ich die anderen wissen. »In eine Frau, die großherzig, liebevoll, witzig und … perfekt für mich war. Damals gab es für uns leider keine Chance, eine gemeinsame Zukunft aufzubauen. Nicht nur, weil sie verheiratet war, sondern auch, weil sie ein Kind hat und ich mit den Dämonen aus meiner Vergangenheit zu kämpfen hatte. Es endete in einer Katastrophe und ich wurde rückfällig. Ich verlor wieder meinen Job, konnte wieder meine Miete nicht zahlen und habe mein Leben ein weiteres Mal versaut. Es gab Tage, da bin ich in meinem eigenen Erbrochenen aufgewacht und wusste nicht, wo ich war oder wie ich dorthin gekommen bin. Tage, an denen ich so viel getrunken habe, dass ich mit einer Alkoholvergiftung ins Krankenhaus kam, und Tage, an denen ich nicht einmal das Haus verlassen habe, sondern allein in meinem Zimmer saß und im Dunkeln getrunken habe. Ich bin im Selbstmitleid versunken und habe den Schmerz mit immer mehr Alkohol betäubt. Aber auch dieses Mal hatte ich das Glück, dass es Menschen gab, die mich nicht fallen lassen wollten. Sie haben sich geweigert, dabei zuzusehen, wie ich mich zu Tode saufe, und diesen Menschen werde ich für den Rest meines Lebens dankbar sein«, sage ich und sehe über die Menge hinweg zu Willi. Selbst über die Entfernung kann ich das stolze Schimmern in seinen Augen und das Zucken seiner Mundwinkel erkennen. »Drei Monate lang habe ich mich mit Alkohol betäubt und diese Menschen immer und immer wieder von mir gestoßen. Ich habe sie beleidigt, sie angeschrien und bin sogar körperlich auf sie losgegangen. Aber sie blieben stur, und am Ende bin ich erneut in eine Klinik gegangen. Die Entgiftung war schlimmer als beim ersten Mal, weil ich wusste, was auf mich zukommen wird, und ich höllische Angst davor hatte, das wieder durchzumachen. Nicht nur das Zittern und Herzrasen, diese unerträglichen Kopfschmerzen oder die Schweißausbrüche haben mir Angst gemacht. Vor allem wollte ich das Emotionale nicht wieder erleben. Das Hin-und-her-Wälzen im Bett, weil man innerlich zu unruhig ist, um zu schlafen. Dass man sich kaum konzentrieren kann, weil jeder Gedanke dem Alkohol gilt. Und am schlimmsten für mich waren die Stimmungsschwankungen«, setze ich nach und atme tief durch, um die Erinnerungen daran zu ertragen. »In einem Moment ist man obenauf und glaubt, man könnte Bäume ausreißen. Im nächsten Augenblick will man sich nur noch irgendwo verkriechen und alles hinschmeißen, weil man seine eigenen Gedanken nicht erträgt. Das alles ist … Es ist die Hölle. Einen anderen Weg gab's aber nicht, also habe ich es durchgezogen. Und heute stehe ich hier vor euch.« Erneut sehe ich über die Menge. »Ich bin trocken, habe einen Job, helfe ehrenamtlich bei einer Organisation aus und habe, anders als beim ersten Mal, die Schritte nicht nur oberflächlich durchlaufen. Ich habe mich jedem Einzelnen gestellt, egal, wie schmerzhaft es war. Vor allem Schritt neun«, erinnere ich mich. Dieser Schritt ist vermutlich für alle Süchtigen der schlimmste, abgesehen vom ersten, denn in dem müssen wir unser Problem anerkennen. »Zum ersten Mal seit Jahren habe ich meine Familie besucht und ihnen alles offen gebeichtet. Meine Mutter hat geweint, und mein Vater … tja, er ist nicht so der gefühlsbetonte Typ, also gab's einen Klaps auf den Rücken. Wir haben ehrlich über alles geredet und inzwischen haben wir wieder eine enge Beziehung zueinander. Was ich mit dieser ganzen Geschichte sagen will, ist, dass sich der Kampf lohnt. Und auch, dass Rückschläge nicht das Ende bedeuten müssen. Bleibt stark, stellt euch eurem Scheiß und haltet durch.«

Applaus brandet auf. Ich falte meine Notizen zusammen und will schleunigst vom Pult weg, denn Applaus für meine Geschichte zu bekommen, fühlt sich nicht richtig an. Ich habe gekämpft, gelitten und die schlimmsten Phasen überstanden, aber deshalb verdiene ich keine Anerkennung. Die verdienen die Menschen, die mich nicht aufgegeben haben. Sie haben viel härter gekämpft als ich.

Jemand tritt neben mich und ich zucke erschrocken zusammen. Ich war so tief in Gedanken versunken, dass ich nicht mitbekommen habe, dass Willi sich neben mich gestellt hat. Er legt mir die Hand auf die Schulter und lächelt mich ermutigend an. »Es ist für mich nicht nur eine Freude«, sagt er und wendet sich an die anderen, »Ben heute diesen Chip zu überreichen, es ist auch ein besonders stolzer Moment. Als sein Sponsor war es nicht immer leicht, diesen eigensinnigen Kerl auf Kurs zu halten, aber am Ende stehen wir jetzt hier, also war es das Kopfzerbrechen wert. Herzlichen Glückwunsch zu 1000 Tagen Abstinenz!«

Erneut brandet Applaus auf und dieses Mal fühlt es sich richtig an, denn er gilt nicht nur mir, sondern auch Willi. Der alte Mann streckt mir den Chip entgegen und sobald meine Finger ihn berühren, packt mich der Ehrgeiz. Irgendwann will ich einem Schützling auch so einen Chip überreichen. Seit ich selbst Sponsor bin, habe ich so viel mehr Respekt vor dem, was Willi seit Jahrzehnten tut. Ich betreue erst seit wenigen Wochen eine junge Frau, Fiona, und wie schwierig es manchmal ist, Freund, Anker und Berater gleichzeitig zu sein, hatte ich vorher nicht einmal geahnt.

Ich stecke den Chip in die Hosentasche und folge Willi durch den Saal in die letzte Reihe. Claudia, eine der Organisatorinnen der Treffen, stellt sich hinter das Pult und fordert jeden, der etwas sagen möchte, auf, nach vorne zu kommen. In den folgenden zwanzig Minuten hören wir die Geschichte einer Frau, deren Kinder wegen ihrer Sucht im Fürsorgesystem gelandet sind. Nun kämpft sie darum, trocken zu bleiben und ihr Leben in geordnete Bahnen zu lenken, um ihre Kinder zu sich zurückzuholen. Anschließend tritt ein erschreckend junger Mann ans Pult, der davon berichtet, bei einem alkoholsüchtigen Vater aufgewachsen zu sein. Er wuchs mit der Sucht direkt vor Augen auf und schließlich begann er selbst zu trinken, um seinem Vater näherzukommen und ihn besser zu verstehen. Vor einigen Wochen verstarb sein Vater an Leberzirrhose. Er will nicht ebenso enden, also suchte er sich Hilfe, und inzwischen ist er seit drei Wochen trocken. Solche herzzerreißenden Geschichten sind in unseren Meetings zwar trauriger Alltag, aber berühren tun sie mich trotzdem noch immer.

Nach dem offiziellen Ende des Meetings bleiben einige noch im Gemeindesaal. Sie trinken Kaffee, unterhalten sich und tauschen Neuigkeiten aus. Meistens bleibe ich ebenfalls, um hinterher mit aufzuräumen, aber heute ist es anders, denn ich will Jan nicht so lange allein lassen. Am Morgen war er nicht gut drauf, deshalb verabschiede ich mich von den anderen und verlasse mit schnellen Schritten das Gemeindehaus. Mein Wagen steht auf dem winzigen Parkplatz neben der Kirche. Es ist ein Golf fünf, den meine Eltern mit mir bei einem befreundeten Gebrauchtwagenhändler entdeckt haben. Wieder fahren zu dürfen, ist noch immer ungewohnt für mich. Ungewohnt, aber großartig. Es ist ein Beweis dafür, was man erreichen kann, wenn man willensstark und diszipliniert bleibt und von den richtigen Menschen unterstützt wird.

Die zehnminütige Fahrt zur Wohnung vergeht wie im Flug, und währenddessen höre ich einige Lieder von *Wasserkopf*. Die meisten sind älter, denn ihre neueren Lieder besitzen leider nicht die Tiefe, die ihre älteren Stücke haben. Ich parke wie immer auf der Straße vor dem Haus. Die Wohnung zu bekommen, war ein absoluter Glücksgriff, denn der Hamburger Wohnungsmarkt ist eine Katastrophe – zumindest, wenn man keinen Sack voll Geld hinter sich herzieht. Dank Willi, der den Vermieter seit Jahren kennt, leben wir heute in einer schönen und bezahlbaren Dachgeschosswohnung in der Nähe der Landungsbrücken.

Immer zwei Stufen auf einmal nehmend, gehe ich die vier Stockwerke hoch. Ich klimpere extralaut mit dem Schlüssel, um Jan vorzuwarnen, bevor ich die Wohnung betrete. Wenn man durch die Tür tritt, befindet man sich sofort im großzügigen Wohnzimmer mit der offenen Küche. Der Fernseher läuft ohne Ton und Jan sitzt an der Kücheninsel und isst.

Er hebt den Kopf und winkt mir überraschend fröhlich zu. »Hey!«, ruft er. »Wie war das Meeting? Neuen tollen Chip eingesackt?«

»Jupp«, erwidere ich und werfe meinen Schlüssel in die Schale auf der Kommode. »Wieso hast du so gute Laune?« Ich versuche, meine Frage nebenbei zu stellen, damit er sich nicht angegriffen oder bevormundet fühlt. Jan hat eine harte Zeit hinter sich. In seinem Leben ist einiges passiert, und ihn so fröhlich zu sehen, erleichtert mich.

»Ich hab gleich ein Date.«

»Ein Date?«, wiederhole ich erstaunt und gehe zu ihm rüber. »Mit wem?«

»Keine Ahnung«, erwidert er und schiebt seinen fast leeren Teller weg. »Ist ein Blinddate mit der Enkeltochter unserer Nachbarin aus dem zweiten Stock.«

»Na dann, viel Spaß«, sage ich schmunzelnd.

»Was hast du noch vor?«

»Ich dachte, wir zwei würden uns etwas zu Essen bestellen und das neue Game auf der X-Box zocken«, lasse ich ihn wissen. »Aber da du etwas vorhast, werde ich vermutlich die restlichen Details für den Benefizlauf durchgehen.«

»Pass auf, dass du nicht zum Workaholic wirst«, scherzt Jan und steht auf. »Ich hau dann ab. Wenn was sein sollte, kannst du mich anrufen.«

»Du mich auch«, erinnere ich ihn.

Er stockt im Gehen, dann schüttelt er den Kopf, ohne sich zu mir umzudrehen. »Mir geht's gut. Mach dir keine Sorgen um mich, okay?«

Einen Moment lang starre ich unschlüssig auf seinen Rücken. Schließlich nicke ich, auch wenn ich nicht überzeugt von seinen Worten bin. »Alles klar.«

Ein letztes Mal dreht Jan sich zu mir um und lächelt mich aufmunternd an, dann verlässt er die Wohnung. Nach all dem, was er für mich getan hat, ist es das Mindeste, dass ich jetzt genauso für ihn da bin, wie er es für mich war. Ich gebe mein Bestes, um ihn zu unterstützen, aber leicht ist es nicht. Mit einer Sucht kenne ich mich aus. Ich erkenne inzwischen die Warnhinweise und weiß ungefähr, was ich sagen muss, um die Leute aufzubauen und ihnen Mut zu machen, aber bei Jan … Er ist auf eine andere Weise krank als ich, und dass ich mich so wenig mit seiner Situation auskenne, bereitet mir täglich mehr Sorgen. Um mich abzulenken, schnappe ich mir den Rest von seiner Pizza und setze mich mit dem Laptop aufs Sofa. Die Arbeit ruft.

Kapitel 32

Verglühtes Feuer

Lisa

Mit schadenfrohem Grinsen bleibe ich stehen und strecke die Arme in die Luft. Ich schaffe es sogar, ebenfalls meine Beine zu dehnen, bevor Ina endlich bei mir ankommt.

Sie schnauft und wischt sich mit hochroten Wangen den Schweiß von der Stirn. »Du«, sagt sie atemlos, »bist eine Sklaventreiberin.«

»Wer war noch mal diejenige, die meinte, sie müsste fitter werden, bevor sie in den Urlaub fliegen kann?«

Ina rollt genervt mit den Augen und zieht eine winzige Wasserflasche aus ihrer Bauchtasche. »Erinnere mich bitte daran, meinen Mann nie wieder entscheiden zu lassen, wo der Urlaub hingeht«, sagt sie. »Ich dachte, er würde eine Reise ans Mittelmeer buchen, wo wir faul am Strand liegen. Dass er einen Erlebnisurlaub mit Bergsteigen, Klettern und Wildwasser-Rafting bucht, konnte niemand ahnen.«

»Midlifecrisis?«, rate ich amüsiert.

Sie leert ihre halbe Wasserflasche in einem langen Zug. »Vermutlich«, nuschelt sie und schraubt die Flasche zu.

»Wollen wir weiterlaufen oder den Rückweg antreten?«

»Definitiv Rückweg«, ächzt Ina und deutet den Feldweg hinauf, über den wir gerade gejoggt sind. »Aber lass uns bitte walken. Noch mehr Gerenne ertrage ich nicht.«

»Ich muss fit für den Marathon werden«, erinnere ich sie.

»Du bist schon genauso unerträglich übermotiviert wie mein Mann. Mithalten kann ich auf jeden Fall nicht. Also, zeig Erbarmen und walk mit mir.«

»Von mir aus«, gebe ich nach und gehe neben Ina den unebenen Weg zurück. An den Feldern rings um Wolkenheim herumzulaufen, ist zu meiner Routine geworden. Alle zwei Tage nehme ich mir abends eine Stunde Zeit für mich. Ich stecke mir Kopfhörer in die Ohren und laufe los. Dabei geht es mir nicht um Schnelligkeit oder Distanz, sondern darum, mich auszupowern. Und das tut nicht nur meinem Körper gut, sondern auch meinem Geist. Seit ich regelmäßig Sport treibe, fühle ich mich ausgeglichener und entspannter. Leider hält Letzteres zurzeit nicht lange an.

Als hätte Ina meine Gedanken gelesen, wirft sie mir einen neugierigen Seitenblick zu. »Wie lief euer Termin bei Dr. Maier gestern?«

»Es war merkwürdig«, gestehe ich meiner Schwester. »Fabian hat versucht, sich aus einem Reibungspunkt herauszureden. Das hat der Doc aber nicht zugelassen und Fabian wurde seltsam.«

»Wie meinst du das?«, fragt Ina und dreht erneut ihre Wasserflasche auf.

»Ich kann's nicht genau erklären«, lasse ich sie wissen. »Es war ähnlich wie damals, kurz nachdem der ganze Mist passiert ist. Im ersten Jahr waren wir sehr reserviert zueinander. Wir sind auf Zehenspitzen um den anderen herumgeschlichen, um nichts Falsches zu sagen oder zu tun. Aber seit wir zu Dr. Maier gehen, war das Vergangenheit. Wir haben endlich in unseren Alltag zurückgefunden, wir reden wieder miteinander und lachen auch viel.«

»Aber?«

»Zwischen uns herrscht in letzter Zeit eine Distanz, die … es fühlt sich falsch an, Ina«, sage ich und bleibe stehen. »Es ist, als wären wir Freunde, aber kein Liebespaar. Freunde sagen sich zwar die Wahrheit, aber sie tun es vorsichtig. Sie denken darüber nach, wie sie etwas formulieren, oder überlegen, ob sie es wirklich sagen sollten. Außerdem gibt es kaum Zärtlichkeiten zwischen uns, und wenn doch, ist es total verkrampft.«

»Ich glaube, ihr denkt zu viel über alles nach«, erwidert sie. »Intimität sollte nicht analysiert oder geplant werden, sondern einfach passieren. Und wenn das wieder klappt, ist die Distanz Geschichte. Wenn dir danach ist, Fabian in den Arm zu nehmen oder ihn zu küssen, dann tu es. Folge deinem Bauchgefühl. Sei spontan und bring Schwung rein. Bei Thomas und mir gab es auch Phasen, in denen wir uns nur Hallo und Tschüss gesagt haben und sonst nichts.«

»Wie hast du das wieder hinbekommen?«

Ina steckt ihre Flasche ein und zuckt mit den Schultern. »Ich hab ihn gepackt, aufs Bett gedrängt und losgelegt. Das hat die Leidenschaft wieder entfacht.«

»Hm«, mache ich nachdenklich und gehe weiter. Ina folgt mir, sagt jedoch nichts. Sie lässt mich meinen Gedanken nachhängen, und dass sie mich nicht drängt, etwas zu sagen, rechne ich ihr hoch an. Den restlichen Heimweg über sagen wir kaum etwas. Ich denke darüber nach, wie ich das Feuer zwischen Fabian und mir neu entzünden könnte, und Ina denkt vermutlich an ihre brennenden Muskeln. Als wir schließlich vor meinem Haus ankommen und Ina in ihren Wagen steigt, habe ich noch immer keine Idee, wie ich die Leidenschaft in meine

Ehe zurückbringen könnte. Allerdings weigere ich mich, weiter darüber nachzudenken, und nehme mir stattdessen Inas Rat zu Herzen. Spontan und aus dem Bauch heraus, so werde ich es angehen. Nicht geplant oder zu Tode analysiert.

Ich gehe durch die Gartentür aufs Grundstück und sofort kommt ein niedliches braunes Fellknäuel auf mich zugelaufen und schmiegt sich an meine Beine. Casper ist Papas heiß geliebter Dackel, der in den vergangenen Jahren zu Mikas bestem Freund geworden ist. Er geht mit ihm Gassi, spielt mit ihm und führt all seinen Freunden stolz die Tricks vor, die er ihm beigebracht hat.

»Mami!«, ruft Mika und kommt direkt hinter Casper auf mich zu. »Kannst du neue Leckerlis für ihn kaufen? Opa hat keine mehr und ohne will er keine Rolle machen.«

»Das erledige ich morgen. Heute hat der Laden nicht mehr geöffnet«, lasse ich ihn wissen und streiche Casper über den Kopf. Er wedelt aufgeregt mit der Rute und schleckt über meinen Arm. Mika klopft sich aufs Bein und Casper gehorcht auf der Stelle. Er dreht sich um und läuft meinem Sohn artig hinterher, als wäre ich nicht da.

»Man könnte meinen, der Hund gehört Mika und nicht mir.«

Lachend sehe ich zu Papa rüber. Er steht neben dem Terrassentisch und beobachtet die beiden.

»Stimmt«, gebe ich zu. »Aber in Hundejahren sind sie fast gleich alt, also ist es kein Wunder, dass sie aufeinanderhocken.«

»Nennst du mich alt?«, fragt er und legt sich gespielt empört die Hand auf die Brust.

»Niemals«, feixe ich. »Ich geh hoch und dusche.«

»Alles klar«, höre ich Papa sagen, während ich durch die Kellertür ins Haus gehe. Der Sport-BH klebt an meiner Haut und ich sehne mich nach einer heißen Dusche. Heute ist es sehr schwül und vermutlich wird es bald gewittern, aber das

Training konnte ich dennoch nicht ausfallen lassen. In zwei Wochen steht ein Halbmarathon in Hamburg an, an dem ich teilnehmen möchte, und dafür muss ich fit sein. Es ist ein Spendenlauf. Durch jeden gelaufenen Kilometer werden fünf Euro an eine gemeinnützige Organisation gespendet. Ich konnte meinen Chef davon überzeugen, meinen Lauf zu finanzieren, und da das in der Firma die Runde gemacht hat, wollen nun alle möglichen Kollegen kommen, um mich anzufeuern. Der Druck, den Lauf bis zum Ende durchzuhalten, ist dadurch enorm hoch geworden. Trotzdem freue ich mich darauf, denn es ist der Beweis dafür, dass sich das viele harte Training der letzten Jahre auszahlt.

Meine verschwitzte Kleidung werfe ich in den Wäschekorb und steige unter die Dusche. Nachdem ich wieder wie ein Mensch und nicht mehr wie eine Sportumkleide rieche, schlinge ich mir ein Handtuch um und gehe ins Schlafzimmer. Ich schließe die Tür und hänge das feuchte Handtuch über die Heizung, ehe ich den Kleiderschrank öffne. Gerade als ich mir eine Jogginghose und ein Top herausnehme, geht die Tür auf. Erschrocken überkreuze ich die Arme vor der nackten Brust.

»Da ist nichts, das ich nicht schon mal gesehen habe.«

»Haha«, erwidere ich trocken und nehme die Arme runter.

Fabian grinst mich frech an und schließt die Tür hinter sich. »Warst du laufen?«

»Ja, mit Ina.« Er zieht vielsagend die Brauen in die Höhe und ich verkneife mir ein Grinsen. »Zugegeben, es war eher Joggen und auf dem Rückweg Walken.« Ich werfe meine Klamotten aufs Bett – dann stoppe ich, denn eine Idee schießt mir in den Kopf. Ich folge dem spontanen Impuls und gehe langsam auf Fabian zu. Direkt vor ihm bleibe ich stehen und lockere seine himmelblaue Krawatte. Dabei sehe ich ihm unverblümt in die Augen und freue mich diebisch über seinen verwunderten Blick. Ich werfe seine Krawatte achtlos aufs Bett und greife nach dem obersten Knopf seines Hemdes. Einen nach dem anderen öffne ich, ohne auch nur den leisesten Ton von mir zu geben. Das einzige Geräusch im Raum ist Fabians immer schneller werdender Atem, und das facht meinen Mut an, weiterzumachen. Ich streife ihm das Hemd von den Schultern, schiebe es sanft seine Arme hinab und betrachte seine nackte Brust. Zärtlich streiche ich über seine empfindsame Haut, bevor ich ihn ohne Vorwarnung nach hinten drücke. Fabian landet mit einem überraschten Laut auf dem Bett, aber ich gebe ihm keine Zeit, darüber nachzudenken, sondern setze mich direkt auf seinen Schoß. Ein wildes Flimmern tritt in seine Augen und seine Hände legen sich besitzergreifend um meine nackten Hüften. Ich beuge mich runter und bringe meinen Mund nah vor seinen – da knallt die Haustür zu und ich zucke erschrocken nach oben.

»Mami, wann ist das Essen fertig?«

»Bald!«, rufe ich und klettere frustriert von Fabians Schoß, um mich neben ihn zu setzen.

»Mach dir nichts draus«, sagt er schmunzelnd und gibt mir einen schnellen Kuss auf die Lippen, dann steht er auf und schnappt sich ein T-Shirt von der Kommode. »Beim nächsten Mal stört uns niemand.«

»Wie wäre es mit nachher?«, frage ich ungeniert. »Sobald Mika im Bett liegt, sind wir vogelfrei.«

»Das wird leider nichts«, verkündet Fabian und klingt plötzlich auffallend kleinlaut. »Ich bin in einer Stunde mit den Jungs im Vereinsheim verabredet.«

»Davon hast du mir nichts gesagt.«

»Stimmt«, gibt er zerknirscht zu. »Ich wurde gestern spontan gefragt, ob ich Zeit habe, mich mit ein paar Leuten zusammenzusetzen«, erklärt Fabian. »Wir wollen eine Überraschungsparty für den Platzwart organisieren. Er wird in zwei Wochen sechzig.«

»Wieso hast du mir das nicht gestern schon gesagt?«, frage ich und greife nach der Jogginghose. »Wir haben uns abends unterhalten, da hättest du es erwähnen können.«

»Was soll das jetzt wieder?«, fragt Fabian und wird unvermittelt laut. »Wieso machst du mir Vorwürfe?«

»Ich mache dir keine Vorwürfe«, stelle ich klar. »Ich frage nur, wieso du mir das nicht erzählt hast. Dr. Maier hat gestern gesagt, dass du dich an die Absprachen halten sollst, und zwei Stunden später tust du es wieder nicht.«

»Meine Güte, Lisa! Ich hab's nun mal vergessen. Jetzt mach nicht so ein Riesending draus.«

Ich atme durch und versuche, mich zu beruhigen. Fabian hat recht. Jeder kann mal etwas vergessen, ohne direkt zum Schwerverbrecher zu werden. »Der Platzwart ist Hansi, oder?«, wechsle ich das Thema. »Der Grauhaarige, mit dessen Frau ich bei euren Spielen immer spreche, stimmt's?«

»Genau der«, bestätigt Fabian und zieht sein T-Shirt an. »Weil ihn jeder kennt, wird die Feier keine Männerrunde, sondern eine Party mit Anhang. Die Ehefrauen sind auch eingeladen. Es soll Essen und einen DJ geben.«

»Cool«, freue ich mich. Es kommt selten vor, dass Fabian und ich zusammen zu Feiern im Vereinsheim gehen. Obwohl er dort seine meiste Freizeit verbringt, ist es für mich ein fremder Ort. »Wann genau ist die Feier und was soll ich als Geschenk besorgen?«

»Am Zweiundzwanzigsten, diesen Monat. Es geht vermutlich um achtzehn Uhr los. Du könntest –«

Ich starre Fabian fassungslos an. Nach wenigen Sekunden scheint er es zu bemerken, denn er runzelt die Stirn.

»Was ist los?«

»An diesem Datum findet der Halbmarathon statt.« Ich zwinge mich, es sachlich zu sagen, auch wenn es in mir heiß glühend brodelt.

»Ach ja«, sagt er und zuckt mit den Schultern, als wäre das nicht weiter wichtig. »Ich muss mit Sicherheit schon am Nachmittag hin, um alles mit aufzubauen. Aber du kannst ja abends nachkommen.«

»Du wolltest mit nach Hamburg kommen und mich anfeuern.«

Er seufzt. »Daraus wird leider nichts werden. Aber Mika und dein Vater kommen bestimmt mit.«

»Fabian!« Länger kann ich meine Wut nicht zurückhalten. »Wir haben schon vor Wochen darüber geredet und ich hatte dir gesagt, wie viel es mir bedeuten würde, wenn du bei meinem ersten Marathon dabei bist.«

»Was soll ich denn machen?«, schreit er und wirft hilflos die Hände in die Luft.

»Du könntest das Aufbauen den anderen überlassen und wie versprochen für deine Frau da sein. Ich wette, die anderen würden das verstehen, immerhin sind die meisten von denen auch verheiratet. Mir ist das wirklich wichtig.«

»Hansi wird nur einmal sechzig«, erwidert Fabian trotzig und dreht sich zur Tür um. »Du wirst aber mit Sicherheit noch einige Marathons laufen, bei denen ich zugucken kann. Wenn ich diesen hier verpasse, komme ich halt zum nächsten.« Mit diesen Worten verlässt er das Schlafzimmer und knallt die Tür hinter sich zu.

»Aber das hier ist mein erster, und du hattest es versprochen!«, rufe ich ihm nach. Fabian erwidert nichts, obwohl ich mir sicher bin, dass er mich durch die Tür hindurch gehört hat. Seine Ignoranz macht mich wütend, aber stärker als die Wut ist der bohrende Schmerz. Schmerz darüber, wieder einmal von ihm enttäuscht zu werden, und darüber einzusehen, dass wir es nicht schaffen, glücklich miteinander zu werden.

Kapitel 33

Schatten der Vergangenheit

Lisa

Es gibt einige kleine Parks und Grünanlagen in der unmittelbaren Nähe meines Büros. In vielen davon war ich bereits, aber in diesem hier nicht, und bis vor wenigen Stunden wusste ich nicht einmal, dass er existiert. Ein beeindruckendes schmiedeeisernes Tor ist der Eingang. Am oberen Ende prangt eine Eichel, die aus dem gleichen Material zu sein scheint wie das Tor und der hohe Zaun, der das Grundstück umringt. Ich folge einem Kiesweg und gehe geradewegs auf ein braunes Backsteinhaus zu, dessen Dach mit Moos bewachsen ist und mich an eine verwunschene Hütte aus einem Märchenbuch von Mika erinnert. Dank des Internets weiß ich, dass man vor dem Gebäude nach links abbiegen kann und so in eine öffentliche Grünanlage gelangt. Neben der offenen Eingangstür steht ein Flipchart, auf dem ein Infoplakat vom Spendenlauf hängt. Mein Chef hat mich früher Feierabend machen lassen, damit ich mich anmelden und die nötigen Unterlagen einreichen kann. Im weitläufigen Eingangsbereich des Hauses stehen drei Klapptische, auf denen sich Zettel türmen und hinter denen Leute sitzen. Ich gehe zu dem rechten Tisch, da dort niemand ansteht, und hole die Unterlagen heraus.

»Moin«, begrüßt mich ein älterer Mann in blauer Latzhose. »Wie kann ich helfen?«

»Ich möchte mich für den Spendenlauf anmelden«, teile ich ihm mit und reiche ihm die Unterlagen. »Das sind der Anmeldebogen und die Sponsorenbestätigung.«

Er nickt und überfliegt den ersten Zettel. »*Lovelife Marketing*. Die hatten wir noch nie als Sponsoren. Schön, neue Firmen dabeizuhaben.«

»Ich arbeite da und mein Chef fand die Idee super.«

»Lassen Sie mich raten«, sagt er und sieht schmunzelnd zu mir auf. »Sie sollen das Logo der Firma während des Laufs irgendwo auf Ihrer Kleidung tragen.«

»Jupp«, bestätige ich mit schiefem Grinsen. »Er hat einen Bügelsticker bestellt, der über meinen kompletten Rücken reicht. Ich laufe also als Werbeplakat für die Firma herum.«

Der freundliche Mann lacht leise, ehe er den Zettel ablegt und sich den Anmeldebogen ansieht. Ruckartig hebt er den Kopf. Seine Stirn liegt plötzlich in Falten und um seinen Mund herum erkenne ich einen harten Zug, wo eben noch ein Lächeln war. »Lisa Steffens?«, fragt er mit merkwürdigem Unterton. Ungläubig und wertend, aber doch auch erfreut, was mich verwirrt.

»Ja?«, bestätige ich. »Kennen wir uns?«

Einen Moment lang sieht er mich musternd an, dann lächelt er unvermittelt wieder. »Nein, noch nicht. Ich bin Willi. Darf ich Lisa zu dir sagen?«

»Klar«, erwidere ich gedehnt und frage mich, was sein eigentümliches Verhalten zu bedeuten hat.

»Mit der Anmeldung scheint alles okay zu sein«, verkündet er, als wäre nichts gewesen. »Die Startnummer bekommst du am Tag des Marathons. Sei bitte eine Stunde vor dem Start da und bring die Anmeldegebühr mit. Falls es regnet oder gewittert, wird der Lauf auf das Ausweichdatum eine Woche später verschoben.«

»Danke für die Info.«

»Gern. Kommt deine Familie zum Zuschauen?«, fragt er. »Kind, Ehemann? Oh, entschuldige. Bist du verheiratet?«

»Ja, das bin ich«, antworte ich. »Aber mein Mann schafft es leider nicht. Mein Sohn und mein Vater kommen.«

»Familiäre Unterstützung ist wichtig«, sagt er. »Dann bis kommende Woche, Lisa. Hab noch einen schönen Tag.« Obwohl er sich verabschiedet, hört er nicht auf, mich anzusehen.

Mein erster Impuls ist es, mich umzudrehen und zu gehen, aber meine Neugier ist stärker. »Wieso siehst du mich so komisch an?«, frage ich unverblümt. »Kennen wir uns vielleicht doch und ich erinnere mich einfach nicht?«

»Nein, nein«, sagt Willi eilig. »Dein Name kam mir bloß bekannt vor.«

Auch wenn ich ihm nicht glaube, nicke ich, drehe mich um und verlasse das Haus. Willi hat nicht gewirkt, als würde er mir mehr verraten wollen, also hat es keinen Zweck, weiter dort stehen zu bleiben. Außerdem kann ich vor dem Lauf kommende Woche noch einmal mit ihm reden und vielleicht ist er dann offener. Vor der Eingangstür halte ich an und sehe auf meine Armbanduhr. Die Anmeldung war schneller erledigt, als ich dachte, und nun habe ich noch Zeit, bis meine Bahn nach Wolkenheim fährt. *Wenn ich schon da bin, kann ich mir auch die Grünanlage ansehen.* Kurz entschlossen schlendere ich den Kiesweg entlang, der links am Haus vorbeiführt. Eine sattgrüne Wiese erstreckt sich vor mir, auf der vereinzelt Büsche stehen. Der Weg umringt die Wiese wie ein Rahmen und an dessen Rand stehen mehrere Holzbänke. Hinter dem Haus entdecke ich einen Spielplatz mit Sandkasten, Rutsche und Wippe, auf dem ein paar Kinder spielen. Da heute ausnahmsweise die Sonne scheint, setze ich mich auf eine der Bänke und genieße die warmen Strahlen auf der Haut. Auch wenn ich den Herbst liebe, ist es doch schön, die Sonne zu spüren.

Ich schieße ein Foto vom wolkenfreien Himmel, an dem am unteren Rand die dichten Baumkronen zu sehen sind, und poste es auf Instagram, dann stecke ich das Handy wieder in die Tasche. Gegenüber von mir, auf der Rückseite des Hauses, öffnet sich eine Tür und zieht meine Aufmerksamkeit auf sich. Eine junge Frau tritt heraus. Sie telefoniert und wirkt aufgebracht, als würde sie sich streiten. Nach einigen Sekunden steckt sie ihr Handy in die Hosentasche und reibt sich grob übers Gesicht, da öffnet sich die Tür erneut. Dieses Mal tritt ein Mann heraus, der mit dem Rücken zu mir stehen bleibt. Plötzlich wird mir schwindlig und mein Herz setzt vor Schock einen Schlag aus. Die Statur des Mannes erinnert mich quälend stark an eine Person, an die ich viel zu oft denke. An eine Person, die selbst nach all den Jahren noch häufig meine Träume beherrscht und deren Gesicht ich nach wie vor klar in meinen Erinnerungen sehen kann.

Ben.

Der Mann an der Tür ist groß, hat breite Schultern und einen kräftigen Nacken, genau wie er. Seine Haare kann ich nicht erkennen, da er eine schwarze Wollmütze trägt, aber ich könnte schwören, dass die herauslugenden Spitzen rotblond sind. *Dreh dich um. Komm schon, dreh dich bitte um und zeig mir dein Gesicht.* Die Frau schiebt sich die langen schwarzen Haare hinters Ohr, wodurch ich ihr Profil sehen kann. Sie ist hübsch. Hat eine kleine gerade Nase, ein schmales Gesicht und große Augen. Ein Stich bohrt sich in meinen Magen, als der Mann ihr eine Hand auf die Schulter legt und sie zu sich zieht.

Ihre Arme erscheinen auf seinem Rücken, als würde sie sich an ihn schmiegen. Mir vorzustellen, dass Ben eine Beziehung hat, ist beinahe unerträglich. So zu empfinden, ist egoistisch und falsch, denn er hat es verdient, glücklich zu sein, dennoch kann ich den beißenden Schmerz nicht abschütteln.

Ich zwinge mich, aufzustehen und von der Bank wegzutreten, denn ich muss unbedingt von hier verschwinden. Mein Herz klopft so wild, dass meine Brust brennt und mir das Luftholen schwerfällt. Irgendwie gelingt es mir trotzdem, durchzuatmen und meinen Körper davon zu überzeugen, die Grünanlage zu verlassen. Ich konzentriere mich auf meine Schritte, setze einen Fuß vorsichtig vor den anderen und bleibe erst stehen, als ich neben dem Haus ankomme. Meine Hände zittern, meine Gedanken fahren Achterbahn und mein Herz schreit vor Sehnsucht gequält auf. Fluchend reibe ich mir über die Arme. Ich weiß nicht einmal, ob das wirklich Ben war, und selbst wenn, hätte ich kein Recht, eifersüchtig zu sein. Meine Gefühle sind irrational – und jagen mir eine Heidenangst ein.

Mein Nacken beginnt unvermittelt zu prickeln und eine Gänsehaut zieht über meinen Körper hinweg. Fluchtartig hetze ich vom Grundstück auf die Straße und verfluche stumm meinen Körper für diese verbotene Reaktion. Das intensive Gefühl, beobachtet zu werden, lässt mich jedoch erst los, als ich um die nächste Häuserecke biege.

Am Nachmittag mache ich mich zu Hause direkt an den Abwasch, um mich von dieser Fast-Begegnung mit Ben abzulenken, die mir noch immer nicht aus dem Kopf geht.

Ich höre, dass Fabian hinter mir die Küche betritt. »Ich hab die Rechnung für die Klassenfahrt überwiesen.«

»Welche Klassenfahrt?«

»Mikas«, erwidere ich und ziehe den Stöpsel aus dem Spülbecken. »Der Infobrief dazu hängt am Kühlschrank.«

Fabian schaut dorthin und reißt ungläubig die Augen auf. »Zweihundertdreißig Euro für vier Tage?«

»Genau. Und weil ich das überwiesen habe, fehlt uns jetzt das Geld für den Geschirrspüler.«

»Dann muss der wohl noch warten«, sagt er und reibt sich angestrengt über die Schläfen. »In nächster Zeit müssen wir sparen, um wieder auf einen grünen Zweig zu kommen. Kein neues Spielzeug, keine unnötigen Ausflüge und kein überteuertes Pflegezeug.«

Damit hat Fabian traurigerweise recht, allerdings weiß ich nicht, woran ich noch sparen soll, denn die Sachen, die er aufzählt, sind schon lange keine Option mehr. Ich kaufe günstig ein und leiste mir kaum etwas, und trotzdem bleibt am Ende des Monats zurzeit nichts übrig. Es ist, als würde unser Geld in einem schwarzen Loch versinken. Deprimiert verlasse ich die Küche und gehe ins Wohnzimmer. Ich setze mich aufs Sofa und schnappe mir die zusammengelegte Decke, als es an der Tür klingelt. Verwundert sehe ich meinen Mann an, der noch im Flur steht. »Erwartest du jemanden?«

Fabian schüttelt den Kopf. »Ich geh mal nachschauen.«

Nachdem er aus dem Zimmer gegangen ist, kuschle ich mich unter die Decke und schalte den Fernseher an. Dank des merkwürdigen Nachmittags ist mir jetzt danach, eine seichte Komödie zu schauen. Bloß nichts mit Romantik oder Drama. Ich zappe durch die neusten Filme beim Streamingdienst, da kommt Fabian zurück in die Wohnung. Mit schnellen Schritten geht er aufs Schlafzimmer zu, aber nicht schnell genug, denn den großen Karton in seinen Händen entdecke ich dennoch.

»Was ist das?«, möchte ich wissen.

Er bleibt stehen, dreht sich jedoch nicht zu mir um. »Die Deko für Hansis Geburtstag. Ein personalisiertes Spruchband und Pappuntersetzer mit seinem Gesicht drauf.«

»Wieso habt ihr das Zeug zu uns liefern lassen und nicht direkt ins Vereinsheim?«

»Weil ich mir dachte, dass er das Zeug im Vereinsheim vielleicht findet und damit seine Überraschung versaut«, erklärt Fabian und will weitergehen.

»Moment bitte«, sage ich und setze mich aufrecht hin. »Du hast Untersetzer und ein Spruchband anfertigen lassen. Ist das unser Geschenk für Hansi, oder habt ihr alle dafür zusammengelegt?«

»Nein und nein.«

»Also geben die anderen dir später noch Geld dazu? Hm, dann muss ich mir auf jeden Fall noch etwas als Geschenk für ihn einfallen lassen. Ich hatte schon die Hoffnung, ich müsste doch nicht loslaufen und –«

»Meine Güte, Lisa«, unterbricht Fabian mich und dreht sich nun doch zu mir um. »Nein, sie geben mir kein Geld dazu, und ja, du musst noch ein Geschenk besorgen. Ich sponsere die Deko für alle.«

»Ach Fabi. Du weißt, dass wir momentan nicht viel Geld übrig haben. Der Rohrbruch im Keller hat unser ganzes Erspartes verschlungen. Und als Nächstes sollte der Geschirrspüler dran sein.«

»Du tust, als wäre es eine Megaarbeit, täglich abzuwaschen. Andere machen das immer so«, wirft er mir vor. »Außerdem muss ich mich nicht dafür rechtfertigen, wie ich mein hart verdientes Geld ausgebe.«

»Doch«, widerspreche ich gereizt. »Das musst du, wenn du mir ständig erzählst, dass wir sparen müssen. Wieso sollen Mika und ich uns einschränken, wenn du es nicht tust?«

»Weil ich hier das meiste Geld nach Hause bringe«, behauptet er und verschwindet ins Schlafzimmer. Dass unsere Diskussionen ständig damit enden, dass Fabian weggeht, ohne die Sache vorher mit mir vernünftig zu klären, macht mich gleichermaßen rasend wie traurig. Manchmal fühlt es sich an, als wären wir zu dem Punkt von vor drei Jahren zurückgekehrt, an dem unsere Ehe in Trümmern lag.

Um mich von den Sorgen abzulenken, starte ich den Film und nehme mein Handy zur Hand. Ich scrolle gedankenverloren durch den Instagramfeed und tippe anschließend auf meine Story aus der Grünanlage. Über einhundert Leute haben sich das Bild angesehen, was mich wundert. Normalerweise sehen nicht einmal annähernd so viele meine Storys. Neugierig lese ich mir durch, wer sich das Bild angesehen hat – und schnappe hektisch nach Luft. *B_H.* Mit zitternden Fingern klicke ich auf den Namen und schlage die Hand vor den Mund, um meinen überforderten Aufschrei zu dämpfen. B_H ist Benjamin Hoffmann. *Ben hat sich meine Story angesehen. Aber wieso?* Damals waren wir über diese Plattform nicht befreundet, also muss er mich entweder aktiv gesucht haben oder ich wurde ihm vorgeschlagen. Mir werden aber keine gemeinsamen Freunde angezeigt, demnach ist die Wahrscheinlichkeit, dass er durch Zufall auf mein Profil gestoßen ist, gleich null. Auf seiner Seite kann ich nicht mehr als seinen Namen sehen, da der Rest auf privat eingestellt wurde. Es juckt mich in den Fingern, ihm eine Freundschaftseinladung zu schicken, um mir seine verborgenen Bilder anzusehen. Aber so schwer es mir auch fällt, ich tue es nicht.

Stattdessen schließe ich die App und öffne WhatsApp. Ich muss dringend Ina schreiben und den verwirrenden Mist des heutigen Tages bei ihr abladen. Bevor ich den Chat mit ihr öffne, klicke ich jedoch auf den winzigen Kreis am oberen Rand, der anzeigt, dass jemand einen neuen Status eingestellt hat. Vielleicht lenkt mich das zumindest so weit ab, dass ich wieder einen klaren Gedanken fassen kann. Die Hoffnung auf Ablenkung zerplatzt jedoch schlagartig, als ich *seinen* Namen lese. Ben hat einen Status erzeugt. Mein Finger schwebt unentschlossen über dem Bild, während meine Gedanken chaotisch durcheinanderbrüllen. Es sollte unmöglich sein, seinen Status zu sehen, denn Ben hat mich damals blockiert. War es ein Versehen? Ein technischer Fehler? Oder war es Absicht? Aber was sollte er damit bezwecken wollen, mich freizugeben? Von den vielen Fragen brummt mir der Kopf, als würde jemand von innen heraus dagegendrücken und versuchen, durchzubrechen. Außerdem zuckt mein Finger fordernd zum Display. Auch wenn ich weiß, dass ich es nicht sollte, gebe ich dem heftigen Verlangen nach und klicke auf Bens Status.

Es ist ein Foto von einem beinahe wolkenfreien Himmel.

Ein Foto, auf dem man am unteren Rand Baumkronen sieht.

Ein Foto, das meinem zum Verwechseln ähnlich ist.

Kapitel 34

Safe Haven

Ben

Das Tor gleitet quietschend ins Schloss. Ich schließe es ab und kontrolliere, ob es wirklich zu ist, bevor ich zurück ins Haus gehe. Die Grünanlage ist zwar öffentlich zugänglich, aber das gilt nur von acht bis zwanzig Uhr. Wir mussten diese Regel aufstellen, weil die vorherigen Mieter durch Anwohnerbeschwerden von hier vertrieben wurden. Früher wurde das Haus als ein privater Kindergarten genutzt, und die Grünfläche lag so gut wie brach. Nachdem der Eigentümer verstarb, wurde das Gelände von der Kirchengemeinde aufgekauft und als Obdachlosenunterkunft genutzt. Leider hat die Stadt im zweiten Jahr die Zuschüsse eingestellt, weil sich zu viele Anwohner über den nächtlichen Krach beschwert hatten. Die Gemeinde war gezwungen, das Projekt aufzugeben, und so stand das Haus eine Zeit lang leer. Inzwischen dürfen wir das Gelände und das Haus für einen lächerlich geringen Mietpreis nutzen, was ein enormer Glücksfall ist. Die *Safe-Haven-Organisation*, die von trockenen

Alkoholikern gegründet und betrieben wird, versucht so wenig der Sponsorengelder wie möglich für andere Dinge auszugeben als für die Hilfsprogramme. Claudias Vater betreibt eine Druckerei, die kostenlos unsere Flyer und Broschüren druckt, und alle Mitarbeiter sind ehrenamtlich tätig. So wie Willi und ich. Mir war es nach der Entgiftung wichtig, neben meiner Arbeit etwas zu finden, das mich fordert und worin ich voll aufgehen kann. Eine Organisation zu unterstützen, die Suchtkranken dabei hilft, Therapieplätze zu finanzieren, war genau das, wonach ich gesucht habe.

»Oben ist alles dicht. Wir können Feierabend machen.« Willi kommt mit einem schwarzen Ordner unter dem Arm die schmale Treppe runter und bleibt auf der vorletzten Stufe stehen. Er sieht mich mit einem Blick an, den ich schon zu oft an ihm bemerkt habe. Er hält sein Gesicht neutral, um seine Gedanken vor mir zu verheimlichen. Selbst nach all den Jahren treibt er mich damit noch in den Wahnsinn.

»Was ist passiert?«, frage ich geradeheraus.

Willi seufzt, was er nur sehr selten tut, und setzt sich auf die unterste Treppenstufe. »Ich habe da etwas, das du dir ansehen solltest.«

Mit einer bösen Vorahnung im Hinterkopf hocke ich mich vor ihn und nehme den Zettel entgegen, den er aus dem Ordner zieht. Auch wenn ich es nach dem, was vorhin passiert ist, geahnt habe, trifft es mich doch unvorbereitet, ihren Namen zu lesen. *Lisa Steffens. Startnummer 96.*

»Ben? Kommst du damit klar?«

»Ich weiß es nicht«, gestehe ich leise und plumpse auf den kühlen Boden. »Ich habe sie heute gesehen.«

»Ich auch«, erklärt Willi und nimmt mir den Zettel ab. »Sie stand bei mir am Tisch. Ich habe ihren Namen auf der Anmeldung gelesen und sofort gewusst, dass sie deine Lisa ist.

Wir haben uns kurz unterhalten und sie schien nett zu sein. Und witzig.«

»Das ist sie. Oder war sie zumindest«, erwidere ich mit traurigem Lächeln.

»Wo hast du sie gesehen?«

»Neben dem Haus, auf der Grünfläche«, erzähle ich ihm. »Ich stand an der Hintertür und habe mich um Fiona gekümmert. Sie war völlig fertig, weil ihre Mutter nicht will, dass sie zu ihrem Geburtstag kommt.«

»Hat Lisa dich auch gesehen?«

»Ich glaube schon. Das würde erklären, wieso sie fluchtartig das Grundstück verlassen hat.«

»Wie ging es dir dabei, sie zu sehen?«

»Zuerst war es ein Schock«, gebe ich zu. »Dann … mir wurde heiß, mein Magen hat sich zusammengezogen und ich konnte nicht aufhören, sie anzustarren. Ich bin ihr sogar ein Stück nachgegangen. Ich höre mich jetzt bestimmt an wie ein durchgeknallter Stalker, aber nachdem Lisa weg war, habe ich sie im Internet gesucht. Ich habe sogar das Blocken rückgängig gemacht.«

»Wieso hast du das getan?«, fragt Willi und ich sehe überrascht zu ihm auf, denn seine Frage klingt wertfrei und ehrlich interessiert.

»Ich habe keine Ahnung, wie's Lisa geht«, sage ich. »Ich wusste nicht, ob sie noch verheiratet ist, ob sie glücklich ist oder vielleicht sogar woanders wohnt. Das alles nicht zu wissen, hat sich nicht richtig angefühlt. Ich … es macht mich sauer, dass ich nichts über sie weiß und dass das meine Schuld ist. Hätte ich damals die Grenze nicht übertreten und sie am Parkhaus nicht geküsst, wäre der ganze Mist, der danach abgelaufen ist, vielleicht nicht passiert. Vielleicht wären wir heute noch befreundet.«

Willi schenkt mir ein nachsichtiges Lächeln. »Denkst du wirklich, dass ihr nur Freunde hättet sein können?«

Seine Frage bringt mich ins Stocken. Ich hatte mich nach erschreckend kurzer Zeit bereits in Lisa verliebt, und auch wenn sie es nie ausgesprochen hat, bin ich davon überzeugt, dass sie ebenfalls Gefühle für mich hatte. Ob es zwischen uns Liebe oder bloß eine Schwärmerei war, spielt dabei für mich keine Rolle. »Nein, das hätten wir nicht.«

»Was willst du jetzt tun?«

»Wie meinst du das?«, frage ich irritiert.

»Schritt neun: *Wir machen bei den Menschen alles wieder gut. Es sei denn, wir verletzen sie oder andere dadurch*«, zitiert er. »Du hast dich mit Janik ausgesprochen und bist zu deiner Familie gefahren, um eure Streitigkeiten aus der Welt zu räumen. Es fehlt nur noch Lisa.«

»Lisa und Natalie«, korrigiere ich zerknirscht.

»Du hast deinen Willen bewiesen und ihr einen Brief geschrieben, Ben. Dass sie auf deine Anrufe und Nachrichten nicht reagiert hat, war nicht deine Schuld, das darfst du nicht vergessen. Die einzige Person, bei der du es nie versucht hast, ist Lisa. Ich verstehe, wieso du es nicht getan hast, denn damals wärst du für ein Treffen mit ihr noch nicht gefestigt genug gewesen. Inzwischen bist du es, und du solltest eure heutige Begegnung als ein Zeichen sehen. Du bist bereit, einen Schlussstrich unter deine Vergangenheit zu ziehen und endgültig alles aufzuarbeiten.«

»Deine Zuversicht hätte ich gern«, murmle ich und ziehe die Mütze vom Kopf. Mir ist plötzlich heiß, meine Finger zittern und meine Brust fühlt sich viel zu eng an. Das ist die Angst. Ich habe Angst davor, dieses Gespräch mit Lisa zu führen, und ich schäme mich nicht, es zuzugeben. Angst ist die rationale Reaktion des Gehirns auf Situationen, die wir nicht kontrollieren können und deren Ende uns besorgt. Wir sollten stolz darauf sein, Angst zu empfinden, denn es beweist, dass wir dazu fähig sind, realistisch zu denken. Vor drei Jahren habe ich mich für meine Angst geschämt und sie deshalb unterdrückt. Es hat lange gedauert und mir enorme Kraft abverlangt einzugestehen, dass mein Rückfall viel mit meinem feigen Verhalten zu tun hatte. Beim ersten Mal habe ich aus Scham und Angst das Programm nicht richtig durchlaufen und meinen Rückfall damit provoziert. Nachdem ich mir das endlich eingestanden hatte, fiel es mir leichter, mich mit dem Geschehenen auseinanderzusetzen. Inzwischen weiß ich, dass, egal wie groß die Angst auch ist, die Folgen meiner Feigheit schlimmer sind und schwerer wiegen.

»Wenn es dir hilft«, setzt Willi an, »könnte ich zu dem Gespräch mitkommen.«

Ich schüttle den Kopf und setze meine Mütze wieder auf. »Danke, aber ich muss das allein machen. Aber falls du hinterher Zeit hättest, wäre das super.«

»Kein Problem«, erwidert er, und damit steht es fest: Ich werde Kontakt zu Lisa aufnehmen. Hoffentlich öffne ich damit nicht die Büchse der Pandora.

Ich hätte eine Nachricht schreiben können. Dann hätte ich mich vorsichtig herantasten und zum richtigen Zeitpunkt fragen können, ob sie bereit wäre, sich mit mir zu treffen. Aber so habe ich es nicht gemacht, denn das Risiko, dass sie mich nun blockiert oder ein Treffen ablehnt, ist zu groß. Dass ich ihr somit die Pistole auf die Brust setze, ist zwar nicht fair, allerdings sehe ich keinen anderen Weg.

Mit schweißnassen Händen laufe ich den Bürgersteig auf und ab. Wiederholt bleibe ich vor dem breiten gepflegten Fußweg stehen, der zum Gebäude führt, und sehe wie zufällig zur Drehtür. Bei welcher Firma Lisa arbeitet, habe ich von Willi erfahren. Ihr Chef sponsert ihren Marathonlauf, daher stand die Adresse auf der Anmeldung. *Lovelife Marketing* hat seinen Sitz in einem beeindruckend großen Glasgebäude, in dem mehrere Firmen angesiedelt sind. Es ist eine mittelgroße Marketing-Agentur, deren Klienten laut Internet hauptsächlich aus Firmen in Hamburg und der näheren Umgebung besteht. Ich habe keine Ahnung, auf welchem Stockwerk *Lovelife* sich befindet, aber selbst wenn, wäre ich nicht reingegangen. Lisa an ihrem Arbeitsplatz zu überrumpeln, würde alles nur schlimmer machen. Stattdessen tigere ich über den Gehweg und hoffe, dass der dunkle Himmel nicht bald bricht und ich klatschnass abziehen muss, ohne etwas erreicht zu haben. Immerhin ist es möglich, dass Lisa ihre Gewohnheiten geändert hat. Nur weil sie vor über drei Jahren ihre Mittagspausen vor dem Gebäude oder in einem Café verbracht hat, muss das nicht immer noch so sein. Immer wieder passieren Leute die Drehtür, die ins Bürogebäude führt, und jedes Mal schießt mein Puls vor Aufregung in die Höhe. Lisa ist bisher allerdings nicht dabei gewesen, und allmählich verliere ich den Glauben daran, dass sie noch kommt.

Seufzend lehne ich mich an die hüfthohe Mauer, die das Gelände umgibt, und warte weitere ereignislose Minuten. Schließlich stoße ich mich frustriert von der Mauer ab und blicke auf die gegenüberliegende Straßenseite, an deren Rand mein Wagen parkt. Ich will einen Fuß auf die Straße setzen, als plötzlich jemand hinter mir einen schrillen Ton von sich gibt. Ohne zu zögern, drehe ich mich um und ziehe scharf die Luft ein. *Lisa.* Sie steht nur wenige Meter hinter mir und starrt mich fassungslos an. Ihre faszinierenden grünen Augen sind riesig, ihre Lippen sind geöffnet und ihre Wangen sind blass vor Entsetzen. Dass sie abgenommen hat, erkenne ich sofort. Ihr Gesicht ist schmaler, ebenso wie ihre Hüften und die Taille. Trotzdem hat sie noch immer diese verführerischen Kurven, die mich damals haben fantasieren lassen.

»Ben?«, wispert sie.

»Hey, Lisa.«

»Was … was machst du hier?«

»Ich wollte zu dir«, gebe ich zu. Zu lügen wäre kein guter Anfang für ein Gespräch, von dem ich mir Ehrlichkeit erhoffe. »Ich habe dich gestern auf dem Gelände von *Safe Haven* gesehen.«

»Ich dich auch«, erwidert sie leise und tritt näher an mich heran. »Wieso hast du mich auf Instagram gesucht? Und wieso hast du die Blockierung aufgehoben?«

»Das ist eine lange Geschichte, und die würde ich dir gern woanders erzählen. Hast du Zeit, mit mir in der Nähe einen Kaffee zu trinken und zu reden?«

Sie stockt und sieht sich um, als befürchte sie, von jemandem dabei erwischt zu werden, mit mir zu sprechen. Dann atmet sie langsam aus und nickt. »Ich habe noch fünfzig Minuten Mittagspause.«

Mein Herz macht einen erleichterten Sprung. Zumindest rede ich mir ein, dass es das aus Erleichterung tut. »Ich kenne ein Café, gleich die Straße runter. Die haben da wirklich gute Sandwichs.«

»Das *Eggi's*«, erkennt Lisa. »Da wollte ich sowieso hin.«

»Okay, dann …« Ich lasse den Satz offen und deute die Straße hinunter. Es dauert einen Moment, bis Lisa sich bewegt. Sie geht an mir vorbei, wobei sie auffallend darauf achtet, Abstand zwischen uns zu lassen. Es tut weh, wie sehr unser Umgang sich verändert hat. Früher sind wir dicht nebeneinander gelaufen, haben uns zufällig berührt und anschließend darüber gelacht. Heute würde eine zufällige Berührung bei Lisa vermutlich einen Schock auslösen und sie in die Flucht schlagen. Und obwohl diese Erkenntnis schmerzt, macht sie mir doch Hoffnung, denn sie beweist, dass ich Lisa nicht egal geworden bin. Wäre es anders, würde sie nicht so heftig auf meine Anwesenheit reagieren. Genauso wie mein Herz auf ihre.

Kapitel 35

Der Blick zurück

Lisa

Er sitzt absolut ruhig da. Als könnte ihn nichts und niemand aus der Fassung bringen. Ich habe keine Ahnung, was Ben mit alldem bezweckt, aber unser Wiedersehen scheint ihm nicht ansatzweise so viel auszumachen wie mir. Das ist nicht fair. Wir steckten damals gemeinsam in dem Chaos fest, haben beide gelitten, gegen unsere Gefühle angekämpft und am Ende viel verloren. Und doch sitzt heute ein Mann vor mir, der stark, stolz und unerschütterlich wie ein Baum wirkt. *Vielleicht hat Ben die Funkstille nicht so viel ausgemacht wie mir?* Dieser Gedanke tut entsetzlich weh, denn wenn es so ist, hat er mir offensichtlich mehr bedeutet als ich ihm.

»Ich hätte gern einen Kaffee«, sagt er zum Kellner und reißt mich damit aus den Überlegungen. »Schwarz bitte.«

»Für mich einen Karamell-Macchiato.« Der Appetit ist mir vergangen. In ein paar Stunden werde ich es mit Sicherheit bereuen, nichts gegessen zu haben, aber jetzt wird mir allein beim Gedanken an Essen schlecht.

Wir reichen dem jungen Kellner die Karten und schon sind wir allein – zumindest fühlt es sich so an, als wären wir es. Um uns herum sind beinahe alle Tische besetzt, aber ich nehme nur Ben wahr. Er hatte schon damals eine besondere Ausstrahlung und daran hat sich mit den Jahren nichts geändert. Außerdem sieht er noch immer unverschämt gut aus. Sogar noch besser als früher. Seine Schultern sind breiter geworden, seine Haut ist rosiger und seine Haare nicht mehr so verwuschelt. Was mir jedoch am stärksten auffällt, sind seine nussbraunen Augen, denn sie funkeln auf eine Weise, die fröhlicher und sorgloser als vor drei Jahren wirkt. Als wäre ihm eine tonnenschwere Last von der Seele genommen worden. Das freut mich für ihn, aber zeitgleich ist es schwer zu akzeptieren, denn während seine Last anscheinend verschwunden ist, ist meine seit einigen Wochen wieder präsent und droht mich unter sich zu begraben. Das einzusehen, lässt meinen Kampf plötzlich lächerlich erscheinen. Ich habe hart um meine Ehe gerungen, habe die Freundschaft zu einem wundervollen Mann aufgegeben und mich immer und immer wieder auf Kompromisse eingelassen, nur um am Ende an genau dem Punkt anzukommen, an dem ich damals beinahe alles hingeworfen hätte.

»Du siehst gut aus.« Bens Stimme weht über mich hinweg wie der heftige Wind kurz vor einem Sturm. Warm, umschmeichelnd und doch beängstigend.

»Du auch«, erwidere ich und räuspere mich, um den felsbrockartigen Kloß aus meinem Hals zu vertreiben. »Ben, wieso hast du mich abgefangen? Du hättest mir schreiben können.«

»Ich wusste nicht, ob du antworten würdest, und mich mit dir hinzusetzen und zu reden, war mir zu wichtig. Ich wollte keine Absage riskieren.«

»Wieso?«

»Wir hatten damals ein schwieriges Ende«, gibt er zu. »Wenn wir mit unseren Leben vorankommen wollen, müssen wir das Vergangene aufarbeiten und dürfen nichts offen zurücklassen. Zumindest empfinde ich es so.«

»Ich verstehe, was du meinst. Aber wieso ausgerechnet jetzt und nicht schon vor drei Jahren?«, will ich wissen. »Wieso suchst du mich plötzlich auf Instagram und hebst die Blockierung auf?« *Und wie geht es dir? Wie sieht dein Leben aus? Bist du glücklich?* Auch wenn es mir auf der Zunge brennt, spreche ich die letzten Fragen nicht aus. Nicht, solange ich nicht weiß, wohin dieses Gespräch führt.

»Ich habe dich gestern gesehen und hatte sofort tausend Fragen im Kopf«, erklärt Ben sachlich und spricht damit meine Gedanken aus. »Wir standen uns für eine kurze Zeit sehr nah, und dass ich nicht weiß, wie es dir geht, hat sich falsch angefühlt. Außerdem mache ich eine Therapie und mein … mein Betreuer findet es genauso wichtig wie ich, dass ich die offenen Dinge aus meiner Vergangenheit bereinige. Damit du den Grund dafür verstehst, musst du meine Geschichte kennen.«

»Damals hat Natalie angedeutet, dass ich etwas Wichtiges nicht über dich weiß«, erinnere ich mich. »Bei unserem letzten Treffen hast du etwas Ähnliches angedeutet. Du sagtest, wenn ich alles über dich wüsste, würde ich dich bemitleiden. Was hast du damit gemeint, Ben?«

Ehe er antworten kann, kommt der Kellner zurück und bringt unsere Getränke. Ich greife nach dem langen Löffel und verrühre die verschiedenen Schichten im Glas miteinander. Milch geht in Kaffee über und zuletzt löst sich sogar der Schaum ein wenig auf. Ich sehe dabei zu, wie sich alles zu einer Farbe vermischt. Anschließend lege ich zufrieden den Löffel zur Seite, sehe hoch und spüre prompt die aufsteigende Röte im Gesicht. Ben beobachtet mich. Seine Lippen zeichnen ein sanftes, beinahe wehmütiges Lächeln, bei dessen Anblick mein Herz einen unerwarteten Sprung macht.

»Schön, dass sich manche Gewohnheiten nicht ändern. Das hast du früher schon gemacht«, erklärt er und deutet auf mein Glas.

»Daran erinnerst du dich?«

»Ich erinnere mich an alles, Lisa. An jede Kleinigkeit.«

Bens distanzierte Fassade beginnt zu bröckeln und endlich erkenne ich *meinen* Ben in ihm wieder. Den aufmerksamen, verständnisvollen und humorvollen Ben. Ich kann förmlich sehen, wie es in der Luft zwischen uns knistert, und dieses Knistern lässt mir unwillkürlich einen wohligen Schauer über den Rücken laufen. Erschrocken senke ich den Blick. »Also«, lenke ich ab. »Du wolltest mir etwas erzählen.«

»Ja«, flüstert Ben rau. »Es gab eine Zeit in meinem Leben, die mich beinahe zerstört hätte. Ich habe etwas erlebt, das mich vollkommen aus der Bahn geworfen hat und das ich bis heute nicht ganz verkraftet habe.«

»Darum die Therapie«, schlussfolgere ich und sehe wieder zu ihm auf. »Weil du es aufarbeiten willst. Das erklärt auch, wieso du erst jetzt den Kontakt zu mir suchst.«

»Genau.«

»Ben«, frage ich bedächtig. »Was ist dir passiert?«

Er greift nach seinem Becher und weicht meinem Blick aus. »Ich war verlobt und … sie ist gestorben.«

In meinen Ohren beginnt es zu rauschen und mein Sichtfeld wird zu einem dunklen schmalen Tunnel. Einzelne Puzzleteile setzen sich in meinem Kopf zusammen und formen ein Bild, das schlagartig so vieles erklärt. Deshalb war Ben Single. Deshalb wollte er seine Gefühle mir gegenüber nicht zugeben und erst recht nicht zulassen. Weil er jemanden verloren hat, der ihm alles bedeutete, und diesen Schmerz durchleiden zu müssen, wollte er nicht erneut riskieren.

»Das war noch nicht alles.«

Wie gebrochen Ben klingt, bringt mein Herz zum Schreien. Ich will ihn trösten, aber ich weiß nicht, wie. Früher wäre ich aufgestanden und hätte ihn in den Arm genommen oder meine Hände nach ihm ausgestreckt. Aber heute existiert eine Unsicherheit zwischen uns, die mich zurückhält.

»Hannah – so hieß sie«, erklärt Ben mit unerträglich traurigem Lächeln. »Wir kannten uns aus der Oberstufe und waren jahrelang befreundet. Irgendwann waren wir auf einer Party und haben so ein dämliches Trinkspiel gespielt. Wir mussten uns küssen und danach war alles anders. Jedes Mal, wenn wir uns begegnet sind, war da etwas zwischen uns, das wir beide nicht übersehen konnten. Irgendwann haben wir unseren Gefühlen nachgegeben und wurden ein Paar.« Ben stockt und atmet bebend aus. Es kostet ihn offensichtlich enorm viel Kraft, darüber zu sprechen, und dass er mir seine Geschichte trotz dieser Qualen anvertrauen will, bedeutet mir unbeschreiblich viel. »Dass ich nach meiner Ausbildung zur Bundeswehr gegangen bin, weißt du ja schon«, sagt er und ich nicke. »Hannah und ich haben zusammengewohnt, haben eine gemeinsame Zukunft geplant, und während ich beim Bund war, hat sie Jura studiert. Wir waren seit vier Jahren zusammen, als ich ihr einen Antrag gemacht habe. Es war spontan. Wir waren im Urlaub, saßen vor dem Kamin, haben über unsere Träume gesprochen und da habe ich sie einfach gefragt. Sie hat sofort Ja gesagt und ich dachte, dass ich unmöglich glücklicher sein könnte, aber nur ein paar Monate später wurde ich noch glücklicher. Ich kam übers Wochenende heim. Hannah war total aufgekratzt und hat mir eine kleine Schachtel in die Hand gedrückt. Darin lag ein Schwangerschaftstest. Er war positiv.«

Hannah war schwanger. Sie ist gestorben. Mein Herz zerspringt vor Kummer in tausend spitze Scherben. Bens Augen glänzen voller ungeweinter Tränen und seine Finger zittern um seinen Becher herum, als würde er sich nur mit Mühe zusammenreißen können. Ihn so zu sehen ist schrecklich. Von dem starken und stolzen Mann, der mir vor wenigen Minuten gegenübersaß, ist nichts geblieben.

»Eine Woche später war ich in der Kaserne und habe mich auf meinen ersten Auslandseinsatz vorbereitet«, erzählt Ben. Er spricht dermaßen leise und zitternd, dass ich ihn kaum verstehe. »Der Einsatz sollte sechs Monate dauern und sobald ich wieder zu Hause wäre, wollten wir heiraten. Hannah wäre dann ungefähr im achten Monat gewesen.« Ben lässt seinen Becher los und knetet seine Hände auf dem Tisch. Er sieht mich nicht an, sondern starrt gedankenverloren auf seine Finger. »Der Spieß, also der Feldwebel, kam in unsere Stube. Er war sonst immer streng und autoritär, aber an diesem Tag hat er mir die Hand auf die Schulter gelegt und mich gebeten, mit ihm mitzukommen. Ich wusste sofort, dass etwas nicht stimmt. Wir gingen in sein Büro und da saß meine Mutter. Sie hat fürchterlich geweint.«

»Was ist passiert?«, frage ich bedächtig.

»Ein Autounfall«, haucht Ben. Eine einzelne Träne rollt seine Wange entlang und tropft auf seine Finger. »Hannah kam aus einer Tiefgarage und ihr wurde die Vorfahrt genommen. Sie war sofort tot. Sie und … und unser Baby.«

Nun kann auch ich die Tränen nicht länger zurückhalten. Sie überziehen mein Gesicht wie reißende Flüsse und benetzen meine Lippen. Die Unsicherheit und Distanz zwischen uns wird unwichtig. Ohne darüber nachzudenken, strecke ich die Hand aus und lege sie auf Bens. Er zuckt zusammen, als hätte ich ihn geschlagen, und sieht mit geröteten Augen zu mir auf.

»Es tut mir so leid für dich, Ben«, wispere ich.

»Nach Hannahs Tod bin ich in ein wirklich tiefes Loch gefallen«, vertraut er mir an. »Ich konnte morgens nicht aufstehen, nicht essen und zu lachen hat sich wie Verrat angefühlt. Ich habe Jahre gebraucht, um halbwegs darüber hinwegzukommen.

Das Einzige, das mir geholfen hat, war, mich ständig abzulenken und mir keine Gelegenheit zum Nachdenken zu geben. Dann habe ich dich getroffen und … plötzlich habe ich wieder gelebt. Du hast es geschafft, dass ich es für möglich gehalten habe, irgendwann ein glückliches Leben zu führen. Aber du hast Mika.«

»Jetzt verstehe ich, wieso du jedes Mal abgeblockt hast, wenn ich über ihn gesprochen habe«, gebe ich zu. »Ich kann mir nicht vorstellen, wie sehr du gelitten haben musst, Ben. Hätte ich das damals gewusst –«

»Genau deshalb habe ich es dir nicht gesagt«, unterbricht Ben mich und zieht seine Hand unter meiner hervor. Er wischt sich grob die Tränen von den Wangen und setzt sich aufrechter hin. »Ich wollte nicht, dass du in meiner Gegenwart aufpasst, was du sagst, oder dich zurückhältst. Aber genau das wäre passiert, hätte ich dir das alles erzählt.«

»Ich hätte dich verstanden, Ben. Außerdem hätte ich mich nicht ständig fragen müssen, ob ich etwas falsch mache oder wieso du plötzlich abweisend zu mir bist. Ob die Themen einer Mutter dich langweilen oder ob du Kinder vielleicht sogar hasst«, korrigiere ich ihn. »Was wäre falsch daran gewesen, wenn ich mich auf dich und deinen Schmerz eingestellt hätte? So funktioniert das in einer Freundschaft nun mal. Man geht auf die Bedürfnisse des anderen ein, nimmt Rücksicht und ist füreinander da. Du warst so oft für mich da, Ben, aber du hast nicht zugelassen, dass ich es auch für dich bin.«

Er lächelt sanft. »Wir waren nie nur Freunde, Lisa.«

»Aber wir hätten es sein können«, behaupte ich überzeugt. »Wenn wir es ernsthaft versucht und klare Grenzen gesetzt hätten, hätten wir es hinbekommen. Irgendwann. Wir brauchten eine Auszeit, das gebe ich zu. Stattdessen haben wir aber einen Schlussstrich gezogen und alles weggeworfen.«

»Du weißt, dass das nicht stimmt.«

»Aber –«

»Lisa, bitte«, unterbricht Ben mich erneut. »Sei ehrlich. Ich war in dich verliebt und du hast auch etwas für mich empfunden. Das kann ich mir nicht eingebildet haben. Grenzen einzuhalten hätte also nicht funktioniert, und irgendwann wäre das Chaos so groß geworden, dass wir es unmöglich hätten beseitigen können. Du hast etwas für mich empfunden und ich für dich«, wiederholt er bedeutungsvoll. »Diesen Gefühlen haben wir nicht nur einmal nachgegeben, und wenn wir damals keinen Schlussstrich gezogen hätten … es wäre wieder passiert, und vielleicht hätte uns beim nächsten Mal nichts unterbrochen.«

Kapitel 36

Auf und ab

Ben

»Du hast recht.«

Lisas Stimme ist kaum zu hören, doch das leise Wispern genügt, um einen bleischweren Fels von meiner Seele zu rollen. Nach all den Jahren gibt sie mir endlich die Gewissheit darüber, dass meine Gefühle nicht einseitig gewesen sind. Ich habe sie mir nicht eingebildet, denn Lisa hat tatsächlich mehr als Freundschaft und körperliche Anziehung für mich empfunden. Dieses Wissen fühlt sich unbeschreiblich erlösend an.

»Du hast mir viel bedeutet, Ben. Sehr viel sogar«, setzt Lisa flüsternd nach. »Es gibt immer wieder Momente, in denen ich mich frage, was wohl passiert wäre, wenn wir uns nicht aufgegeben hätten. Diese Frage lässt mich nicht los.«

»Ich habe mich oft das Gleiche gefragt«, gebe ich zu. »Was wäre gewesen, wenn? Ich habe das alles hunderte Male im Kopf durchgespielt, aber egal, was ich mir ausgemalt habe, es gab nie ein gutes Ende für uns. Ich habe mir versucht einzureden, dass es eine andere Lösung gab und ich sie nur nicht gefunden habe. Die Wahrheit ist aber, dass kein anderer Weg existiert hat.«

»Das stimmt nicht.« Lisa wirkt plötzlich aufgeregt. »Es gab mit Sicherheit eine Lösung, die besser gewesen wäre, als alles hinzuschmeißen und den anderen aus seinem Leben zu streichen. Wir waren damals zu aufgewühlt und unsere Probleme haben uns überfordert, also haben wir den einfachen und feigen Weg gewählt und den Kontakt beendet. Vielleicht haben wir damit einen riesigen Fehler begangen«, fährt sie hitzig fort. »Weil wir nicht bereit waren, alles andere beiseitezuschieben und uns der Wahrheit über unsere Gefühle zu stellen, haben wir so viel verloren. Vielleicht haben wir dadurch das Unvermeidliche nur herausgezögert und uns jahrelang unnötig gequält.«

»Wie meinst du das?«, frage ich irritiert.

Abrupt presst Lisa ihre Lippen zusammen und weicht meinem Blick aus. Aber nicht schnell genug, denn ich konnte ihre schockgeweiteten Augen vorher deutlich erkennen.

»Lisa, was meinst du damit? Ist bei dir alles okay?« In mir beginnt sich eine fürchterliche Ahnung breitzumachen. Eine Ahnung, die sich wie eine dunkle Wolke über uns ausbreitet.

Sie schüttelt den Kopf, nickt dann aber und sieht mit einem Lächeln zu mir zurück, das falsch und künstlich wirkt. »Ja, klar. Alles ist bestens. Vergiss bitte, was ich gesagt habe. Es ist eben mit mir durchgegangen«, behauptet sie.

»Du weißt jetzt, wie kaputt ich bin«, sage ich eindringlich und skeptisch zugleich. »Darum hätte es unmöglich anders zwischen uns enden können. Ich war damals nicht einmal im Ansatz so gefestigt, wie ich es heute bin, und irgendwann wäre alles zu viel für mich geworden und der ganze Mist wäre uns um die Ohren geflogen. Ich hätte dich enttäuscht und du hättest mich dafür gehasst.«

»Du bist ein großartiger Mann, und ich will nicht, dass du das anders siehst«, erwidert sie bedeutsam. »Du hast so viel zu bieten, Ben. Du bist warmherzig, verständnisvoll und … Ich glaube, dir ist gar nicht bewusst, wie viele Frauen kämpfen würden, um einen Partner wie dich an ihrer Seite zu haben. Jemanden, der sich die Mühe macht, sie zu verstehen, der auf ihre Wünsche und Bedürfnisse eingeht und bei dem man sich sicher und geborgen fühlt.«

Ihre letzten Worte machen mich stutzig und deuten unterschwellig etwas an, das die Alarmglocke in meinem Kopf lauthals schrillen und die dunklen Wolken zu einem grollenden Gewitter anschwellen lässt. »Wie läuft es zwischen dir und Fabian?«, frage ich behutsam.

»Es läuft gut«, erwidert sie viel zu schnell und sieht auf ihr Glas hinunter. »Wir hatten eine schwere Zeit, aber wir haben uns Mühe gegeben und machen sogar eine Ehetherapie. Wir gehen alle zwei Wochen hin.«

»Hat Fabian sich auch wegen seiner Aggressionsprobleme Hilfe gesucht?«, will ich wissen und scanne sie unauffällig nach blauen Flecken ab. Suche nach Anzeichen dafür, dass meine Sorge berechtigt ist, auch wenn ich aus tiefstem Herzen darum flehe, falschzuliegen und mich zu irren. Lisa greift nach ihrem Glas. »Du willst jetzt nicht ernsthaft über Fabian reden, oder? Bei diesem Gespräch sollte es um uns gehen. Erzähl mir bitte, wieso es für deine Therapie wichtig war, mir die Wahrheit zu erzählen. Gehört das zu einem Aufarbeitungsplan oder so?«

»Lisa, bitte sei ehrlich zu mir. Bist du glücklich? Behandelt Fabian dich gut? Hat er dich in den letzten Jahren verletzt?«

»Es ist alles okay«, behauptet sie tonlos. »Erzählst du mir jetzt bitte mehr über deine Therapie?«

Lisa wechselt das Thema und antwortet nur ausweichend auf meine Fragen, das sagt leider mehr über ihre Situation aus, als eine direkte Antwort es vermutlich tun würde. Sie ist nicht glücklich mit Fabian, deshalb will sie nicht über ihn sprechen. Und hätte er wegen seiner Aggressionsprobleme Hilfe in

Anspruch genommen, würde sie mir das mit Sicherheit erzählen. Von ihrer Ehetherapie erzählt sie mir schließlich auch. Ich habe schon damals geahnt, dass Fabian nicht der Richtige für sie ist, aber es nun bestätigt zu wissen, trifft mich dennoch hart. Ob ihre Ehe noch immer von Problemen dominiert wird oder ob Fabian sie erneut angegriffen hat, weiß ich zwar nicht, aber dafür bin ich mir nun sicher, dass sie leidet. Ihr Leben muss aufreibend sein, und dann überrumple ich sie und lade ihr auch noch meine schmerzhafte Vergangenheit auf. Plötzlich fühle ich mich wie ein absoluter Egoist.

»Es tut mir leid«, sage ich kleinlaut. »Ich habe nur daran gedacht, dass es für mich wichtig ist, mit dir endlich über alles zu sprechen, und dass es mich verrückt macht, nicht zu wissen, wie's dir geht. Ich habe nicht darüber nachgedacht, was ein Treffen für dich bedeuten würde oder dass es dich verletzen könnte.«

»Mach dir bitte keine Gedanken«, erwidert Lisa. »Mir geht's gut. Wirklich. Und dass ich jetzt alles über dich weiß, hilft auch mir. Ich verstehe allmählich, was damals im Hintergrund gebrodelt hat, und das lässt viele nervige Fragen verstummen.«

Du weißt nicht alles, denke ich bitter. Genauso wie du mir nicht alles anvertraust. Es ist feige, Lisa nicht von meinem Alkoholismus zu erzählen, aber ich versuche, diese Entscheidung damit zu rechtfertigen, ihr nicht noch mehr zumuten zu wollen. »Du hast mit dem Laufen weitergemacht«, wechsle ich das Thema. »Das sieht man dir an. Du wirkst fit.«

Schlagartig tritt ein freudiges Funkeln in ihre Augen. Ein Funkeln, das ich von mir selbst kenne. Es stimmt, dass Sport Endorphine ausschüttet, die sich wie ein Rausch anfühlen können. Es belebt den Körper und hinterlässt ein Glücksgefühl, das lange anhält und sich ins Gedächtnis einbrennt. Allein die Erinnerung daran genügt, um gute Laune zu bekommen. Das ist anscheinend eins der vielen Dinge, die Lisa und ich gemeinsam haben.

»Ich gehe alle zwei Tage laufen und bin inzwischen relativ ausdauernd geworden«, berichtet sie. »Trotzdem habe ich keine Ahnung, ob ich den Halbmarathon schaffe, aber ich will es zumindest versuchen. Wieso warst du gestern eigentlich da? Hast du dich auch angemeldet oder eine Freundin begleitet? Die Schwarzhaarige vielleicht, mit der du an der Hintertür gestanden hast?« Sie lässt es nebensächlich klingen, aber ihre Neugier und Eifersucht sind dennoch eindeutig zu hören – und das ist ein Problem. Lisa darf nicht so empfinden. Genauso wie es mich nicht dermaßen freuen dürfte, dass sie es tut.

»Ich organisiere den Lauf mit«, lasse ich sie wissen. »Und die Frau war Fiona. Sie ist eine Freundin, die gerade eine schwere Zeit durchmacht und der ich helfe. Mehr nicht.«

Lisas Mundwinkel zuckt verräterisch. »Dann sehen wir uns also nächste Woche.«

»Stimmt. Ich hoffe, Fabian hat kein Problem damit. Ich kann mich von euch fernhalten, dann wird es leichter für ihn. Ich will keinen Stress provozieren.«

»Fabian kommt nicht«, sagt Lisa mit merkwürdigem Unterton. Beißend und wütend, jedoch auch erleichtert.

»Okay«, erwidere ich gedehnt. »Ist ein Marathon nicht sein Ding, oder hat er etwas anderes vor?«

Statt zu antworten, sieht Lisa auf ihre Armbanduhr. »Ich muss dringend los, sonst komme ich zu spät zur Arbeit.«

Jede Faser meines Körpers will mich drängen, sie nicht gehen zu lassen und tatenlos dabei zuzusehen, wie sie mein Leben erneut verlässt. Nicht zuzulassen, dass sie in eine unglückliche Ehe zurückkehrt. Allerdings weiß der rationale Teil in mir, dass es so am besten ist und ich mich nicht einmischen darf. Ihr Leben geht mich nichts mehr an, und das aus gutem Grund. Also nicke ich, auch wenn es mir das Herz zerreißt.

Lisa steht auf und zieht ihr Portemonnaie aus der Tasche. Sofort schüttle ich den Kopf und stehe ebenfalls auf. »Das geht auf mich, immerhin habe ich dich gebeten, mit mir herzukommen. Außerdem musst du los.«

»Danke«, sagt sie und zieht ihre Jacke an. Lisa geht um den Tisch herum und bleibt neben mir stehen. »Es war wirklich schön, dich zu sehen, Ben. Trotz allem.«

»Fand ich auch.«

Lisa sieht mich so intensiv an, als wollte sie sich jedes Detail einprägen. Ich tue es ihr nach. Sehe in diese wunderschönen großen Augen und starre auf ihren Mund. Unwillkürlich beginnen meine Lippen zu prickeln und Bilder unseres letzten gemeinsamen Abends überfluten meinen Verstand. Ich höre Lisas Seufzen, die Erinnerung an ihre zarte Haut lässt meine Finger pulsieren und die Leidenschaft verbrennt mich beinahe von innen heraus. Ohne es bewusst zu bemerken, lege ich meine Hand an ihre Wange, dann halte ich erschrocken den Atem an. Ich rechne damit, dass Lisa zurücktritt, mich anschreit oder mir klar sagt, dass ich sie nicht anfassen darf. Doch das tut sie nicht. Im Gegenteil. Lisa schließt die Augen und schmiegt sich genießend in die Berührung. Ermutigt fährt mein Daumen ihren Wangenknochen entlang und gleitet zu ihrem Mundwinkel. Ich streiche zärtlich darüber, als plötzlich etwas Nasses meinen Finger streift. Irritiert sehe ich höher und beiße die Zähne zusammen. Tränen rinnen aus ihren geschlossenen Augen. Tränen, die ich nicht einschätzen kann. Habe ich Lisa wehgetan oder ist es meine Nähe, die ihr wehtut? So oder so habe ich sie verletzt, und das darf nie wieder vorkommen. Ruckartig nehme ich meine Hand von ihrem Gesicht und gehe einen Schritt nach hinten. Ich habe unterschätzt, wie stark die Bindung zwischen uns nach all den Jahren noch immer ist. Ein Blick auf sie genügt, und schon ist das alte Flattern wieder da. Lisa Steffens übt eine Anziehung auf mich aus, die mit nichts zu vergleichen ist, was ich jemals empfunden habe. Sie ist sogar stärker als der Alkohol. Aber ebenso wie an meinen Gefühlen hat sich auch an der Situation nichts verändert. Sie ist noch immer verheiratet und ich bin noch immer krank. Lisas Leben ist bereits ohne mich und meinen Rattenschwanz an Problemen schwer genug.

Blinzelnd öffnet sie die Augen. Lisa starrt mich unentschlossen an, ehe sie sich über die Wangen streicht und die Tränen fortwischt. »Falls du noch mal etwas besprechen willst«, sagt sie brüchig. »Warn mich bitte vor.«

»Und falls du irgendetwas brauchst, meld dich bei mir. Ich weiß«, fahre ich fort, bevor sie etwas einwenden kann, »dass ich nicht deine erste Wahl bin, die du bei Problemen oder Sorgen anrufst, aber behalte bitte im Hinterkopf, dass ich im Notfall für dich da bin. Immer.«

»Danke, Ben«, sagt sie. »Ich wünsche dir viel Erfolg mit deiner Therapie.« Einen Moment lang sieht Lisa mich noch nachdenklich an, dann senkt sie den Blick und geht mit schnellen Schritten an mir vorbei. Sobald sie weg ist, sacke ich kraftlos auf den Stuhl zurück. Ich habe Lisa von meiner Vergangenheit erzählt, aber einen wichtigen Teil weiterhin verheimlicht – und doch fühlt es sich befreiend an, mich ihr endlich anvertraut zu haben. Aber obwohl es mich erleichtert, bedrückt mich etwas, denn sie ist nach wie vor nicht glücklich. Lisa steckt noch immer in einer Spirale aus unerfüllter Hoffnung und Unzufriedenheit fest. Ich wünschte, ich wäre der Mann, den Lisa in mir sieht, denn dann wäre ich stark genug, um um sie zu kämpfen und ihr das Leben zu bieten, das sie verdient und ich mir immer wieder erträume. Aber das bin ich nicht, auch wenn ich hoffe, es irgendwann zu werden. Nur wird es dann für uns vermutlich zu spät sein.

Kapitel 37

Ein Klick zu viel

Lisa

Früher habe ich mir freie Abende sehnlichst gewünscht. Inzwischen weiß ich jedoch, dass man vorsichtig mit seinen Wünschen umgehen sollte, denn falls sie sich erfüllen, könnte das Ergebnis nicht wie erwartet ausfallen. Es kommt in letzter Zeit häufig vor, dass Mika bei einem Freund übernachtet. An solchen Abenden fühlt sich unsere Wohnung verlassen und still an. So wie heute. Nach diesem emotionalen Tag hätte ich meinen Sohn gern an meiner Seite. Aber er ist nicht da, ebenso wie Fabian, der länger arbeitet. Ich bin mit dem Chaos in meinem Kopf und der dröhnenden Stille allein.

Seit über einer halben Stunde liege ich nun schon auf dem Sofa und scrolle durch Bens Facebookprofil. Anders als sein Profil auf Instagram ist das öffentlich einsehbar. Er postet regelmäßig. Mal ist es ein Foto von sich beim Laufen an der Elbe, dann eins von einem Umzug, auf dem auch Janik zu sehen ist, und dann ist da wieder ein Foto von einem Konzertbesuch.

Außerdem entdecke ich einige Fotos, die ihn bei der Arbeit zeigen, allerdings ist es ein anderes Studio als früher. Wehmütig streiche ich über Bens Gesicht auf dem Display. Auf diesem Bild steht er am Ufer der Elbe und sieht in den Himmel hinauf, während die Sonne sein Gesicht in ein helles Licht taucht und zum Glühen bringt. Als er mir vorhin über die Wange gestreichelt hat, fühlte es sich an, als würde er nicht nur meine Haut, sondern auch mein Herz berühren. Eine Welle des Friedens schwappte über mich hinweg und all meine Dämme brachen zusammen. Wie tief meine Gefühle für ihn selbst nach dieser langen Funkstille noch reichen, macht mir Angst. Dass ein Schatten unserer Verbindung mich noch immer verfolgt, war mir bereits vor diesem Moment bewusst gewesen, doch wie mächtig und intensiv er ist, hat mich überrumpelt.

Das Zufallen der Wohnungstür lässt mich zusammenzucken. Mein Finger rutscht ab und trifft auf den Like-Button unter dem Foto. *Verdammter Mist!* Ich könnte es widerrufen, aber Ben würde dennoch eine Benachrichtigung bekommen. Egal, was ich tue, er weiß jetzt, dass ich ein Bild von ihm angesehen habe, das über ein Jahr alt ist. Und somit weiß er auch, dass ich sein Profil gestalkt habe. Das ist mir unglaublich peinlich.

»Lisa?« Fabian betritt das Wohnzimmer und sofort schließe ich das Display und lege das Handy auf meinen Schoß.

»Hey. Ich dachte, du kommst erst später nach Hause?«

»Das neue Projekt von dem überreichen Neukunden, von dem ich dir erzählt hatte, ist zum Glück schneller fertig geworden«, erklärt Fabian und zieht sich die Krawatte über den Kopf. »Ich hoffe, dein Tag war besser als meiner.«

Das Handy fühlt sich plötzlich tonnenschwer an, und diese Schwere ermahnt mich, ehrlich zu sein. Ich muss Fabian erzählen, was heute vorgefallen ist. Wir haben ohnehin wieder erdrückend viele Eheprobleme, und wenn ich ihm so etwas

Wichtiges verheimliche und er es später erfährt, wird alles nur noch schlimmer.

»Fabian«, setze ich zurückhaltend an. »Ich muss dir etwas erzählen. Heute ist etwas passiert und –«

»Wo ist Mika?«, unterbricht er mich.

»Er schläft bei David.«

»Ach so. Dann macht es dir bestimmt nichts aus, wenn ich auch noch weggehe, oder? Dann hast du den Abend für dich.«

Überrumpelt runzle ich die Stirn. »Wo willst du denn hin?«

»Ins Vereinsheim«, entgegnet er und hängt sein Jackett über einen der Stühle am Esstisch. »Die übertragen heute das Spätspiel auf der Leinwand.«

»Fabian, wir müssen uns vorher unterhalten.«

»Muss das sein?«, nörgelt er. »Ich hatte einen echt beschissenen Tag und will jetzt nur noch in Ruhe ein Bier trinken und den Kopf ausschalten.«

»Es ist wichtig«, stelle ich klar.

Er seufzt und rollt genervt mit den Augen. »Für dich ist alles wichtig. Lass uns morgen reden, wenn ich nicht mehr so gestresst bin. Okay? Im Moment habe ich keinen Kopf für irgendwas Ernstes.«

Mein Verstand warnt mich, es nicht aufzuschieben und ihn nicht gehen zu lassen, ehe er alles weiß. Andererseits wirkt mein Mann abgekämpft, und ich bezweifle, dass es der richtige Moment ist, um mit ihm ein so ernstes Gespräch zu führen. »Okay. Wir reden morgen.«

Fabian lächelt mich dankbar an und geht ins Badezimmer. Meine Nerven liegen blank und ich bin froh, gleich nicht mehr vorgeben zu müssen, gefasst und entspannt zu sein. Sobald er weg ist, kann ich mir überlegen, wie ich mit dem Gespräch von heute umgehen will und was genau ich Fabian darüber erzählen werde. Ich muss es behutsam angehen, damit er nicht abblockt und es mich erklären lässt.

»Erinnerst du mich gleich bitte daran, das Geld vom Küchenschrank mitzunehmen?«, ruft Fabian. »Ich will meinen Deckel bezahlen.«

»Wie hoch ist –«, setze ich an, da klingelt mein Handy. Überrascht erkenne ich die Nummer von Davids Mutter. »Hallo?«

»Frau Steffens, entschuldigen Sie bitte die Störung, aber Mika geht's nicht gut.«

»Was ist passiert?«

Anscheinend hört Fabian den alarmierten Ton meiner Stimme, denn er kommt eilig aus dem Badezimmer zu mir rüber.

»Er sagt, er hätte Bauchschmerzen und dass ihm übel ist.«

»Hat er sich übergeben?«

»Noch nicht, aber ich befürchte, das dauert nicht mehr lange«, entgegnet Davids Mutter.

»Ich hole ihn sofort ab.«

»Alles klar. Dann sage ich ihm, dass er sich schon mal anziehen und seine Sachen zusammenpacken soll.«

»Danke. Ich bin in zehn Minuten da.« Nachdem ich aufgelegt habe, dränge ich mich an Fabian vorbei in den Flur. »Mika ist krank. Ich hole ihn ab«, erkläre ich ihm. »Kochst du in der Zeit bitte eine Kanne mit Fencheltee und machst ein Körnerkissen fertig?«

»Ich muss auch gleich los«, ruft er.

Ungläubig drehe ich mich zu ihm um. »Unser Sohn ist krank und du willst gehen, ohne ihn gesehen zu haben und zu wissen, wie schlimm es ist?«

»Du bist doch da. Zum Händchenhalten brauchst du mich nicht, außerdem kann ich eh nicht viel tun.«

»Aber –«, ich breche ab und presse wütend die Lippen zusammen. Für einen Streit habe ich jetzt keine Zeit.

»Ich setze noch Wasser auf, wenn's dir hilft.«

»Danke«, quetsche ich heraus, schnappe mir meine Handtasche von der Garderobe und verlasse die Wohnung. Innerlich koche ich vor Wut. Ich verstehe, dass Fabian einen harten Tag hatte und jetzt keine Lust auf noch mehr Stress hat, aber so geht es mir auch – und das wüsste er, wenn er das Gespräch nicht abgewürgt, sondern mir zugehört hätte.

Ich steige ins Auto und drehe als Erstes die Musik auf, um meine lauten Gedanken zu übertönen. Danach gebe ich Davids Adresse in meinem Handy ein und stelle es in die Halterung an der Windschutzscheibe. Ich war erst einmal dort und habe nicht unbedingt den besten Orientierungssinn. Gerade als ich den Motor starten und aus der Garageneinfahrt fahren will, blinkt eine Nachricht auf meinem Handy auf. Ohne Vorwarnung fliegen hunderte Kolibris durch meinen Bauch und eine wohlige Wärme breitet sich in mir aus. Ben hat mir einen lächelnden Smiley geschickt. Er hat den Like unter seinem Foto also gesehen, und anscheinend freut er sich darüber. Spontan sende ich ihm einen Smiley zurück, dann starte ich den Motor und fahre zu den Klängen von *Wasserkopfs* neuem Album meinen Sohn abholen.

»Warte bitte kurz.« Ich schließe die Vorhänge und verlasse auf Zehenspitzen Mikas Zimmer. Die Tür lasse ich jedoch offen, damit ich ihn im Notfall hören kann. »So, ich bin wieder da«, berichte ich Ina.

»Sorry, dass ich dir nicht vorhin schon geantwortet habe«, sagt meine Schwester schuldbewusst. »Ich war bis eben noch auf einer Feier und hab deinen Anruf nicht mitbekommen.«

»Mach dir keine Gedanken«, erwidere ich und gehe runter ins Wohnzimmer. »Ich wollte nur wissen, ob du zufällig Zwieback hast. Mika ist krank.«

»Oh nein. Wie geht's dem kleinen Mann?«

»Mittelmäßig«, antworte ich und setze mich aufs Sofa. »Er hat sich mehrfach übergeben. Wenn's morgen nicht besser ist, muss ich ihn in die Notfallsprechstunde bringen.«

»Du meinst nachher«, verbessert Ina und erinnert mich damit leider daran, dass es bereits zwei Uhr morgens ist und ich bisher nicht für eine Minute die Augen schließen konnte.

»Das Wochenende wird die Hölle.«

»Vermutlich«, bestätigt sie ungeschönt. »Soll ich rüberkommen und dir Gesellschaft leisten?«

»Das ist lieb von dir, aber nicht nötig.«

»Bist du sicher?«, hakt sie nach. »Ich könnte unten bei Papa schlafen, und wenn was ist, rufst du mich hoch. Solange er im Urlaub ist, merkt er das sowieso nicht.«

»Das ist wirklich nicht nötig. Ich komme klar.« Mit der freien Hand breite ich die Kuscheldecke über mir aus und drapiere das Sofakissen unter meinem Kopf. »Mika schläft und ich will versuchen, auch ein bisschen Schlaf zu bekommen.«

»Fabian kann sich ja morgens um Mika kümmern«, schlägt sie vor. »Dann kannst du dich ausruhen.«

Das Schnauben kann ich mir nicht verkneifen.

»Was ist los?«, will sie prompt wissen.

»Fabian ist nicht da.«

»Wo ist er denn?«

»Er wollte ins Vereinsheim, um das Spätspiel zu gucken. Keine Ahnung, was er so lange noch da treibt.«

»Weiß er, dass Mika krank ist?«, fragt Ina.

»Jupp.«

»Hat er sich zwischendurch nach ihm erkundigt?«

»Nein.«

»So ein fauler Arsch«, regt sie sich auf. »Das darfst du ihm nicht durchgehen lassen. Sobald er zu Hause ist, drückst du ihm die Medikamente in die Hand und legst dich gemütlich ins

Bett. Soll er doch auf dem Sofa pennen und bei jedem kleinen Geräusch zu Mika rennen.«

»Ich glaube nicht, dass das so laufen wird«, erkläre ich bitter und muss herzhaft gähnen. »Aber wenn er morgen ausgeschlafen und nüchtern ist, rede ich mit ihm. Die nächste Nachtschicht muss Fabian übernehmen. Er ist genauso für Mika verantwortlich wie ich, und dazu gehört es nun mal, sich um ihn zu kümmern, wenn er krank ist.«

»Sag mir dann, wie er auf diese Ansage reagiert hat.«

»Mach ich«, verspreche ich und gähne erneut. »Ich leg mich jetzt schlafen. Wir hören uns später.«

»Alles klar. Schlaf gut.«

Obwohl das Telefonat vorbei ist, lege ich das Handy nicht weg. Stattdessen öffne ich den Chat mit Ben. Nach den Smileys vorhin begannen wir miteinander zu schreiben. Es war anders als unser Gespräch am Mittag. Ungezwungener und weniger emotional. Das ist das Schöne an Textnachrichten, sie verhelfen zu einem gewissen Abstand, und genau den haben Ben und ich nötig. Ich überfliege die Nachrichten und bleibe an den letzten hängen.

0:51 Ben

Vorbeikommen ist zwar ne blöde Idee, aber falls du was aus der Apotheke brauchst, kann ich's dir vor die Tür stellen. Bei mir um die Ecke hat eine Nachtdienst.

1:03

Ja, das ist eine blöde Idee. Trotzdem danke :-)

1:04 Ben

Alles klar, falls ich helfen kann, meld dich. Hab neuerdings ein Auto. Bin also in zwanzig Minuten da.

1:09

Wusste nicht, dass du einen Führerschein hast?! Ich muss Mika jetzt duschen und ins Bett stecken. Schlaf gut und danke nochmal für die angebotene Hilfe.

1:10 Ben

Ich meinte es vorhin ernst: Wenn was ist, bin ich für dich da. Immer. Egal, ob wir gerade Funkstille haben oder nicht.

Schlaf nachher gut :-)

Ich habe auf seine letzte Nachricht bisher nicht geantwortet. Zuerst musste ich mich um Mika kümmern, dann rief Ina an. Aber selbst wenn ich Zeit gehabt hätte, hätte ich nicht gewusst, was ich erwidern soll. Keine Ahnung, wieso, aber ich weiß instinktiv, dass Ben sein Angebot ernst meint, und das bedeutet mir viel. Vor allem zeigt es aber leider mehr als deutlich den Unterschied zwischen Fabian und Ben. Die beiden miteinander zu vergleichen, ist falsch, denn sie sind von Grund auf verschiedene Typen, trotzdem erwische ich mich dabei, genau das zu tun. Eilig schüttle ich den Kopf, lege das Handy neben mich aufs Sofa und schließe die Augen. Die friedliche Dunkelheit hüllt mich sofort ein. Sie verschluckt mich, wiegt mich sanft hin und her und ehe ich es bemerke, versinke ich in der herrlichen Ruhe des Schlafs.

Kapitel 38

Funkelnde Scherben

Lisa

Etwas poltert und reißt mich aus dem Schlaf. Meine Augen brennen vor Müdigkeit und mein Körper fühlt sich unendlich träge und schwer an. Gefrustet taste ich nach meinem Handy. Vier Uhr und drei Minuten zeigt es an, somit habe ich nur knapp zwei Stunden geschlafen. Im Dunkeln werfe ich die Decke von mir, stehe auf und stecke das Handy wie gewohnt in meine Hosentasche, um nach der Ursache des Krachs zu suchen. Ich schleppe meinen erschöpften Körper in den Flur, da springt das Licht in der Küche an und ich quietsche erschrocken auf. Fabian steht im Durchgang, nur wenige Schritte von mir entfernt.

»Guten Morgen«, murmle ich. »Oder eher gute Nacht.«

Seine Augen haben diesen typischen alkoholgeschwängerten Glanz und auf seinem grünen Shirt prangt ein Fleck, der verdächtig nach Mayonnaise aussieht. »Du hast mich erschreckt.«

»Du mich auch«, erwidere ich und lehne die Schulter an die Wand. »Entweder war die Nachspielzeit überraschend lang oder du hast wieder einmal die Zeit vergessen.«

Fabian verzieht das Gesicht. »Zeit vergessen.«

»Hast du etwas gegessen?«, frage ich und deute auf den Fleck auf seinem Shirt.

»Ja. Und weil du mich nicht an das Geld erinnert hast, musste ich schon wieder anschreiben lassen. Das ist langsam wirklich peinlich.«

»Wie bitte?«, frage ich fassungslos. »Wirfst du mir ernsthaft vor, dass ich dich nicht an dein Geld erinnert habe, weil ich schnell losmusste, um unser krankes Kind abzuholen? Ich kann sowieso nicht nachvollziehen, dass du so viel Geld im Vereinsheim ausgibst, obwohl du ständig sagst, dass wir sparen müssen.«

»Lenk nicht ab. Du hast es vergessen und ich muss deshalb morgen Mittag hinfahren, um den Deckel aufzulösen. Weißt du, wie peinlich mir das ist?«

»Für diese Unterhaltung bin ich zu müde«, erwidere ich kraftlos und drehe mich um. »Lass uns bitte morgen weiterreden. Ich habe nur zwei Stunden geschlafen.«

»Ich habe gar nicht geschlafen!«, schreit er unerwartet.

Eine unheilvolle Kälte kriecht über meine Haut. Fabian ist angetrunken und gereizt. Jetzt mit ihm zu streiten, hätte keinen Sinn, also verkneife ich mir eine Erwiderung und gehe zurück ins Wohnzimmer. Doch bevor ich beim Sofa angekommen bin, geht das Deckenlicht an, und ohne hinsehen zu müssen, weiß ich, dass Fabian dicht hinter mir steht.

»Fabian«, setze ich vorsichtig an. »Lass uns bitte morgen reden. Ich war die halbe Nacht wegen Mika wach und will jetzt wirklich nur noch schlafen.«

Er schnaubt. »Du tust ständig so, als würdest du die Welt retten. Dabei erledigst du nur die normalen Aufgaben einer Ehefrau und Mutter.«

»Wenn du irgendwann mal anfängst, die normalen Aufgaben eines Vaters zu erledigen, verstehst du vielleicht, warum ich so müde bin«, rutscht mir heraus.

»Was soll der Mist jetzt? Ich bin ein toller Vater.«

»Ach ja?«, höhne ich und drehe mich nun doch zu ihm um. Ich wollte diesen Streit vermeiden, aber Fabian will es nicht anders, also muss er mit den Konsequenzen nun leben. »Du verschwindest die ganze Nacht, obwohl dein Sohn krank ist. Okay, die freie Zeit sei dir gegönnt, aber ist es zu viel zu erwarten, dass du zwischendurch nach ihm fragst? Oder dass du fragst, wie es Mika geht, wenn du endlich nach Hause kommst? Und dann stellst du dich auch noch hierhin und beschwerst dich, weil ich dich nicht daran erinnert habe, Geld einzustecken, um deine Rechnung zu bezahlen? Wir sind pleite, Fabian«, erkläre ich und werfe hilflos die Hände in die Luft. »Du sagst ständig wir sollen sparen, gleichzeitig wirfst du unser Geld zum Fenster raus. Mika und ich gönnen uns so gut wie nichts, während du mehrmals die Woche in deinem heiß geliebten Vereinsheim isst, trinkst und wer weiß wie viel Trinkgeld gibst. Ist das fair?«, will ich wissen. »Du willst ein guter Vater sein? Dann gib das Geld deinem Sohn, statt es für unnötigen Scheiß auszugeben. Und kümmere dich um ihn, statt ständig zu verschwinden und mir die meiste Erziehung zu überlassen. Und den Vater-Sohn-Tag hast du auch schon ewig nicht mehr gemacht.«

»Meine Eltern hatten recht«, wirft er mir vor und tritt so nah vor mich, dass ich seine Bierfahne riechen kann. »Du bist mit dem Muttersein überfordert, weil du unbedingt arbeiten willst.«

»Ich muss arbeiten«, fauche ich. »Weil unser Geld so schon kaum reicht. Aber glaub mir, ich schaffe das alles auch ohne dich. Vermutlich sogar besser, weil ich mich dann nicht auch noch um deinen Mist kümmern muss.«

»Was soll das jetzt wieder bedeuten?«

»Dass ich die Schnauze voll habe, Fabian«, sage ich ehrlich. »Wir versuchen seit Jahren, es hinzubekommen. Es gibt Monate, in denen es zwischen uns besser läuft und ich denke, dass wir es schaffen und den ganzen Mist überwinden könnten. Aber wir enden immer wieder an dem gleichen Punkt. Wir streiten ständig über die gleichen Themen, sind gereizt und machen uns gegenseitig Vorwürfe, weil der andere nicht so ist, wie wir es uns wünschen. Ich will nicht mehr kämpfen, Fabi. Ich will endlich glücklich sein.«

»Willst du mich verlassen?« Ein Hauch von Panik liegt in seiner Stimme.

Ich denke nicht nach, überlege nicht, sondern spreche das Einzige aus, das sich in diesem Moment richtig anfühlt: »Ja. Ich will, dass du gehst. Diese Ehe ist kaputt.«

Sekunden vergehen. Sekunden, in denen nur mein hektischer Atem zu hören ist, und doch donnert die Stille so laut wie ein Gewitter, das direkt über uns hinwegzieht. Unser Streit ist außer Kontrolle geraten. Ich hatte geahnt, dass etwas in dieser Art passieren würde, und wollte deshalb erst morgen mit Fabian sprechen. Wenn er sich beruhigt hätte und ich ausgeschlafen wäre. Aber nun ist es zu spät, und obwohl mir die Vorstellung einer Trennung Angst einjagt und die Erfüllung meiner schlimmsten Sorge ist, fühlt sie sich doch ungemein erleichternd an.

»Ich gehe jetzt schlafen«, sage ich bemüht ruhig. »Lass uns bitte morgen weitersprechen. Wir haben beide einiges, über das wir nachdenken müssen.«

Ich drehe mich halb zum Sofa um, da trifft mich etwas brutal am Rücken und ich falle ungebremst nach vorn. Mein Gesicht knallt auf den kahlen Boden und etwas knackt. Meine

Nase pocht, meine Wange brennt und mein Herz hämmert schmerzhaft gegen meine Rippen. Entsetzt drehe ich mich auf den Rücken und starre in das Gesicht eines Mannes, der mir plötzlich völlig fremd erscheint. Fabians Augen sind dunkel vor Wut, seine Lippen zeichnen einen schmalen Strich und seine Hände sind zu bedrohlichen Fäusten geballt.

»Fabian«, wispere ich panisch. »Beruhig dich. Bitte.«

»Ich hab die Schnauze voll von deinem Scheiß«, fährt er mich an und baut sich einschüchternd über mir auf. »Du hast mir nicht vorzuschreiben, wofür ich mein Geld ausgeben oder wie ich meine Freizeit gestalten soll. Das geht dich alles nichts an.«

»O-okay«, stotterte ich und ziehe vorsichtig die Beine an, um mich aufzusetzen. »Wir reden darüber. Morgen.« Betont langsam stehe ich auf und trete unauffällig weiter nach hinten. So weit, dass mir das Sofa in die Kniekehlen drückt und ich festsitze. »Möchtest du schlafen gehen? Du bist bestimmt müde, immerhin hast du lange gearbeitet. Ich mache dir einen Tee und … du kannst ja schon mal duschen gehen.«

Er sieht mich an. Heftig atmend, wortlos und angsteinflößend. Nie zuvor habe ich eine solche Panik gespürt. Mein Mund ist staubtrocken und meine Glieder zittern unkontrolliert. Plötzlich nickt Fabian und ich unterdrücke das beruhigte Ausatmen. Anscheinend habe ich ihn für den Moment besänftigt, aber die Gefahr ist damit nicht vorüber. Ich habe verkündet, mich trennen zu wollen, und damit wird er sich nicht kampflos abfinden. Im Augenblick schweige ich aber vorsichtshalber zu diesem Thema und gehe bedächtig an Fabian vorbei zur Wohnzimmertür. Ich zähle meine Schritte, um mich von meiner Angst und dem Schmerz in meinem Gesicht abzulenken. Es fühlt sich an, als wäre mein Körper in Alarmbereitschaft, und das treibt mir ungewollt Tränen in die Augen. In meinem eigenen Zuhause Angst haben zu müssen, ist absolut falsch.

Ich schaffe es bis vor die Badezimmertür, ehe ich Schritte hinter mir höre. Ohne nachzudenken, renne ich los, erreiche den rettenden Flur und – abrupt wird mein Kopf nach hinten gerissen und ich schreie schmerzgeplagt auf. Meine Kopfhaut brennt fürchterlich und mein Nacken knackt. Fabians Finger bohren sich durch meine Haare in meine Haut hinein und hinterlassen Kratzer, die mit Sicherheit bluten. Er reißt mich an den Haaren herum und schlägt meinen Kopf gnadenlos gegen die Wand. Ich will schreien, aber kein Ton dringt über meine Lippen. Vor meinen Augen dreht sich die Welt in dumpfen Farbtönen und ein metallischer Geschmack breitet sich auf meiner Zunge aus.

»Denkst du, ich bin blöd?«, schreit Fabian mir wutschnaubend ins Gesicht. »Du willst mich verlassen? Wir sind verheiratet und an dieses Versprechen wirst du dich verdammt noch mal halten!«

»Bitte«, nuschle ich und schlucke gegen den bitteren metallischen Geschmack im Mund an. »Mika schläft oben. Er soll das nicht hören«, flehe ich. Die Tränen auf meinem Gesicht spüre ich kaum. Ich weiß, dass sie da sind. Dass sie meine Haut überziehen und von meinem Kinn tropfen, aber mein Körper fühlt sich taub an. Vor Schock. Vor Unglaube und vor allem vor Angst. Der Tränenschleier lässt mein Blickfeld immer weiter verschwimmen, und doch erkenne ich, dass Fabian zögert. Dann nickt er und lässt langsam meine Haare los.

»Geh ins Wohnzimmer rüber«, befiehlt er kalt.

Meine Beine sind weich und kraftlos, dennoch schaffe ich es, schleichend an Fabian vorbeizugehen. Er atmet tief aus und ich stocke einen winzigen Augenblick lang. Der Ton klang weiter entfernt als gedacht. Mich umzudrehen wage ich nicht, bevor ich ins Schlafzimmer sprinte und die Tür hinter mir zuknalle. Mit bebenden Fingern taste ich nach dem Schlüssel. Das Schloss rastet ein und nur einen Wimpernschlag später reißt Fabian am Türgriff. Er hämmert gegen das dünne Holz und brüllt wie ein verletztes Tier. Aber er kommt nicht herein. Durchbricht die Tür nicht – zumindest noch nicht. Viel Zeit bleibt mir jedoch nicht, bis er das Schloss zerstört und mich wieder einfängt, also verliere ich keine Zeit und ziehe das Handy aus meiner Hosentasche. Mehrmals wische ich mir über die Augen, um besser sehen zu können, und starre aufs Display. Ich sollte die Polizei rufen, aber mir vorzustellen, wie sehr es Mika traumatisieren würde, mitansehen zu müssen, dass sein Vater abgeführt wird, bricht mir das Herz. Ich bete, dass er dank der Medikamente so tief schläft, dass er nicht viel von unserem brutalen Streit gehört hat.

»Mach die scheiß Tür auf oder ich trete sie ein!«

Fabian ist völlig außer Kontrolle. So habe ich ihn noch nie erlebt und es jagt mir fürchterliche Angst ein. Ich muss etwas unternehmen, und zwar schnell. Kurz entschlossen wähle ich die Nummer des einzigen Mannes, den ich kenne, der es mit Fabian aufnehmen kann und nicht zur Polizei gehört.

Kapitel 39

Wütender Schmerz

Ben

Ihre Tränen verfolgen mich. Sobald ich die Augen schließe, sehe ich sie vor mir. Sehe, wie sehr meine Nähe sie gequält und wie stark sie sie dennoch genossen hat. Rastlos wälze ich mich im Bett von einer Seite auf die andere. Zu schlafen scheint eine unmögliche Aufgabe zu sein, und je länger ich es versuche, desto wacher werde ich. Schließlich gebe ich es auf und setze mich hin. Die Uhr über meinem Computer zeigt bereits halb fünf Uhr morgens an und ich bezweifle, dass der Schlaf mich einfängt, bevor die Sonne aufgeht. Frustriert reibe ich mir übers Gesicht, als mein Handy klingelt. Überrascht nehme ich es vom Nachttisch und runzle die Stirn. Es ist Lisa. »Hey, wieso bist du schon wach?«

»Ben.« Ihre Stimme bebt.

Sofort werfe ich die Decke von mir und stehe beunruhigt auf. »Was ist los?«, will ich wissen. »Wo bist du?«

»Zu Hause«, flüstert sie schniefend. »Bitte. Kannst du – kannst du herkommen? Bitte, Ben, ich … ich habe Angst.«

Ich will fragen, was passiert ist, aber die brüllende Stimme im Hintergrund verrät alles, was ich wissen muss. »Bist du gerade in Sicherheit?«, frage ich und renne in den Flur. Ich klopfe nicht, sondern reiße Janiks Tür auf. Er schreckt ruckartig im Bett auf. »Was zur –« Ich stelle das Handy auf Lautsprecher und er verstummt.

»Ich habe mich im Schlafzimmer eingeschlossen«, erklärt Lisa und das panische Zittern ihrer Stimme zerreißt mir das Herz. »Ich weiß nicht, wie lange die Tür noch hält. Fabian ist … ich habe wirklich Angst, Ben.«

»Wir sind unterwegs.«

Jan nickt bestätigend und springt aus dem Bett. Wir tragen beide bloß Jogginghosen und T-Shirts, aber zum Umziehen bleibt keine Zeit. Nachdem wir in unsere Sneakers geschlüpft sind, schnappe ich mir den Autoschlüssel und folge Jan aus der Wohnung.

»Wir?«, fragt Lisa. »Keine Polizei!«, sagt sie unerwartet. »Ich will Mika nicht noch stärker traumatisieren.«

Genau das beeindruckt mich so stark an Lisa. Selbst jetzt, wo sie panische Angst hat, denkt sie zuerst an ihren Sohn.

»Jan und ich«, erkläre ich ihr und schließe das Auto auf. Ich steige auf den Fahrersitz und starte den Motor. Das Handy verbindet sich sofort mit der Freisprechanlage und Lisas Schluchzen hallt auf einmal durchs gesamte Auto. »Wir sind in zwanzig Minuten da«, verspreche ich ihr. »Bleib so lange am Handy, damit ich weiß, dass es dir gut geht.«

»Ich weiß nicht, wie lange der Akku noch hält.«

»Was ist eigentlich passiert?«, mischt Jan sich ein und schnallt sich an.

»Wir haben uns gestritten.« Im Hintergrund poltert etwas und ich trete sofort das Gaspedal durch. »Ich habe Fabian gesagt, dass … dass ich mich von ihm trennen will.«

Ich spüre Jans eindringlichen Blick auf mir, ignoriere ihn aber. Dass mein Herz einen glücklichen Sprung macht, ignoriere ich ebenso. Jetzt ist nicht der richtige Zeitpunkt, um mich darüber zu freuen, dass sie dieses Arschloch endlich aufgibt.

»Er ist also wütend geworden und du hast dich vorsichtshalber eingeschlossen?«, will Jan wissen.

»Lisa! Mach endlich die beschissene Tür auf!« Fabians Stimme bringt mein Blut zum Kochen. Meine Finger krallen sich so heftig ans Lenkrad, dass meine Knöchel weiß hervorstechen.

»Nein, er – er hat mich … er hat es nicht verkraftet und ist ausgerastet.« Sie braucht es nicht auszusprechen. Ich weiß auch so, was Lisa andeutet, und kann es nicht erwarten, meine Fäuste in Fabians Gesicht zu rammen.

»Wir sind gleich da«, versucht Jan sie zu beruhigen. »Halt so lange noch durch. Er darf nicht reinkommen.«

»Okay«, erwidert sie – dann bricht die Verbindung ab.

Fluchend schlage ich aufs Lenkrad. *Lisa will sich trennen. Sie will diesen Typen endlich loswerden.* Ich rase über die Landstraße und bete, dass wir nicht von der Polizei angehalten werden, denn dafür haben wir keine Zeit. Und ihnen sagen, wieso wir so schnell unterwegs sind, können wir nicht, weil Lisa das nicht will. Jan und ich sprechen in den nächsten Minuten kein Wort miteinander. Erst als das Ortsschild von Wolkenheim vor uns in der Dunkelheit auftaucht, öffnet Jan den Mund. »Wie kommen wir ins Haus?«, will er wissen. »Ich bezweifle, dass Fabian uns reinlässt.«

»Ihr Vater wohnt auch da.«

»Wenn er zu Hause wäre, wäre er schon lange hochgegangen und hätte Fabian rausgeworfen. So laut, wie der Typ brüllt, kann ihr Vater das nicht überhört haben«, erwidert Jan und erneut fluche ich, denn er hat recht.

Mit quietschenden Reifen bremse ich vor Lisas Haus ab und ziehe den Schlüssel aus dem Schloss. Ich mache mir nicht die Mühe abzuschließen, sondern sprinte zur Haustür und klingle. Immer wieder und immer stärker drücke ich auf den Knopf, aber nichts tut sich. Hinter mir wird Jan unruhiger. Er tritt nervös von einem Fuß auf den anderen, als plötzlich das Licht im Flur angeht. Nur einen Moment später öffnet sich die Tür und ich reiße entgeistert die Augen auf. Vor uns steht ein kleiner blonder Junge in einem Spiderman-Schlafanzug. Mika. *Verdammt, wieso ist er wach?*

»Wer seid ihr?«

Ich starre ihn sprachlos an und flehe, dass er nichts mitbekommen hat und nicht für den Rest seines Lebens mit diesem Trauma wird klarkommen müssen.

»Wir sind Freunde deiner Mama«, sagt Jan und stellt sich neben mich. »Sie hat uns angerufen. Wir sollten herkommen und ihr bei etwas helfen.«

»Das ist gut«, sagt Mika. »Papa und Mama streiten sich. Ich bin davon aufgewacht. Mama wollte die Tür aufmachen, aber Papa lässt sie nicht aus dem Wohnzimmer raus. Ich glaube, sie brauchen einen Streitschlichter. So was haben wir in der Schule auch.«

»Genau«, erwidert Jan beeindruckend ruhig. »Wir sind so was Ähnliches wie Streitschlichter, deshalb hat deine Mama uns angerufen. Dürfen wir reinkommen?«

Mika nickt und tritt zur Seite.

»Das ist die Wohnung von deinem Opa, stimmt's?«, fragt Jan und Mika nickt erneut. »Gut. Ich möchte, dass du hier unten bleibst. Okay, Kumpel? Deine Mama holt dich hoch, sobald der Streit vorbei ist.«

Sobald Mika die Wohnungstür seines Opas hinter sich zugezogen hat, rennen wir die Treppe hinauf. Ich reiße die Tür auf und sehe mich hektisch nach allen Seiten um. Was ich entdecke, verursacht einen Kurzschluss in meinem Kopf. Lisa hockt an einer Wand im Wohnzimmer und hält sich die Hände vors Gesicht, als würde sie sich schützen wollen. Vor ihr steht Fabian und sieht abfällig auf sie hinab.

Was ich als Nächstes tue, bekomme ich kaum mit. Plötzlich stehe ich neben ihnen, hebe den Arm und im nächsten Moment fliegt Fabians Kopf zur Seite. Er brüllt und holt nach mir aus. Ich ducke mich, hole ebenfalls aus und treffe ihn mit voller Wucht in den Magen. Wie viel Genugtuung es mir bereitet, ihn würgen und sich krümmen zu sehen, kann ich nicht beschreiben. Ohne Fabian zum Durchatmen kommen zu lassen, packe ich ihn am Kragen und dränge ihn nach hinten. Sein Rücken knallt gegen einen halbhohen Schrank und aus dem Nichts steht Jan neben mir. Er greift zwischen uns und hält Fabians Hände fest.

»Du elendiges Stück Scheiße hörst mir jetzt genau zu«, sage ich bedrohlich leise. »Wenn du Lisa noch ein einziges Mal auch nur schräg anguckst, breche ich dir jeden verdammten Knochen.«

Ein grimmiges Lächeln breitet sich auf seinem Gesicht aus. »Sie hat dich angerufen?«, höhnt er. »Ausgerechnet dich? Natalie hat mir alles über dich erzählt. Denkst du wirklich, so ein kaputter Loser wie du wäre das, was Lisa sich wünscht?«

Mein Herz setzt einen Schlag lang aus. Natalie hat es ihm gesagt. *Natürlich hat sie das, immerhin ist er ihr Bruder. Fuck!* Trotzdem hat er es Lisa in all den Jahren nicht erzählt. Er wollte seinen Trumpf gegen mich aufheben, um ihn im richtigen Augenblick auszuspielen. Nach der heutigen Nacht wird Fabian genau das tun, da bin ich mir sicher. Allerdings spielt das im Moment keine Rolle, also schiebe ich diese Gedanken vorerst beiseite.

»Meine Vergangenheit spielt hier gerade keine Rolle«, raune ich so dicht vor seinem Gesicht, dass unsere Nasenspitzen sich berühren. »Das Einzige, was jetzt zählt, ist, dass du sie nicht verdient hast.«

Ich drücke ihn gegen den Schrank, dann lasse ich ihn ruckartig los. Jan und ich treten von Fabian weg und sehen dabei zu, wie er sich über die Handgelenke reibt. Er schaut an mir vorbei und sofort trete ich zur Seite, um Lisa vor seinem Blick zu schützen. »Du hast drei Minuten«, lasse ich ihn wissen, »um deine Sachen zusammenzupacken und zu verschwinden. Wenn nicht, rufe ich die Polizei, und es ist mir völlig egal, ob Lisa dann nicht mehr mit mir spricht. Dass du endlich aus ihrem Leben verschwindest, ist wichtiger.«

Fabian sieht mich an, als würde er überlegen, ob ich es ernst meine oder bluffe. Keine Ahnung, was er in meinem Gesicht findet, es bringt ihn jedenfalls dazu, wortlos den Raum zu verlassen.

»Ich gehe ihm nach, damit er nicht auf dumme Gedanken kommt«, erklärt Jan und folgt ihm ins Badezimmer.

Ich öffne und schließe mehrmals die Fäuste und atme angestrengt aus. Sobald meine rasende Wut etwas abgeflacht ist, drehe ich mich zu Lisa um. Sie sitzt noch immer neben dem Esstisch vor der Wand. Ihre Wangen sind kreideweiß, ihre untere Lippe ist aufgeplatzt und Blut klebt an ihrem Kinn. Außerdem stehen ihre Haare wild ab.

Behutsam, um sie nicht zu verschrecken, hocke ich mich vor sie. »Wie geht es dir?«

»Wo ist Mika?«, flüstert sie. »Er … als ihr geklingelt habt, bin ich aus dem Schlafzimmer gerannt. Fabian war in der Küche und hat mich erwischt. Ich bin zurückgelaufen, aber er war schneller und … als ich auf dem Boden saß, habe ich gesehen, dass Mika die Wohnung verlassen hat.«

»Er hat uns reingelassen«, erwidere ich und streiche ihr sanft einige Haare aus der Stirn. Sofort verzieht Lisa schmerzgeplagt das Gesicht und nun erkenne ich dunkle Flecken auf ihrem Haar. Blut. »Was ist mit deinem Kopf passiert? Soll ich einen Arzt rufen?«

»Nein, das – das ist nicht nötig. Fabian hat mich an den Haaren gezogen. Die Wunden heilen bald von allein«, erklärt sie beschämt. »Mika?«

»Er ist in der Wohnung deines Vaters«, beruhige ich sie. »Jan hat ihm gesagt, dass wir ihn holen, wenn euer Streit vorbei ist. Komm, ich helfe dir aufs Sofa.«

Ich lege einen Arm um ihre Schultern und greife mit dem anderen um ihre Hüfte. Behutsam helfe ich Lisa beim Aufstehen und unterdrücke die kochende Wut, die sich wie Lava durch meinen Körper züngelt. Jede Bewegung tut ihr weh, und daran ist dieses Arschloch schuld.

»Ben?«, flüstert sie und sieht niedergeschlagen zu mir auf. »Ich weiß nicht, wie ich dir jemals dafür danken soll.«

»Das brauchst du nicht«, erwidere ich und nehme den Arm von ihrer Schulter. »Ich hab's dir versprochen. Wenn etwas ist, bin ich für dich da.«

Lisa lehnt den Kopf an meine Brust und schlingt ihren Arm um meinen Bauch. »Ich habe dich vermisst«, wispert sie.

»Ich dich auch«, gebe ich zu und küsse sie sanft aufs Haar. Am liebsten würde ich ewig so stehen bleiben, aber die Geräusche aus dem Badezimmer erinnern mich leider daran, wer nebenan ist. Unwillig drücke ich Lisa ein Stück von mir und führe sie durch den Raum. Sie setzt sich langsam aufs Sofa, als Jan und Fabian durch die Tür treten. Ohne seine Frau anzusehen, geht er ins Schlafzimmer. Ich bleibe schützend vor Lisa stehen und warte, bis Fabian mit einer schwarzen Reisetasche im Arm wieder herauskommt. Einen Moment lang steht er in der Tür und versucht, an mir vorbeizugucken, aber das lasse ich nicht zu. »Hau endlich ab«, knurre ich. »Bevor ich mich doch noch vergesse.«

Seine Schultern sacken kraftlos herab und er seufzt verzweifelt auf. »Es tut mir so leid, Lisa. Können wir morgen darüber reden? Bitte.«

Angespannt warte ich auf ihre Reaktion – und welche Lisa ihm gibt, lässt mich stolz grinsen. Trotz ihrer Schmerzen steht sie auf und tritt an mir vorbei, um sich ihrem Mann entgegenzustellen. »Bevor du keine Therapie gemacht hast, trittst du Mika und mir nicht mehr unter die Augen. Schreib mir, wo du unterkommst, damit ich weiß, wo mein Anwalt die Scheidungsunterlagen hinschicken muss.«

Fabian öffnet den Mund, aber ein einziger warnender Blick von mir genügt, damit er ihn wieder schließt und mit gesenktem Kopf aus der Wohnung verschwindet.

»Ich gehe ihm nach und stelle sicher, dass er das Haus wirklich verlässt. Und ich nehme ihm am besten auch den Hausschlüssel ab.«

»Danke«, erwidert Lisa an Jan gewandt, dann setzt sie sich erneut aufs Sofa. »Ich kann nicht glauben, dass das passiert ist«, murmelt sie und zieht die Decke zu sich. Sie rutscht tiefer aufs Sofa und breitet sie über sich aus, dann schreckt sie plötzlich hoch. »Mika!«

»Ich hole ihn«, verspreche ich ihr. »Ruh dich aus.«

Lisa nickt und schließt erschöpft die Augen. Sie sieht erschöpft und verletzlich aus – und dennoch ist sie wunderschön.

Kapitel 40

Nichts als die Wahrheit

Lisa

Ein Presslufthammer lebt in meinem Kopf. Zumindest fühlt es sich so an. Ächzend öffne ich die Augen, setze mich auf und streiche mir einige wirre Haare aus dem Gesicht. Auf dem L-förmigen Sofa entdecke ich zwei Decken. Eine, die über mir ausgebreitet ist, und eine, die auf der anderen Seite liegt. Ich erinnere mich schwach daran, dass Mika sich an mich gekuschelt hat und mit dem Kopf auf meiner Brust eingeschlafen ist. Auch daran, dass Ben sich zu uns gesetzt hat, kann ich mich erinnern. Anscheinend haben wir zu dritt hier geschlafen, aber nun ist das Sofa leer. Mein Blick gleitet durchs Wohnzimmer und prompt tauchen die schrecklichen Szenen der vergangenen Nacht vor mir auf und treiben einen eiskalten Schauer über meinen Körper. Fabian, der mich anschreit, mich schubst, mich an den Haaren herumreißt und meinen Kopf gegen die Wand schlägt. Dass es so weit kommen würde, hätte ich nie vermutet.

Aber es ist passiert und jetzt muss ich mich mit den gravierenden Konsequenzen auseinandersetzen.

Fröhliches Lachen dringt durch die Wohnung und reißt mich aus den dunklen Gedanken. Verwundert stehe ich auf und schleppe meinen schmerzenden Körper zur Küche – dann klappt mir vor Überraschung der Mund auf. Ben steht am Herd, während Mika am Küchentisch sitzt und mit einem Strohhalm in seiner Milch rührt. Obwohl ich leise bin, bemerken die beiden mich und sehen zu mir rüber.

»Moin, Mami.«

»Guten Morgen, kleiner Schlumpf«, erwidere ich entgeistert.

»Du sollst mich doch nicht so nennen! Ben denkt sonst, ich wäre noch ein Baby.«

»Keine Sorge«, mischt Ben sich schmunzelnd ein. »Ich weiß schon, was für ein großer und cleverer Junge du bist. Immerhin hast du mir geholfen, das Frühstück vorzubereiten.«

»Frühstück?«, frage ich und trete näher an den Herd heran. Auf der Arbeitsplatte steht ein Teller voller luftig aussehender Pfannkuchen und in der Pfanne brutzelt gerade ein weiterer.

Ben nickt. »Mika hat gesagt, samstags gibt's bei euch meistens Pfannkuchen, also dachte ich, ich übernehme das.«

»Das hat er gesagt?«, frage ich und werfe Mika einen gespielt tadelnden Blick zu. »Darf man lügen?«

»Nein«, grummelt er. »Darf ich hoch zum Spielen gehen, bis es Frühstück gibt?«

»Wie geht's deinem Bauch?«

»Viel besser«, behauptet er.

»Von mir aus, aber spiel nicht zu wild, falls dein Magen doch wieder Probleme macht.«

»Okay.« Mika grinst Ben zufrieden, aber auch etwas vorsichtig an, dann rauscht er an mir vorbei aus der Küche.

Anscheinend ist mein Sohn sich noch nicht ganz sicher, was er von unserem Besuch halten soll.

»Wie hast du geschlafen?«, will Ben wissen.

Seufzend gehe ich zur Kaffeemaschine und greife nach einem Becher. »Gut, aber zu kurz. Und du?«

»Auch.«

»Du hättest nicht bleiben müssen«, sage ich und schenke mir Kaffee ein. »Aber ich bin froh, dass du es getan hast.«

»Hab ich gern gemacht.« Ben hebt den Pfannkuchen aus der Pfanne und legt ihn zu den anderen auf den Teller. Anschließend dreht er den Herd aus und lehnt sich mit dem Hintern an die Arbeitsplatte. »Ich wollte sichergehen, dass Fabian nicht wieder auftaucht und Stress macht.«

»Ich glaube nicht, dass er Ärger machen wird«, verkünde ich und setze mich an den Küchentisch. »Sobald er nüchtern ist, wird er sich darüber erschrecken, was er getan hat, und dann wird er versuchen, sich zu rechtfertigen und alles wieder geradezubiegen.«

»Aber darauf wirst du nicht eingehen. Oder?«

Ich schüttle entschieden den Kopf und prompt zieht ein heftiger Schmerz durch meine Schläfen. Nicht zusammenzuzucken, fällt mir ungemein schwer, aber ich schaffe es und konzentriere mich wieder auf das Gespräch. »Werde ich nicht. Das gestern war unverzeihlich. Wie er mich angeschrien und bedroht hat, war …« Ich breche ab und starre beschämt in meinen Becher. »Wenn mir vor ein paar Wochen jemand gesagt hätte, dass so etwas passieren würde, hätte ich ihm nicht geglaubt.« Im Augenwinkel erkenne ich, dass Ben sich mit einer Tasse in der Hand auf den Stuhl neben mich setzt. Aber ich sehe nicht auf, denn das Mitleid in seinem Gesicht wäre zu viel für mich. »Nach dem, was vor drei Jahren passiert ist, hatten wir eine wirklich schwere Zeit«, vertraue ich Ben an. »Wir waren distanziert zueinander und haben aufgepasst, was wir zum anderen sagen. Irgendwann sind wir dann zur Eheberatung gegangen, und ab da lief es besser. Wir waren eine Zeit lang wieder glücklich und ich dachte, dass wir es überwunden hätten. Dann hatten wir einen Rohrbruch und mussten unsere Ersparnisse opfern. Danach gab es ständig Diskussionen übers Geld. Fabian hat sich wieder abgeschottet, ist öfter und länger weg gewesen und wir haben immer weniger miteinander unternommen. Zuletzt war es wieder wie vor drei Jahren.«

»Wieso bist du geblieben?« Ben fragt es vorsichtig.

»Ich habe mir immer eine eigene Familie gewünscht«, erkläre ich. »Und daran wollte ich festhalten. Meine Eltern ließen sich scheiden, als ich ein Teenie war, und das hat mich hart getroffen. Inzwischen weiß ich, dass das nicht an der Trennung an sich lag, sondern daran, wie sie sich getrennt haben. Meine Mutter hat meinen Vater betrogen.« Zögernd sehe ich zu Ben. Er hält seine Tasse fest und wirkt beneidenswert entspannt. »Sie hatte über zwei Jahre lang eine Affäre«, erzähle ich weiter. »Als Papa das erfahren hat, ist er zusammengebrochen. Er hat bitterlich geweint und … es war schwer zu ertragen. Trotz ihres Verhaltens war er bereit, ihr eine zweite Chance zu geben, wenn sie verspricht, dass es mit dem anderen Mann vorbei wäre. Sie wollte nicht. Ich erinnere mich genau an den Morgen, an dem sie ausgezogen ist.« Tränen steigen mir in die Augen, die ich hektisch fortblinzle. Ich habe gestern genug für mein restliches Leben geweint. »Sie stand mit mehreren Koffern im Flur und hat zu Papa gesagt, dass sie eine Liste der Möbel erstellen würde, die sie haben möchte. Wie kalt und abgebrüht sie geklungen hat, war bizarr. Als wäre es ihr vollkommen egal, dass sie ihre Familie verlässt. Ina hat zu diesem Zeitpunkt in einer WG gewohnt, ist aber für mehrere Wochen wieder eingezogen, um für Papa da zu sein. Meine Mutter war die Liebe seines Lebens«, verrate ich Ben. »Sie war zu Ina und mir nie liebevoll, aber unseren Vater hat sie gekonnt manipuliert. Er hat in ihr eine Person gesehen, die nicht existiert. Eine fürsorgliche Mutter und liebende Ehefrau. Die Wahrheit hat ihn zerbrochen. Ich habe mir damals versprochen, meinem Kind zu ersparen, mich jemals so zu sehen. Ich wollte Mika eine glückliche Kindheit schenken. Eine, in der er bei seinen Eltern aufwächst und sich geliebt fühlt. Dafür hätte ich beinahe alles in Kauf genommen, aber das, was gestern passiert ist, hat mir die Augen geöffnet. Fabian hat ein Aggressionsproblem. Bisher hat er es nur an mir ausgelassen, aber ich darf nicht riskieren, dass es irgendwann Mika trifft. Ich muss meinen Sohn beschützen. Vor allem. Sogar vor seinem Vater.«

Ich erwarte, dass Ben mir sagt, wie naiv ich war, wie blind und fehlgeleitet, doch das tut er nicht. Stattdessen greift er nach meiner Hand. »Du bist eine großartige Mutter, Lisa«, sagt er eindringlich. »Egal, ob alleinerziehend oder nicht. Auch wenn ich kein Fan von Fabian bin, bin ich mir doch sicher, dass er sich Hilfe suchen wird, damit er am Leben seines Sohns teilhaben kann.«

»Wie kannst du das wissen?«, flüstere ich gebrochen.

»Weil ich viele Menschen mit ernsthaften Problemen kenne«, erwidert er sachlich. »Fabian hat gestern seinen absoluten Tiefpunkt erreicht, und so unschön das auch ist, war es nötig, damit er endlich begreift, dass er Hilfe braucht. Bevor man am Boden angekommen ist, versteht man leider oft nicht, wie tief man gerade fällt.«

Bens Worte machen mir Mut auf eine bessere Zukunft. Eine Zukunft, in der Fabian und ich zwar kein Paar mehr sind, aber in der Mika dennoch Vater und Mutter an seiner Seite hat. Ich bete, dass dieser Mut nicht vergebens ist.

Am Nachmittag kommt Ina vorbei, um Mika abzuholen. Ich habe sie angerufen und darum gebeten, damit der kleine Mann nicht anwesend ist, wenn Fabian nachher vorbeikommt.

»Danke, Ina.«

»Kein Problem.« Meine Schwester versucht, unauffällig um mich herumzuschauen. »Ich bringe Mika morgen früh wieder her«, sagt sie und lehnt sich so weit zur Seite, dass sie nur schwer das Gleichgewicht halten kann. »Gegen zehn Uhr schätze ich. Kino wird heute etwas länger dauern, also hoffe ich, dass die Kinder morgen ausschlafen.«

»Ina«, flüstere ich schmunzelnd. »Wenn du dann endlich aufhörst, Ben anzustarren, schicke ich dir nachher ein Foto von ihm.«

»Wirklich?«

»Nein!«, brüllflüstere ich. »Natürlich nicht.«

»Also, sosehr ich alles, was passiert ist, auch hasse«, flüstert sie zurück. »So hatte es doch etwas Gutes.«

»Ach ja? Und was?«

Sie deutet mit dem Kinn hinter mich. »Es hat diesen extrem gut aussehenden Typen in deine Wohnung gebracht.«

Ich rolle mit den Augen, kann mir ein winziges Grinsen aber nicht verkneifen. »Soll ich mich melden, sobald Fabian weg ist?«

Sofort wird Ina wieder ernst. Sie hängt Mikas Übernachtungstasche über ihre Schulter und stellt sich gerade hin. »Ja, bitte«, bestätigt sie. »Bist du sicher, dass ich nicht Thomas herschicken soll? Ben wirkt zwar stark, aber vielleicht hilft's, wenn zwei Männer hier sind. Papa ist ja leider im Urlaub.«

»Ein Bodyguard wird reichen«, versichere ich ihr. »Fabian holt nur ein paar Sachen ab. Mehr nicht. Ich habe ihm geschrieben, dass er mich vorerst in Ruhe lassen soll, und ich gehe direkt am Montag zum Anwalt, um alles Wichtige zu regeln. Allerdings habe ich noch keine Ahnung, wie ich das Mika erklären soll.«

»Was weiß er bis jetzt?«, möchte sie wissen.

»Nur dass wir uns gestritten haben und Fabian gegangen ist, damit wir uns beruhigen können.«

»Lass es fürs Erste dabei«, schlägt Ina vor. »Der Anwalt kennt bestimmt Sozialarbeiter und Familienhelfer, die euch dabei unterstützen können, es Mika zu sagen.«

»Ich werde ihn fragen. Danke für den Tipp.«

Ina gibt mir einen Kuss auf die Wange, dann tritt sie zurück. »Ich gehe runter und sehe nach den Kindern. Meine Mädels spielen zurzeit sehr gern mit dem Autoradio.«

»Okay«, sage ich. »Falls etwas sein sollte, meld dich. Und nicht zu viele Süßigkeiten für Mika. Sein Magen scheint zwar wieder okay zu sein, aber ich will nichts riskieren.«

Ein letztes Mal sieht sie um mich herum zu Ben, dann verlässt Ina die Wohnung. Ich stoße hart die Luft aus und reibe mir über die Stirn. Trotz einer langen Dusche und einer Schmerztablette nach dem Frühstück fühle ich mich, als hätte ich gestern einen Autounfall erlitten. Kurz überlege ich, eine weitere Tablette zu nehmen, entscheide mich aber dagegen und liebäugle mit dem Kühlschrank.

»Möchtest du auch ein Glas Wein?«, frage ich Ben. »Oder vielleicht ein Bier oder so?«

Er lehnt am Durchgang zum Wohnzimmer. Jan hat ihm morgens Wechselsachen vorbeigebracht und ist danach sofort wieder gefahren. Wir haben den Vormittag zu dritt verbracht und Mika hat sich erstaunlich gut mit Ben verstanden, auch wenn ich ihm angesehen habe, dass er sich noch immer nicht sicher ist, was er von Ben halten soll. Die beiden haben Playstation gespielt und im Garten mit einem Ball gekickt, wobei Mika Ben mit Fragen über ihn gelöchert hat. Ich weiß, dass das für Ben nicht einfach war. Nicht nach dem, was er erlebt und verloren hat. Dass er sich trotz dieses Traumas so rührend um meinen Sohn gekümmert hat, bedeutet mir unwahrscheinlich viel.

»Ich trinke nicht«, erinnert Ben mich.

»Stimmt«, murmle ich verlegen. »Du hast mir nie erzählt, wieso du nicht trinkst.«

Unvermittelt zieht er die Schultern an und stößt sich von der Wand ab. Seine gesamte Haltung verändert sich. Wirkt steifer und zurückhaltender. »Lisa«, setzt Ben zögernd an. »Ich weiß, dass du gerade genug durchmachst, aber ich denke, ich sollte dir etwas erzählen. Etwas Wichtiges.«

»Du machst mir Angst«, witzle ich nervös.

»Du warst heute Morgen vollkommen ehrlich zu mir, und das Gleiche will ich jetzt auch zu dir sein. Können – können wir uns vielleicht hinsetzen?«

Ein unheilvolles Flattern breitet sich in mir aus, dennoch folge ich Ben ins Wohnzimmer. Was auch immer er mir sagen möchte, muss ihn stark belasten, sonst wäre er nicht so ernst. Wir setzen uns aufs Sofa, wobei Ben penibel darauf achtet, Abstand zwischen uns zu lassen. Das ist kein gutes Zeichen.

Er räuspert sich und reibt sich angespannt über die Oberschenkel, dann sieht er zu mir auf und holt tief Luft. »Ich bin trockener Alkoholiker.«

Es dauert einen Moment, bis seine Worte in meinem Verstand ankommen und mir ihre Bedeutung bewusst wird. Plötzlich erinnere ich mich an scheinbar unbedeutende Augenblicke, in denen ich mich darüber wunderte, dass Ben nur Cola trank. An Augenblicke, in denen er sich merkwürdig verhielt und ich es nicht verstand. Auf einmal ergeben sie Sinn. Wie ein kompliziertes Rätsel, dessen Auflösung nach dem Entdecken eines Hinweises offensichtlich wird.

»Ich habe auch alkoholfreies Bier da«, sage ich und könnte mich für meine Unbeholfenheit ohrfeigen. »Oder falls das irgendwas bei dir auslöst, kann ich dir auch eine Cola oder einen Saft holen.«

»Willst du mich nichts dazu fragen?« Ben klingt perplex, als hätte meine Reaktion ihn aus dem Konzept gebracht.

»Wie lange bist du schon trocken?«

»Eintausend und acht Tage.«

»Das ist lang«, stelle ich beeindruckt fest. »Über drei … Moment. Bist du krank geworden, nachdem wir den Kontakt abgebrochen haben?«

»Nein«, sagt er eilig. »Es fing nach Hannahs Tod an. Das, was damals zwischen uns beiden passiert ist, hat einen Rückfall ausgelöst, aber inzwischen bin ich seit Jahren trocken. Damals habe ich mit meiner Sucht noch stark gekämpft und war nicht gefestigt, deshalb hat die Funkstille mich umgehauen. Heute ist das ganz anders.«

»Okay.«

»Möchtest du mehr erfahren?«, fragt Ben vorsichtig.

»Nur wenn du mir davon erzählen willst.«

»Willst *du* es denn?«

»Schon«, gebe ich zu. »Ich würde gern wissen, wie es dazu gekommen ist und wie es dir heute damit geht. Und wie so ein Entzug aussieht, interessiert mich auch.«

»Das ist alles?« Fassungslos schüttelt er den Kopf. »Ich dachte, du würdest … keine Ahnung, mich rauswerfen, mich anders ansehen oder sogar verachten. Immerhin hast du mehr als genug eigene Sorgen und ich könnte es verstehen, wenn du vorerst nichts mit mir zu tun haben willst. Aber du bist so … Wie kannst du dermaßen gelassen bleiben?«

»Dass du trockener Alkoholiker bist, macht dich nicht zu einem schlechten Menschen, Ben. Und es treibt mich auch nicht dazu, dich plötzlich nicht mehr bei mir haben zu wollen«, erkläre ich sachte und lege ihm meine Hand aufs Knie. »Vor allem nicht, wenn du schon so lange trocken bist. Im Gegenteil. Es macht dich in meinen Augen zu einem Kämpfer. Einem Überlebenden. Darauf kannst du stolz sein.«

Ben sieht mich an, als könne er nicht glauben, dass das hier real ist. Aber das ist es, und ich möchte, dass er das spürt. Behutsam beuge ich mich vor und gebe ihm einen sanften Kuss auf die Wange. »Du bist ein besonderer Mensch für mich,

Benjamin Hoffmann, und du bedeutest mir viel. Dieses Mal will es richtig machen«, erkläre ich und sehe ihm direkt in die Augen. Er soll jedes meiner Worte nicht nur hören, sondern verstehen. »Ich möchte, dass wir uns dieses Mal ohne Geheimnisse und falsche Scham kennenlernen. Es gibt einiges, das wir über den anderen noch nicht wissen, Gutes genauso wie Schlechtes. Wir dürfen uns nicht unter Druck setzen und uns gezwungen fühlen, sofort alles von uns preiszugeben, bloß weil wir unbedingt alles loswerden wollen. Lass es uns langsam angehen und sehen, wo es uns hinführt. Ist das okay für dich?«

Verunsichert beobachte ich Bens schönes Gesicht. Es dauert mehrere Sekunden, doch dann breitet sich ein strahlendes Lächeln darauf aus, das die Kolibris in meinem Bauch aus ihrem Käfig lässt.

»Das klingt perfekt.«

Kapitel 41

Freiheit

Lisa

»Die Nummer ist total blöd.«

»Deine Mama kann sich ihre Startnummer nicht aussuchen, Mika. Die wird ihr zugeteilt.«

»Sie ist trotzdem blöd«, behauptet er trotzig. »Außerdem ist es hier langweilig.«

»Der Marathon geht gleich los«, erklärt Papa ruhig. »Dann ist es nicht mehr langweilig. Versprochen.«

»Ich will lieber zu Hause mit Casper spielen.«

»Nachher, kleiner Mann.«

Mika rollt genervt mit den Augen. »Erwachsene sagen immer nachher, und dann vergessen sie es oder verbieten es doch.«

Papa rümpft tadelnd die Nase, lächelt aber, während er sich an mich wendet. »Brauchst du irgendwas? Soll ich dir eine Wasserflasche holen?«

Ich schüttle den Kopf und sehe mich um, statt etwas zu erwidern. Nicht nur, weil Mikas aufsässige Stimmung in den letzten Tagen mir allmählich die Nerven raubt, sondern auch, weil ich nervös bin. Und die Umgebung macht es nicht besser. Die Grünanlage, die zu *Save Haven* gehört, ist überfüllt mit Schaulustigen, die hinter den hüfthohen Absperrungen stehen und auf den Startpfiff warten. Viele unterhalten sich, andere sehen sich ebenso neugierig um wie ich und tratschen über die Läufer. Das Gelände ist Start- und Zielort. Obwohl ich schon einmal hier war, kommt es mir heute wie ein vollkommen anderer Ort vor. Das liegt zum Teil daran, dass ich dank Bens Aufklärung inzwischen weiß, was für eine wertvolle Arbeit die Organisation leistet, aber auch daran, dass es tatsächlich anders aussieht. Der Kiesweg wurde großflächig mit einem bunten Band abgesperrt, neben dem Spielplatz steht eine Getränkebude und vor der Bank, auf der ich bei meinem ersten Besuch hier saß, wurde ein Metalltor aufgestellt, an dem farbenfrohe Wimpel mit den Logos der Sponsoren hängen.

Zum gefühlt hundertsten Mal zupfe ich an meinem schwarzen Trikot und überprüfe, ob der Sticker mit meiner Teilnehmernummer fest sitzt. Ihn während des Laufens zu verlieren, wäre keine Katastrophe, aber es würde mich mit Sicherheit aus dem Konzept bringen und wertvolle Sekunden kosten. Es geht mir zwar nicht um eine gute Platzierung, sondern darum, bis zum Ende durchzuhalten, aber dennoch möchte ich die bestmögliche Zeit erreichen. Mir bedeutet es sehr viel, dabei zu sein und mir selbst zu beweisen, dass ich ein Ziel erreichen kann, das ich mir setze.

»Liebe Läufer und Läuferinnen, kommt bitte zeitnah zur Startlinie. Der Marathon fängt in wenigen Minuten an.« Willis Stimme schickt eine aufgeregte Welle über meinen Körper und bringt mein Herz heftig zum Schlagen.

»Bist du bereit?«, fragt Papa und beugt sich über die Absperrung, um mir die Hand auf die Schulter zu legen. »Lisa, denk bitte daran, dass es völlig egal ist, wie schnell du bist, das Einzige, das zählt, ist, dass du durchhältst.« Papas Worte beziehen sich nicht nur auf den Lauf, das ist mir schmerzlich bewusst. Er meint damit mein Leben und den schwierigen Weg, der vor mir liegt. Aber auch wenn ich Angst vor der Zukunft habe, tröstet und bestärkt es mich ungemein zu wissen, dass er an meiner Seite steht und mir Halt gibt, wenn ich ihn brauche.

»Guck mal«, mischt Mika sich ein. Ich folge seinem Blick und prompt kribbelt es in meinem Bauch. Ben joggt locker über den Rasen und kommt zu uns rüber. Er trägt ein ähnliches Trikot wie ich und dazu eine knielange weite Jogginghose, die seine beeindruckend starken Waden freigibt.

»Moin«, begrüßt er uns und stellt sich neben mich. »Ich bin Benjamin, aber nennen Sie mich bitte Ben.« Er streckt meinem Vater die Hand entgegen, und obwohl Papa sie mit wertfreiem Ausdruck im Gesicht ergreift, breitet sich Sorge in mir aus. Mit Inas Unterstützung habe ich mich am Dienstag getraut, Papa alles zu erzählen. Er kam gerade erst aus seinem Nordseeurlaub zurück und war nicht darauf vorbereitet, mit einer solchen Hiobsbotschaft begrüßt zu werden. Papa die gesamte Geschichte zu erzählen, war ein extremes emotionales Auf und Ab. Einige Dinge waren mir peinlich, andere machten mich wütend und für manches habe ich mich geschämt. Er hat mich jedoch nicht für mein Handeln verurteilt und entgegen meiner Sorge hat ihn das alles nicht allzu schlimm getriggert. Natürlich wurde er an seine eigene Vergangenheit und an meine Mutter erinnert, aber es haute ihn nicht um, wie ich befürchtet hatte. Was ihn nicht losließ, war Fabians Aggression und dass er mich geschlagen hat. Am liebsten wäre Papa direkt losgegangen und hätte mich gerächt, doch das konnte ich ihm zum Glück ausreden. Als ich ihm erzählte, dass Ben Fabian einen heftigen Kinnhaken versetzt hatte, entdeckte ich ein zufriedenes Funkeln in seinem Blick. Das gleiche Funkeln bemerke ich auch jetzt und atme erleichtert aus.

»Freut mich, dich kennenzulernen, Ben«, sagt Papa und zieht seine Hand zurück. »Ich bin Rüdiger.«

»Freut mich auch, Rüdiger«, entgegnet Ben, dann schaut er in den Himmel hinauf und runzelt besorgt die Stirn. »Ich hoffe, das Wetter hält. Einen heftigen Regenguss können wir nicht gebrauchen. Habt ihr Schirme dabei?«

Papa schüttelt schnaubend den Kopf. »Echte Norddeutsche sind nicht aus Zucker.«

Das entlockt Ben ein amüsiertes Schmunzeln. So erleichtert ich über den Verlauf der ersten Begegnung zwischen Papa und Ben bin, so viel Sorge bereitet es mir, dass Mika dermaßen still danebensteht. Ich habe keine Ahnung, was er in Bezug auf Ben denkt, und das macht mich verrückt. Das Einzige, was ich sicher sagen kann, ist, dass Mika Ben nicht ablehnt, ihm gegenüber aber skeptisch bleibt. In den vergangenen Tagen hat er auffallend schlechte Laune und findet alles doof und langweilig. Appetit hat er auch kaum. Mir tut es in der Seele weh, meinen Sohn leiden zu sehen, darum lasse ich ihm die Allüren noch eine Zeit lang durchgehen.

»Wie geht's dir, Kumpel?«, fragt Ben und beugt sich zu Mika hinunter. Dabei geht er aber nicht zu nah an ihn heran, als würde er spüren, dass mein Sohn Raum für sich braucht.

»Hier gibt's keine Süßigkeiten«, meckert Mika.

»Dagegen kann ich etwas tun«, verkündet Ben und richtet sich auf. Er winkt, und nur einen Moment später steht Willi neben uns. »Wir haben hier einen ernsthaften Fall von Süßigkeitenknappheit.«

Willi nickt ernst, als wäre das ein schwerwiegendes Problem, dann sieht er zu Mika und zwinkert. »Ich muss gleich den Marathon anpfeifen«, erklärt er. »Aber danach komme ich wieder und bringe dir etwas. Magst du Schokolade?«

Mika starrt Willi unschlüssig an, schließlich nickt er jedoch. Zwar nur leicht, aber doch deutlich genug.

»Okay, dann haben wir eine Verabredung«, setzt Willi nach, ehe er zu Papa sieht. »Sie sind bestimmt Rüdiger.«

»Lisa.« Bens sanftes Flüstern jagt eine Gänsehaut über meinen angespannten Körper. Ich reibe mir über die Arme und sehe langsam zu ihm auf. »Können wir kurz reden?«, fragt er und setzt »allein« nach.

Zögernd sehe ich zu Mika. Er lacht über etwas, das Willi gesagt hat, was mir ein befreites Seufzen entlockt. Seit drei Tagen hat er nicht mehr gelacht. Beruhigt nicke ich Ben zu und folge ihm ein Stück zur Seite. »Was ist los?«

»Ich wollte dich das nicht am Telefon fragen«, erklärt er und legt mir fürsorglich eine Hand auf den Arm, dabei gleitet sein Blick wie zufällig zu meiner Lippe.

Instinktiv lege ich einen Finger an die Stelle und zucke prompt zusammen. Die Platzwunde tut zwar nicht mehr weh, aber die Erinnerung umso mehr.

»Wie lief es vorgestern?«

»Besser als erwartet, aber trotzdem schwierig«, gebe ich zu und senke die Hand. Mein Anwalt hat mir den Kontakt zu einer Familienhelferin vermittelt, die am Donnerstag zu uns nach Hause kam, um mich zu beraten und zu unterstützen. »Wir haben uns mit Mika ins Wohnzimmer gesetzt. Ich habe ihm erklärt, dass Fabian und ich uns gestritten haben und er ausziehen wird.«

»Wie hat er reagiert?«, fragt Ben und sieht an mir vorbei. Vermutlich sucht er nach Mika, und dass er sich so sehr um meinen Sohn bemüht und sich um ihn sorgt, lässt mein Herz liebevoll hüpfen und vertreibt einen Teil der Kälte.

»Er hat geweint und gesagt, dass wir uns gegenseitig entschuldigen sollen, dann würden wir uns vertragen können. Zum Glück ist die Familienhelferin eingesprungen und hat ihm ruhig erklärt, dass das bei Erwachsenen leider manchmal nicht so einfach ist. Es war … hart.« Ich schlucke gegen den Kloß an, der meine Kehle hinaufkriecht. »Mika wollte wissen, wie es weitergeht und wann er seinen Papa sehen kann. Mitzubekommen, wie sehr Mika leidet … Ben, ich … es hat mich zerrissen. Ich wollte immer, dass er eine glücklich Kindheit hat und jetzt …« Ich breche ab und dränge die Tränen zurück. Es fühlt sich an, als hätte ich versagt. Als wären alle meine Bemühungen umsonst gewesen und als hätte ich meine Pflicht als Mutter nicht erfüllt. Aber ich klammere mich an Inas Worte. Daran, dass mit der Zeit alles besser werden wird und dass Mika mit getrennten, aber glücklichen Eltern zufriedener sein wird als mit Eltern, die sich ständig streiten und sein Zuhause zu einem angespannten Ort machen. Im Moment mag die Situation zwar hart zu verkraften und voller Unsicherheiten sein, aber ich will den Glauben an eine bessere Zukunft nicht aufgeben. Das kann ich einfach nicht.

»Ihr müsst jetzt zur Startlinie. Es geht gleich los!« Willis Stimme reißt mich zum zweiten Mal an diesem Tag aus den Gedanken.

Mit einem schmerzlichen Blick zu Ben drehe ich mich um, zwinge meine Traurigkeit in den Hintergrund und gehe zurück zu Mika und Papa. Ich beuge mich über die Absperrung und schlinge fest die Arme um meinen Sohn. »Feuerst du mich an?«

»Klar, Mami. Du gewinnst bestimmt.«

Liebevoll wuschle ich ihm über den Kopf, dann wende ich mich ab und gehe auf die weiße Start- und Ziellinie zu. Mein Herz klopft vor Aufregung so wild, dass es in meiner Brust zieht, aber ich genieße diesen seichten Schmerz, denn anders als die Qual vom vergangenen Wochenende ist dieser Schmerz ein glückbringender – außerdem lenkt er mich von dem Chaos meines Lebens ab. Er ist der Vorbote meiner bald glühenden Muskeln, meiner kontrollierten, aber schnellen Atmung und des unwahrscheinlich befreienden Gefühls des Laufens, auf das ich mich mit jeder Faser meiner Selbst freue.

Am Startpunkt angekommen stelle ich mich in die vierte Reihe. Um mich herum unterhalten sich die Menschen miteinander, tauschen Tricks darüber aus, wie man länger durchhält, und erzählen sich, wo der erste Verpflegungsstand mit Getränken für die Teilnehmer aufgebaut wurde. Und ich? Ich stehe ruhig da, genieße das vorfreudige Kribbeln meines Körpers, das die vielen Probleme für den Moment aus meinem Kopf vertreibt, und sehe zur Seite. Sehe zu Ben, der neben mir steht und ebenso bereit ist, sich dem Marathon zu stellen, die einzelnen Kontrollpunkte zu erreichen und am Schluss mit mir gemeinsam über die Ziellinie zu laufen.

Epilog

Lisa

Die ersten Blüten des Jahres zieren den Rasen. Am Himmel fliegen Vögel vorbei, die nach dem langen und kalten Winter aus dem Süden zurückkommen, und die Geräte des Spielplatzes stehen wieder an ihrem Platz. Der Frühling steht in diesem Jahr nicht nur für das Erwachen der Natur, sondern auch für den Neustart meines Lebens. Auf diesen neuen Abschnitt freue ich mich mehr, als ich in Worte fassen kann, auch wenn mir das Ungewisse noch immer Angst einjagt.

»Beeilt euch!« Mika dreht sich um und winkt aufgeregt in unsere Richtung. »Wir müssen uns beeilen!«, ruft er. »Papa kommt bald.«

»Er hat recht«, sagt Ben. »Fabian kommt in einer halben Stunde. Wir müssen bald zurückfahren.«

Die beiden sind in den vergangenen Monaten ein eingeschworenes Team geworden, das sich regelmäßig gegen mich verbündet. Das sollte mich vermutlich nerven, aber das tut es nicht. Im Gegenteil. Jedes Mal, wenn Ben und Mika zusammen spielen und sich einen Streich ausdenken, blüht mein Herz vor

Freude auf – auch wenn der Streich meistens auf meine Kosten geht. An diesen Punkt zu gelangen, war alles andere als einfach. Wir mussten erst die Scherben der Vergangenheit behutsam aus dem Weg räumen, ehe wir einen Schritt nach vorn wagen konnten.

»Darf ich Casper mit zu Papa nehmen?«, fragt Mika, sobald wir bei ihm angekommen sind.

»Das musst du Opa fragen.«

»Aber Papa wohnt doch nicht weit weg. Wenn Opa Casper sehen will, kann er rüberkommen.«

»Oder du kommst am Wochenende rüber, um ihn zu besuchen, und gehst mit ihm Gassi«, schlage ich vor.

Mika dreht sich wieder um und murmelt etwas, das sich verdächtig nach einem Schimpfwort anhört. Heute sage ich allerdings nichts dazu, denn dafür ist die Stimmung zu fröhlich und ausgelassen. Mika freut sich auf das Wochenende bei Fabian und Ben und ich uns auf die Geburtstagsfeier von Willi, für die wir heute Abend zurück zum Hauptsitz von *Safe Haven* fahren werden.

Dass ich keine Bauchschmerzen dabei habe, Mika unbeaufsichtigt zu Fabian gehen zu lassen, liegt an Fabians beeindruckenden Bemühungen und daran, dass er täglich weiter an sich und seinen Problemen arbeitet. Am Anfang sah das leider ganz anders aus. Direkt nachdem ich ihn rausgeworfen hatte, benahm Fabian sich wie ein verzogenes Kind, dem ich das Spielzeug weggenommen habe. Er hat gestichelt, stand abends unangekündigt vor der Tür und hat wie ein Tobsüchtiger rumgebrüllt. Es hat gedauert, bis er endlich verstanden hat, dass er das Problem ist und dringend Hilfe braucht. Inzwischen geht er seit einem halben Jahr wöchentlich zur Therapie und hat seine Aggression erstaunlich gut unter Kontrolle. Damit unsere Trennung für Mika nicht zu hart wird, hat Fabian sich sogar eine Wohnung in der Nähe unseres Hauses gesucht. Mika übernachtet jedes zweite Wochenende bei seinem Vater und geht unter der Woche oft spontan zu ihm. Auch wenn seine Eltern nicht mehr zusammenleben, sind sie so doch beide immer in seiner Nähe.

Ben greift nach meiner Hand, während wir unter dem gusseisernen Tor hindurchgehen, und prompt muss ich lächeln. Auch für uns war es am Anfang nicht einfach. Wir haben uns nicht sofort in eine Beziehung gestürzt, sondern uns Zeit gelassen. Haben uns richtig kennengelernt und viel gemeinsam unternommen. Es ist erst wenige Wochen her, seit wir uns zum ersten Mal seit über drei Jahren wieder geküsst haben.

»Schlafen wir heute bei dir in Wolkenheim oder bei mir in Hamburg?«, möchte Ben wissen.

»Bei dir?«, frage ich. »Deine Wohnung ist näher dran.«

Er nickt und gibt mir einen sanften Kuss aufs Haar.

»Ihhh«, ruft Mika. Er verzieht angeekelt das Gesicht und bleibt vor Bens Wagen stehen. »Erwachsene sind widerlich.«

»Warte ab, bis du in die Pubertät kommst, Kumpel. Dann findest du Knutschen plötzlich nicht mehr widerlich«, feixt Ben und erntet dafür einen spielerischen Schlag auf den Arm von mir. »Was denn?«, fragt er scheinheilig. »Ehrlichkeit ist wichtig.«

Augenrollend, aber mit breitem Lächeln gehe ich um das Auto herum und betrachte die beiden Männer in meinem Leben. Meine größte Angst war es, dass Mika eine Scheidung nicht verkraften und davon ebenso traumatisiert sein würde, wie ich es nach der Scheidung meiner Eltern war. Zum Glück ist das Gegenteil der Fall. Seit es zu Hause friedlich und harmonisch zugeht, lacht Mika ständig und sein Verhältnis zu Fabian ist sehr viel inniger geworden. Am Ende mussten wir uns trennen, damit mein Sohn die glückliche Beziehung zu seinem Vater bekommt, die ich mir die ganze Zeit über für ihn gewünscht habe. Und damit auch ich endlich mein wahres Glück finde.

»Dreiundsechzig ist alt. Das kannst du nicht schönreden.«

Willi schnaubt. »Vielleicht bin ich alt«, gibt er zu. »Aber ich bin wesentlich fitter als einige hier im Raum.«

Da er damit recht hat, proste ich ihm wortlos mit meiner Cola zu. Die untere Etage von *Safe Haven* platzt aus allen Nähten. Überall stehen ehrenamtliche Helfer, Mitglieder der AA und ehemalige Schützlinge von Willi – und Lisa ist mittendrin. Sie unterhält sich mit Fiona, die heute zum ersten Mal ihre neue Lebenspartnerin mitgebracht hat. Als ich Lisa zum ersten Mal mit hierhergenommen habe, hatte ich Angst davor, wie sie auf die Menschen reagieren würde. Nicht jeder kommt mit trockenen Alkoholikern und abstinenten Drogensüchtigen zurecht. Viele Menschen neigen dazu, sie mit Samthandschuhen anzufassen und sich zurückhaltend oder unsicher zu benehmen. Aber Lisa hat sich problemlos eingefügt und sogar Freundschaften geschlossen. Sie ist einer der wenigen Menschen auf dieser Welt, die andere nicht anhand ihrer Vergangenheit abstempelt. Das beeindruckt mich immer wieder aufs Neue. Ich kann noch immer nicht glauben, wie gut sie mit meiner Geschichte zurechtkommt. Früher habe ich geglaubt, meine Sucht und meine Traumata würden sie zu sehr belasten. Ich war davon überzeugt, dass Lisa mich anders behandeln würde oder irgendwann genug von mir hätte, wenn sie alles über mich wüsste. Diese Angst hat sie mir vollständig genommen. Aber die Befürchtung davor, ein Kind in meinem Leben nicht verkraften zu können, war noch größer als die Sorge um Lisas Reaktion. Mika macht es einem allerdings extrem einfach, ihn zu mögen und ins Herz zu schließen. Der kleine freche und lebensfrohe Junge ist zu einem wichtigen Teil meines Lebens geworden, und auch wenn mich hin und wieder die Vergangenheit einholt und die schmerzhaften Erinnerungen an die Oberfläche zerrt, überrollt sie mich nicht mehr.

Natürlich wird mich die unterschwellige Sorge vor einem Rückfall für den Rest meines Lebens begleiten, da mache ich mir nichts vor. Trotzdem habe ich den Glauben an eine glückliche Zukunft zurückgewonnen. An eine Zukunft, die ich mit der wundervollsten, großherzigsten und faszinierendsten Frau verbringen will, die ich mir jemals hätte erträumen können. Als hätte Lisa meine Gedanken gelesen, dreht sie sich um und lächelt mich liebevoll an. Unser Weg war nicht einfach und weiß Gott keine klassische Liebesgeschichte, aber dafür war unser Weg authentisch. Wir haben uns Stück für Stück auf den anderen zubewegt, uns gegenseitig in allen noch so dunklen Facetten kennengelernt, und am Ende stehen wir hier. Als verliebtes Paar, das seine gemeinsame Reise gerade erst beginnt.

Die 12 Schritte und ihre Bedeutung*

1. Schritt
Wir geben zu, dass wir dem Alkohol gegenüber machtlos sind und unser Leben nicht mehr meistern können.

Der erste Schritt kann wörtlich übernommen werden. Ohne diesen Schritt ist keine Veränderung möglich. Es muss klar sein, dass die Alkoholkrankheit zwar durch Abstinenz zu stoppen, jedoch aber nicht zu heilen ist.

2. Schritt
Wir kommen zu dem Glauben, dass eine Macht, größer als wir selbst, uns unsere geistige Gesundheit wiedergeben kann.

Wir kommen zu der Einsicht, dass wir nur geistig und körperlich gesunden können, wenn wir alkoholabstinent leben.

3. Schritt

* Quelle: www.a-connect.de

Wir fassen den Entschluss, unseren Willen und unser Leben der Sorge Gottes, wie wir ihn verstehen, anzuvertrauen.

Wir fassen den Entschluss, unseren Willen und unser Leben nicht mehr dem Alkohol zu unterwerfen.

4. Schritt

Wir machen eine gründliche und furchtlose Inventur in unserem Inneren.

Auch dieser Schritt kann wörtlich übernommen werden. Es ist wichtig, das bisherige Leben genauer zu betrachten, verdrängte Gefühle und Ängste zu erkennen und aufzuarbeiten.

5. Schritt

Wir geben Gott, uns selbst und anderen Menschen gegenüber unverhüllt unsere Fehler zu.

Wir geben uns selbst und anderen Menschen gegenüber unsere Fehler unverhüllt zu. Wir müssen akzeptieren, dass wir Fehler haben, um mit ihnen leben zu können.

6. Schritt

Wir sind völlig bereit, alle diese Charakterfehler von Gott beseitigen zu lassen.

Wir haben aus den Fehlern der Vergangenheit gelernt und versuchen diese in der Zukunft nicht zu wiederholen.

7. Schritt

Demütig bitten wir ihn, unsere Mängel von uns zu nehmen.

Wir schauen genau hin, was wir wirklich wollen, und fühlen und handeln danach.

8. Schritt

Wir machen eine Liste aller Personen, denen wir Schaden zugefügt haben, und werden willig, ihn bei allen wiedergutzumachen.

Der achte Schritt kann wieder wörtlich übernommen werden.

9. Schritt
Wir machen bei diesen Menschen alles wieder gut – wo immer es möglich ist –, es sei denn, wir verletzen sie oder andere dadurch.

Der neunte Schritt kann ebenfalls wörtlich übernommen werden. Wir werden nur auf diese Weise Frieden mit uns selbst und anderen finden.

10. Schritt
Wir setzen die Inventur bei uns fort, und wenn wir unrecht haben, geben wir es sofort zu.

Wir hören nicht auf, weiter an uns zu arbeiten, und stehen auch in Zukunft zu unseren Fehlern.

11. Schritt
Wir suchen durch Gebete und Besinnung die bewusste Verbindung zu Gott – wie wir ihn verstehen – zu vertiefen. Wir bitten ihn nur, uns seinen Willen erkennbar werden zu lassen und die Kraft zu geben, ihn auszuführen.

Wir versuchen, durch unser neues bewusstes Leben unsere Erkenntnisse zu vertiefen und unsere Verantwortung für uns und andere wahrzunehmen. Wir stellen uns rückhaltlos diesen Erkenntnissen und versuchen täglich neu nach ihnen zu leben.

12. Schritt
Nachdem wir durch diese Schritte ein spirituelles Erwachen erlebt haben, versuchen wir diese Botschaft an Alkoholiker weiterzugeben und unser tägliches Leben nach diesen Grundsätzen auszurichten.

Nachdem wir uns diese Schritte verinnerlicht haben, versuchen wir diese Botschaft an Alkoholiker weiterzugeben und unser tägliches Leben nach diesen Grundsätzen auszurichten.

Danksagung

Um dieses Buch schreiben zu können, musste ich so viel recherchieren wie nie zuvor. Und genau diese Recherche hat mich tief berührt. Alkoholismus ist eine schwerwiegende Krankheit und häusliche Gewalt ein leider unterschätztes und oft totgeschwiegenes Thema. Ich durfte mich mit außergewöhnlichen Menschen austauschen, die den Alkoholismus in die Knie gezwungen und sich aus toxischen Beziehungen befreit haben. Auch wenn ich eure Namen nicht nenne, wisst ihr hoffentlich, wie dankbar ich für eure Offenheit bin und das ich eure Stärke bewundere.

Allen voran möchte ich meinem wundervollen Ehemann danken. Ohne dich würde ich nie die nötige Ruhe und Zeit finden, um mich meinen Projekten zu widmen. Danke, dass du das Gewusel der Kinder während des Endspurts der Deadlines von mir fernhältst, dir immer und immer wieder die gleichen Gedankengänge zu fiktiven Personen anhörst und für mich da bist. Du und ich für immer.

Auch meiner großartigen und bunt zusammengewürfelten Familie möchte ich danken. Ihr glaubt an mich, hört mir zu, lest meine Bücher und bestärkt mich, wenn ich an mir zweifle. Ich habe euch lieb!

Riesigen Dank an die Leselupe Literaturagentur und an Tim und Julie. Ohne euch beiden wäre aus der Idee niemals ein funktionierendes Exposé und schlussendlich ein Buch geworden. Mit euch die Idee zu besprechen, eure Ratschläge, eure Kritik und eure Ermutigungen zu hören, hat mir auf diesem Weg sehr geholfen. Die Agentur fühlt sich nach Freundschaft, Vertrauen und Rückhalt an, und dafür werde ich euch ewig dankbar sein.

Auch Amazon Publishing möchte ich danken. Ein Verlagswechsel ist nie leicht, aber ihr habt es geschafft, dass ich mich sofort gut aufgehoben und angekommen gefühlt habe. In jeden Schritt eingebunden zu werden, bedeutet mir viel. Vor allem Fabian Knecht und Angela Küpper möchte ich DANKE sagen! Für euren Zuspruch, für die offene Kommunikation und eure tolle Arbeit.

Und natürlich danke ich euch: den Leserinnen und Lesern. Ohne euch wäre nichts hiervon möglich. Wenn es euch nicht gäbe, könnte ich meinen Traum nicht leben, und das bedeutet die Welt für mich.

Folge der Autorin auf Amazon

Wenn dir dieses Buch gefallen hat, folge Nicole Fisher auf Amazon. Dann erhältst du eine Benachrichtigung, wenn die Autorin ihr nächstes Buch veröffentlicht. Um der Autorin zu folgen, gehe bitte folgendermaßen vor:

Desktop:

1) Suche auf Amazon.de oder in der Amazon App nach dem Namen der Autorin.
2) Klicke auf den Namen der Autorin, um auf die Autorenseite zu gelangen.
3) Klicke auf den »Folgen«-Button.

Smartphone und Tablet:

1) Suche auf Amazon.de oder in der Amazon App nach dem Namen der Autorin.
2) Klicke auf einen Titel der Autorin.
3) Klicke auf den Namen der Autorin, um auf die Autorenseite zu gelangen.
4) Klicke auf den »Folgen«-Button.

Kindle eReader und Kindle App:

Wenn du dieses Buch auf einem Kindle eReader oder in der Kindle App liest, wird dir automatisch angeboten, der Autorin zu folgen, nachdem du die letzte Seite des Buches gelesen hast.

Printed in Poland
by Amazon Fulfillment
Poland Sp. z o.o., Wrocław

39911418R00201